W0201573

Sur l'auteure

Jeanine Cummins vit à New York. Elle est l'auteure de quatre livres : les romans *American Dirt* (Philippe Rey, 2020 ; 10/18, 2022), *Le Garçon du dehors* (Philippe Rey, 2023 ; 10/18, 2024), *La Branche tordue* (Philippe Rey, 2024 ; 10/18, 2025) et d'un récit, *Une déchirure dans le ciel* (Philippe Rey, 2022 ; 10/18, 2023).

De la même auteure
aux Éditions 10/18

AMERICAN DIRT, n° 5693
UNE DÉCHIRURE DANS LE CIEL, n° 5880
LE GARÇON DU DEHORS, n° 5963
LA BRANCHE TORDUE, n° 6083

JEANINE CUMMINS

LA BRANCHE TORDUE

Traduit de l'anglais (États-Unis)
par Christine Auché

10/18

PHILIPPE REY

Titre original :
The Crooked Branch

© Jeanine Cummins, 2013.
© Éditions Philippe Rey, 2024,
pour la traduction française.
ISBN 978-2-264-08608-2
Dépôt légal : juin 2025

Pour Maman

PROLOGUE

IRLANDE, AOÛT 1846

C'était arrivé en une seule nuit. Une affreuse nuit d'août infernale, et ils n'en croyaient pas leurs yeux. Lorsqu'ils étaient allés se coucher le soir, tout allait bien, tout était normal. Ils étaient affamés, certes, mais c'était normal. Depuis un an déjà, ils souffraient de la faim ; ils survivaient en attendant la prochaine récolte. Alors, sur cette île maudite, les gens dormaient, naïvement perdus dans leur myriade de rêves. Les amoureux, membres emmêlés, les enfants à côté, qui s'agitaient en murmurant dans leur sommeil tandis que les ombres mourantes du feu de tourbe s'allongeaient jusqu'au chaume. Ils dormaient.

Car personne ne pouvait imaginer l'horreur qu'ils découvriraient au réveil. Pas un seul d'entre eux n'aurait pu prévoir cette brume nocive, meurtrière, siphonnant pendant la nuit la lumière des cieux baignés de lune. Elle s'était déroulée depuis la mer – Dieu sait d'où elle venait, mais c'étaient les vagues de l'Atlantique qui avaient charrié cette brume sur les côtes ouest de l'Irlande. De là, elle avait glissé sournoisement au ras du sol comme un serpent vaporeux. Le long de la terre, sur les flancs des collines, les crêtes et les montagnes, elle avait grimpé, s'insinuant dans chaque creux. Et puis de nouveau elle s'était déroulée sur les pentes, dans les vallons et les vallées, bas, très bas, tout le temps, accrochée au sol, embrassant les racines noueuses des arbres, rôdant à la surface inerte des lochs.

Ils n'avaient pas remarqué cette amertume piquante dans le noir, derrière les murs et les feux de tourbe, derrière l'haleine laiteuse de leurs enfants endormis. Ils dormaient pendant que la brume mortelle s'immisçait dans leur lumineux pays herbeux et se propageait telle une impitoyable tache à travers les terres plongées dans les ténèbres. Elle tuait tout ce qu'elle touchait de verdoyant.

Ce matin-là, quand Ginny s'était réveillée, le silence régnait. Pas le moindre chant de coq. Pas le moindre aboiement de chien. Pour la plupart, les moutons et le bétail du pays avaient déjà été sacrifiés ou vendus pour nourrir la population. Ne restaient dans les champs que quelques rares spécimens, maigres et silencieux. Même les oiseaux étaient muets. Ginny s'était forcée à émerger du sommeil, alarmée par le manque de jour, et s'était levée sans réveiller les autres.

Regardez-la à présent : la voilà, debout sur le pas de sa porte, sous le chaume doré qui tombe bas dans la lueur humide du matin. Son jupon rouge lui couvre les jambes ; ses pieds nus pèsent sur les dalles de pierre froides. Elle avise les alentours. Une pie esseulée est perchée dans le prunellier, muette d'épouvante.

Le premier son à surgir est le cri étranglé qui s'échappe de la gorge de Ginny. Ce n'est pas un mot, mais un cri nu, angoissé. Et puis ses petiots commencent à remuer derrière elle, encore innocents pour quelques minutes. Raymond est sur pied maintenant, qui se désentortille de la couverture. Il est au côté de sa femme, sa main sur son épaule, sa voix, un terrible halètement dans son oreille. « Que Dieu nous vienne en aide. »

Et les voilà, doigts férocement enlacés, pieds nus quittant les dalles de pierre pour s'enfoncer légèrement dans le sol. Résidu de la brume mortelle, la rosée leur lèche les orteils et les chevilles, le temps qu'ils arrivent au milieu de leur champ dévasté.

Ils sont décimés. Les plants de pommes de terre, noirs, cassés et nauséabonds, s'étendent à perte de vue, du haut de la crête[1] au bas du vallon pentu. Ginny tourne sur elle-même, à la recherche d'une trace de vie, une seule feuille verte, un bourgeon violet, le souffle d'une prière. Mais il n'y a rien, rien que la puanteur de la mort désormais, montant de la terre, s'accrochant à l'air épais telle une menace fétide. Tout est pourriture, absolument tout.

Ginny se retourne vers ses enfants, massés tous les quatre sur le pas de la porte, qui attendent leur petit déjeuner, affamés. Leurs frêles corps chauds s'étirent pour chasser le sommeil, leurs paupières se plissent pour évacuer les rêves.

Elle aurait pu fermer leurs yeux irréprochables à ce moment précis, préserver et enfermer ces rêves qui s'attardaient encore dans leurs têtes, pour les aider à subsister, les nourrir.

Mais elle ne savait pas, même en cet instant de panique totale. Elle aurait été incapable de concevoir la souffrance qui allait suivre.

1. En Irlande, la pomme de terre était alors cultivée selon la technique des crêtes et des sillons (*ridges and furrows*) : les tubercules étaient plantés dans les crêtes qui les protégeaient de l'humidité et les sillons permettaient de drainer l'eau excédentaire. *(Toutes les notes sont de la traductrice.)*

1

NEW YORK, AUJOURD'HUI

Dans le noir, je chuchote : « Je crois que je devrais aller voir quelqu'un, réessayer. »

Les meilleures conversations que nous avons, Leo et moi, c'est quand il dort.

« Tu as peut-être raison, ce n'était pas la personne qu'il fallait. Ça me ferait du bien de vider mon sac.

— Bonne idée, dit Leo en roulant pour se tourner dans ma direction.

— Oh, tu es réveillé. »

Il se hisse sur un coude. « Ben oui. Tu croyais que je dormais ? »

Je ne lui réponds pas. Il se penche vers moi jusqu'à ce que nos fronts se touchent. Sa peau brille dans le faible clair de lune qui entre par la fenêtre. D'accord, ce n'est pas la lune, mais le projecteur détecteur de mouvement de douze mille mégawatts installé derrière, sur la véranda de notre voisin. Il s'allume et s'éteint sans cesse toute la nuit, et illumine nos jardins dès qu'un chat ou un raton laveur s'aventure à proximité. Ce qui arrive souvent. Autant tenter de dormir dans un phare.

« Majella ? murmure Leo.

— Ouais ? »

Il me presse la main. « Je crois que c'est une bonne idée. Je peux même t'accompagner, si tu veux. »

Moi aussi, je presse sa main. « Non. Je pense qu'il faut que j'y aille seule. »

Il m'embrasse, puis se laisse retomber sur son oreiller.

« Tu te sentiras tellement mieux. Tu verras. »

Là-dessus, il se remet à ronfler, parce qu'il en est vraiment convaincu ; il n'est pas si inquiet. Il croit que je peux aller mieux.

« Alors, qu'est-ce qui vous amène aujourd'hui ? » s'enquiert le Dr Zimmer.

Il y a un bureau, mais elle ne s'assied pas derrière. À la place, elle choisit un fauteuil en cuir rouge et me fait signe de m'installer en face d'elle, dans le canapé en simili-daim marron foncé. Je me perche au bord.

« Je suis censée m'allonger ?

— Choisissez une position où vous serez à l'aise », lance-t-elle. Puis elle attend, mais je ne serai jamais à l'aise dans cette pièce, dans ce canapé.

Je m'empare de l'un des coussins fauves que je serre contre moi. Au moins, l'éclairage est plaisant. Les plafonniers fluorescents sont éteints, des lampadaires de bon goût diffusent une lueur chaleureuse dans le petit cabinet. L'ensemble pourrait être cosy, avec ses meubles en bois sombre encastrés et ses cadres de fenêtres soignés, si seulement le Dr Zimmer n'était pas là avec son bloc-notes et ses chaussures en cuir verni.

« Majella ?

— Hum ?

— Pourquoi avez-vous décidé de venir me voir aujourd'hui ? »

Je réponds en triturant la cordelette dorée qui entoure le coussin. « Oh, je ne sais pas, en fait. »

Le Dr Zimmer attend la suite.

« Je crois… »

C'est une professionnelle de l'attente. Elle ne gigote même pas.

Ma voix est si faible que je m'entends à peine. « Je crois que je suis peut-être en train de devenir folle. J'ai peur d'être en train de devenir folle. »

Le Dr Zimmer m'adresse un froncement de sourcils. Elle incline légèrement la tête comme le font parfois les chiens quand ils vous observent avec intérêt. Derrière elle, d'épaisses fougères vertes sont alignées sur l'appui de la fenêtre, et la gaieté qu'elles dégagent semble se moquer de mes aveux.

« Genre authentiquement folle, dis-je pour clarifier. Pas folle-marrante. »

Elle acquiesce.

« D'accord. D'accord. Voyons si nous pouvons découvrir d'où vient cette peur. »

J'en étais à ma vingt-septième heure de travail quand je me suis rendu compte que j'allais avoir besoin d'une thérapie. Je tirais si fort sur la barre du lit que je craignais qu'elle se casse en mille morceaux et que les infirmières soient poignardées à la tête par les éclats de métal, tuées tout net avant de s'effondrer, les yeux et la bouche grands ouverts, figés dans un O horrifié. Leur dernier geste en ce bas monde : une main sans vie qui lâche un stylo-bille, le roulement langoureux d'un Bic sur le plancher stratifié.

L'heure du changement d'équipe était revenue. Ma troisième infirmière rentrait chez elle pour la nuit. Sportive, le teint olivâtre, des yeux en amande et des cheveux noirs dansants, elle aurait pu être n'importe qui. Mais c'était ma troisième infirmière et elle rentrait chez elle manger un plat cuisiné allégé et prendre ses aises dans son canapé en faisant mine de lire Borges au lieu de regarder *The Bachelor*. Le dernier épisode passait ce soir-là : Sebastian allait-il choisir Crystal ou Shenandoah ?

Je me suis évanouie. Les contractions étaient féroces parce que le médecin avait arrêté ma péridurale pour que je puisse les *sentir*. Comme si je risquais de ne pas *sentir* l'enfant de trois kilos six qui s'évertuait à sortir de mon corps. Étant de sexe masculin, le toubib pensait que la douleur m'aiderait à pousser, ce qui équivaut plus ou moins à croire que la torture par l'eau aide à avouer qu'on a dissimulé des armes de destruction massive. Entre deux contractions, je perdais conscience. Ou peut-être que je m'endormais seulement. J'étais sans doute très fatiguée, ce que j'aurais été incapable d'exprimer avec un semblant de conviction parce que, en réalité, tout ce que je sentais, c'était la douleur. Pareille à du feu, des couteaux, tous les autres clichés relatifs à la douleur qui ont jamais été grommelés, mélangés en une grosse balle, comme dans ce jeu vidéo où une minuscule balle, en roulant au sol, agrège des punaises et des trombones, ensuite des seaux et des petits chiens, et, pour finir, des vaches, des granges, puis des gratte-ciel et des planètes. Exactement de la même manière, ma douleur englobait des douleurs incongrues du monde entier, sans rapport entre elles. Si bien qu'au début j'éprouvais la douleur d'un orteil écrasé, ou d'un coude cogné, ou d'une légère coupure. Puis celle de l'agriculteur d'Ipswich qui se fait un tour de reins sous le poids d'un quelconque engin graisseux, celle de l'enfant de New Delhi dont la main glisse sous l'aiguille de la machine à coudre à l'usine où il travaille, celle de la serveuse de Hollywood qui, à vingt-deux ans, n'a pas décroché Le Rôle, même après avoir baisé à califourchon le directeur de casting ventru (tâche pas facile), à portée de voix de l'assistante et de deux autres candidates pleines d'espoir. Enfin, les douleurs des brûlures faciales, de la chimiothérapie et du suicide.

Est arrivée ma nouvelle infirmière, qui n'était pas nouvelle du tout. C'était une ancienne, ma première soignante, qui était rentrée chez elle la veille au soir, avait dormi toute la nuit, s'était levée le matin, avait dosé et mangé sa ration de céréales Special K au lait écrémé, était allée à la gym, faire une manucure, avait traîné dans un café avec un ex-petit ami (dorénavant marié) pour finalement retourner à l'hôpital, où j'étais TOUJOURS EN PLEIN TRAVAIL, VINGT-SEPT HEURES PLUS TARD.

« Encore là ? Bonté divine ! Vous visez le record, ou quoi ? »

Je la détestais. Je pensais à la violence de ce début, si différent de ce que j'avais imaginé. Ma balle d'accouchement me narguait dans son coin. Je poussais. Enfin, pas moi : c'étaient mes muscles qui poussaient. Je grognais, je peinais et je priais. L'infirmière maintenait mon genou ouvert d'un côté, Leo tenait l'autre. Ils essayaient de me réconforter. Ils me disaient que j'étais courageuse, que je me débrouillais très bien. Je n'avais guère le choix. Je serrais les paupières de toutes mes forces pour empêcher mes yeux de jaillir de leurs orbites. Mon bébé (il ou elle) naîtrait et, à l'instant magnifique, grandiose, de son arrivée, sa tête serait heurtée par mon globe oculaire en fuite. Un accueil de mauvais augure.

« Bienvenue dans ce monde, bébé ! » BING ! « Oh,

ne fais pas attention, mon cœur… Non, non, ne pleure pas. C'est juste l'œil de Maman. »

Une autre contraction. Je me suis recroquevillée, je me suis redressée, j'ai poussé, poussé, poussé. J'en étais à la vingt-huitième heure. Une fois de plus, je me suis évanouie, et l'infirmière m'a passé un gant de toilette mouillé sur la figure pour me rafraîchir. J'ai tenté de respirer, mais je suçais du tissu éponge. Mon nez était bouché. Prise de panique, j'ai voulu envoyer balader le gant de toilette pour me libérer.

« VOUS NE M'AIDEZ PAS, avais-je envie de hurler. Je suis claustrophobe ! Enlevez-moi cette saloperie ! » Mais j'étais de nouveau inconsciente. Et puis encore une contraction. À présent, je pleurais, les larmes coulaient simplement sur mes joues, mêlées aux autres fluides corporels.

« Césarienne », a annoncé le médecin.

Il parlait à Leo, et j'étais à peu près sûre qu'il y avait plus de mots dans sa phrase. Leurs voix faisaient désormais la navette devant moi. Ils prononçaient plein d'autres mots.

« Vous m'avez dit que vous voyiez la tête », ai-je crié de ma vraie voix, celle qui parlait tout haut. Je sanglotais, gaspillant une précieuse énergie. « Il y a trois heures de ça ! Qu'est-ce qui s'est passé ? »

Leo s'est rapproché de moi, de mon visage. Il a posé une main sur mon front. J'avais tellement chaud, bon sang. « Je suis désolé. Je suis vraiment désolé. Je crois que c'est la seule solution. »

Il a fallu dix-sept heures de plus pour que l'anesthésiste arrive. Ou, d'accord, peut-être sept minutes, mais en réalité c'est un détail technique, parce que ma balle de douleur était devenue si grosse qu'elle agrégeait des *galaxies entières*. La douleur était devenue extraterrestre. Une douleur aveugle, unijambiste, orpheline et martienne.

On pourrait penser qu'après ce crescendo d'horreur, le dénouement serait spirituellement épique, un accès de joie héroïque, sans tache, un portrait d'amour sépia. Au bout de vingt-huit heures de travail et de trois heures passées à pousser, conclues par une césarienne, ne méritais-je pas un peu de joie, à la fin ?

Sauf que, en fait de sépia, de sinistres néons fluo accrochés au plafond éclairaient la frimousse rouge de mon bébé, son crâne rouge, ses minuscules poings rouges. Et puis mes dents ont commencé à claquer, mes bras à tressauter et à s'agiter, tout mon corps à trembler. Une des infirmières m'a expliqué que c'était juste l'anesthésie qui cessait de faire effet : il valait mieux qu'ils emportent le bébé, au cas où. Et puis ils m'ont enlevé ce petit corps enveloppé de rouge pour le donner à quelqu'un qui était une bien meilleure mère que moi, ou au moins quelqu'un qui ne le secouerait pas et ne le laisserait pas tomber, ploc, sur le sol de l'hôpital, à la première heure de sa vie. Lorsque j'ai regardé ma fille s'élever hors de mes bras, le poids de son absence était comme un chagrin tout neuf, une hystérie.

Assis à côté de moi sur une chaise pivotante, Leo tenait dans la sienne ma main tremblante et verdâtre. Il tâchait de lisser en arrière mes cheveux ridicules, mais c'était peine perdue. Bien que je n'aie pas vu de miroir depuis des jours, je savais à quoi je ressemblais : à cette photo de classe, celle de quatrième, où ma chevelure accomplissait la prouesse de paraître à la fois grasse et bouffante. Sur ce cliché, je portais aussi un pull à torsades bleu roi, nom de Dieu. Je tremblais, je frissonnais, je claquais toujours des dents.

« C'est normal qu'elle tremble comme ça ? s'est enquis Leo auprès de l'infirmière.

— C'est normal.

— Mais autant ? »

L'infirmière a contourné le rideau et trifouillé quelques fils.

« Oooh, la tension n'est pas terrible. »

Elle portait une tenue rose. Leo m'a regardée en souriant, bouche fermée, avant de déclarer :

« Je suis tellement fier de toi.

— Je n'ai pas réussi.

— Mais si. Elle est parfaite.

— Mais je n'ai pas réussi. Je n'ai pas réussi à pousser pour la faire sortir. »

Il m'a contemplée en secouant la tête.

« Tu t'en es tirée comme une pro, tu l'as gardée au chaud pendant neuf mois entiers.

— Dix, ai-je murmuré.

— Elle était coincée. Ce n'était pas ta faute.

— Elle ne pèse que trois kilos six. Pas de quoi rester coincée, si ? Mes hanches sont énormes.

— Chuut. Tu es juste fatiguée. Tu es épuisée. Tu t'en es sortie comme une pro. »

Sur ce, je me suis remise à grelotter affreusement fort, au point que j'avais peur d'arracher pour de bon certains des tubes reliés à leurs machines. Pourvu qu'ils ne soient pas vitaux. J'ai attendu que ça passe.

« J'ai entendu une histoire horrible. » Mes dents avaient momentanément arrêté de claquer. « Au sujet d'une femme qui s'est endormie avec son bébé, dans son lit d'hôpital. »

Ma gorge tremblait aussi, maintenant. Je ne savais pas qu'une gorge pouvait le faire, mais c'était le cas, et les mots sortaient tous frémissants et distordus.

J'essayais de baisser la voix, mais je ne la contrôlais pas. Leo me dévisageait bizarrement.

« Et elle a lâché le bébé. Il est tombé directement du bord du lit. Elle s'est endormie, et elle l'a lâché.

— Pourquoi est-ce que tu me racontes ce truc ? Tu ne dois pas y penser. » Il s'est penché vers moi, m'a embrassé le front.

« Il est mort rien qu'en tombant du lit.

— Chut, a répété Leo en me caressant la main.

— Ils sont si fragiles. Il suffit d'un rien. »

L'infirmière a remis le rideau en place, je le devinais au bruit métallique des anneaux qui raclaient leur tringle. J'avais les yeux fermés pour bloquer cette méchante lumière, je m'étais remise à trembler, et j'ignore où mon corps ravagé trouvait l'énergie d'accomplir cette espèce de danse osseuse primitive et tribale.

Le lendemain de la naissance d'Emma, quand je me suis réveillée dans mon lit d'hôpital, j'ai voulu m'asseoir, mais impossible de bouger. J'ai d'abord dû rouler sur le côté. Aïe. Lentement. D'abord rouler, se redresser un peu, rouler, se redresser encore. Une longue série de mini-mouvements atroces, jusqu'à me retrouver à moitié assise.

« Tout va bien par ici ? » Une voix derrière le rideau. « Vous gémissiez dans votre sommeil. »

J'ai tenté de tirer le rideau pour fixer stupidement ma compagne de chambre, mais quand j'ai tendu le bras, j'ai eu l'impression que l'incision en travers de mon ventre allait se rouvrir et mes entrailles se répandre en une masse dégoûtante sur le lit.

« Oui. Merci. J'ai juste fait un mauvais rêve. Un rêve horrible. »

J'ai frissonné. Il m'a fallu au moins quatre ou cinq minutes pour allonger le bras jusqu'au mur derrière ma tête et presser le bouton d'appel de l'infirmière. Ensuite, un crépitement sonore a retenti, suivi d'une autre voix désincarnée.

« OUI. »

J'ai regardé autour de moi.

« Allô ?

— Oui ? a répété la voix.

— Oh. Bonjour. »

Je n'arrivais pas à déterminer si la voix m'entendait ou si j'étais censée parler dans un micro ou autre. J'ai hésité.

« Oui, bonjour, a répété la voix. Vous appelez juste pour papoter ?

— Oh. Non. C'est gênant… je ne… je ne savais pas si vous m'entendiez. »

Ma compagne de chambre gloussait derrière le rideau. J'ai cru l'entendre rouler des yeux, mais bien sûr, je ne pouvais pas, et c'était probablement un autre effet bizarre dû à toute cette morphine et ces hormones rampantes, de croire entendre quelqu'un rouler des yeux.

« Je vous entends, a repris la voix. De quoi avez-vous besoin ? »

Y avait-il un réglage du volume quelque part ? La voix était si forte qu'elle me donnait la chair de poule. Je sursautais chaque fois qu'elle retentissait.

« J'ai besoin de mon bébé. » Ma compagne de chambre a ricané. « Enfin, je viens de me réveiller ici. Je n'ai pas vu ma fille. Je ne l'ai pas vue depuis qu'elle est née. Je voulais… J'aimerais la nourrir. »

Le haut-parleur a émis un crachotement, suivi

d'un bruit métallique d'interrupteur, mais je n'ai pas entendu de voix.

« Allô ? » Je parlais à l'air autour de moi. C'était comme s'adresser à Dieu, avec moins d'assurance. « Je n'ai pas saisi ce que vous avez dit. »

La voix est revenue.

« J'ai dit qu'on est en train de changer d'équipe. Les infirmières sont en réunion. Mais quelqu'un viendra vous voir d'ici environ une demi-heure et à ce moment-là vous pourrez demander qu'on vous amène votre bébé de la nurserie.

— Oh. D'accord. »

Un nouveau crachotement a indiqué la fin de la conversation. Brusquement j'ai fondu en larmes, secouée de gros sanglots frémissants. C'était douloureux de pleurer, et maintenant mon intestin grêle allait sûrement s'échapper de mon ventre, mais je ne pouvais pas m'arrêter. En cherchant à attraper le téléphone, j'ai plus ou moins dû m'affaisser sur mon coude pour taper les chiffres, mais, faute de réussir à me redresser, je suis simplement restée dans cette position, à moitié renversée sur le lit, l'appareil serré contre mon oreille. Leo a décroché à la quatrième sonnerie.

« Tu vas venir ?

— Quelle heure est-il ? »

Il paraissait déboussolé. J'ai consulté la pendule industrielle d'école/d'hôpital/de prison sur le mur.

« 7 h 30. »

En fait, il n'était que 7 h 23. J'ai entendu un froissement de draps. Il s'étirait.

« Oui, bien sûr que je viens, évidemment. J'ai hâte de voir mes nanas ! »

Je n'ai pas pu lui répondre parce que je m'étais remise à pleurer.

« Est-ce que ça va ? »

J'ai dodeliné de la tête, émis un reniflement copieux, géant. « Pas vraiment. Je suis toute seule ici. » Ma compagne de chambre a allumé la télévision, comme pour me contredire. « Je n'ai pas vu le bébé. Ils ne me l'ont pas encore amené. Je ne sais même pas si elle va bien. » Leo faisait couler de l'eau.

« Je suis sûr qu'elle va bien. Il n'y a que quatre heures que tu as accouché. Tu es supposée te reposer un peu. Les visites ne commencent qu'à 9 heures.

— Je n'arrive pas à dormir. J'ai mal partout. Je peux à peine bouger. » Dieu, que j'étais geignarde. Je connaissais des enfants de trois ans moins geignards. Cela dit, je ne pouvais pas m'en empêcher. « Je veux juste la voir. Je veux que tu sois là.

— Bon, je viens, d'accord ? Je me douche et je m'arrête en chemin pour t'apporter un petit déjeuner qui t'évitera celui de l'hôpital. Je serai là à attendre quand ils ouvriront la porte à 9 heures, c'est promis. Tu vas tenir le coup ? »

J'ai fait oui de la tête.

« Bien sûr.

— D'accord. »

J'ai tenté de m'expliquer.

« C'est simplement que je ne m'attendais pas à ça. Me réveiller seule ici, dans cette chambre. On ne dirait pas qu'on est enfin une famille, que c'est notre première matinée en tant que famille. Le fait est qu'on n'est pas ensemble, ni les uns ni les autres. Et j'ai mal partout. Mon corps… »

J'ai recommencé à renifler, il y a encore eu des larmes. Beurk – encore des larmes !

« Je sais, a répondu Leo. Mais tout va bien se passer, hein ? Je serai arrivé avant que tu aies le temps de dire ouf. On va t'amener le bébé d'une minute à l'autre, tu verras.

— D'accord. » Ma voix n'était qu'un murmure.

C'est là, je crois, que j'ai commencé à me détester un petit peu : c'était le début, au moment où j'ai raccroché et où je suis restée assise, toute tremblante et impuissante, dans ce lit d'hôpital. Je ne veux pas dire *détester* détester, comme je déteste les collants ventre plat ou les trucs de ce style. Plutôt comme on déteste Condoleezza Rice, dont on sait qu'elle est coupable et un peu louche, mais que, bon sang, elle est aussi tellement intelligente et pleine d'avenir. Et que, n'importe comment, elle a amplement l'occasion de se racheter, non ? C'était pareil pour moi. Parce que je savais que j'étais plus forte que ça. J'étais ceinture noire au jiujitsu, pour l'amour du ciel.

« Avez-vous des antécédents de maladie mentale ? interroge le Dr Zimmer.

— Pas personnellement, mais dans ma famille, on devient fou comme si c'était un moyen de faire fortune.

— C'est drôle, répond-elle sans rire. Vous êtes très spirituelle. » Ses paroles sonnent comme un diagnostic : spirituelle. « Quel genre de maladies mentales avez-vous rencontrées dans votre famille ?

— Oh, surtout les plus courantes. Dépression, troubles bipolaires, alcoolisme. Rien de si inhabituel. Juste de la folie ordinaire.

— C'est intéressant qu'une personne possédant comme vous un vocabulaire étendu choisisse d'utiliser le mot *folie*. Plutôt que *maladie mentale*. »

Je me demande ce que j'ai bien pu dire durant les

douze minutes depuis lesquelles elle me connaît pour lui laisser croire que j'ai un vocabulaire étendu.

« Peut-être que ce mot rend la chose un peu plus sympa. Moins terrifiante. »

Elle m'examine attentivement pendant que je parle, à la recherche de symptômes, sans doute. D'un tic ou d'un tremblement.

« Comme au carnaval. La folie ! »

J'illustre ma réponse d'un mouvement de mains jazzy.

« Hum. » Elle approuve du menton.

Je m'efforce de déchiffrer son expression, mais je suis distraite par son halo de cheveux brun-gris bouffants et frisés.

« Alors, que signifie pour vous ce terme ? Folie ? »

Elle griffonne quelque chose sur son bloc-notes sans jamais me quitter des yeux. C'est déstabilisant, comme subir une dissection sans anesthésie.

« Quoi, vous voulez une définition ?

— Eh bien, juste vos impressions. »

Je passe la main sur ma bouche et l'écarte aussitôt, au cas où ce geste révélerait une sorte de folie latente.

« Je crois que mes impressions les plus fortes de la folie sont les souvenirs que je garde de ma grand-mère. » Cette phrase me semble constituer un aveu et/ou une trahison de taille, mais le Dr Zimmer se contente d'opiner.

« Quel était son diagnostic ?

— Je l'ignore. Je ne suis pas sûre qu'elle ait jamais été diagnostiquée… C'étaient les années cinquante. Mais elle a fait des allers et retours dans des institutions spécialisées durant toute sa vie d'adulte. Elle a enduré toutes sortes d'électrochocs et de machins.

Mais, surtout, elle était simplement méchante. Elle ne savait pas comment aimer ses enfants.

— Combien d'enfants ?

— Quatre. Mon père était l'aîné. »

Le Dr Zimmer inscrit le chiffre 4 sur son bloc.

« Vous avez des enfants, Majella ?

— Oui.

— Combien ?

— Un seul.

— Quel âge ?

— Trois semaines.

— Ah ! ah ! » Elle s'arrête d'écrire et referme son bloc comme si elle venait de résoudre mon cas et qu'il soit inutile d'investiguer davantage. Elle se cale dans son siège, croise les mains sur ses genoux.

« Vous avez un nouveau-né à la maison ?

— Oui.

— Et vous vous inquiétez subitement à propos de votre grand-mère folle qui n'aimait pas ses enfants ? »

J'acquiesce. Pourquoi ce sentiment de culpabilité, comme si je l'avais dupée ?

J'insiste : « Mais ce n'est définitivement pas si simple. »

Le Dr Zimmer s'est contorsionnée sur son fauteuil en cuir rouge pour ouvrir un tiroir en bas de ses armoires de classement encastrées. Elle parcourt les dossiers, dont elle extrait une unique feuille de papier. C'est une check-list, qu'elle me tend. Bien que je n'aie pas envie de la prendre, ce serait grossier de refuser. Je m'exécute, sans la regarder pour autant.

« Êtes-vous confrontée à l'un de ces symptômes ? » demande-t-elle en désignant la page que j'ai dans la main.

Je me sens soudain totalement, déraisonnablement

enragée, à la manière d'une adolescente en colère. Je ne veux pas consulter cette saloperie de check-list. J'inspire un grand coup, ferme un instant les yeux. Il faut que j'agisse en adulte et que je lise le feuillet. Je rouvre les yeux, parcours le papier :

Vous sentez-vous malheureuse ou déprimée ? Êtes-vous plus fatiguée que d'habitude ? Êtes-vous perturbée ou agacée par de petits détails ? Avez-vous du mal à vous concentrer ou à prendre des décisions ? Avez-vous l'impression que vous n'avez personne à qui parler ? Avez-vous l'impression d'être insensible ou déconnectée de votre bébé ? Avez-vous peur qu'il arrive quelque chose d'affreux ?

Machinalement, je lève les yeux au ciel.

« Pourquoi levez-vous les yeux au ciel ? »

J'ai beau avoir envie de lui flanquer un coup de poing dans la figure, je me retiens, ce qui me paraît être un exploit remarquable, bien que je n'aie jamais de ma vie flanqué le moindre coup de poing dans la figure de quiconque. Même en pensée. Ce n'est pas mon genre. Si on m'offrait mille dollars pour flanquer un coup dans la figure de quelqu'un, je ne suis pas sûre que je le ferais. Sauf si ce quelqu'un était le Dr Zimmer.

À la place, je réponds en m'efforçant de maintenir un volume sonore acceptable : « Parce que je ne suis pas venue pour ça ! Bien sûr que je suis plus fatiguée que d'habitude. Bien sûr que je suis perturbée par le moindre petit détail. Je n'ai pas passé une seule bonne nuit depuis le deuxième trimestre de ma grossesse. »

Le Dr Zimmer a fini par arrêter de me fixer et griffonne désormais fiévreusement sur son carnet. Je reporte mon attention sur l'absurde check-list pour la lire tout haut.

« *Avez-vous peur qu'il arrive quelque chose d'affreux ?*

Vous plaisantez ? Montrez-moi une jeune mère qui ne reste pas des heures d'affilée au-dessus du berceau de son bébé à se concentrer juste pour aider le petit à respirer par la seule force de sa volonté. Bien sûr que j'ai peur qu'il arrive quelque chose d'affreux. J'imagine chaque jour mille morts différentes pour ma fille. Je suis obsédée par la mortalité, par le fait qu'elle vieillisse, même aujourd'hui. » Ma voix est montée d'une octave. J'entends l'hystérie s'installer. « Elle va grandir et mourir. Mon bébé va mourir. Nous allons tous mourir. Je suis une bête de foire pleine d'hormones, obsédée par la mort. Seulement ce n'est pas pour ça que je suis là ! »

Je serre la check-list dans mon poing en l'agitant vers elle. Je déchire la feuille, froisse les deux moitiés en boule. Le bruit tonitruant produit par la destruction du papier me plaît, mais ma tirade m'a épuisée et je n'ai plus de forces. Un calme absolu règne dans la pièce qui retient son souffle, et je sens venir une certaine gêne, la boule écrasée dans ma paume. Je recule dans le canapé en secouant la tête.

« Je suis désolée. » Je me sens déséquilibrée, dérangée au plus haut point. Je n'avais même pas conscience, jusqu'à ce que les mots sortent de ma bouche, de cette obsession pour la mortalité. Mais c'est vrai. Je ne pense à rien d'autre depuis qu'Emma est née : ma vie file à toute allure et bientôt je ne serai plus là. Toutefois, le Dr Zimmer se borne à remuer la main comme une baguette magique capable de bannir les mauvaises vibrations qui ont envahi la pièce. Mon moi adolescent va battre en retraite et je vais être ramenée à l'âge adulte puisqu'elle le décrète. Elle referme son bloc pour le poser sur ses genoux, se penche vers moi.

« À l'évidence, vous êtes profondément frustrée. »

Purée, ce qu'elle est *astucieuse*. Je me mords la lèvre avant d'annoncer : « C'était peut-être une erreur.

— Peut-être », concède-t-elle. Je me demande si elle va me prier de partir. « Mais vous ne le saurez jamais, à moins de rester et de tenter votre chance. Je ne serai pas condescendante avec vous, je ne ferai aucune hypothèse. Nous pouvons simplement parler. »

Je fourre la boule de papier entre deux coussins du canapé.

« D'accord. »

Elle hoche la tête. « Dans ce cas, oublions la check-list.

— Oui, c'est ça. »

Les fougères sur l'appui de fenêtre derrière elle ondulent légèrement dans le souffle de la bouche de climatisation au-dessus, de même que son halo de cheveux.

« C'est que… Ce n'est pas la dépression post-partum. C'est plus que ça.

— D'accord. Quoi, par exemple ? »

Je prends une grande inspiration. « Je me sens complètement perdue. Comme si je ne savais plus qui je suis. Je n'ai jamais éprouvé cette sensation. J'ai toujours eu foncièrement les pieds sur terre, été ambitieuse. J'ai toujours eu un fort sentiment d'identité. »

Le Dr Zimmer n'a pas l'air intriguée le moins du monde.

« Et… » J'hésite. Il y a tant de choses que je n'ai pas envie de lui dire. Je suppose que ce sont probablement celles que je dois avant tout confesser. « Je me suis mise à entendre des trucs. »

Elle se ragaillardit. « Quel genre de trucs ?

— Des crissements.

— Des crissements ?

— Oui, des crissements. Crrrrrk, crrrrrk, crrrrrk. La nuit, quand je suis au lit, je les entends. Au début, j'ai cru qu'ils venaient du grenier, mais maintenant, on dirait qu'ils viennent de partout, qu'ils sortent de l'intérieur de mon crâne.

— Vous ne voyez pas d'explication logique ?

— Comme une tumeur ? »

Elle fronce les sourcils. « Je pensais plutôt à quelque chose dans le genre d'un écureuil au grenier.

— On a vérifié et revérifié. Il n'y a rien là-haut. D'ailleurs mon mari ne l'entend pas, même quand je le réveille. Pourtant c'est tellement *réel*. C'est *fort*. »

Le Dr Zimmer approuve d'un signe du menton. « D'accord. Des voix ?

— Non. » Je frissonne. Je n'y avais même jamais pensé. « Non, Dieu merci.

— D'accord, quoi d'autre ? »

Ce n'est pas suffisant, peut-être ?

« Je ne sais pas, je me surprends à faire et à dire des choses dingues. J'ai l'impression de ne pas me contrôler. Comme ce qui vient de se passer ici, quand j'ai explosé. La check-list m'a mise foutrement en colère. D'habitude, je ne suis pas comme ça. Ou du moins je ne l'étais pas. »

Elle attend que je continue. Elle sait que la suite arrive – on dirait que je suis dans un confessionnal, sur le point de me lancer. En proie à cet affreux moment de honte terrifiée qui s'amplifie avant que vous n'admettiez votre bouffonnerie lubrique devant le gentil prêtre choqué.

Je chuchote : « La semaine dernière, j'ai raconté à quelqu'un que le bébé était mort. »

C'est le même chuchotement que j'utilise quand Emma dort et que je ne veux pas la réveiller, espérant ne pas être entendue. Je suis dorénavant incapable de croiser le regard de la psy. J'ai trop honte pour lever les yeux, mais je perçois, me semble-t-il, quelque chose dans sa réponse monosyllabique qui se rapproche de l'empathie.

« Oh. »

Je suis à la maison, le babyphone est posé contre le cadre de la fenêtre et je parcours le grenier dans mes chaussettes les plus douillettes (et les plus silencieuses), prenant soin de ne pas réveiller Emma, qui fait la sieste dans la nurserie au-dessous. La vitre est couverte d'une épaisse couche de saleté, mais rien qui puisse lutter contre les flots de lumière impitoyable d'un après-midi de septembre. Des volutes de poussière s'élèvent dans les rayons de soleil tandis que je m'applique de toutes mes forces à éviter d'éternuer. Trois semaines après l'accouchement, mon incision déclenche encore de fréquents spasmes de douleur glacée. Tout de suite après avoir acheté la maison, j'ai commencé à débarrasser le grenier, mais bientôt, trop enceinte pour bouger, je l'ai abandonné à moitié dégagé. Je rêve toujours de le transformer en endroit agréable, peut-être une salle de jeux pour Emma, ou un coin lecture au calme. Sauf qu'en attendant, c'est un chantier, rempli de piles de bazar semi-organisées. Dans l'une d'elles, des vêtements. Dans une autre, de vieux journaux, des périodiques et des albums-souvenirs. Dans la troisième, des objets rouillés : une cage à oiseau, un soufflet à l'ancienne, une machine à écrire privée de la touche L. J'ai la sensation que cette pile est pour moi.

S'il y a un écureuil qui vit ici, dans ce grenier, résolu à me tourmenter par ses crissements fugaces et à me persuader que je deviens folle, je le trouverai. Je le ferai payer. J'avise les piles de trucs. C'est un genre de paradis pour écureuils. Il pourrait être n'importe où. Tout près, un tas de vieux sacs à main ; je le tâte d'un orteil hésitant. Rien ne s'en échappe par-dessous. Aucun crissement. Là, une malle-cabine solitaire se dresse non loin de la fenêtre, balayée par la lumière oblique qui y découpe des quartiers d'ombre. Pourrait-elle contenir un nid ? Bien sûr que non. Elle n'a pas de porte pour écureuil. Malgré tout, je me bouche le nez afin de parer au nuage de poussière imminent, puis je soulève le couvercle collant. À l'intérieur, une odeur fétide de boules de naphtaline, de longues jupes en brocart et deux manteaux de laine. Une par une, je jette ces vieilleries sur la pile des vêtements. Un petit carnet enveloppé de tissu devait être caché dans la doublure de l'un des manteaux, qui est trouée juste au niveau de l'ourlet, là où les fils sont cassants et lâches, permettant au journal de glisser simplement hors des plis du tissu. Il atterrit sur le plancher dans un léger nuage de poussière à côté de mes chaussettes douillettes toutes salies.

À ce moment-là, je suis saisie d'un pressentiment : chair de poule, souffle froid dans le cou. Il y a une *présence* humide et silencieuse dans la pièce feutrée inondée de soleil. Je perçois une souffrance lointaine avant même de me pencher lentement pour ramasser le carnet abîmé, avant même de l'ouvrir à la première page, fragile et jaunie, avant même de voir ou de comprendre la signification du nom inscrit quatorze fois d'une écriture folle et familière partout sur l'intérieur de la couverture : Ginny Doyle. Ginny Doyle. Ginny Doyle.

Il existe de nombreuses formes de folie, mais j'imagine que c'est surtout une question d'hérédité. Parfois, on peut même trouver son origine en remontant les branches mortes de son arbre généalogique ; en dénicher des *preuves* dans les anecdotes ou les documents familiaux. Une photo sépia. Un journal intime. Vous croyez avoir échappé à son emprise – vous croyez vous en être sorti. Mais elle est peut-être restée tapie, telle une tumeur, jusqu'à ce qu'un léger traumatisme intime la libère en vous.

2

IRLANDE, SEPTEMBRE 1846

Ginny était à quatre pattes au bord de la fosse à pommes de terre, dont elle examinait le fond. L'humidité remontait du sol et dessinait de sombres taches circulaires sur son jupon au niveau des genoux. Ses ongles étaient incrustés de terreau noir, une odeur pestilentielle de pourriture saturait l'air. Elle se couvrit le nez d'une main pour réprimer un haut-le-cœur. Dans l'atmosphère humide et glaciale, sa respiration s'élevait derrière sa paume en floraisons blanches et bouffies.

« Maman, je croyais qu'on n'était pas censés rouvrir la fosse avant le printemps, sauf en cas de besoin. » À côté d'elle, Maire, sa fille, lui parlait de sa voix de vieille dame. « Pour sûr, on n'a déterré celles-ci que la semaine dernière, et on en a encore tout plein dans la remise. On ne devrait pas les laisser couvertes ? »

Ginny jeta un coup d'œil de l'autre côté de la fosse, là où Raymond était en train de creuser. Elle tenta d'attirer son attention, mais il refusait de la regarder ; il fixait le terrain éventré.

« Maire, tu as onze ans, mais tu pourrais aussi bien en avoir soixante-treize, gourmanda-t-il sa fille inquiète sans lever la tête.

— Mais ce n'est pas vrai, Papa ? Que l'air ne doit pas les toucher ?

— Si, c'est vrai. En général, Maire.

— Mais pas cette fois ? » C'était au tour de Michael de parler, ravi de saisir l'occasion de donner tort à sa grande sœur.

« Non, pas cette fois, fiston.

— Pourquoi ? » demanda Maire.

Raymond leva enfin vers Ginny ses yeux brun foncé en demi-lune. Dès leur première rencontre, elle avait été saisie par ces yeux, par leur magnifique courbure qui donnait à Ray un air perpétuellement rêveur. À présent, elle n'y lisait qu'une peur brute. Elle espérait que Maire ne le remarquerait pas.

« Qu'est-ce qui ne va pas, Papa ? » insista leur fille.

D'un geste, Ginny dissuada son mari de répondre. C'était un homme bon, drôle et beau, mais les faux-semblants n'avaient jamais été son fort, même dans l'intérêt de ses enfants. Ginny sourit à Maire.

« Ne t'inquiète donc pas. Ton père et moi, on va s'en occuper.

— S'occuper de quoi ?

— Peu importe, trancha Ginny en se levant avant d'épousseter ses mains couvertes de grumeaux de terre sombres. Emmène Michael et tes sœurs à l'intérieur quelques minutes. Laisse Maman et Papa discuter. »

Maire pivota sur ses talons, sans faire un pas. Ses longs cheveux blonds lui barraient le visage à cause du vent de la fin de matinée, sa bouche était tordue d'angoisse. Elle avait des traits clairs et lumineux, l'arête du nez parsemée d'une unique poignée de taches de rousseur.

Raymond l'encouragea doucement.

« Vas-y, ma belle. »

Les épaules de Maire s'affaissèrent, mais elle attrapa Michael par la main, puis se détourna pour marcher à pas lourds vers la porte, appelant ses cadettes à les suivre. Maggie arriva au galop. Quant à Poppy, elle poussait toujours des cris de joie dans les champs brumeux, déployait ses bras en tournoyant sur elle-même.

« Allez, Poppy, appela de nouveau Maire. On rentre ! »

Poppy arrêta de tourner, tomba à la renverse en riant. Aussitôt elle se releva et s'élança vers les autres, étourdie, sa masse de boucles dorées tressautant sur sa nuque. À la vue de sa petite dernière qui courait à toutes jambes en zigzaguant, Ginny s'inquiéta : et si elle percutait le montant de la porte ? Mais Poppy corrigea sa trajectoire et disparut dans la maison avec ses frères et sœurs.

« Beaucoup de dégâts de ce côté-là ? » interrogea Raymond sans se redresser.

Ginny frissonna, examina le trou à ses pieds, à l'endroit où elle avait creusé dans la nouvelle fosse pour vérifier l'état des pommes de terre primeurs. Ils les avaient déterrées quelques semaines avant terme, au premier soupçon de mildiou dans les champs, espérant les y soustraire. Alors même qu'ils les arrachaient de leurs tiges ravagées, une bonne quantité s'était déjà changée en bouillie noire et spongieuse dégageant une affreuse odeur nauséabonde. Ils étaient toutefois parvenus à sauver et stocker plus de la moitié de la récolte, vivant d'espoir les semaines suivantes.

Ce matin-là, en ouvrant la fosse, ils avaient découvert un abominable gâchis, une boue puante. Les tubercules précoces qu'ils avaient récupérés étaient purement et simplement en train de pourrir.

« Des rescapées ? » demanda Raymond.

Ginny fit non de la tête en envoyant d'un coup de pied un peu de terre dans le trou.

« Peut-être trois sur dix si on a de la chance. Et là-bas ? Il y en a ? »

Raymond se gratta la nuque, puis croisa les bras.

« Sans doute quelques-unes, Ginny. » Il longea la fosse, l'étreignit.

Elle s'évertua à respirer profondément, à refouler les larmes qui montaient. Comme elle regardait vers la porte du cottage, elle sentit la peur se frayer un chemin dans sa gorge tel un monstre envahissant. Raymond l'entoura de ses bras, et elle appuya son front sur l'épaule de son mari.

« On se débrouillera, assura-t-il.

— Le jour des loyers[1] approche, Ray. Il va falloir payer. »

Il acquiesça.

« Remercions le ciel qu'au moins la récolte d'avoine semble être en bon état.

— Touchons du bois, répondit Ginny.

— C'est la récolte la plus importante que j'aie jamais vue.

— Tu ne trouves pas bizarre que les plants d'avoine soient aussi épais et que le mildiou ne les atteigne pas, alors que les pommes de terre sont toutes fichues ? »

Les années fastes, ils ne mettaient de côté qu'une petite réserve d'avoine pour leur famille – ils en vendaient presque la totalité, plus le cochon, pour payer le loyer. Dans l'intervalle, ils vivaient de pommes de terre, avec à l'occasion un navet ou un chou du jardin

1. Gale Day : dans la tradition irlandaise, les « Gale Days » correspondent aux dates bisannuelles où les loyers et les intérêts sont dus.

potager, quelques œufs de leurs poules. Ils s'en tiraient mieux que la plupart des voisins grâce à leur vieille vache laitière. Sauf qu'elle ne durerait pas, plus maintenant. « Toute notre nourriture pour les six prochains mois est là, murmura Ginny en contemplant le champ dévasté. Disparue. » Elle claqua des doigts. Ses yeux étaient pleins de larmes, impossible de s'en empêcher.

Ray scruta l'humidité brumeuse au loin en plissant les paupières. « On ne l'a pas encore vendue, cette fichue avoine, Ginny. Il nous reste le cochon, plus une récolte convenable de navets et de choux.

— Et presque tout ce que ça nous rapportera, on le doit à Packet. Tu sais ce qui se passera si on ne paie pas. »

Chaque année, le jour des loyers, il y avait toujours une famille ou deux qui ne parvenaient pas à rassembler l'argent pour une raison quelconque, un coup dur quelconque qu'elle avait subi. Packet n'avait aucune pitié pour ces gens-là. Ses agents et les gendarmes étaient mandatés pour arracher des familles entières à leurs logis. Ces hommes démantelaient les cabanes qui s'effondraient sur la route sous le regard même de leurs habitants, sans se soucier des lamentations des femmes ni de la panique féroce des bébés qui hurlaient. On fixait une corde à la poutre du toit et toute la maison s'écroulait alors devant eux en un amas de pierres et de chaume, dans un gros nuage étouffant de poussière chaude. On dissuaderait les voisins d'accueillir la famille en question, et ces pauvres hères se retrouveraient sans ressources. Ils partiraient sur les routes, misérables. Ginny secoua la tête.

« Quoi qu'il arrive, nous sommes obligés de payer. »

Ray opina. « Tu as raison. Si on doit avoir faim, autant avoir faim sous un toit. »

La puanteur des fosses à patates était si forte qu'elle leur laissait un goût amer dans l'arrière-gorge.

« On obtiendra un bon prix pour l'avoine, argumenta Raymond. Nous pourrons en garder suffisamment en réserve.

— On peut vendre la vache, renchérit Ginny. On se passera de lait pendant l'hiver.

— On s'en sortira », conclut Ray.

Ils essayaient de se convaincre mutuellement.

Les enfants adoraient se rendre à la ville de Westport. Peu importait la raison du voyage ou la longue marche, ils n'y rechignaient jamais. Poppy, Maggie et Michael sautillaient devant, gesticulant, agitant leurs membres juvéniles, chauds et souples. Maire, elle, veillait aux côtés de ses parents, solennelle. Ray tenait la main de Ginny et s'efforçait de réprimer la peur de son épouse pour que leur aînée ne la renifle pas. On ne pouvait rien lui cacher – si on voulait qu'elle croie quelque chose, il fallait en être soi-même convaincu.

Ginny pressa la main de Ray et se mit à parler pour faire diversion. « Michael commence à être un peu grand pour ce jupon. »

En général, les garçons portaient des jupons jusqu'à huit ou neuf ans. Michael était plutôt petit pour son âge, mais ses jambes minces dépassaient de plus en plus. Il ressemblait chaque jour davantage à son père, seul des enfants à avoir hérité de Ray ses yeux en demi-lune.

« Ma foi, c'est vrai, admit Ray en observant leur fils sur la route devant eux.

— Il a désormais presque dix ans. L'âge de porter des knickers, une veste et un gilet, comme un véritable petit homme. »

Maire intervint.

« Il a aussi besoin d'un chapeau, Maman.

— En effet, approuva Ginny. Mais, pour sûr, il supportera encore très bien cette tenue, jusqu'à nouvel ordre, en tout cas. Ça ne lui fera pas de mal, ça non. »

Les routes étaient d'un calme surnaturel, à part le bruit de leurs pas conjugués sur la terre battue et les voix aiguës des enfants au loin. C'était une journée douce et poisseuse, et, si la pluie ne tombait pas, elle restait suspendue dans l'atmosphère, de sorte qu'en marchant on devait tout de même la traverser. Les pointes des cheveux de Ginny étaient humides lorsqu'elle les rentra dans son bonnet. Sous le bord du couvre-chef, son regard étudia les champs de chaque côté, d'habitude d'un vert intense et luxuriant à cette époque de l'année, prêts pour la récolte. À présent, ils étaient d'un brun chancreux suintant, et la puanteur du mildiou était si puissante qu'elle semblait presque planer au-dessus des terres. Les fermes que dépassaient les Doyle paraissaient vides de leur nourriture et de leurs habitants, les champs désertés de créatures vivantes. Perchée sur un échalier, au loin, une silhouette solitaire se tenait recroquevillée sur elle-même, la tête dans les mains. Ginny rappela les enfants qui firent demi-tour et rejoignirent leurs parents en sautillant. Ensemble ils approchèrent de la forme assise. Ce n'est qu'en arrivant tout près qu'ils reconnurent la personne.

« Eh bien. » Ray se détacha des siens pour s'avancer, une main tendue. « James Madigan. Comment vous portez-vous ? »

L'homme sortit la tête de ses genoux et considéra Ray d'un air égaré. Ils le connaissaient bien : un gars plutôt jeune, père de famille, mais ses cheveux en bataille qui se dressaient sur son crâne lui donnaient l'air beaucoup plus âgé. Ses knickers étaient usés jusqu'à la corde et rapiécés, le col et les poignets de son manteau, élimés. Il n'était pas rasé et malaxait d'une main les jointures de l'autre. Celle de Ray resta simplement suspendue entre eux jusqu'à ce que James finisse par la prendre dans la sienne.

« Désolé, désolé, Ray, je ne vous avais pas vu. »

Maire jeta un coup d'œil à Ginny, mais resta coite.

« Tout va bien, James ? Vous avez l'air diablement secoué », lui demanda Ray.

Les yeux de James fuirent le visage de son voisin pour aller se poser sur celui de Ginny, puis, tour à tour, sur les enfants. Il ouvrit la bouche, sans prononcer une réponse. Il se balança un peu sur lui-même avant de se retourner et de regarder par-dessus son épaule, en direction de son propre champ ravagé. Ses mains agrippèrent ses cheveux comme pour les arracher, tandis que les larmes lui venaient, impossibles à ignorer. Ginny étudia ses chaussures afin de le laisser se ressaisir. Poppy triturait la jupe de Maire, tandis que Maggie et Michael inspectaient une sauterelle sortie d'un trou dans le mur.

La voix de James n'était qu'un chuchotement étranglé. « Tout est fichu.

— Ah, allons », commença Ray, mais l'homme dodelinait de la tête en malaxant toujours ses jointures. Ses yeux étaient rougis et chassieux.

« Non. C'est sans espoir. Quand le jour des loyers arrivera, on n'aura rien à donner à Packet. Il va nous jeter dehors.

— Ah, James. Il y a sûrement quelque chose, quelque chose que vous pourriez vendre ? Ou peut-être que Packet pourrait vous faire crédit jusqu'aux loyers du printemps ?

— Ha ! » James cracha sur la route. « Autant demander au diable en personne de nous faire crédit. »

Ray retira sa main, se gratta le menton. « Les choses étant ce qu'elles sont aujourd'hui, les propriétaires vont sans aucun doute faire des compromis. Ils ne peuvent pas jeter toute la population dans la misère. Ils vont forcément entendre raison. »

En dépit de ces paroles prometteuses, les deux hommes échangèrent une œillade empreinte de résignation désespérée. Ils savaient que leurs propriétaires absents, domiciliés à Londres, ne se souciaient pas des autochtones tant que leurs fructueuses terres irlandaises continuaient à produire des profits notables, tant que le grain et le bétail qu'ils extorquaient à l'Irlande continuaient à grossir leurs fortunes anglaises.

« Il prendra ma maison. » La voix misérable de James Madigan était montée dans l'aigu à mesure qu'il parlait. « Ce gredin de Packet poussera ma famille sur les routes. Nous mourrons de faim. Je le jure devant Dieu, mes enfants vont mourir de faim ! »

Maire inspira brusquement, et Ginny lui fit face pour l'entraîner vers Maggie et la sauterelle.

« Ne t'inquiète pas, ma belle, rassura-t-elle sa fille.

— Ne pas m'inquiéter ? » Maire toisa sa mère comme si elle était folle. « Il y a longtemps qu'on n'en est plus là, Maman. » Elle haussa le menton, dans un mouvement qui rappela à Ginny que sa figure avait perdu ses rondeurs de bébé. Sa mâchoire et ses joues s'amincissaient, ses cils s'allongeaient, gagnaient en douceur sur ses yeux bleu pâle. Bientôt, ce serait une jeune demoiselle.

« Bon, d'accord. » Ginny confirma d'un signe de tête.

« Regarde, Poppy, s'exclama alors Maire en

s'accroupissant près de sa petite sœur. Tu vois comment ses pattes arrière sont pliées, pour qu'elle puisse sauter ? »

Raymond ne conversa pas longtemps avec son voisin, les visages des deux hommes étaient penchés l'un vers l'autre, la main de Ray reposait sur l'épaule de James, qui gardait gravement les bras croisés sur sa poitrine. Ginny s'adressait à ses enfants en parlant très fort, espérant couvrir les notes d'hystérie dans la voix du pauvre bougre. Celui-ci se glissa au travers de l'échalier et s'éloignait déjà en titubant dans son champ chauve, pendant que Ray revenait vers eux. Ils poursuivirent leur chemin vers la ville de Westport.

« Le pauvre gars n'a pas semé d'avoine cette année », déclara tout bas Ray dès que les enfants furent hors de portée.

En guise de réponse, Ginny parvint juste à émettre un bruit étouffé.

« Ils sont mal partis, Ginny. Pour eux, c'est la route. » Il eut un geste navré. « Que Dieu leur vienne en aide.

— Tu ne crois pas que Packet reportera leur loyer, rien que pour cette fois ? Qu'il leur permettra de passer leur tour jusqu'au printemps ? »

Ray ne prit même pas la peine de répondre : c'était inutile. Il se contenta d'arquer un sourcil à l'intention de Ginny.

Devant eux, la route descendait en serpentant au milieu des champs avant de remonter abruptement à flanc de colline à mesure qu'elle rétrécissait jusqu'à l'entrée de la ville. Les enfants ralentirent pour se rassembler autour de Ray et Ginny au moment de pénétrer dans les rues. Il y avait de l'animation à Westport, les gens se hâtaient de toutes parts, certains avec un cheval et une carriole ou un âne, mais la plupart étaient à pied. Le trajet ayant fatigué Poppy, Ginny hissa sa benjamine sur sa hanche tandis qu'ils traversaient la rivière Carrowbeg par Bridge Street.

En ville, la foule était bruyante, comme si toutes les voix des fermes et des champs alentour avaient été aspirées dans un compte-gouttes assoiffé pour être versées, tel un flot sauvage, dans les rues en effervescence. Leur puissance oppressante effraya Ginny. Elle recula contre le mur d'une boutique le temps de reprendre ses esprits. La masse des badauds la dépassait en grappes endiablées, et son jupon rouge flottait dans la brise. Elle attrapa Maggie par la main. Raymond parlait, mais dans le brouhaha Ginny ne distinguait pas ses paroles.

« Qu'est-ce qui ne se présente pas bien, Papa ? répondit Maire à son père.

— Pardieu, Maire, tu vas arrêter avec tes satanées questions ! répliqua Ray d'un ton coupant, suffisamment fort pour que Ginny entende leur échange. Rien que pour cette fois, tais-toi. Laisse-moi réfléchir. »

En silence, Maire chercha un peu de réconfort auprès de sa mère, qui se borna à secouer la tête.

« Pourquoi n'emmènes-tu pas Michael voir les canards, proposa-t-elle à son aînée. Vas-y. On vous retrouvera sur le Mall[1], après.

— Je veux y aller aussi, Maman ! glapit Maggie.

— Non, ma belle, tu restes avec nous.

— Mais Maman !

— Tu es trop petite, *mo chuisle*[2].

— J'adore les canards !

1. Mall : promenade publique en centre-ville.
2. En gaélique : « ma chérie », « mon amour ».

— On ira les voir plus tard. »

Maire et Michael s'étaient déjà éclipsés dans la foule. Maggie boudait ; Ginny fut bel et bien obligée de la traîner le long de la rue jusqu'au marché à ciel ouvert. Quant à la petite Poppy de deux ans et demi, elle avait drapé son corps chaud contre sa mère, enroulé fermement ses jambes autour de sa taille, et lui chatouillait le menton de sa masse de boucles d'or. Ginny lui embrassa le haut du crâne. C'était une jolie fillette aux grands yeux bruns respectueux – peut-être le seul signe de respect chez elle. Sa grande sœur tirait sur le bras de sa mère pour tenter de s'éloigner.

« Maggie, ne me tire pas sur le bras », gronda Ginny, et l'enfant se retourna pour la foudroyer du regard. L'espace d'un instant, cette expression si particulière la fit ressembler trait pour trait à sa mère : les cheveux noirs et les iris d'un bleu vif, les sourcils arqués et les lèvres pleines. Cependant, ce n'était pas tout. Il fallait y voir l'œuvre magique de Dieu, cette façon dont une maman se retrouve parfois dans la peau de ses rejetons.

Partout autour d'eux, des animaux bêlaient dans leurs enclos et des voix d'hommes qui marchandaient se mesuraient les unes aux autres. Ginny percevait les odeurs des bêtes, du crottin sous ses pieds, des corps masculins pressés ensemble, du parfum suave du tabac qui brûle, et aussi, derrière toutes ces odeurs, au-delà des rues, dans chaque centimètre carré de terre bordant Westport, de cette affreuse pourriture piquante et aigre. À un carrefour bondé, un vieux bonhomme assis jouait du violon et une petite troupe d'enfants l'observait, debout, en silence. Maggie tira Ginny par le bras en le montrant du doigt.

« Il n'est pas magnifique, Maman ? Comment est-ce qu'il fait ça ? »

Ginny sentit de nouveau quelqu'un l'agripper, au niveau de la ceinture. C'était Michael. Maire et lui étaient déjà de retour.

Ginny s'étonna. « Je croyais que vous alliez nous attendre sur le Mall ?

— Les canards sont partis », expliqua Michael.

Les mirettes bleues de Maggie s'écarquillèrent.

« C'est bizarre », commenta Ginny à voix basse.

Maggie protesta d'un ton où perçait l'inquiétude : « Mais les canards sont toujours là d'habitude, Maman. Ils sont passés où ? »

En effet, des canards occupaient généralement cette partie de la Carrowbeg, ceinte de murs – presque toujours. Les enfants adoraient se dandiner et caqueter dans leur sillage.

« Je ne sais pas, ma belle. Peut-être qu'ils sont partis à une réunion de canards, là-haut, à Westport House. »

Michael eut un grand sourire. « Un genre de congrès de coin-coins ? »

Ginny se mit à rire. « Oui, tout à fait. »

Raymond n'écoutait pas. Il approchait de l'un des marchands, John McCann, réputé pour son commerce impitoyable avec les navires anglais, qui proposait toujours un prix équitable aux locaux. Une petite foule d'hommes s'était déjà massée autour de lui, certains parlaient, d'autres écoutaient en tendant l'oreille. Ginny se plaça aussi près d'eux que possible et les imita.

« Ce ne sont pas mes affaires si vous ne voulez pas vendre le cochon pour ce prix-là, si vous préférez attendre un peu, disait McCann à un barbu grand et maigre. Mais, je serais vous, je le cacherais vite avant que vos voisins affamés le trouvent. »

L'assemblée d'hommes s'esclaffa. Le barbu agita simplement une main exaspérée devant McCann avant de tourner les talons. Il dépassa Ginny dans la foule et McCann cria dans son dos : « Faites attention, ce cochon va connaître le même sort que les canards ! »

Sur le Mall, il y avait un petit jeune, rien qu'un gamin en réalité, pas plus de quinze ans peut-être, assis sur un banc, occupé à lire tout haut le journal devant plusieurs auditeurs aux mines graves. Maggie et Poppy bifurquèrent vers le mur du canal pour jeter un coup d'œil à l'endroit où les canards auraient dû se trouver. De fait, en contrebas les flots gris au débit rapide étaient déserts. Debout entre ses sœurs, Michael pointait du doigt le secteur où ces oiseaux barbotaient d'ordinaire.

« Je vous l'avais bien dit, confirma-t-il. Y z'ont *disparu.* »

Maire se tenait à côté de Ray, se mêlant à la troupe de badauds qui se bousculaient pour écouter le jeunot lire tout haut le journal d'un ton ferme. Il l'avait étalé sur ses genoux à la manière d'une couverture et sa voix sonnait plutôt clairement, bien qu'il se soit penché pour déchiffrer les mots en plissant les paupières.

« "À Dungarvan, de sérieuses émeutes de la faim ont conduit au pillage d'une boulangerie dans le centre-ville. Le boulanger, qui s'est enfui, n'a pas été blessé. Les autorités craignent que la dévastation de la récolte de pommes de terre atteigne désormais toutes les provinces. De fait, aucun recoin d'Irlande ne semble avoir échappé aux ravages de l'annihilation de cette année." » Il abandonna son journal pour considérer la foule croissante avec nervosité.

« Allez, fiston ! » l'encouragea une voix à l'arrière, et une vieille femme ajouta : « Lis tout, mon petit ! »

Maire fixait le garçon, les yeux grands comme des soucoupes. Il reprit son journal en main, puis s'éclaircit la gorge.

« *La panique règne en Irlande* », conclut-il. Il replia les feuilles sur son genou.

« Qu'est-ce que ça dit d'autre ? » le pressa un type à l'arrière de la foule.

Le garçon haussa les épaules, le regard vide. « Des choses du même tonneau, répondit-il doucement en se levant de son banc avec un dernier rapide coup d'œil au journal replié. La reine envoie des hommes de science analyser l'étendue du désastre.

— Que Dieu garde la reine ! cria une voix forte, sentimentalisme qui fut accueilli par une série de sifflets et de quolibets.

— Que le diable emporte la reine ! cria quelqu'un d'autre, provoquant une salve d'applaudissements.

— Ce n'est pas notre reine ! »

La foule commençait à s'agiter.

« Que Dieu nous garde ! s'exclama une vieille femme, à côté de Ginny.

— Pour sûr, c'est l'œuvre de Dieu Lui-même », commenta sa compagne, à peu près du même âge. Les deux femmes se tenaient par le bras. Peut-être des sœurs. Habillées comme des citadines, pas de trace de boue des routes sur leurs pieds. Elles poussèrent ensemble le même gros soupir, on aurait presque dit une seule et unique bête. « La Providence divine a finalement jugé bon de punir notre gaspillage. C'était un péché, la façon dont les meilleures années, quand on avait tellement de patates, les paysans s'en servaient d'engrais pour leurs champs. »

La seconde vieille claqua de la langue. « Nous n'avons jamais fait attention quand tout allait bien. »

Elles pivotèrent d'un même mouvement avant de s'éloigner en vacillant le long du Mall, branlant du chef avec force tss-tss réprobateurs. Le jeunot au journal entreprit de se frayer un chemin dans la foule, mais une jeune mère, son nourrisson collé au sein, lui pressa très fort le bras : « Qu'est-ce qu'on doit faire, alors ? » Les yeux suppliants de la femme fouillaient le visage de l'adolescent. « Ces prétendus *hommes de science* serviront-ils à quelque chose ? Vont-ils nous aider ? »

Le garçon fit un geste d'impuissance. « Je ne sais pas, m'dame.

— Mais il y a forcément quelque chose à faire. » La voix de la femme avait monté d'un ton et elle resserra sa pression sur le bras du jeune. « Un gars bien instruit comme toi doit savoir. Il y a forcément une réponse, s'il plaît à Dieu. »

Le petit jeunot remplit bruyamment ses poumons, puis dégagea sans ménagement son bras qu'agrippait la mère désespérée. « Je suis juste comme le reste de vous autres, insista-t-il. Je ne sais rien ! »

La femme se mit à gémir. « L'hiver est proche, que Dieu nous vienne en aide ! Sauvez-nous, Dieu de miséricorde ! »

Le garçon s'éclipsa aussi vite que possible à travers la foule qui se dispersait. Les gens s'écartaient de la jeune mère à bout de nerfs, qui risquait de semer la panique. Il y avait dans ce genre de folie une possible contagion que personne ne pouvait se permettre. Le son fêlé et creux de ses cris poursuivit la famille Doyle tandis qu'elle traversait en sens inverse la rivière Carrowbeg pour reprendre le chemin de la maison.

Maire regroupait devant elle ses cadets, ne se retournant que par intermittence pour surveiller ses parents.

Ginny, toujours chargée de Poppy, s'adressait par bribes à Ray. Il était surtout perdu dans ses pensées.

« On tuera le cochon qui reste, déclara-t-il. Qu'importe le loyer, on tuera le cochon.

— Comment ça, qu'importe le loyer ? Mais tu as perdu l'esprit, Ray ? »

Il fit non de la tête et sa bouche eut un petit frémissement, mais il ne répondit pas.

« Ce cochon reviendra à Packet, continua Ginny. Sans aucun doute. Je ne lui fournirai pas d'excuse pour nous jeter sur les routes. En tout cas, on a les choux et les navets, et il nous reste encore les trois poules et leurs œufs. Plus la vache. »

À dire vrai, le cochon n'était pas en grande forme – il avait faim, lui aussi. Malgré tout, il était destiné à Packet ; il représentait l'équivalent du loyer et on n'y pouvait rien. Tous les autres aliments n'étaient qu'un supplément, de petites choses que Ginny cultivait dans le potager, uniquement pour apporter un peu de variété. Ces stocks dérisoires ne suffiraient jamais à assurer leur subsistance. Comment allaient-ils même réussir à nourrir les poules ?

Ginny et Ray élevaient leur progéniture grâce à un régime à base de pommes de terre, comme tout le monde – et en conséquence, les enfants étaient sains et potelés. Il n'y avait qu'à les voir sur la route, devant eux : corps robustes et souples, peau éclatante. Leurs petites mains libres, pareilles à des oiseaux, voltigeaient et planaient. Michael donnait à Maggie des bourrades dans les côtes et sa sœur se jetait sur lui pour riposter, tels deux escrimeurs en action. Ils étaient l'image même de la grâce, ces êtres miniatures bien nourris à l'œil vif. Et ce malgré une année entière de piètres récoltes.

Jusque-là les Doyle n'avaient jamais eu de réels soucis, même quand les temps étaient durs ; ils s'étaient débrouillés pour échapper au pire du mildiou. Ginny songea aux deux maigres tas de pommes de terre qu'ils avaient gardés à la maison. Ils étaient catastrophiques, ces tas. Épuisée par la longue marche, Maggie commençait à traînasser derrière Michael et Maire, si bien que Ray la hissa sur ses épaules. Elle cala ses pieds sous les aisselles de son père.

« Comment ça se fait que vous soyez si fatiguée, m'dame ? demanda Ray à sa fille.

— Parce que j'ai que cinq ans, Papa, et que mes p'tites jambes sont trop courtes.

— Une paresseuse, voilà ce que tu es.

— Mais non, Papa. Je suis obligée de travailler deux fois plus dur que toi. Plus, même. Pour chaque pas que tu fais, il m'en faut trois. Tu sais ce que ça veut dire ?

— Quoi ?

— J'ai marché dix fois plus loin que toi. J'ai marché jusqu'à Dublin.

— Ah bon ?

— Ouais.

— Et tu as vu le château ?

— Oui.

— Je te reconnais bien là, ma fille. »

Maggie fourra ses doigts dans les oreilles de Ray et les remua en tous sens.

« JE SUIS DEVENU SOURD ! » hurla-t-il.

Poppy s'esclaffa devant leurs pitreries. « Mais non, Papa... c'est les doigts de Maggie ! »

À part le solide nœud d'angoisse qui s'était logé quelque part dans la gorge de Ginny, tout semblait presque normal.

Une fois les enfants endormis, Raymond et Ginny laissèrent la lanterne allumée et sortirent dans la nuit noire. Le ciel sombre était parsemé d'étoiles, un vent froid ébranlait les champs ravagés. Ginny resserra son châle sur ses épaules, croisa les pointes sur sa poitrine pour les rentrer dans la ceinture de sa jupe. Tournant le dos au cottage, ils s'aventurèrent au milieu des tiges qui crissaient. Ray gardait son bras autour de sa femme ; elle laissait flotter sa paume ouverte au-dessus de la récolte brune et flétrie. Comme il n'avait pas dit grand-chose de l'après-midi, elle se demandait s'il avait le cœur gros, lui aussi. C'était la nouvelle lune, il faisait très noir dans les champs. Seule la plus discrète des lueurs dans le ciel, à l'ouest, suggérait la présence des lampes et des feux de cheminée de la ville de Westport. Ginny ne distinguait pas les traits de son mari. Ils demeurèrent un moment sans parler et ce fut elle qui rompit le silence.

« Ça ne suffira pas. » Elle avait prononcé ces mots pour eux deux. « Les œufs, le chou. On n'est qu'en septembre, Ray. »

Elle l'entendit casser quelques tiges de pommes de terre à côté d'elle. Il les froissa dans sa paume, les renifla, puis s'essuya les mains. Peut-être espérait-il qu'à force de vérifier, il trouverait quelque chose de différent.

« La prochaine récolte tombera en juin au plus tôt », réfléchit-il tout haut.

Elle s'immobilisa, se retourna pour regarder dans sa direction. Il savait déjà, ils savaient tous les deux. Un étrange brouillard argenté s'étendait comme un voile au-dessus du terrain, même dans le noir, et ce tapis brumeux maintenait la puanteur de la pourriture au ras du sol.

« S'il vous plaît, mon Dieu, faites qu'il y ait du soleil demain et qu'il élimine toute cette humidité avec ses rayons.

— Amen », murmura Ray. Sa main trouva celle de sa femme dans l'obscurité pendant qu'ils l'évitaient encore une minute : l'horrible chose qu'ils devaient se dire. Pour finir, ce fut elle qui parla.

« On va être obligés de partir, Raymond. » Sa voix faisait écho au froissement des tiges sans vie agitées par la féroce brise nocturne. Il objecta : « On n'a pas les moyens de payer le passage pour six personnes. »

Elle admit que non.

« Alors l'un de nous deux va devoir y aller. Trouver du travail et envoyer de l'argent », décida Ray.

La lumière du cottage suffisait tout juste à souligner les contours de son visage. Elle tendit la main pour sentir sur son menton et sa joue sa barbe de trois jours, collante sous ses doigts. Quand il se pencha pour l'embrasser, elle l'enferma dans ses bras, nicha sa tête dans le cou de son mari. Ils restèrent ainsi un long moment.

« C'est moi qui m'en irai », trancha-t-il avant de se détacher d'elle et de se redresser. Il avisa le cottage derrière eux, où Maire les observait dans l'embrasure de la porte ouverte. Elle était éclairée à contre-jour par la chaude lumière de la lampe. Il fit un signe du menton, se mordilla les lèvres.

« On a de la chance que Kevin soit parti depuis deux ans. Il pourra peut-être m'aider à trouver du travail à New York… Il est déjà installé. Beaucoup de gens n'ont pas de frère, pas de famille là-bas, personne vers qui se tourner.

— La plupart des gens ne pourraient même pas s'offrir un billet », ajouta Ginny.

En revanche, Raymond et Ginny avaient les moyens. Les moyens de payer le loyer, d'acheter un ticket aller d'entrepont, et de garder encore suffisamment de nourriture – peut-être – pour préserver les enfants jusqu'à ce que Ray trouve du travail de l'autre côté et commence à envoyer de l'argent au pays. Ginny serra ses bras sur sa poitrine, mais c'était inutile – elle sentait déjà un vide qui hurlait au fond de son être. Elle ne se souvenait plus comment vivre sans Raymond. Douze ans qu'ils étaient mariés – presque treize. Elle sentait déjà son absence, comme si on lui avait sauvagement arraché une partie sacrée d'elle-même. Il se pencha vers elle, cogna ses épaules et son front aux siens, sans doute pour lui rappeler qu'il était encore là. Elle l'entendait sourire, devinait la façon dont ses lèvres encadraient ses dents magnifiques.

« Tout va bien se passer, Ginny, assura-t-il en essayant sincèrement d'être convaincant. On va s'en sortir. » Il lui pressa les épaules.

Elle renifla, se donna deux petites claques sur les joues pour leur rendre des couleurs. Elle voulait y croire. Combien de petits jeunots irlandais étaient partis avant Ray traverser cet affreux océan jusqu'en Amérique ? Combien d'entre eux en étaient un jour revenus ? Elle avait envie de se jeter dans les bras de son mari en sanglotant. Envie de le supplier de ne pas s'en aller. Envie de hurler, de pleurer et de lui bourrer la poitrine de coups de poing. Mais cela ne sert jamais à rien de désespérer quand on est mère ; c'est une entreprise foncièrement stérile. À la place, elle aspira une bouffée d'air. Lorsqu'elle regarda de nouveau derrière elle vers le cottage, Maire avait disparu à l'intérieur.

« C'est vrai, on va s'en sortir », répéta-t-elle. Sa voix pleine d'une force surprenante réussit presque à la persuader. Elle continua sur sa lancée. « La traversée prend plus ou moins dix semaines. » Elle décomptait mentalement les mois, comme si le départ de Ray, quittant l'Irlande et les siens, n'était qu'un genre d'exercice compliqué de mathématiques.

Il fut plus rapide. « Disons février. Mars au plus tard, et je devrais pouvoir envoyer de l'argent d'ici là. En principe, les navets et le reste vous permettront de tenir en attendant. »

Elle opina.

« On pourrait tuer la vache au lieu de la vendre, poursuivit-il. Comme cet hiver est censé être froid, tu arriveras peut-être à conserver la viande.

— Un hiver froid », répéta Ginny.

Ils étaient bel et bien en train de parler du temps.

« Écoute-moi, reprit Raymond. Je me fiche de ce qu'il faudra faire. Je me fiche du nombre de gens qui ont pris ce chemin avant nous. Cet océan se traverse dans les deux sens. Tu m'entends ? Je reviendrai. »

Elle baissa les paupières et secoua la tête. « Raymond…

— Je reviendrai te chercher. Pas de veillée funèbre américaine pour ce vieux Paddy[1]. Ça non, je reviendrai.

— Tu ne peux pas… » Mais il l'interrompit encore une fois.

« Je rentrerai à la nage s'il le faut, promit-il avant de saisir le menton de Ginny dans sa main comme si elle était une enfant. Ma petite femme. »

1. Surnom (plutôt péjoratif) donné aux Irlandais.

Les yeux de Ginny trouvèrent les siens dans le noir.

« Je refuse d'être séparé de toi », conclut-il.

En cet instant précis, il n'y avait aucun doute dans l'esprit de Ginny. Elle avait confiance en lui. Oui.

« Je te crois. »

Quelques larmes de gratitude affluèrent alors, cachées au coin des paupières de Ray, et Ginny les sentait, même s'il faisait trop noir pour qu'elle les voie.

« Raymond Doyle, si tu pleures maintenant, je jure que je te suivrai jusqu'en Amérique rien que pour demander le divorce. J'ai entendu dire que de l'autre côté une fille peut divorcer de son homme sans problème. »

Durant les derniers jours, le rire de Ray se révéla miraculeux, comme une sorte de nourriture.

3

NEW YORK, AUJOURD'HUI

J'appuie sur un bouton et l'image de ma fille surgit sur l'écran miniature en noir et blanc granuleux. Elle est allongée sur le dos, les deux poings au-dessus de la tête comme si elle célébrait une victoire clandestine. À trois semaines, j'ai l'impression qu'Emma a peut-être déjà une vie distincte de la mienne, si secrète et mystérieuse qu'elle pourrait réellement être un train de fêter un triomphe caché – quelque chose dont elle ne me parlera jamais. J'en sais à la fois davantage et moins sur elle que sur tous ceux que j'ai jamais connus. Mon cœur, mon cerveau et la totalité de mes organes vitaux me paraissent comprimés entre ses poings minuscules. Je monte le volume presque au maximum jusqu'à ce que je l'entende respirer.

Prenant soin de ne pas laisser la porte grillagée claquer derrière moi, je sors sur le perron. Je m'assieds sur la marche supérieure, là où les briques sont chaudes en dépit de l'ombre oblique de l'après-midi. J'essaie divers angles avant de trouver un endroit où l'écran fonctionne sans parasites. Parfois, j'apprécie les interférences : je capte deux familles différentes quand je change de canal pour passer sur B ou C.

Les membres de la famille B sont incroyablement

joyeux, ils parlent à leur enfant avec l'enthousiasme d'un personnage du *Muppet Show* malgré les accents gutturaux d'une langue difficile à identifier. Quelque chose qui vient des Balkans, peut-être. Sur le canal B, l'image se résume au gros plan d'un berceau et parfois du bébé souriant, aux cheveux sombres, qui semble si peu y dormir. Il y a beaucoup d'applaudissements, de cris et de gaieté à tout-va sur le canal B et je tâche souvent de deviner dans quelle maison des environs habite cette famille. À mon avis, leur boîte aux lettres devrait être ornée d'arcs-en-ciel et de licornes, mais je ne vois pas un seul voisin qui pourrait même feindre le genre de ravissement que j'entends.

Le canal C est bien plus sordide, pareil à un sujet de *Dateline*[1]. Bien qu'il y ait quatre berceaux, pour l'instant, je n'ai pas réussi à discerner s'ils contiennent vraiment quatre bébés (les vendent-ils au marché noir ?) ou s'il s'agit juste de jumeaux et d'un miroir. J'entends rarement une voix sur le canal C – rien que des pleurs, des pas, des soupirs, des bruits de chasse d'eau, une télévision tonitruante en arrière-plan. Ces deux ou quatre bébés passent un temps fou dans leurs berceaux. L'image est granuleuse et sombre. On ne voit pas grand-chose.

Mais c'est sur le canal A que se trouve le cœur de l'action : ma fille endormie et ses splendides petits poings. Je vérifie le volume sonore avant d'allonger avec précaution mes jambes devant moi, déterminée à rester dehors autant que possible avant que la météo change. Les feuilles ont déjà des couleurs différentes et, à mesure que les jours raccourcissent, la chaleur

1. Magazine d'information de la chaîne américaine NBC, essentiellement consacré au crime et diffusé depuis 1992.

faiblit aussi peu à peu. Bientôt, nous serons coincées à l'intérieur pendant des mois. Rien que mon bébé et moi. Canal A.

Je compose tour à tour les numéros de trois amis, mais aucun ne décroche. Ils ont des boulots, des vies. Pour finir, je tente celui de ma mère.

« Majella, dit-elle d'un ton chantant. Comment va notre petite-fille ?

— Bien.

— Formidable ! »

L'espace d'une demi-seconde, je me demande si elle va aussi vouloir savoir comment je vais. D'ordinaire, je ne me poserais pas la question : elle ne le demande jamais, probablement parce que ça l'obligerait à arrêter de parler assez longtemps pour écouter ma réponse. Mais je pensais plus ou moins qu'avoir mis au monde son premier petit-enfant me vaudrait peut-être une lueur occasionnelle de curiosité quant à mon bien-être.

« Oh, j'ai été si occupée que je suis épuisée ! » dit-elle avant de se lancer à corps perdu dans une description détaillée de sa semaine. Et quand je dis *détaillée*, je veux dire qu'elle inclut le nombre de fois où elle a fait la grosse commission mardi. Enfin, le nombre de ses tentatives infructueuses. Sérieusement.

Je m'apprête à me laisser aller sur mes coudes, mais comme mon abdomen est encore trop sensible pour s'étirer, je me borne à examiner mes jambes au soleil pendant qu'elle parle. Elle est passée à la météo. Apparemment, ils ont eu des vents violents la nuit dernière, et leur chienne, Cacao, a été si perturbée qu'elle en a uriné sur le nouveau tapis du bureau. Dieu merci, ils l'avaient choisi vert, couleur qui cache très bien la saleté ! Ensuite, j'arrête d'écouter en attendant qu'elle ait terminé. J'éloigne mon téléphone de mon oreille toutes les deux minutes pour consulter l'heure. Oui, je la chronomètre. Au bout d'environ douze minutes et demie, elle reprend sa respiration.

« Bon, eh bien, je ne veux pas te retarder », annonce-t-elle.

Et j'en reste bouche bée – pas exactement parce que je suis choquée. Ce n'est pas choquant – nous avons la même conversation depuis des années. Mais merde.

Je suis à deux doigts d'exploser. Vraiment à deux doigts de dire : je m'en balance que ton foutu guichetier à la banque emmène son petit-fils voir un match des Buccaneers ce week-end. Et MOI, alors ? Je viens juste d'avoir un bébé. Sauf que je suis très lâche, et que les mots restent enfouis quelque part dans mon plexus solaire. Après tout, c'est déjà assez dur de se montrer honnête en thérapie avec la femme que je paie pour être le réceptacle de mes plus grandes peurs ; comment suis-je censée me montrer honnête avec celle qui en est la messagère ? Ma bouche se referme lentement, pareille à un pont-levis qui s'éloigne des douves. En fond sonore, j'entends mon père lui marmonner quelque chose.

« Qu'est-ce que tu racontes, Stu ? dit-elle à distance du téléphone. Eh bien, je l'ignore. Elle te réveille encore la nuit ? P'pa voudrait le savoir. »

Je rétorque avec irritation : « Ben oui, Maman, elle a trois semaines.

— Tu as fait tes nuits tout de suite. Tu ne nous réveillais jamais. Et quand je l'expliquais aux gens, ils ne me croyaient pas ! Mais c'était vrai. Tu étais une grosse dormeuse. »

Je bâille assez fort pour qu'elle m'entende.

« Enfin, ça ne dure pas éternellement. Le manque de sommeil.

— Ouais, ça va. » Ses discours d'encouragement ont tendance à me donner des envies de suicide. « En fait, on allait partir à la supérette. J'appelais seulement parce que je voulais te poser une question. » Même si je n'ai pas eu l'intention de lui demander quoi que ce soit, j'ai besoin d'une diversion.

« Bien sûr, qu'est-ce qu'il y a ?

— J'ai trouvé un journal intime au grenier.

— Qu'est-ce que tu faisais là-haut ?

— Rien, je jetais juste un coup d'œil, et…

— Majella, tu devrais te ménager un peu. Tu es assez occupée avec ton nouveau-né et ta convalescence sans aller grimper ces marches raides jusque là-haut.

— Maman, S'IL TE PLAÎT, arrête de me donner des leçons ! » J'ai pris cet horrible ton de garce ingrate que je lui réserve spécialement, un ton inévitable, quoique imprégné de regrets immédiats. « Je n'ai pas appelé pour te demander ton avis sur le manque de sommeil ou que tu me dises si je dois traîner dans ma saloperie de grenier ou non ! »

À ma décharge, je sais que je suis odieuse. Avoir conscience de ses actes constitue-t-il une défense passable quand on se comporte comme une garce ? En tout cas, j'en suis *consciente*.

« Oh », lâche-t-elle, et j'entends bel et bien sa voix se dégonfler comme un ballon qui fuit. Cette sensation s'infiltre dans la ligne téléphonique, jusque dans mes épaules.

« Désolée, Maman, dis-je en secouant la tête, au bord des larmes. Vraiment, je n'avais pas l'intention d'être si grognon.

— Je sais, ça ne fait rien. »

J'ajoute en me frottant un œil avec le dos de ma main : « C'est juste que je suis si fatiguée. Et je voulais seulement te poser des questions sur ce journal.

— Vas-y.

— Qui était Ginny Doyle ? Je crois qu'il lui appartenait. Est-ce que c'était un genre d'arrière-arrière-grand-mère ?

— Je ne suis pas sûre. Il y avait une Virginia Doyle dans l'histoire. » Je l'entends tambouriner sur quelque chose avec ses doigts. « Tu sais que nous avons effectivement envisagé ce prénom pour toi… Virginia ? Il y avait beaucoup de Virginia de mon côté, et de celui de ton père aussi. Mais nous adorions tous les deux *Majella*. Je t'ai déjà raconté comment nous avons déniché ce prénom ?

— Oui, Maman. » Dix-sept mille fois.

« Quand nous étions en lune de miel à Montréal, l'église locale que nous fréquentions le dimanche avait été nommée d'après saint Gérard Majella et j'ai trouvé ça si original et si joli que je ne l'ai jamais oublié.

— Je sais, Maman. » Je m'efforce d'étouffer cet affreux ton de garce dans ma voix, pour de vrai. Mais pourquoi met-elle toujours un point d'honneur à me demander si je connais l'histoire, si c'est pour la répéter malgré tout ? Pourquoi ? POURQUOI ?

« Je suis contente que vous ne m'ayez pas appelée Virginia, reprends-je alors, parce que j'ai envie de lui dire quelque chose de gentil. Mais et cette Ginny Doyle, donc ?

— Hum, je ne suis pas très sûre. Il va falloir que je consulte mon registre généalogique.

— Ouais, super, si ça ne te dérange pas.

— Bien sûr, chérie. Tu sais à quel point j'adore

ces trucs-là. C'est si intéressant, toutes ces histoires familiales qui n'attendent que d'être découvertes. »

Ma mère se passionne en amateur pour ces questions depuis mon projet d'arbre généalogique de sixième, et ces dernières années, elle s'y est attelée sérieusement. Elle a identifié certaines branches de notre famille qui remontent au moins jusqu'au XVIIIe siècle. Elle est animée d'une curiosité dévorante pour les vies des morts. Mais je suis moins intéressante, et des bips bips retentissent sur son autre ligne. Elle est sur le point de me laisser tomber comme un régime à la mode.

Je prends les devants.

« Hé, P'pa est encore là ? Je peux lui dire bonjour ?

— Non, il vient de partir… c'est la journée casino au club-house. »

Mes parents profitent au maximum des distractions proposées par leur résidence de retraités en Floride. Ils abordent le programme hebdomadaire à la manière d'une campagne militaire, et ma mère en offre un compte rendu détaillé.

« Oh, et moi aussi, il faut que je file, conclut-elle en tapotant sans doute sa montre sous le soleil de Floride. Je ne veux pas être en retard à mon déjeuner. Le jeudi, c'est jambon confit.

— D'accord, Maman. » Est-elle consciente que, quand la deuxième ligne bipe, je l'*entends* ? Je sais qu'elle se débarrasse de moi pour pouvoir parler à quelqu'un d'autre à la place, mais je suppose que je ne peux pas lui en vouloir. Moi aussi, je me débarrasserais d'elle, s'il y avait du jambon confit à la clé.

Parfois, quand elle a raccroché, je reste en ligne et j'écoute la tonalité, puis la dame qui vous prie de raccrocher vous aussi. Uniquement pour me flanquer le cafard, en fait, pour me retrouver confrontée au bourdonnement hostile de l'absence de ma mère et m'apitoyer sur mon sort. Mais aujourd'hui, je n'ai pas besoin d'une dose supplémentaire d'autoapitoiement : je suis au maximum. Alors j'éteins mon téléphone, et je m'attarde sur le perron en regrettant de ne pas avoir d'amie qui vive dans le coin, en regrettant de ne plus fumer, ce qui donnerait un peu de répit à mes pauvres ongles rongés. Je m'applique à ne pas pleurer, mais les larmes sont bloquées au fond de ma gorge. Je bats des paupières.

Lorsque des voisins passent devant moi avec leurs chiens et leurs enfants, je leur lance un sourire plein d'espoir, attitude qui, à New York, peut être décodée comme *Je suis une folle furieuse, vous devriez peut-être changer de trottoir au cas où je tenterais de vous parler.* Pourquoi personne ne peut-il juste me rendre mon sourire ? Si seulement on n'avait jamais acheté cette maison à mes parents ! On aurait dû rester à Manhattan. Je ne suis pas taillée pour cette vie dans les quartiers éloignés, pour la maternité.

« J'aimerais ne jamais avoir eu de bébé. »

Ce n'est pas vrai. J'ignore pourquoi j'ai dit ce truc tout haut : encore un symptôme prouvant que je perds les pédales. Enfin, c'est au moins faux à quatre-vingt-treize pour cent. J'aime Emma. Plus que tout au monde. Je l'aime avec une telle force que ça me rend physiquement consciente de mon cœur qui bat en moi, des vaisseaux qui acheminent mon sang jusqu'à mes doigts et mes orteils, du lait qui gonfle mes seins. Je l'aime tellement que sa respiration peut me faire monter les larmes. Alors voilà ma véritable confession : tout cet amour ? Cet amour immense et puissant, terrifiant ? Je ne sais pas si c'est suffisant. Je ne sais pas si je l'aime comme je suis censée l'aimer. Parce que mon ancienne vie me manque. Beaucoup. Mon appartement, mon travail, mes seins fermes et d'une taille raisonnable. Le romantisme, le café et la télévision me manquent. Surtout la télévision.

Je rattrape mes épisodes en retard de « The Price is Right » pendant les siestes d'Emma, parce que j'ai décidé qu'il n'y aura pas de télévision du tout quand elle est réveillée, choix qui me semble constituer à lui seul un sacrifice assez énorme pour faire de moi une bonne mère. Priver de télévision une personne déjà seule et fatiguée équivaut à voler sa bouée de sauvetage à un nageur épuisé. Je suis une martyre. Je regarde Drew Carey[1] mélancoliquement, héroïquement. Il est bien, mais je regrette la façon dont Bob Barker concluait l'émission en enjoignant aux téléspectateurs de faire castrer leurs animaux de compagnie.

Après la sieste et la tétée, je sangle Emma dans son siège auto, puis le siège auto sur la poussette. Je vérifie toutes les lanières deux fois, parce que j'ai une peur irrationnelle que la poussette soit heurtée par une voiture et qu'Emma soit propulsée en l'air comme un improbable tir au but. En fait, ce n'est que l'un des *nombreux* fantasmes abominables que j'entretiens chaque jour, chaque heure, un véritable festival d'horreurs mentales : la poussette d'Emma qui roule dans le flot de la circulation au moment où je me baisse pour rattacher mon lacet à une intersection ; moi qui tombe dans les pommes d'épuisement en lui donnant son bain,

1. Acteur américain, animateur de « The Price is Right » (émission dont l'équivalent français est « Le juste prix »), qui a succédé à son présentateur de longue date Bob Barker. Celui-ci concluait toujours par *« Have your pets spayed and neutered ! »*.

la petite tête d'Emma qui glisse sous l'eau, les bulles qui remontent ; Emma qui tire sa couverture sur sa figure dans son transat pendant que je me douche sans me rendre compte qu'elle s'étouffe, juste de l'autre côté du rideau. Parfois, j'imagine même que j'aperçois une main sur l'écran, quelqu'un debout au-dessus de son berceau. La terreur qui s'empare de moi est alors si paralysante que je suis obligée d'interrompre mon occupation en cours pour aller la voir, me rassurer en constatant qu'elle respire, qu'elle est vivante.

Une fois que j'ai revérifié les lanières, je lui coince la couverture sous le menton avant de m'élancer à pied dans les rues du Queens, le borough[1] des cimetières. C'est l'endroit où j'ai grandi, où j'étais déterminée à revenir élever ma fille. Le Queens est le plus résidentiel des cinq boroughs, celui où la classe moyenne est le plus solidement représentée. Bon, d'accord, au moins des quatre, parce que, à part ses habitants, personne ne compte Staten Island. Et quelquefois eux non plus. Le Queens est un lieu où les gens ont l'esprit civique, entièrement dénué de prétentions, où les quartiers sont bien distincts et fiers de l'être. C'est un endroit où-les-gens-se-fichent-des-apparences. Il n'essaie pas d'être cool. Il n'essaie pas d'être quoi que ce soit. On y trouve de la formidable cuisine ethnique, de vastes parcs bondés et des superficies habitables décentes à des prix abordables. Ici, les gens ont de l'herbe – pas suffisamment pour posséder une tondeuse à gazon ou un engin de ce genre, mais tout de même de l'authentique herbe verte qu'ils font pousser en petits carrés bien nets derrière leurs rangées de maisons en brique

1. Borough : forme unique de découpage administratif des villes propre aux pays anglo-saxons.

pour deux familles. Mon enfance ici a été heureuse et saine, et c'est ce que je souhaite pour ma fille.

Au coin de la rue, Emma et moi croisons une voisine que nous ne connaissons pas, occupée à coller des décalcomanies de chauves-souris sur ses vitres pour Halloween. Elle a déjà appliqué un véritable gang de corbeaux sur sa porte d'entrée alors qu'on n'est même pas en octobre. Certainement une amie de ma mère avant le grand déménagement. Elle marque une pause devant sa fenêtre pour nous faire coucou. C'est bien ce que je pensais : une folle. Je lui rends son salut avant de poursuivre ma route en vitesse.

« La supérette ferme à 16 heures le jeudi, dis-je à Emma en fourrant la main dans ma poche pour vérifier l'heure sur mon téléphone. Il est déjà 15 h 23. Tu crois qu'on va y arriver ? »

Emma me fixe.

« J'ai hâte que tu saches parler. Je vais sans doute être obligée d'arrêter de jurer d'ici là. »

Parfois, lorsque vous formulez ce genre d'idée tout haut devant d'autres adultes, ils vous déconseillent de souhaiter que ce précieux stade où ils sont bébés passe trop vite, et vous devez vous refréner de leur sauter à la gorge. Alors c'est mieux si je les murmure simplement à Emma quand il n'y a personne. Dans ma paume, mon téléphone sonne ; je manque de le laisser tomber en trifouillant pour prendre l'appel. Leo.

« Allô ?

— CHÉRIE ! »

Oh, mon Dieu, qu'est-ce qui le rend donc si heureux ?

« Salut.

— Comment vont mes deux nanas ?

— Très bien. On est en chemin vers la supérette

Amish pour que je puisse nous préparer un vrai repas ce soir. » Il y a un moment que nous commandons à manger, de gigantesques sandwichs accompagnés de frites gaufrettes, des plats chinois, et même des « salades » tex-mex dans des bols comestibles. Avec supplément de sauce ranch, s'il vous plaît. La gourmette en moi frissonne.

« Oooh, chérie. » Je l'entends émettre ce genre de bruit indiquant qu'il-avale-de-l'air-à-travers-ses-dents, généralement précurseur de nouvelles difficiles.

« Quoi ?

— Ben, c'est juste que je ne vais pas pouvoir quitter le boulot ce soir. Le restaurant est pris d'assaut. »

Je m'arrête de marcher.

« Tu quoi ?

— On est complets, et je ne crois pas que Mario soit prêt à assumer un service de dîner en entier sans moi, c'est tout.

— Oh. »

Mario est le sous-chef de Leo pour cette tranche horaire, il travaille au restaurant depuis deux ans, mais selon mon mari il ne sera jamais prêt à diriger la cuisine seul. Bien que Leo soit si occupé par la partie commerciale qu'il n'est presque plus jamais aux fourneaux, il n'arrive tout bonnement pas à lâcher sa cuisine. De vraies larmes me montent aux yeux, mon nez se met déjà à gonfler et à s'humidifier. C'est horrible à avouer, mais je compte bel et bien les heures que Leo passe en dehors de chez nous, sans exagérer. Je les compte littéralement : *plus que quatre heures. Plus que trois. Bon, plus que deux, je vais y arriver*. Sans la compagnie de Drew Carey, je me sens seule, alors que quand Leo est là, c'est tout à fait différent. Je le regarde s'occuper d'Emma et je suis *heureuse*, comme si les décisions qu'on avait prises étaient les bonnes. Quand il est là, j'oublie la panique et la sensation d'abandon de ces après-midi vides. On dirait que j'ai deux cerveaux interchangeables, chacun amnésique de l'autre.

« Je ne rentrerai pas trop tard. Je partirai dès que la première vague sera passée, une fois que Mario aura trouvé son rythme. Je m'inquiète juste à propos du restaurant étant donné que tu ne travailles pas en ce moment. On compte plus que jamais sur ces revenus-là. »

J'ai mal au cœur, comme un funambule qui voit son filet de sécurité s'affaisser. Je n'étais pas préparée à ça.

« Elle n'a que trois semaines. Tu n'étais même pas censé retourner bosser avant qu'elle ait un mois, on s'était mis d'accord là-dessus. Tu as une si bonne équipe sur place ces temps-ci. Il faut que tu lui fasses davantage confiance.

— Mais j'ai une encore meilleure équipe à la maison. Vous vous débrouillez super bien toutes les deux ! »

Super bien ? Où est l'homme sensible, éloquent et accompli que j'ai épousé… il est devenu stupide, non ? On s'en sort *super bien* ?

« C'est juste pour quelques heures, chérie. On ne peut décemment pas se permettre de prendre le moindre risque avec le restaurant étant donné que tu ne travailles pas en ce moment. »

S'il prononce encore les mots « étant donné que tu ne travailles pas en ce moment », je jure que je vais me jeter sous les roues d'une voiture.

« D'accord ? » insiste-t-il.

Il faut que je raccroche. Je ne veux pas devenir une femme qui raccroche au nez de son mari, mais il y a beaucoup de choses que je ne voulais pas devenir. J'ajouterai simplement celle-ci à la liste. Parce que je suis incapable de lui répondre. Je suis littéralement incapable de parler. J'appuie sur le bouton rouge. Je vais m'accorder quelques minutes avant de le rappeler. Je dirai que je n'avais plus de réseau, ou peut-être même la vérité, à savoir que j'ai temporairement perdu la voix. Mon téléphone sonne aussitôt et je laisse l'appel basculer sur la messagerie. Concentrée sur ma respiration, je marche jusqu'au bout du pâté de maisons. C'est une journée venteuse ; dans le cimetière de l'autre côté de la rue, les chênes éparpillent leurs premières feuilles mortes de la saison au milieu des pierres tombales. Ma nuque transpire. Mes aisselles transpirent. Emma fait une moue indiquant qu'elle va peut-être bientôt se mettre à pleurer.

Je me penche sur sa poussette pour lui chatouiller la joue avec mes cheveux, parce que même une maman en crise console son bébé. C'est la réponse humaine minimale et automatique. Emma agite les bras, se recroqueville sur elle-même. Elle a beau être toute douce et sentir la tarte aux fruits, elle pleure. Beaucoup. Et surtout, c'est encore comme si le médecin m'avait charcutée pas plus tard qu'hier, comme si j'étais sur le point de m'ouvrir en deux au moindre faux mouvement ou contretemps significatif.

Au début, Leo était un soutien énorme. Le lendemain soir de notre retour de l'hôpital, j'ai eu besoin de lui pour prendre ma douche. Je me sentais impuissante, mortifiée. Mais il a tiré le rideau armé d'un rasoir en demandant : « Qu'est-ce que tu veux que je rase ? » Et on s'est mis tous les deux à rire si fort que j'ai cru que mes agrafes allaient lâcher et que j'allais me vider de mon sang dans la baignoire. Cela dit, sa patience commence à s'émousser ; hier, quand je l'ai informé que mon incision me lançait, il a voulu savoir quand ça cesserait d'être une incision pour devenir une cicatrice.

« Quand je pourrai te jeter des objets lourds et contondants à la figure ! »

Lorsque mon téléphone se remet à sonner, je le récupère dans le porte-gobelet de la poussette pour répondre d'un ton égal.

« Désolée. Pas de réseau.

— Tu as besoin que je rentre à la maison ?

— Non, non, ça ira très bien pour nous. C'est juste l'affaire de deux ou trois heures, hein ?

— Oui. Hé, tu sais, je t'aime vraiment, Jelly. Tu t'en sors super bien. » Comme si à force de le répéter, il pouvait se débrouiller pour que ce soit vrai. *Je m'en sors super bien.* Je baisse les yeux vers Emma qui me fixe en suçant son poing. Je secoue un peu la poignée de la poussette – voilà ce que j'ai appris en trois semaines de maternité : il est primordial de rester constamment en mouvement.

« Je sais. On t'aime aussi. »

La supérette me paraît presque familière. Ma panique reflue. Je ressemble à un être humain ordinaire qui parcourt les allées avec son bébé humain, flânant et achetant des denrées pour les cuisiner et les manger. Normal. Dans ma vie précédente, j'étais chroniqueuse gastronomique : c'est comme ça qu'on s'est rencontrés, Leo et moi. Un soir, je suis allée dans son restaurant et il m'a séduite avec un risotto aux champignons sauvages. La gastronomie était le fondement de notre univers. Avant d'avoir le bébé, on pouvait passer une journée ensemble… à rôtir, hacher, faire sauter, bouillir et réduire des aliments. Il y avait quelque chose d'incroyablement sexy là-dedans, l'équivalent de la cuisine tantrique. Maintenant, on mange des nouilles ramen, et si Leo a l'idée d'y jeter un morceau de jambon, je pleure de gratitude.

Comme Emma s'est assoupie dans son siège auto, je peux prendre mon temps au comptoir du boucher pour choisir mes côtes de veau. Quoi qu'il en soit, je vais cuisiner, au moins, ça m'occupera. J'empile des tas de produits dans mon panier avant d'ajouter deux citrons. Mes courses terminées, je fais deux tours de plus dans le magasin rien que pour remplir quelques minutes supplémentaires de gens, de nourriture et de bruits publics réconfortants. L'idée de rentrer dans cette maison vide et douloureuse me terrifie. Emma commence à remuer et à s'étirer. Elle va avoir faim. Elle a toujours faim. Après avoir réglé mes achats, je fourre les ingrédients dans le panier sous la poussette.

« Oh, quel petit ange », s'extasie la caissière en se penchant vers nous pour mieux voir ma fille.

J'approuve en rajustant sa couverture. « C'est vrai.

— Quel âge a-t-elle ?

— Trois semaines.

— Oh, elle est toute neuve ! Que Dieu vous bénisse ! »

Je souris.

« Merci. Vous voulez venir dîner ? »

Effrayée, la caissière lève le regard vers moi en s'écartant pour réintégrer son petit espace de travail confortable.

« Je plaisantais ! Je plaisante ! »

Elle fait de son mieux pour s'esclaffer, puis annonce : « CLIENT SUIVANT ! »

Durant tout le trajet du retour, je marmonne dans ma barbe en me fustigeant pour ma bêtise. Je n'avais pas véritablement l'intention d'inviter cette femme à dîner. J'avais l'intention de le dire, mais aussi de rire tout de suite après pour indiquer que je n'étais pas sérieuse. Ma voix prend l'affreuse habitude de faire des choses que je n'ai pas validées.

« Elle m'a prise pour une cinglée absolue », dis-je à Emma, qui a désormais les yeux ouverts et bat des paupières. « Maman n'est pas une cinglée, choupette. » Difficile de savoir si elle me croit ou non.

C'est la fin de l'après-midi et, alors que nous descendons la soixante-dix-huitième, deux gamins en skate-board décrivent des cercles autour de nous l'un après l'autre. L'avenue est en grande partie sous les arbres, mais dans les plages ensoleillées, les skateboarders projettent des ombres rapides et mouvantes sur le macadam irrégulier. Ils poussent des cris et s'interpellent bruyamment, font des bruits de baisers devant un jeune couple qui se bécote contre les grilles du collège public Glendale. Au croisement, devant nous, les garçons récupèrent leurs skates d'une secousse, puis traversent le passage piéton et pénètrent dans l'épicerie fine. Après le carrefour, je détache les lanières du siège auto pour hisser Emma en haut des marches jusqu'à la porte d'entrée. De l'autre côté de la rue, mon voisin sexy, Brian, gare dans son allée sa voiture chic et noire d'homme sans enfant. Quand ils habitaient ici, mes parents l'adoraient. Ma mère disait que c'était un « vieux sage », le compliment suprême qu'elle puisse octroyer à quiconque au-dessous de soixante ans.

Il réussit même à serrer le frein à main avec virilité, je le jure. Je tente de le saluer d'un geste désinvolte, mais avec mes sacs de courses accrochés à un coude et le siège-auto d'Emma à l'autre, j'ai peut-être plutôt l'air de demander de l'aide. Il laisse passer une voiture, traverse la rue en sautillant. C'est un homme si foncièrement masculin qu'il peut *sautiller* sans craindre le ridicule. Croiser les jambes avec élégance au niveau du genou. Boire un cocktail à la teinte rosée sans ironie. C'est dire s'il est viril. Il gravit les huit marches quatre à quatre et m'enlève tous mes sacs des mains. « Je ne toucherai pas le bébé avant d'avoir reçu les instructions », plaisante-t-il. Je l'embrasserais presque.

« Merci. Je ne t'appelais pas à l'aide ni rien, je disais juste bonjour.

— Bonjour ! répond-il. Non, tu donnais simplement l'impression d'avoir besoin d'un coup de main. » Emma se met à gémir très fort dans son siège. Pour un nouveau-né minuscule, elle a une grosse voix.

« J'aurais aussi besoin d'une paire de nichons supplémentaire ! »

Immédiatement, je regrette cet humour de femme allaitante, amusant pour personne sur Terre à part moi. Pourtant, il rit. Il rit !

« Ah, elle a faim, Majella. Tu as faim, non, beauté ? » Il jette un coup d'œil par-dessus le bord du siège auto tandis que je tripatouille la serrure avec mes clés. « Elle est magnifique. Ton portrait craché. »

Je rougis. Ce qui est complètement stupide, parce qu'il se borne à être gentil en faisant le genre de compliment automatique de rigueur à propos des nourrissons fripés et braillards et de leurs mamans à l'allure hagarde.

« Merci. »

La porte s'ouvre d'un coup, cogne le mur à l'intérieur pendant que je franchis le seuil à pas lourds pour traîner sans grâce Emma derrière moi. Brian nous suit dans le long couloir vers la cuisine, pose les sacs sur le comptoir et ressort chercher la poussette. Emma se met à crier, moi à transpirer. J'ai besoin d'aller faire pipi. Mon incision me lance depuis que j'ai hissé le siège auto en haut des marches. Cependant, la faim d'Emma prend le pas sur toutes mes éventuelles urgences biologiques.

J'ai toujours rêvé d'être l'une de ces femmes à la française capables d'allaiter discrètement et sans effort leur enfant n'importe où, mais c'est sans espoir. Pour moi, l'allaitement nécessite un coussin, un repose-pieds, un verre d'eau et une dose importante de nudité. Je jette des regards désespérés autour de moi, cherchant à déterminer si je peux reculer la tétée d'Emma jusqu'au départ de Brian, mais ma fille crie comme un putois et ma peau se hérisse. Je sens bel et bien ma tension monter au rythme de ses pleurs. Mes nichons commencent à fuir. Brian revient dans le couloir avec la poussette. Pas le choix. Je relève ma chemise, dégrafe mon soutien-gorge d'allaitement avant d'aller m'effondrer dans le canapé avec Emma. C'est un canapé minimaliste, qui paraît enclin à critiquer ce séjour, comme s'il avait peur de toucher quoi que ce soit de crainte d'être contaminé. Leo et moi avons arraché le linoléum et remis le faux plancher avant d'emménager, mais comme nous n'avons pas encore installé les lattes de parquet brillantes toutes neuves, il est posé sur du contre-plaqué devant un mur écaillé non peint. Quant aux lattes, elles sont rangées quelques mètres plus loin, toujours dans leurs cartons.

Lorsque Emma attrape mon téton comme une championne, je suis reconnaissante de ce petit miracle ordinaire. Après la césarienne, l'allaitement est une sorte de cadeau, une sorte de preuve que mon corps n'est pas biologiquement opposé à la maternité, même si mon cerveau semble l'être.

Je chuchote au sommet de sa petite tête malléable : « Ça au moins, je le fais bien. »

Brian appuie la poussette sur le comptoir.

« Waouh, merci. »

Il s'est même débrouillé pour la replier, manœuvre que j'ai mis des jours à assimiler. Brian est ingénieur. Je baisse les yeux pour m'assurer que mon chemisier couvre mon nichon autant que possible.

« Ouais, pas de problème. » Il regarde dans notre direction, puis tourne brusquement la tête comme si je venais de le gifler.

Brian est l'un de ces gentlemen progressistes qui croient en l'allaitement, mais seulement en théorie. En pratique, c'est un procédé qui le déboussole au plus haut point. Ne sachant pas où se mettre, il étudie le plafond. J'avise mon nichon engorgé. Il est plus gros que la tête d'Emma. Dégoûtant. Je sens une rougeur brûlante remonter vers mon cou.

« La cuisine est fantastique, remarque-t-il en examinant les luminaires. La maison commence sérieusement à prendre forme. »

Je le remercie en tirant à moitié mon chemisier sur la frimousse d'Emma pendant qu'elle essaie de téter.

« Ce n'est rien comparé à la tienne… J'aimerais qu'on ait la patience de restaurer tous ces magnifiques détails historiques. C'était le chaos quand on a emménagé, il y avait un boulot monstre. Mes parents n'avaient pas l'énergie de l'entretenir à l'époque où ils vivaient là.

— Enfin, c'était cosy, commente-t-il gentiment. Mais ça a déjà une tout autre allure. » Je ne crois pas que ce serait une exagération de dire qu'il *pelote* mes comptoirs en béton coulé.

« Hum, j'ai eu beau apprécier le paradis en linoléum

de mon enfance, ces appareils ménagers jaunes étaient bons pour la retraite. Ils avaient fait leur temps. »

La cuisine est la première pièce que nous avons rénovée après avoir racheté cette maison à mes parents – la seule que nous avons terminée, avec un sol en liège et un réfrigérateur Subzéro encastré, avec porte en verre et congélateur intégré. Ce réfrigérateur est si magnifique que, parfois, je l'étreins pour de bon avant de devoir nettoyer à l'aide de produit à vitres les taches du lait maternel qui a fuité sur les portes.

Brian ouvre d'ailleurs l'une de ces portes pour déposer mes deux sacs de courses dans le frigo sans les déballer. Avec son jean poussiéreux et ses Timberland, il paraît mystérieusement élégant dans ma cuisine neuve immaculée. Nous sommes l'équivalent d'une photo avant-après : je suis l'*avant*, toute transpirante, débraillée et gonflée dans le salon pas fini, et Brian, l'*après*, debout dans ma cuisine impeccable, telle la version sexy d'un tableau de Norman Rockwell du XXIe siècle.

« Le papier peint à motif raisin me manque vraiment, plaisante-t-il depuis la cuisine. Mais je suppose que votre esthétique a un certain attrait aussi. »

Une conversation ! Avec des sarcasmes et de l'humour ! Alléluia ! Emma suce mon nichon à grand bruit, me martelant la poitrine de son bras libre. Je rétorque en riant : « N'en parle pas à ma mère. Elle aurait le cœur brisé si elle apprenait que tu n'es pas fan du papier peint raisin. »

Brian interrompt son boycott-du-spectacle-de-l'allaitement pour me sourire.

« Ils prennent leurs marques en Floride ?

— Tout à fait, ils adorent. J'ai parlé à Maman pas plus tard que ce matin.

— Ils viennent bientôt faire la connaissance de miss Emma ? »

Soudain, mes yeux se remplissent encore de larmes, et je suis mortifiée. Je ne vais pas tout gâcher. Je ne vais pas effrayer mon gentil voisin canon avec mes larmes bizarres et gênantes. Je vais les ravaler. Je secoue la tête, contente de ne pas avoir allumé la lampe avant de m'asseoir. Il fait encore clair dehors, mais le soleil est descendu derrière le toit de Brian, de l'autre côté de la rue.

« Non, je ne sais pas, dis-je, encouragée par le son de ma voix qui me semble inexplicablement assurée. Ils sont toujours dans la phase d'adaptation. Ils vont sans doute venir au printemps, quand la météo sera meilleure. »

Leur déménagement en Floride ne remonte qu'à six mois. Lors du dîner au cours duquel je leur ai annoncé la naissance de leur premier petit-enfant, ils ont fait leurs propres annonces : « On déménage à Tampa ! » Ce qui m'a d'abord mise en rage, puis paru providentiel. En rentrant chez nous, dans le métro, ce soir-là, j'ai demandé à Leo si nous pouvions racheter leur maison.

« Dans le Queens ? » J'aurais aussi bien pu suggérer de déménager en Libye.

« Oui, dans le Queens. Où j'ai grandi. Où beaucoup de gens sympas, normaux et pas élitistes ont grandi, ai-je assené de ma voix la plus élitiste.

— Non, je sais… Glendale, c'est super.

— Le Queens est tellement plein d'espaces verts. À force de vivre dans Manhattan, ça me manque. Tous ces arbres, cette herbe et ce ciel.

— Sauf qu'il y a des morts sous cette herbe. » C'est vrai que le Queens est plein de cimetières. Détail qui a toujours plus ou moins effrayé Leo. « Et ce n'est pas un peu loin ?

— Loin de quoi ?

— Tu sais bien, de Manhattan, du boulot. Des trucs. »

Mais il avait déjà perdu la partie. Quoique à peine enceinte de neuf semaines à l'époque, j'avais pris l'habitude d'appuyer une main suggestive sur mon ventre au cours d'une discussion pour illustrer le bien-fondé de ma position. Et ma position était que je voulais quitter Manhattan. Je ne le savais même pas jusque-là, mais c'était vrai. Je voulais quitter notre petit appartement stérile en forme de boîte à chaussures. J'étais lasse de payer trois mille cinq cents dollars par mois pour soixante-quinze (magnifiques) mètres carrés dans un cube de verre que nous ne possédions même pas. Nous parlions d'acheter notre logement depuis quelque temps de toute façon, et, à l'avenir, je voulais une maison avec des fenêtres qu'on peut *ouvrir* au printemps, équipées d'écrans grillagés destinés à ramasser des tonnes de pollens et d'insectes morts. Je voulais des voisins qui m'agaceraient horizontalement au lieu de m'agacer verticalement. Je voulais une débroussailleuse et un tuyau d'arrosage.

« Je veux que notre enfant soit éduqué dans une atmosphère à mi-chemin entre *Gossip Girl* et *Gangland* », ai-je expliqué à Leo tandis que notre train remontait Midtown en grondant. À sa décharge, il n'a pas roulé des yeux, même s'il a déclaré : « Je crois que tu dramatises *un chouïa*. »

Je m'en fichais. Les femmes enceintes ont le droit de dramatiser. Cette ville de banlieue faisait de l'œil à ma férocité maternelle toute neuve et, au bout du compte, Leo ne pouvait pas y échapper. Nous avons acheté la maison – la maison de mon enfance – à mes parents, et maintenant, nous sommes ici, à Glendale. Ou, du moins, je suis ici. Et Brian aussi, gracieusement planté dans ma nouvelle cuisine.

« Demande à ta mère d'apporter quelques-uns de ses célèbres brownies quand elle viendra vous voir. C'est encore autorisé de transporter des brownies en avion ?

— Je lui demanderai.

— Tu as besoin d'autre chose avant que je file ? » se renseigne-t-il en fourrant ses mains dans les poches de son jean.

Filer ? La panique m'envahit. Je n'avais pas envisagé son départ. Je consulte en vitesse l'heure sur l'enregistreur-TV. Il n'est que 17 h 12. Leo ne rentrera pas avant des heures. Je pense aux deux côtes de veau dans le frigo. Je songe à quel point j'apprécie ce canon de Brian, à la pizza qu'il va probablement commander en arrivant chez lui, et à quel point ce serait inapproprié de l'inviter à rester dîner. Je me mords la lèvre. Certes, je suis beaucoup de choses que je n'aime pas en ce moment, mais je ne suis pas idiote.

« Non, ça va. »

4

IRLANDE, SEPTEMBRE 1846

Avant le départ de Ray, ils récoltèrent et battirent l'avoine, dont ils vendirent à John McCann la majorité qui, avec le cochon, suffirait à couvrir le loyer. Ils lui cédèrent aussi la vache, utilisant une partie du produit de la transaction pour acheter le billet de Raymond. Il restait donc un stock raisonnable d'avoine, de chou et de navets, une petite somme d'argent et trois poules afin de subsister jusqu'aux dollars américains promis par Ray. À travers toute l'Irlande, la faim se muait en famine, mais les Doyle se débrouillaient mieux que la plupart de leurs voisins. Ginny et sa famille avaient de la chance.

Durant la dernière soirée de Ray, Ginny et lui demeurèrent éveillés pendant que les enfants dormaient. Ils ne parlèrent pas. Ils bougeaient à peine. Mais leurs gestes s'apparentaient davantage à du catch qu'à l'acte d'amour. C'est dire s'ils s'accrochaient l'un à l'autre de toutes leurs forces. Ils ressemblaient à un nœud rigide, leurs regards aimantés, son coude à lui enserrant sa nuque à elle, ses cuisses à elle autour de ses hanches à lui. Elle agrippait ses cheveux, ses omoplates, ses jointures. Les doigts de Ginny se souviendraient de lui, chaque centimètre carré de lui. Ils restèrent ainsi jusqu'à l'aube redoutée. Quand il parla enfin, sa voix était une promesse.

« Je ne t'abandonnerai jamais. »

Tout le monde se leva tôt, et lorsque Raymond fut fin prêt, il s'attarda devant la porte du cottage. Il avait insisté pour éviter la veillée avant l'Amérique, refusant que ses voisins viennent lui faire leurs adieux et que sa famille pleure sur son départ. Ginny s'efforça donc de respecter ses souhaits en lui dissimulant l'essentiel de sa terreur.

« Je serai de retour en été, pour sûr, quand la récolte arrivera à terme », lança Raymond à son épouse. Il l'embrassa sur la bouche, garda le nez enfoui dans son cou. Il la respira, humant son odeur. Les enfants restaient debout autour d'eux en silence. Mari et femme joignirent brièvement leurs fronts ; lorsque Ray s'écarta, il se contenta d'adresser à Ginny un signe du menton et elle l'imita, puis se retourna très vite avant qu'il puisse remarquer ses larmes.

« Tu seras une bonne fille, Maire, et tu aideras ta maman, enchaîna-t-il alors en pressant les épaules de son aînée.

— Mais oui, Papa, bien sûr. » Les yeux brillants, Maire avait répondu sans toutefois trahir davantage d'émotion. Elle était solide.

Les deux benjamines, tristes, pleuraient comme des fontaines. Elles s'accrochèrent au cou de leur papa en le suppliant de ne pas partir, mais il les embrassa sur les joues et les reposa par terre avec une chiquenaude et des chatouilles.

« Si vous êtes gentilles, je rapporterai quelque chose d'Amérique pour vous. Mais pas s'il y a des pleurs. »

Poppy fit de son mieux pour se sécher la figure avec

le dos de sa main. « Des bonbons ? demanda-t-elle. Ou une poupée ?

— Quelque chose comme ça », répondit Ray. Maggie, elle, ne se laissa pas convaincre si facilement. De grosses larmes baveuses coulaient encore sur ses joues roses.

« Allez, file », lui intima Ray en lui donnant une légère tape sur le derrière. La petite partit se réfugier près de sa mère.

Ce fut Michael le pire. Il était inconsolable.

« Pourquoi je ne peux pas venir avec toi ? » serina-t-il à son père pour la centième fois. Ray avait mis un genou à terre, et Michael était debout tout près de lui. « Je suis assez grand pour travailler.

— Tu es assez grand pour travailler à la ferme, en effet, concéda Ray. C'est pour cette raison que tu dois rester, fiston. Ta mère a besoin de toi ici, pour veiller à ce que tout fonctionne jusqu'à mon retour. On ne peut pas laisser les filles seules, pas vrai ? »

Michael secoua la tête. Désormais presque âgé de dix ans, il n'avait pas pleuré depuis qu'il en avait huit. Il voulait montrer à son père combien il était mûr. Il voulait que Ray soit fier de lui. Mais à cet instant précis, c'en était trop. Il s'effondra contre la large poitrine paternelle, s'y abattit comme une poupée de chiffons et, lorsque Ray l'entoura de ses bras, il se sentit minuscule à l'intérieur, recroquevillé sur le genou de son père.

« À quelle heure le navire appareille-t-il ? s'enquit Ginny pour couvrir les reniflements de Michael. Dieu te préserve de le rater. »

Ray lui adressa un nouveau signe du menton. Une dernière fois, il serra Michael contre lui avant de l'embrasser dans les cheveux.

« Il vaudrait mieux que j'y aille, c'est sûr. »

Néanmoins, Michael refusait de le lâcher. Ginny fut obligée de détacher par la force son fils de Raymond. C'était une scène absolument horrible : Michael se tortillait, misérable. Tous ses désirs de plaire à son père étaient anéantis par son chagrin.

Dans le jardin, Ginny le retint pour l'empêcher de poursuivre Ray sur la route quand le moment du départ fut venu. Son fils était presque trop fort pour elle, tant il avait grandi. Mais il pleurait comme un bébé et, en vérité, Ginny pleura avec lui. Leurs trois filles emboîtèrent le pas à Ray jusqu'au sommet de la crête dans leur champ du devant ; elles restèrent plantées là, à le suivre du regard alors qu'il s'en allait, leurs yeux déjà rivés au loin pour essayer de couvrir la distance grandissante. Poppy et Maggie pleurèrent dans les bras l'une de l'autre en se tenant les mains, leurs petites bouilles toutes rouges et bouffies. Quant à Ginny, elle resta assise sur le tabouret à trois pieds sous la branche tordue du prunellier, avec Michael qui sanglotait et se débattait toujours sur ses genoux. Elle immobilisa les bras fluets du garçonnet sur ses flancs.

« Papa est parti, parti », expliqua-t-elle. Ils avaient tous besoin de le croire, de l'accepter. « Il est parti. »

Elle fut alors envahie d'un chagrin si brut qu'il évoquait la douleur pudique que l'on ressent à la mort de son enfant, une sensation maladive d'horreur et de panique. Ginny n'avait connu ce genre de souffrance qu'une fois dans sa vie, lorsqu'elle avait perdu un bébé entre Michael et Maggie. Cette période-là avait été un puits sans fond de désespoir, et il était difficile de croire que le départ de Raymond puisse provoquer une émotion aussi violente. Ginny n'était pas préparée à son énormité. Cependant, il y avait quelque chose de primitif dans ces adieux ; peut-être à cause de Michael, de l'urgence de sa douleur. En tout cas, elle en éprouva le sentiment quasi certain qu'elle ne reverrait jamais Raymond, la douceur de ses yeux en demi-lune. Elle était prise de court, sans défense. Accrochée à Michael, elle pleura jusqu'à en avoir mal à la tête, jusqu'à ce que Maire pose sa main sur ses cheveux et lui tapote le cou.

« Ça va aller. Arrête, maintenant, Maman. »

Et Ginny eut l'impression d'être une vraie *amadán*[1] à l'idée que Maire puisse se montrer courageuse, et elle, non. Ce fut donc cette idée qui l'arracha à son état, au moins corporellement. Ginny renifla, souffla, puis frissonna en silence. Elle essuya ses larmes du coin de son tablier, embrassa Michael qui, après être resté quelques minutes à se balancer sur place, lui aussi cessa de lutter pour se tourner vers sa mère. Il enfouit sa figure contre elle et pleura juste tranquillement jusqu'à ce qu'il s'endorme. Elle l'allongea dans son propre lit afin de le laisser se remettre ; le visage de son fils était pareil au sien : rougi, à vif, couvert de morve et de larmes.

Pour Ginny, les premiers jours sans Raymond furent comme apprendre une nouvelle manière de respirer, l'impression que ses poumons avaient été pliés en deux, l'obligeant à trouver un moyen de vivre sans air. La nuit, elle frissonnait et grelottait sous leur édredon. Elle priait pour un sommeil qui n'arrivait pas. Les yeux grands ouverts dans le noir, elle visualisait Raymond allongé sur un lit superposé ou une couchette, dormant à poings fermés dans l'entrepont de ce navire en route pour l'Amérique. Elle se le représentait doucement bercé par les flots, tel un bébé dans les bras

1. En gaélique : « idiot ».

de sa mère, et certaines nuits elle le maudissait de ce confort imaginaire. Elle avait envie de changer de place avec lui, d'être celle dont le chagrin et la terreur pourraient être adoucis par l'aventure. Si elle était partie en Amérique, toute pleine de bonnes résolutions et d'énergie – pour sauver sa famille – eh bien, les choses ne s'arrangeraient-elles pas, en définitive ? Ce serait mieux que de rester ici à attendre dans la peur et la tristesse, mieux que cette vie entièrement dépourvue de joie, à regarder ses enfants devenir durs et maigres. L'Amérique constituerait une distraction suprême.

À quoi ressemblerait la lumière là-bas, au milieu des bateaux élancés du port, dans les rues grouillantes de la ville ? Les lettres qu'ils apportaient au père Brennan pour qu'il leur en fasse la lecture, envoyées par Kevin, le frère de Raymond, racontaient que les rues de New York fourmillaient de plus de langues qu'il n'en avait soupçonné l'existence. Ginny se demandait comment elles sonnaient, ces langues inconnues, luttant pour se tailler une place, fendant l'air de leurs sonorités chantantes. Et toutes ces familles venues des quatre coins du monde, entassées, cuisinant des repas dans les vapeurs d'épices étrangères qui s'échappaient de leurs fenêtres new-yorkaises. Comment étaient les filles et les femmes derrière ces fenêtres, transpirant devant leurs âtres et leurs chaudrons, écartant des mèches folles de leurs fronts collants ? Et Raymond rencontrerait-il une jolie petite jeunette qui sentait le chutney ou le poivre ?

Durant ces premiers jours, elle vivait davantage dans sa tête, avec Raymond, qu'au cottage, avec leurs enfants trop silencieux. Ainsi se déroula le reste du mois de septembre, qui se transforma bientôt en octobre, où le froid pointa son nez et s'installa. Michael n'avait pas prononcé un seul mot depuis le départ de Raymond. Sa voix fluette s'était asséchée dans sa gorge, si bien qu'il y avait à présent deux voix manquantes, au lieu de la seule absence de Ray. Maggie avait entrepris d'ériger un cairn dans le jardin en l'honneur de son père – chaque jour qui passait, elle ajoutait une pierre à sa pile grandissante. À la mi-octobre, son monument n'était pas plus haut qu'un seau retourné, mais il croissait de jour en jour, et on ne sait trop comment, sa petitesse était un réconfort.

La première semaine de novembre fut grise. Pas la moindre incursion de bleu, le moindre rayon de soleil dans le lourd ciel d'ardoise. Il les oppressait, humide et grave au-dessus de leurs têtes. Un matin, Ginny jeta deux mottes de tourbe sur le feu, qu'elle attisa. La fumée monta jusqu'au chaume, s'échappant en partie à travers le trou d'évacuation tandis que le reste se nicha sous les avant-toits pour les réchauffer. Michael était appuyé sur la paillasse qui lui servait de lit, ses pieds osseux dépassant de l'ourlet de son jupon. Il ne semblait pas remarquer le froid, même si Ginny apercevait les veines bleues sur ses chevilles. Un brin de paille à la main, il le faisait tourner machinalement en l'observant.

« Michael, mon bonhomme ? » Ginny l'appela, mais ses mots se heurtèrent à un mur. « Michael », réessaya-t-elle. Il continua à fixer son brin de paille. « Va dans la remise, mon bonhomme, et rapporte-nous des œufs pour le petit déjeuner. »

Il resta si longtemps dans cette position qu'elle faillit se répéter, mais en fin de compte, un gros soupir parcourut les épaules de Michael et il se hissa sur ses pieds pour sortir en silence dans le jardin. Il s'était éclipsé si discrètement que même ses pas n'émettaient aucun bruit sur la terre tassée. La porte refusait de trembler sous sa main. Et quand il revint quelques minutes après, il effraya sa mère en apparaissant à côté d'elle comme un spectre, bredouille.

« Où sont les œufs, mon bonhomme ? »

Michael haussa les épaules alors que la porte se refermait brusquement derrière lui, mais Maire, qui avait eu le temps d'apercevoir quelque chose, plongea pour la rouvrir. Elle sortit en titubant, suivie de Poppy.

Maggie sauta sur ses pieds pour courir après ses sœurs.

« Maman ! cria-t-elle. Il neige ! »

Les épais flocons blancs devenaient transparents dans les cheveux de Michael, dégoulinant en filaments froids le long de son crâne. Ses yeux étaient aussi vides que le ciel. Il retourna d'un pas lourd à sa paillasse, Ginny sur ses talons. Elle s'agenouilla, se pencha vers lui, passa ses mains dans la masse de ses boucles brunes en désordre, refroidies par la neige fondue.

« Je sais qu'il te manque. Il nous manque à tous. Seulement il faut que tu sois l'homme de la maison maintenant, Michael. J'ai besoin de ton aide, *mo chuisle.* »

Il roula sur le côté, face au mur. Avec un soupir, Ginny se releva.

« Très bien, je vais aller chercher les œufs, mais débarbouille-toi. Tu sais que c'est le jour des loyers. Nous partirons après le petit déjeuner pour aller payer. »

Elle franchit le seuil, dépassa Maire qui faisait tournoyer Poppy par les bras dans le jardin bordant la maison. Poppy poussait des cris perçants comme d'habitude, tirant la langue pour tenter d'attraper des flocons. Maggie était dans le champ, un peu plus loin, et à son air sérieux Ginny devinait qu'elle chassait les cailloux, cherchant la pierre parfaite à ajouter au cairn de son père.

Dans la remise, les poules semblaient terriblement nerveuses. Au centre, deux d'entre elles battaient des ailes en grattant le sol. La troisième manquait à l'appel. Quant aux paniers où elles pondaient d'ordinaire, ils étaient vides. Pas d'œufs. Les mains fermement posées sur les hanches, Ginny recula en contemplant les paniers vides et murmura : « Où est-elle passée ? »

Elle tourna sur elle-même pour regarder les deux autres poules sur le seuil, où la faible lumière de ce début de matinée d'hiver allongeait leurs ombres froides sur le sol.

« Où est-elle partie, votre amie ? » leur demanda-t-elle. Sa présence paraissait les avoir quelque peu calmées. Elles gloussaient et se donnaient des coups de bec, attendant leur pitance. En général, Ginny les nourrissait d'épluchures de pommes de terre, mais comme les patates étaient épuisées, à la place elle leur offrait le peu d'avoine et de restes dont ils pouvaient se passer. Les gallinacés devenaient maigres, elle savait qu'il faudrait bientôt les sacrifier, mais elle n'avait pas prévu pour autant qu'ils cessent tous de pondre en une seule nuit.

Elle avança vers l'embrasure de la porte pour sortir fouiller le jardin à la recherche de la poule manquante, mais s'arrêta net en entendant un cri étranglé dans un coin sombre de la remise, derrière un boisseau d'avoine. La créature pétrifiée traversa le cabanon, battant des ailes et gloussant follement. Après avoir atterri presque aux pieds de Ginny, elle reprit immédiatement ses esprits comme seul ce volatile en est capable. En quelques instants, ce fut comme s'il ne lui était rien arrivé du tout. Ginny se baissa pour l'examiner : ses plumes étaient encore ébouriffées de frayeur, mais elle semblait indemne et branlait du chef.

« Que diable faisais-tu par là-bas ? » lui dit Ginny avant de se redresser d'un coup, craignant la présence d'un renard. Elle saisit la fourche posée près de la porte et appela Maire, qui apparut sur le seuil.

« Qu'est-ce qui se passe, Maman ?

— Emmène les poules dans la maison une minute, ma belle. Et tes sœurs aussi.

— Qu'est-ce qu'il y a ?

— Je ne sais pas, je crois qu'on a peut-être un renard.

— En pleine journée ?

— Je ne sais pas, ma belle.

— Si c'était un renard, les poules n'auraient pas déjà disparu ?

— Pour l'amour de Dieu, Maire, arrête avec tes questions et emmène-les ! »

Maire se baissa, attrapa prestement les trois poules, tenant dans une main deux d'entre elles par les pattes et la troisième dans l'autre. C'était une sacrée pipelette, mais aux mouvements gracieux et charmants. Au bout d'un moment, Ginny l'entendit appeler doucement Poppy et Maggie, puis la porte du cottage qui se refermait sur elles. Gardant la fourche au ras du sol, Ginny s'avança derrière les paniers vides. Ce ne serait pas du luxe que d'attraper un renard aujourd'hui.

« Je me demande comment on accommoderait un renard ? » réfléchit-elle à haute voix. Depuis le départ de Ray, elle parlait souvent toute seule. « Un ragoût, je suppose. » Elle frissonna à l'idée de manger la viande de cet animal, mais elle saurait malgré tout s'en réjouir.

Ginny avança à pas de loup, retenant son souffle.

Elle ne voulait pas effrayer l'animal, pas exactement. Elle voulait qu'il sache qu'elle arrivait. Elle n'avait pas envie que le renard lui saute à la figure. Ces bêtes étaient féroces quand on les poussait à bout.

« Si seulement Ray était là », marmonna-t-elle.

Elle éleva la fourche à hauteur d'épaule. Les mains tremblantes, elle resserra sa prise, inspira profondément. Elle sentait une présence à cet endroit, derrière les boisseaux d'avoine – peut-être l'entendait-elle respirer, ou sentait-elle l'odeur étrangère musquée de son pelage. Elle progressa sans bruit. Elle voulait l'attraper, et elle ne voulait pas l'attraper. Brandissant la fourche à deux mains, elle hurla en fonçant vers l'avant, abattant l'outil.

« Jésus, Marie, Joseph, ne me fais pas de mal ! Dieu de miséricorde ! »

Ginny dévia juste à temps la trajectoire de la fourche, dont les dents heurtèrent le mur avec fracas. Sa main vola contre son cœur, qui battait désormais follement. Elle tremblait des pieds à la tête, haletante.

« Mary Reilly, j'ai failli te manger pour le dîner ! »

Sa voisine était accroupie derrière les boisseaux d'avoine, son jupon rouge déchiré drapé sur les genoux, la tête entre ses mains. Ses cheveux châtains étaient rassemblés en deux tresses étiques et les jointures saillantes de ses mains évoquaient celles d'une vieille femme. Elle avait à peu près le même âge que Ginny.

« Que Dieu me pardonne, commença-t-elle. Je suis désolée, Ginny Doyle. Je suis bien désolée. J'ai jamais eu l'intention de t'effrayer. »

Tenant la fourche d'une main, Ginny s'appuya au mur pour essayer de remplir ses poumons d'air. Son cœur battait encore fort dans sa poitrine.

« Mais qu'est-ce que tu fais là, Mary ? » Elle dévisagea sa voisine, tapie par terre telle une bête recroquevillée. « Je t'ai prise pour un renard. J'ai failli te cribler de trous. »

Mary Reilly ouvrit la bouche pour parler, mais son visage se déforma et elle attrapa le tablier qui lui couvrait les genoux pour se cacher derrière.

« Allons, viens par ici, Mary, dit Ginny en se penchant vers elle. Sors de ce coin, mon petit. »

Lorsqu'elle tenta de relever la femme en la tirant par le bras, elle s'alarma de sentir à quel point les chairs étaient maigres et flasques, pendant sur ses os. Une fois Mary remise sur pied tant bien que mal, Ginny écarta le tissu de sa figure. Elle entraîna la pauvrette vers le centre du cabanon, l'assit sur le tabouret à traire. Mary fixait obstinément le sol en terre battue. Dehors, la neige tombait plus fort, les petits flocons glissaient sur la boue gelée. Le cairn de Maggie était recouvert d'un voile blanc. Ginny attendit que Mary reprenne contenance. Quand elle parla enfin, sa voix était si fatiguée que Ginny dut avancer d'un pas pour l'entendre.

« Il ne nous reste plus rien », chuchota Mary, qui, pour la première fois, leva les yeux vers Ginny, leurs regards bleu clair s'accrochant fugitivement l'un à l'autre. Elle continua avec un signe de tête navré. « J'étais venue voler une de vos poules. »

Elle laissa de nouveau tomber sa tête dans ses mains et Ginny crut qu'elle allait se mettre à pleurer, mais elle ne semblait pas en avoir la force, frissonnant seulement. Au bout d'un moment, elle se redressa.

« Qu'est-ce que je suis devenue, Ginny ? J'aurais jamais agi de la sorte si les enfants étaient pas aussi faibles et affamés, je te le promets. Mais j'ai tout essayé. D'abord, j'ai fait des crêpes avec les patates pourries pendant un temps, jusqu'à ce qu'ils en soient dégoûtés. Après, je suis passée à la soupe d'orties, et ça a donné tout plein d'urticaire à Kathleen. J'en pouvais plus de les voir dépérir devant moi, et maintenant, le petit Mick a de la toux, il est constamment mal fichu. J'avais peur pour sa vie, alors je me suis dit qu'un bon bouillon lui ferait du bien, que ça pourrait lui rendre un peu d'énergie. Et j'ai cédé à la faiblesse, je me suis faufilée ici la nuit pendant que tout le monde dormait, et j'aurais pu prendre la poule et m'enfuir à la maison avec elle, seulement j'ai pas réussi. J'ai pas réussi à le faire. »

Son visage reflétait une telle souffrance que Ginny ne parvint même pas à trouver sa propre voix pour répondre – c'est dire si elle était tourmentée par la douleur de cette femme. Sa gorge se noua de tristesse.

« J'étais bien décidée, poursuivit Mary. J'ai pensé, *Dieu nous a abandonnés, il ne reste plus rien. Il peut me prendre, mais je ferai mon possible pour sauver mes enfants avant de partir*. Et donc, je suis venue ici, parce que je savais que vous étiez pas si mal lotis que ça, et je me suis dit que la poule vous manquerait pas trop. Mais je suis restée une heure, cette poule serrée dans ma main, on approchait de l'aube. Et moi je pensais à Mick à la maison, malade, qui toussait. Je savais que cette poule sous mon bras pourrait le sauver. Sauf que ma conscience refusait de l'autoriser et que je pouvais penser à rien d'autre à part que j'étais près du but, mais que je devrais affronter saint Pierre en coupable de ce vol, sachant que j'aurais aussi enlevé le pain de la bouche de tes propres enfants affamés, que Dieu me pardonne. Et puis j'ai entendu tes petits sortir et je me suis cachée là, derrière les boisseaux. »

Mary se signa, se leva du tabouret à traire pour

tenter de faire les cent pas, mais cet effort était trop violent, et elle tomba presque à la renverse en se rasseyant. Ginny la rattrapa avant qu'elle ne bascule en arrière. La voisine tremblait de tout son corps.

« Ginny, souffla-t-elle en s'arrachant les cheveux, les traits déformés par une misérable grimace. Le petit Mick. Tu le croirais pas. »

Ginny s'accroupit pour lui prendre la main.

« Allons. Calme-toi.

— Ginny, j'ai failli l'étouffer. Oh ! » L'expression de Mary reflétait dorénavant une souffrance intense, et malgré les efforts de Ginny pour l'arrêter, elle était déterminée à confesser son acte. « J'ai failli l'étouffer, Ginny, mon premier né. Je me suis dit que ce serait plus humain. Dieu allait me le reprendre. Dieu allait le prendre quoi qu'il arrive, et ainsi, il aurait plus à souffrir. Pourquoi devrait-il partir lentement, avec cette méchante toux et la faim en plus ? Pourquoi devrait-il souffrir alors que je pouvais l'aider, m'arranger pour qu'il dorme simplement, et qu'ensuite il soit en paix. Qu'il puisse rejoindre son père, Dieu ait son âme. »

Quoique Ginny se soit surprise à reculer, horrifiée, elle se força à rester, voire à se rapprocher. Elle pressa les doigts de la malheureuse. Elle savait que Mary Reilly était quelqu'un de bon, quelqu'un de doux, même, qui craignait Dieu. Ginny connaissait l'amour que Mary portait à ses enfants, sa profondeur et son authenticité. Elle pensa aussi aux siens, à l'intérieur, à l'atroce fin lente qui les attendrait si la nourriture venait à manquer avant que Ray ne donne des nouvelles. Que ferait-elle, si ce jour arrivait ? N'était-il pas possible que sa voisine ait raison, qu'une mort rapide soit le choix le plus miséricordieux ? Dieu pardonnerait certainement à une mère ce genre de tendre brutalité ?

Ginny trembla jusqu'au fond de son être. Elle entoura Mary de ses bras.

« Voilà, tout va bien. Ce n'est que la faim qui parle.

— Je pourrais jamais le faire, je crois pas que j'y arriverais pour de bon, chuchota Mary. Je pensais juste… Je pensais juste que ce serait plus humain. »

Ginny la lâcha, puis reprit, reculant pour la regarder en face : « Allons, chuuut. Laisse ça à Dieu. Sa volonté sera faite. »

Tandis que Mary opinait faiblement, Ginny lui demanda : « Quand as-tu mangé pour la dernière fois ? »

La pauvre femme secoua la tête. Ses joues étaient si creuses que Ginny devinait la forme de ses dents.

« Viens chez nous, on va te donner quelque chose à grignoter. »

Mary était trop faible pour discuter, et quand elle entra dans le cottage, elle glissa sa main dans sa poche, dont elle sortit les trois œufs, qui oscillèrent sur la table ; à leur vue, Ginny, sans rien dire, se contenta de les ramasser dans son tablier avant de les mettre à bouillir. Mary protesta à peine lorsqu'elle la persuada d'emporter l'une des poules chez elle pour permettre à Mick et ses frères et sœurs de subsister quelques jours de plus.

« Ce sera peut-être exactement ce qu'il lui faut, ajouta Ginny. Et il sera sur pied en un clin d'œil. »

À présent, elles étaient debout sur le pas de la porte. Les volatiles gloussaient toujours à l'intérieur, près du feu.

« Ginny Doyle, que toutes les bénédictions du ciel pleuvent sur cette maison, déclara Mary, lui saisissant la main avec toute la force dont elle était capable.

J'ai jamais rencontré une âme si généreuse, Dieu te bénisse. Mes enfants te doivent la vie à ce jour.

— Tu ferais la même chose pour nous », minimisa Ginny avant d'ordonner à Michael d'apporter la rousse.

Le garçon se leva, attrapa la poule rousse qui battait des ailes.

« Assure-toi que madame Reilly rentre chez elle saine et sauve, mon bonhomme, et dépêche-toi de revenir.

— Ah, c'est inutile, allons, d'envoyer ce pauvre petit amour dehors dans la neige et le froid, Ginny. Je vais très bien », hasarda celle-ci, mais Ginny refusa d'un geste.

« L'air frais lui fera du bien. Par contre, tu n'en tireras pas beaucoup de conversation. Il est terriblement silencieux depuis que son père est parti. »

Debout à leurs côtés, Michael tenait la poule par les pattes, tête en bas, le regard rivé sur la neige dehors comme s'il ne les entendait pas le moins du monde. Ginny l'embrassa sur la joue.

« On t'attendra, mon bonhomme. Quand tu seras rentré, on ira payer le loyer. »

Michael poussa la porte et sortit dans le froid. Mary Reilly embrassa elle aussi Ginny sur les deux joues, les lèvres débordant de prières et de gratitude, après quoi Ginny observa son fils et la voisine qui s'éloignaient. Elle leur adressa un signe quand Mary se retourna, sans pouvoir s'empêcher de remarquer que le jupon de Michael était aussi triste et miteux que celui de la femme. Sur la pente de la crête, ils rappelaient deux gouttes de sang qui se diluaient dans la neige.

Ginny peignait les cheveux noirs de Maggie lorsque Michael revint avec Willie et Thomas Harkin, le père

Brennan dans leur sillage. Ginny se leva du coin du feu, tendit le peigne à Maire qui prit sa relève pour démêler la chevelure de sa sœur. Les lèvres de Michael étaient violettes, et le froid avait dessiné des cercles prononcés autour de ses yeux.

« Viens te mettre ici près du feu, mon bonhomme », lui enjoignit Ginny. Il se dépêcha d'approcher, s'accroupit pour se réchauffer.

Les deux fils Harkin étaient encore debout sur le seuil, mais le père Brennan entra dans la pièce à grands pas.

« Ginny Doyle, comment vous portez-vous ? commença le prêtre en prenant brièvement sa main dans la sienne. Comment vous en sortez-vous sans Raymond ? »

Ginny regarda la bouille ronde et absente de Michael, éclairée par la lueur du feu.

« Ah, on se débrouille, mon père.

— Que Dieu vous bénisse. Les temps sont durs, pour sûr.

— C'est vrai, approuva Ginny avant de se retourner vers les frères Harkin. Venez vous mettre à l'abri du froid, les garçons, allez vous asseoir à côté du feu. »

Si Willie était le plus imposant, ils étaient tous deux devenus de sacrés gaillards aux joues roses et aux mâchoires solides. Ils étaient beaux, tout juste arrivés à cet âge où ils pourraient se mettre à chercher une épouse. Ils s'avancèrent dans la pièce, au plus près du feu.

« Merci, madame Doyle, répondit Willie.

— Je peux vous offrir quelque chose, les garçons ? »

Espérant qu'ils refuseraient, elle devait néanmoins le leur proposer. Ils étaient minces l'un comme l'autre, quoique apparemment en bonne santé, épargnés par le pire de la famine, au moins pour l'heure. « Je viens de préparer des galettes d'avoine, je peux vous en réchauffer une. »

Thomas déclina.

« Non, merci, madame Doyle, ne vous inquiétez pas, ça va très bien.

— Mon père ?

— Non, merci, Ginny. Vous avez assez de vos propres bouches à nourrir. »

Elle s'appliqua à ne pas trahir son soulagement en relâchant ses épaules ou son expression. Ils avaient si peu de superflu.

« Qu'est-ce qui vous pousse à sortir par ce froid le jour des loyers ? » demanda-t-elle alors.

Comme on manquait de tabourets pour tout le monde, ils restèrent un moment debout en cercle autour du feu, les enfants à leurs pieds dans la chaleur. Thomas consulta Willie du regard et son aîné lui répondit d'un signe du menton.

« On essaie d'aller parler à tous les membres de la paroisse avant qu'ils paient. » Thomas baissa la voix, même s'il n'y avait personne d'autre pour entendre. Ginny se pencha en avant. « Willie, moi et une bonne partie des jeunes, on s'est réunis et on a préparé une sorte de plan, mais on a besoin que tout le monde soit d'accord. »

Ginny examina le père Brennan, qui contemplait le feu d'un air sévère. Son visage entier était renfrogné, il avait porté ses doigts à ses lèvres.

« D'accord sur quoi ? s'informa-t-elle.

— Ne pas payer les loyers. »

Michael détourna brusquement la tête du feu pour fixer les deux gaillards. Maire continuait sans relâche à peigner les cheveux de Maggie en prétendant ne pas écouter. Willie s'approcha de la porte, qu'il entrouvrit pour jeter un coup d'œil dehors, la referma, puis revint près des autres, apportant avec lui un nouveau souffle d'air froid. Ginny croisa les bras.

« Que voulez-vous dire par là ? » fit-elle en s'efforçant d'empêcher l'angoisse qui lui serrait la gorge de s'insinuer dans sa voix. Elle secoua la tête. « Vous savez ce qui arrive aux familles qui ne paient pas, les garçons. Raymond est parti en Amérique, maintenant. Vous voudriez que je sois expulsée, jetée sur les routes par ce temps, avec quatre petiots à ma charge ? Vous êtes complètement fous ?

— Écoutez simplement ce qu'on a à dire, madame Doyle, insista alors Willie. Je sais que c'est effrayant. Mais si tout le monde le fait, si on se serre tous les coudes, on s'en sortira très bien. Packet peut difficilement expulser tous les locataires, pas vrai ? Après, il n'y aurait plus personne.

— Y a tout plein de familles qui se bousculeraient pour prendre notre suite, rétorqua Ginny. Et qui seraient bigrement disposées à payer ses loyers à Packet.

— Mais personne ne peut payer, objecta Thomas. Ce n'est pas une question de volonté, avec la récolte de patates qui s'est évaporée. C'est une question de survie. »

Willie balaya le cottage du regard et désigna les trois sacs de grain pendus à la poutre centrale. « Tout ira bien pour vous, madame Doyle. Vous vous en tirez mieux que beaucoup d'autres. Vous avez eu une très bonne récolte d'avoine cette année, d'après ce que je sais, et vous avez toujours eu ce potager, avec les navets, le chou et tout. Vous savez bien que la plupart des gens n'ont pas ça… ils sèment juste leurs patates pour manger. Et vous avez réussi à régler le prix d'un billet pour monsieur Doyle en plus.

— Presque toutes les familles de cette paroisse n'ont jamais rien planté d'autre que les patates, enchaîna Thomas. Pour sûr, ils utilisaient tout l'espace qu'il leur restait une fois qu'ils avaient semé l'avoine nécessaire aux loyers. Et sans les patates, rien ne protège plus les gens de la famine – à part cette fichue avoine que Packet exige en guise de paiement. Il nous enlèvera le pain de la bouche et le vendra à l'Angleterre pour plaire à milord, engraisser sa femme et son portefeuille. Ils profiteront de ce qu'on crève la faim ! »

Ginny regarda de nouveau le père Brennan, mais il restait muet. Michael cessa de scruter le feu, leva ses yeux en demi-lune qu'il tenait de Ray. Elle se mordit la lèvre.

« Si nos loyers quittent l'Irlande, madame Doyle, ajouta Thomas, nous mourrons *tous* de faim, ne vous y trompez pas. Nos voisins, nos enfants, tout le monde. Pour sûr, il y a déjà suffisamment de bouches affamées. Mais que Dieu nous vienne en aide, ce n'est que le début. »

Ginny regretta de ne pas pouvoir couvrir les jeunes oreilles de Michael, seulement il était trop tard. L'enfant absorbait tout. Et puis Willie reprit la parole. « O'Connell et la commission ont plaidé leur cause auprès de lord Heytesbury, à Dublin, pas plus tard que cette semaine, et on les a envoyés paître, expliqua le frère aîné. C'est ce qu'ils ont demandé, exactement ça : l'interdiction des exportations. O'Connell le sait… tout le monde le sait… S'ils continuent à exporter notre nourriture en échange des loyers, on aboutira à l'annihilation totale. Même ceux qui, comme vous, ont assez de chance pour disposer de réserves ou d'un peu d'argent ne pourront plus acheter de nourriture s'il n'y en a plus. »

Michael fixait sa mère, l'œil humide, la neige fondue dégoulinant de ses cheveux. Elle se demandait s'il connaissait le mot « annihilation ». Avant de perdre sa voix, il s'informait toujours sur la signification des mots, cherchant à en apprendre d'autres, nouveaux et plus longs. C'était un garçon intelligent. Elle se pencha pour lui caresser la joue.

« Ils s'en fichent, madame Doyle, continua Thomas. Ils sont juste trop contents de se débarrasser de nous. Il a été question d'aides du gouvernement, mais ce n'est pas pour demain. La reine s'en lave les mains. »

Le froid s'insinuait désormais dans la pièce, malgré la porte fermée et le feu qui crépitait toujours. Maire posa le peigne, entreprit de natter les cheveux noirs de Maggie. Épuisée d'avoir chassé les flocons de neige, Poppy s'était assoupie près de la cheminée. Ginny aurait tant aimé que Raymond soit là à cet instant, elle regrettait le réconfort que procure la pensée à deux.

« Que dites-vous de tout ça, mon père ? » demanda-t-elle au prêtre.

Le père Brennan fourra sa main dans son manteau pour en tirer un journal en annonçant : « C'est le *Freeman's Journal*.

— Et alors ? »

Il se racla la gorge avant de le lire d'une voix particulièrement terrible et sombre. « "Qu'ils meurent de faim ! Tel est l'esprit, sinon les mots, de la réponse donnée hier par le vice-roi anglais à la pétition de la députation, qui, au nom de la chambre des Lords et de celle des Communes d'Irlande, a supplié que la nourriture de ce royaume soit préservée, sous peine que ses habitants ne périssent". » Lorsque le père Brennan leva la tête, ses yeux et son crâne chauve brillaient. « C'est exactement comme le dit Willie, j'en ai peur. O'Connell est allé trouver Heytesbury pour plaider la cause de l'Irlande, implorer sa grâce. Il ne quémandait pas la charité : nous n'avons pas besoin d'aide de la part de l'Angleterre. Nous produisons assez de denrées sur cette île pour nourrir dix fois notre population. Si seulement les lords et les ladies cessaient de nous prendre cette nourriture et de l'exporter pour leur profit ! Ne serait-ce que le temps d'une saison de famine ! Mais Heytesbury a refusé de l'entendre. Il a éconduit O'Connell. » Le prêtre serra les lèvres.

L'estomac de Ginny se tordit et se souleva violemment, lui faisant craindre de vomir tout net sur l'âtre. Elle porta sa main à sa bouche, et peu à peu, la sensation reflua. Le père Brennan repliait le journal dans son manteau.

« Je ne peux pas, en toute conscience, vous conseiller de suivre l'avis de ces braves garçons, Ginny. Je sais que vos propres parents, ces bonnes gens, qu'ils reposent en paix, sont décédés, et que vous ne pouvez compter que sur vous-même en ce moment, jusqu'à ce que Ray trouve du travail et vous envoie de l'argent. Je ne peux pas prédire ce que fera Packet s'il est confronté à ce genre de déloyauté. Il pourrait fort bien vous jeter sur les routes. Sachant de quoi il est capable, je dirais qu'il pourrait vous expulser tous autant que vous êtes, expulser jusqu'au dernier enfant du Seigneur. »

Il se retourna pour étudier les Harkin, désormais debout en silence. « Mais je connais ces deux garçons courageux depuis qu'ils sont nés, et j'apprécie leur bon sens. Qui sait ? Peut-être que Packet accepterait de repousser ces loyers à la collecte d'été, en voyant la situation dans laquelle se trouvent les pauvres ?

Il pourrait sans doute convaincre son maître de décaler simplement leur collecte le temps d'une saison. C'est une bonne idée qu'ils ont eue. Si ça marche.

— Ça marchera, intervint Thomas. Notre nombre nous confère beaucoup de force. Pas de violence, mais il faut qu'on se serre les coudes. Ça ne marchera que si tout le monde s'aligne.

— S'il vous plaît, madame Doyle, dit Willie en lui touchant le bras. Réfléchissez-y, au moins. »

Ginny acquiesça. « D'accord. »

Les garçons commencèrent à s'emmitoufler, se donnant de grandes claques pour affronter le froid. Ginny les raccompagna à la porte et les suivit du regard tandis qu'ils gravissaient la crête en direction de la route, un peu plus loin, leurs corps emplis d'espoir et de détermination juvéniles. Après leur départ, le cottage sembla trop calme et vide. Ginny n'eut pas besoin de scruter longtemps les visages silencieux de ses enfants avant de prendre sa décision. Elle n'avait pas le courage de risquer l'expulsion, de parier sur la démolition de leur maison, d'affronter les hommes de Packet et le gendarme, armés de barres de fer et de torches devant chez eux. Il fallait qu'elle paie.

La queue devant la maison de maître était identique à celle de tous les jours de loyers. Ginny Doyle n'était pas la seule couarde de la paroisse. Toutes les familles affamées attendaient leur tour avant d'entrer et de donner à Packet ce qu'il exigeait d'elles. Pour beaucoup, depuis l'anéantissement de leurs pommes de terre, fournir leurs cochons ou leur avoine en guise de règlement annonçait la misère absolue dans un proche avenir. Ils mourraient de faim. Et pourtant, ils faisaient la queue pour s'en acquitter – tous autant qu'ils étaient. La peur d'être jetés sur les routes surpassait la peur de la faim. Mary Reilly était là, les mains vides. La portion de sa récolte de pommes de terre destinée au règlement du loyer avait disparu avec le reste. Ginny ignorait ce que Mary allait faire, ce qu'elle pourrait offrir à Packet afin d'obtenir un sursis. Elle s'efforça d'écarter la question.

Après coup, ils rentrèrent chez eux en une triste parade. D'habitude, une fois au début de l'hiver et une fois au début de l'été, au moment de l'échéance, le jour des loyers était un peu festif. Le soulagement d'avoir payé laissait place à la gaieté, les jeunes gens se massaient tous aux carrefours et on organisait une grande fête avec des chants et des danses. Sauf que ce n'était plus la même chose maintenant que Ray était parti et que la faim se lisait sur les traits et leur serrait la gorge. Il faisait anormalement froid pour un mois de novembre, avec la neige et les intempéries ; Ginny se félicita d'avoir ramené les enfants à la maison avant le coucher du soleil. Sitôt rentrées, les filles s'éparpillèrent, mais Michael se retourna vers sa mère et se mit à parler.

« Maman. »

Le son miraculeux de la voix de son petit garçon au bout de huit semaines de silence fouetta le sang qui circulait dans les veines de Ginny. Elle s'agenouilla à côté de lui, agrippa ses mains dans les siennes.

« Te voilà. » Elle sourit.

Il s'éclaircit la gorge comme si sa voix était rouillée par le manque d'usage. « On devrait vider la remise, tout emporter dans la maison. »

Le ton était indiscutable, sans passion, ferme. Dorénavant, ils devraient tout garder sous surveillance, étant donné les circonstances. Ginny aurait dû y penser plus tôt. Elle se leva.

« Allons, les filles. Poppy et Maire, vous allez faire de la place ici : dégagez autant d'espace que possible. Michael et Maggie, venez avec moi. On va commencer à transporter les choses à l'intérieur.

— Transporter quoi à l'intérieur, Maman ? demanda Maggie.

— Tout. »

L'hiver s'intensifia, la nouveauté de la neige s'envola. C'étaient les pires conditions météorologiques que Ginny se souvenait avoir connues, et ils restèrent enfermés tous les jours. Ils sortaient la plupart des dimanches pour la messe, mais l'église était à moitié vide, comme Ginny ne l'avait encore jamais vue. Les paroissiens disparaissaient. Le cottage des Doyle était encombré et exigu à cause des provisions qui s'y entassaient désormais. Les semaines s'écoulaient dans une sorte d'oubli. Ils avaient peu de visiteurs. Chacun se repliait sur soi, sur sa propre petite famille. Les affamés étaient trop honteux pour se montrer. Les chanceux, encore plus. Tous devenus méfiants les uns vis-à-vis des autres, ils restaient chez eux et barricadaient leurs portes. On aurait dit que l'Irlande était endormie, que le pays pensait pouvoir damer le pion à la famine en prétendant hiberner.

Cependant, Maggie ne manquait jamais un jour – sans se soucier des vents qui soufflaient de biais, fouettant de pluie les champs gelés, sans se soucier d'être trempée durant sa tâche solitaire –, elle sortait s'occuper de son cairn, qui devenait gros et boursouflé ; elle devait s'aventurer de plus en plus loin du cottage pour trouver des pierres convenables. Noël passa, l’ancienne année céda la place à la nouvelle et, à mesure que Ginny regardait le cairn grandir et leurs boisseaux d’avoine diminuer, elle se mit à compter les semaines jusqu’au moment où elle pourrait espérer recevoir un signe de Ray.

5

NEW YORK, AUJOURD'HUI

Bien que la situation ne se soit pas arrangée avec le Dr Zimmer, je continue d'aller la consulter, essentiellement parce que Leo, une heure avant mon départ, garde Emma pour que je puisse prendre une douche. Mon sèche-cheveux a acquis un statut d'article de luxe que je ne lui aurais jamais imaginé avant la maternité, et je l'actionne jusqu'à en avoir le cuir chevelu qui chauffe, jusqu'à craindre de me roussir les longueurs. Je songe à annuler la séance sans rien dire à Leo afin de pouvoir utiliser mon temps libre pour sortir avec ma belle coiffure propre et faire du lèche-vitrines ou m'asseoir sur un banc quelque part, à nourrir les pigeons comme une vraie dingo. Mais je me souviens des crissements, alors j'y vais.

Je suis sur le point de franchir le seuil quand Leo m'attrape la main. Il s'est débrouillé pour qu'Emma se blottisse le plus naturellement du monde au creux de son bras, manœuvre que je n'ai pas encore appris moi-même à accomplir aussi bien.

« Hé. Je suis vraiment content que tu prennes ces moments pour toi avec ces séances.

— C'est important.

— Oui, approuve-t-il, et ça ne me pose aucun problème de faire du baby-sitting pendant que tu… »

Je lui coupe la parole.

« Du baby-sitting ?

— Ben oui. Ça ne me pose aucun problème de faire du baby-sitting pendant que tu vas à tes séances, peu importe le temps qu'il te faudra. »

Leo me sourit avec chaleur. Son expression est absolument dépourvue de malice, et je me demande si la mienne reflète l'intensité du dégoût rageur qui m'envahit soudain. Je referme la bouche, contrôlant avec soin le ton de ma voix. « Quand il s'agit de ton propre enfant, ce n'est pas du *baby-sitting*, Leo. »

Il me lance un regard interrogateur. Nous sommes debout dans l'encadrement de la porte, lui a la main sur la poignée. « Tu sais bien ce que je voulais dire.

— Non, je sais ce que tu as *dit*. »

Il soupire, et je suis consciente de ses efforts infructueux pour se contrôler : il lève les yeux au ciel.

« Oh, *allez*, Majella. » Il est épuisé par moi. Je suis épuisante.

Je ne veux pas être hypersensible. Je ne veux pas être une garce. Mais enfin, merde. Du *baby-sitting* ?

« Tu crois que j'ai renoncé à ma vie, à mes amis et à mes nichons pour faire du baby-sitting à la maison ? Sérieusement, c'est aussi du baby-sitting avec moi, ou juste avec toi ? »

Leo secoue la tête. Il se penche pour m'embrasser, mais pas sur les lèvres.

« On se voit après », conclut-il.

« À la fin de notre première session, vous avez parlé de la mort de votre bébé », commence le Dr Zimmer en appuyant sporadiquement sur le bouton de son stylo-bille comme si elle pointait une liste de courses. « Vous avez dit à quelqu'un que le bébé était mort, et nous ne sommes pas tout à fait revenues là-dessus. » J'ai un mouvement de recul. « Vous voulez bien creuser la question ?

— Pas vraiment. » J'ai répondu en souriant pour qu'elle sache que je suis gentille et que j'aime énormément mon bébé. Je m'inquiète au sujet du secret médical et des règles qui régissent la convocation des services de protection de l'enfance. De toute façon, ce n'est pas un vrai médecin. Enfin, pas docteur en médecine, même si elle aime qu'on l'appelle « docteur » à cause de sa thèse en psychologie. Est-elle malgré tout liée par les mêmes règles, obligée de garder mes secrets répugnants ? « J'ai plus ou moins envie de ne jamais revenir là-dessus, mais je crois que je devrais, non ?

— Probablement. » Elle se cale dans son siège, croise ses chaussures en cuir verni au niveau de la cheville. En possède-t-elle même une autre paire ? « Et donc, à qui parliez-vous quand c'est arrivé ? »

Je prends une profonde inspiration.

« À mon thérapeute. Un autre thérapeute… J'ai déjà essayé une fois avant vous.

— Et pourquoi ça n'a pas fonctionné ? s'enquiert le Dr Zimmer sans dévoiler si elle plaisante ou non.

— Parce que je lui ai dit que mon bébé était mort.

— Oui ? » Le coup d'œil qu'elle me jette signifie que cette explication mérite d'être élaborée.

« Vous savez, quand un mensonge pareil est sorti, on ne peut pas vraiment le retirer. On ne peut pas vraiment le remettre dans son sac comme un vibromasseur tombé par mégarde. »

Elle sourit, ce qui représente peut-être une sacrée avancée.

« Donc, vous ne lui avez jamais dit la vérité ? »

La vérité ? Quelle idée saugrenue !

« Non, enfin, comment aurais-je pu ? *Oups, en fait, mon bébé n'est pas mort du tout... c'était juste une blague !* J'avais peur qu'il me fasse interner. »

Elle dodeline de la tête, son halo de cheveux oscille légèrement. « Et que s'est-il passé ?

— Je vous ai appelée. Je suis venue ici à la place.

— Et avez-vous expliqué à votre mari ce que vous aviez dit à propos de la mort de votre bébé ?

— Non, je lui ai simplement expliqué que ça n'avait pas marché. Que je ne me sentais pas à l'aise. »

Le Dr Zimmer inspire aussi fort que ma mère quand elle se fait du souci pour moi.

« Vous pensez que c'est pathologique ?

— Je crois que vous êtes dépassée par les événements. »

Cette évaluation semble adéquate.

« Mais… et les crissements ? »

Elle lève une main. « Chaque chose en son temps. Je veux que vous repreniez avec moi la façon dont ça s'est déroulé avec l'autre praticien. Comment la conversation a-t-elle tourné, quand vous lui avez dit que le bébé était mort ? »

J'ai un nouveau mouvement de recul. Si seulement elle arrêtait de répéter cette phrase. On ne pourrait pas changer de sujet ?

« Eh bien, ce n'est pas comme si je l'avais planifié. Je ne me suis pas affalée dans le canapé en me disant *Je vais juste inventer un tas de trucs dingues et voir ce qui se passe*. Je ne… je ne sais pas. » Mais maintenant, je repense à ce jour-là, dans le bureau du psy. Je me remémore cette horrible conversation, le nœud que j'avais à l'estomac. « J'étais en train de lui raconter un rêve. »

Le Dr Zimmer écrit *rêve* dans son carnet. Je la regarde souligner ce mot.

« À l'hôpital, la nuit où j'ai accouché d'Emma. Il avait l'air affreusement réel. » Je ferme les yeux. « Quand elle est tombée, c'est arrivé si lentement que j'aurais dû pouvoir la rattraper. C'est ce que j'ai dit au thérapeute, que je l'ai vue tomber, que je l'ai vue glisser de mon sein et rouler vers le bord du lit. »

Les yeux toujours fermés, je revois cette séquence, comme si c'était vrai, comme si elle avait lieu en ce moment même. C'est terrifiant. J'agrippe ma poitrine, aspire une grande bouffée d'air.

« J'ai attrapé sa couverture. Mais je n'ai pu en saisir que le coin, et elle s'est déroulée, délitée comme un burrito. Si lentement, avec une lenteur écœurante, mais Emma s'en est détachée comme la viande du burrito, ses dix petits doigts écartés de terreur. Son réflexe a bien fonctionné, parce qu'elle a hurlé en tombant. Et après, une fois qu'elle a atterri par terre en tas, elle ne hurlait plus. On aurait dit un fruit écrasé sur le sol stratifié, son minuscule crâne tendre de nouveau-né enfoncé – pas de sang, rien qu'un petit amas nu, chiffonné et mort. »

Lorsque je rouvre les yeux, le Dr Zimmer me fixe.

« Au début, ce n'était pas un mensonge. Je lui racontais seulement ce rêve… cet affreux rêve si réel et si obsédant, et il s'est mépris. Je crois que je l'ai laissé se méprendre.

— Vous semblez encore plutôt alarmée par ce rêve, remarque-t-elle.

— C'est vrai.

— L'avez-vous refait ? »

Je commence par dire non, avant de me reprendre. « Enfin, pas en dormant.

— Donc, vous y pensez pendant la journée ? »

J'acquiesce. « Je suis assaillie par cette image d'Emma qui tombe. Elle me vient constamment... quand je lave la vaisselle devant l'évier, quand je choisis des avocats à la supérette, au lit, quand j'embrasse mon mari. Soudain, je vois Emma qui s'échappe de la couverture où elle est emmaillotée pour plonger vers le sol, ses minuscules gencives exposées au monde entier.

— Ce que vous décrivez ressemble beaucoup à un flash-back, commente-t-elle. Lors de ces incidents, perdez-vous presque conscience de vous-même, d'où vous vous trouvez, de ce que vous êtes en train de faire au moment où le souvenir vous revient ?

— Je crois que oui.

— Et dans ces cas-là, ce souvenir vous paraît-il plus réel que tout ce que vous êtes en train de faire ?

— Oui. » Une vague de soulagement me submerge : elle comprend. « Un jour, la vision était si puissante que j'ai bel et bien poussé un cri qui a effrayé Leo. Il somnolait dans le canapé avec Emma sur la poitrine, je les ai réveillés tous les deux. Elle s'est mise à pleurer et Leo n'arrivait pas à piger mon problème, pourquoi j'avais hurlé comme ça.

— Vous ne vous sentiez pas capable de le lui expliquer ?

— Je ne voulais pas lui faire peur. »

Le bureau est calme à présent, trop calme pour New York. Je n'entends ni le bruit de la circulation, ni le sifflement du radiateur à vapeur, ni les voisins qui se disputent. Aucun pigeon ne picore sur le rebord de l'autre côté de la fenêtre. Le stylo de la psy reste suspendu en silence au-dessus de son bloc-notes.

« Y avait-il autre chose à propos de ce rêve ? finit-elle par demander. Vous souvenez-vous d'autre chose ? » Je referme les yeux, et c'est comme si je retournais dans un lieu angoissant, comme si je me mettais à couler. Je vois encore la scène, ses minuscules doigts tendus dans l'air nu, puis j'ajoute en les rouvrant : « Il y avait une créature-singe sur le mur au-dessus de mon lit. Et l'infirmière est arrivée avec une balayette et un ramasse-poussière pour enlever le bébé. Débile, hein ? Elle a simplement appuyé sur la pédale de la poubelle avec sa basket blanche qui grinçait et quand le couvercle s'est soulevé, le corps d'Emma a glissé de la pelle dans les ordures. L'infirmière m'a dit de ne pas m'inquiéter… qu'ils allaient m'en donner une autre. »

Le Dr Zimmer s'est remise à écrire.

« Ensuite, le singe a dévalé le mur et essayé d'ouvrir la poubelle de force, et c'est là que j'ai crié jusqu'à ce que je me réveille. Mais je n'en ai pas parlé à l'autre thérapeute, je ne sais pas pourquoi. » Là-dessus, je pleure. Je pleure tout le temps, merde.

Elle me dévisage un instant. « Vous aviez peut-être besoin d'une mort imaginaire pour justifier vos larmes, suggère-t-elle gentiment. Vous êtes une jeune maman, vous êtes censée être pleine de joie exubérante, non ? »

Peut-être ai-je été trop dure avec elle.

« Et au lieu de ça, vous ne pouviez penser à rien d'autre qu'à cet abominable rêve, à la possibilité de perdre l'enfant. Vous l'avez dit vous-même, vous êtes obsédée par la mortalité. »

J'acquiesce de plus belle avant de me laisser aller à une nouvelle crise de larmes barbantes.

« Majella, un traumatisme peut s'expliquer, même s'il est ordinaire.

— Mais je n'ai pas subi de traumatisme. »

Elle sourit. « Devenir mère peut tout à fait constituer un traumatisme, à la fois physique et mental.

— Sauf que je désirais ce bébé. Plus que je n'ai jamais désiré qui que ce soit.

— Et maintenant, vous l'avez. Et cela ne ressemble sans doute à rien de ce que vous avez imaginé. »

Ma honte est sans limite. Comment peut-elle le savoir alors que je ne lui ai rien dit ?

« Non, ce n'est pas… enfin, j'imaginais que mon corps allait en prendre un coup, mais pas comme ça, pas cette annihilation totale. Je ne pensais pas avoir besoin d'une césarienne. Je me croyais plus forte, et puis…

— Des tas de femmes fortes subissent des césariennes, m'interrompt-elle. S'il vous plaît, dites-moi que vous savez que ça n'a rien à voir avec la force de caractère ? »

Je hausse les épaules avant de faire signe que non.

« Donc vous avez eu du mal à récupérer physiquement ?

— C'est un vrai choc. Mon corps est un désastre.

— Mais ça s'améliore ?

— Je ne sais pas. Enfin, la douleur diminue. Sauf que ce n'est pas le problème. J'ai l'impression que mon corps a échoué au premier test de la maternité, et ça craint. » Elle secoue la tête, sans me couper pour autant, et je continue. « Mais le plus effrayant, c'est mon cerveau. » Je pèse avec soin chacun de mes mots, comme un enfant qui se hisse, un bras après l'autre, sur une cage à écureuil. « Mon cerveau est en miettes.

Je ne m'y attendais pas. J'ai la sensation d'être totalement… à la dérive. »

Le Dr Zimmer pose son stylo sur son bloc-notes. Je reprends d'une voix étranglée : « Je l'aime tellement. Je ne veux pas donner l'impression de ne pas l'aimer. Je l'aime tellement que c'en est macabre, bon sang. »

Mon petit vampire au parfum céleste. Je suis liée à Emma de multiples manières que je n'aurais jamais imaginées. Mon amour pour elle est comparable à un animal sauvage qui montre les dents. Les crocs. Un esclavagiste. Alors que signifie la facilité avec laquelle j'ai proféré ce mensonge cauchemardesque, ce mensonge atroce, à en rester bouche bée de terreur ? Il a glissé hors de moi exactement comme ma fille réticente ne l'a pas fait. Il n'y a eu ni préparation, ni lutte, ni poussée. Il a jailli sans crier gare.

« Comment ai-je pu dire une chose pareille ? Qu'elle était morte ? »

Ma psy m'observe tandis que j'enroule mon mouchoir en papier autour de mes jointures. Je vois mon reflet déformé sur le bout de sa chaussure. Elle ne répond pas.

« C'est le genre d'amour qui oblitère tout le reste de l'univers. Comme s'il n'y avait plus rien d'autre. La maternité, c'est postapocalyptique. On dirait que je ne suis plus qu'une coquille vide.

— On peut parfois avoir ce sentiment, concède-t-elle. Et ça durera peut-être un moment. Mais pas toujours. C'est compliqué d'être parent. Puis ça devient de plus en plus facile. »

Même si je ne la crois pas, qu'importe, parce que la sonnerie de son portable retentit, et que notre séance est terminée.

Dans le métro, il y a toujours un dingo, mais en général ce n'est pas moi. Ou peut-être serait-il plus honnête de dire qu'en général les gens ne *savent* pas que c'est moi, parce que, au moins, je me surveille. En général, les dingos du métro se repèrent tout de suite : ceux qui chantent à tue-tête au son de leur iPod, qui tressautent nerveusement ou se frottent l'entrejambe sur la barre centrale sur fond de musique funk et de gémissements révoltants. Ou ceux qui crient leur foi en Jésus, plus en colère et négligés que le fils de Dieu ne l'a jamais été. Sauf qu'aujourd'hui, c'est moi. Je suis celle qui saute aux yeux.

Là, plaquée contre la paroi, seule sur une banquette pour deux. Personne ne veut s'asseoir à côté de moi parce que je fuis de partout, des larmes et du lait, vous voyez ? J'ai oublié de changer de coussinets d'allaitement avant de monter dans le train, si bien que mes seins commencent à goutter à travers mon chemisier trois arrêts avant la maison. Septembre touche à sa fin, mais il fait encore trop chaud pour porter une veste, alors j'essaie de cacher les parties mouillées. Un vrai feu d'artifice biologique.

« Je suis un putain de désastre », dis-je tout haut. Heureusement que je vis à New York, où tout le monde se fiche qu'on marmonne et qu'on jure tout seul dans les transports en commun.

Une fois rentrée, je change de soutien-gorge et de haut, plaque des coussinets d'allaitement propres sur mes tétons irrités. Leo est dans le bureau, sur l'ordinateur, Emma dort dans un couffin à ses pieds. Je m'attarde sur le pas de la porte pour les contempler. Il surfe sur Facebook, répond à ses e-mails, mais baisse régulièrement le regard vers Emma. Il se penche sur elle avec son téléphone et prend une photo.

« Mon Dieu, que tu es belle », lui dit-il.

Et mon cœur se gonfle de culpabilité et de gratitude que Leo soit un si bon père, qu'il ait ça dans le sang, en pensant : *C'est lui qui devrait être la mère, pas moi.* Il effleure le bout de son nez endormi du doigt : il n'est pas terrifié à l'idée de la réveiller. Sur ce, je fais deux pas à l'intérieur et il se retourne pour m'accueillir.

« Je ne t'avais pas entendue entrer. » Il éloigne la chaise à roulettes du bureau pour m'attirer sur ses genoux. « C'était comment, bien ?

— Ouais. Pas mal.

— Jelly ?

— Oui.

— Je suis désolé à propos de cette histoire de baby-sitting. »

Je fais un signe de tête désabusé. « C'est pas grave.

— Mais si, c'est grave », lance-t-il en me retournant sur son genou afin de se retrouver face à moi. Quand il me touche la joue, je reconnais l'amour contenu dans ce geste – il vient d'avoir le même avec Emma. « Je veux que tu saches que je ne le pense vraiment pas. Je suis conscient que ce n'est pas du baby-sitting s'il s'agit de ma propre fille. C'était juste une formule mal choisie. »

J'appuie ma tête contre la sienne.

« Moi aussi, je suis désolée.

— De quoi ?

— D'être un tel monstre hormonal en furie. »

Leo m'embrasse, sur la bouche, cette fois.

« Je t'aime. Tu es mon monstre hormonal en furie à moi. »

Emma se réveille pile quand Leo part travailler. Il l'embrasse et lui murmure quelque chose avant de me la tendre. Elle sent la lessive pour peaux sensibles, avec une note aigre de régurgitations. J'approche mon nez tout contre son crâne, je la respire. Nous faisons coucou à Leo par la fenêtre qui donne sur la rue pendant qu'il part attraper son bus. Enfin, en réalité, je lui fais coucou. Emma n'en est pas encore capable.

Dans le séjour, Drew Carey agrippe son micro sur l'écran de télévision. Je me dis que je peux le regarder en allaitant, parce que Emma lui tourne le dos et qu'elle ne saura même pas que la télé est allumée si je garde le son coupé. Je m'assieds dans le canapé en l'enveloppant de mes bras. Ses petits yeux troubles me fixent en cillant, et moi aussi, je cille en suivant l'affrontement des divers produits présentés.

« Sérieusement, Drew ? Tu appelles ça un lot d'exception ? » Emma mange. Je considère la blonde d'âge mûr qui s'efforce de rester enthousiaste quant à son produit merdique à elle, souriant, applaudissant. « Bientôt, il va distribuer des tickets de bus gratuits pour Hoboken », dis-je à Emma qui se contente de téter bruyamment en guise de réponse.

La blonde annonce un prix trop élevé de mille quatre cents dollars, et c'est navrant. Je suis bel et bien consternée. Aujourd'hui, c'est ce qui me sauve de basculer pour de bon dans la folie – au moins, je le reconnais : personne ne devrait être aussi impliqué émotionnellement dans « The Price is Right », surtout sans faire partie du public en studio. Pour éviter la dinguerie, rester conscient de soi-même est la clé.

Je glisse Emma dans son transat juste avant que le téléphone sonne. Elle est encore trop petite pour tenter d'attraper le singe et le toucan qui pendent devant elle, mais elle s'est mise depuis peu à les regarder avec intensité et, quand je les agite, elle fait des mines que je n'arrive pas à déchiffrer. D'une main, je décroche, tout en secouant le singe de l'autre.

« Allô ?

— Salut, mon poussin ! » C'est mon père.

« Salut, P'pa !

— Ça roule ? » Mon père a commencé à s'essayer à l'argot quand j'étais au lycée, mais il n'a pas dépassé celui du début des années quatre-vingt-dix. Parfois, c'est attendrissant. Je formule ma réponse. « Bien ? Ça roule bien.

— Comment va la schtroumpfette ?

— Elle est super, Papa. Si mignonne, et de plus en plus alerte… Elle dort encore la moitié du temps, mais quand elle est réveillée, elle est carrément *réveillée*. Tu devrais la voir. » Je souris à Emma, qui gargouille.

« Ah, j'aimerais pouvoir être là », regrette-t-il tout haut. Une interminable pause gênante s'ensuit, parce que rien ne l'en empêche. Rien du tout. « Tu sais comme ta mère déteste l'avion.

— Ouais.

— Et c'est un long trajet pour monter en Prius jusque chez toi, mais on va le faire. Bientôt !

— Ouais, non, je sais.

— Alors comment ça se passe, la maternité ?

— Bien, je crois. C'est dur. Plus dur que prévu.

— Oui. C'est tellement plus dur pour les femmes que pour les hommes. Un job sacrément compliqué, et c'est si facile d'avoir tout faux. »

Je prends une grande inspiration.

« Mais pas pour toi, Majella, se hâte-t-il de rectifier. Tu vas y arriver, fillette. J'en suis convaincu.

— Maman t'a parlé du journal intime que j'ai trouvé ?

— Oui, elle a consulté un tas de trucs dans toutes ses conneries de géneométrie. »

Je le corrige, mais tout bas.

« Généalogie. »

Je m'aventure dans la cuisine en regardant autour de moi comme si j'allais trouver le journal sur le plan de travail, alors que je sais que je l'ai laissé au grenier. Des chants d'oiseaux résonnent à l'autre bout de la ligne. Mon père doit être dehors sur le balcon de son appartement qui donne sur le golf.

« Alors, parle-moi de la maison, comment ça évolue ?

— Je n'ai pas envie de parler de la maison, Papa. Je suis épuisée. Je sais que c'est barbant, mais je n'ai envie de parler de rien à part combien c'est dur, ce truc de maternité, et de combien vous me manquez, toi et Maman. »

Sa respiration s'étrangle. Je l'entends se gratter le cou. Il s'affale dans un fauteuil, je l'écoute réarranger ses membres sous lui.

« Ben oui, je crois que c'est plutôt mal tombé qu'on parte si vite.

— En effet.

— Mais vous vous en sortez, hein ? Avec Leo et tout ?

— Pas vraiment, P'pa. Je me sens si isolée. Ce n'est pas naturel de vivre comme ça. C'était plus cohérent, le mode de vie des gens d'autrefois, dans les petits villages avec plein de famille et le reste de la tribu autour, et chacun qui contribuait dans sa zone de compétence. » J'appuie mes coudes sur les surfaces en béton du plan de travail en regardant la douche de mon voisin par la fenêtre de la cuisine. « À l'époque, si on était une mauvaise maman, c'était probablement sans importance, parce qu'il y avait toutes les femmes de la tribu pour vous montrer l'exemple, vous aider. Je ne sais pas ce que je fais, et je n'ai personne à qui poser mes questions. Je ne peux compter que sur moi-même.

— Tu peux toujours nous appeler, ta mère et moi, Majella. »

Comme Emma couine dans son transat, je me retourne pour voir ce qui se passe.

« Allez, Papa, tu sais comment est Maman. » Je balance légèrement le transat de la pointe du pied. « Maman me dira la teinte exacte du vernis avec lequel elle s'est peint les orteils la semaine dernière (*caramel foncé*), combien d'enfants a la pédicure (*quatre !*), et combien elle a payé (*seulement sept dollars, tu le crois, ça ? Sans compter le pourboire, bien sûr, et comme elle avait oublié son argent liquide, elle a dû tout mettre sur sa carte bleue*), mais elle ne veut jamais aborder les sujets importants. Je ne peux pas lui dire que je me sens seule. »

Il y a un grésillement tandis que mon père passe sa main sur le combiné du téléphone qu'il tient en Floride.

« Tu te sens seule ? » Sa voix se brise, toute brouillée d'émotion.

Je hausse les épaules. Il ne me voit pas faire. Il est en Floride.

« Ben, tu sais. C'est juste que maintenant je suis seule à la maison toute la journée. Leo est super quand il est là, mais il doit travailler. Comme tous mes amis. Ils bossent.

— Mais tu vas te remettre au boulot très vite. Et puis tu étais aussi souvent seule avant, hein : tu écris. Les auteurs passent des tonnes de temps seuls, non ?

— Je suppose, mais non, P'pa, c'est différent. Je

sortais constamment faire mes recherches ou d'autres trucs. »

Emma gazouille. Je me penche pour lui embrasser les orteils. Par automatisme, elle donne un coup de pied à ma main tendue, prête. Elle est sous la fenêtre et la lumière du soleil descend sur sa tête parfaitement ronde, son nez en trompette, ses joues pleines. *Comment vais-je me débrouiller pour ne pas te ficher en l'air ?* me dis-je, et nous fondons toutes les deux en larmes. Mon père perçoit mes reniflements.

Je réussis à articuler : « Faut que j'y aille, P'pa, Emma pleure. »

Avant de raccrocher, je l'entends ajouter : « Appelle-moi plus tard, chérie. »

Dès qu'Emma pleure, il m'est impossible de penser, d'être rationnelle et *a fortiori* d'avoir une conversation. Mon corps réagit à elle d'une façon purement primale, sur laquelle je n'ai aucun contrôle. Elle pleure : ma tension monte. Mes membres se crispent, mon cou se bloque en une posture rigide. Mon utérus se contracte, les points de suture de mon incision s'efforcent d'accommoder ses spasmes. Mes seins se remplissent de lait. Mon cerveau se met en pause, remplacé par une sorte de variante répétitive du mantra : *s'il te plaît arrête de pleurer s'il te plaît arrête de pleurer s'il te plaît arrête de pleurer*. Quelquefois, Leo tente de me parler dans ces moments-là et je le regarde, cherchant désespérément les mots que j'ai sur le bout de la langue, souhaitant désespérément retrouver ce moi enfoui quelque part là-dedans pour pouvoir lui répondre d'une manière plus ou moins appropriée. C'est impossible.

Je sors Emma de son transat pour la bercer dans mes bras. J'arpente la maison avec elle en la berçant, en lui disant chut, en chantant, en pleurant. Je surveille la pendule, rien que pour donner à mon cerveau un autre but, quelque chose en dehors de ce cercle de friction biologique. Les minutes s'égrènent. Quarante-sept minutes. Pendant qu'Emma miaule, pleurniche et hurle avant de se remettre à pleurnicher et à gémir.

J'essaie de la raisonner : « Je ne le pensais pas, Emma, tout va bien se passer pour toi. Tout va bien se passer pour nous… Je serai une bonne maman. Je ne te ficherai pas en l'air, je te le promets. Je prendrai bien soin de toi. »

Elle s'arrête de pleurer, pousse un petit soupir tremblant dans mes bras. Suivi d'une mimique menaçante.

« Non, non. C'est vrai, je prendrai soin de toi. »

Et c'est ce qui la calme. J'en fais une chanson – une chanson intitulée « Je prendrai soin de toi » – que je chante jusqu'à ce qu'elle s'endorme. Cet instant est ma plus grande victoire en matière de maternité et vraisemblablement de toute ma vie. Plus gratifiant que le jour où j'ai signé mon premier article dans le magazine *Gourmet*. Peut-être même plus gratifiant que mon mariage. Il est si merveilleux que je ne veux pas poser ma fille au cas où elle se réveillerait et se remettrait à hurler, ce qui annihilera mon triomphe.

À regret, je la hisse sur mon épaule, nous arpentons encore un peu la maison. Nous montons à l'étage, puis plus haut. Ce n'est sans doute pas une bonne idée de l'emmener au grenier. Il est dégoûtant et plein de chausse-trapes. Je fais demi-tour pour redescendre, mais d'abord – le journal intime est là abandonné au-dessus de la vieille malle-cabine, encore gorgé de soleil et de poussière. Avec précaution, je navigue sur le plancher pour l'attraper. Ensuite, je le fourre dans ma poche arrière afin de pouvoir tenir la rampe et d'éviter de faire un roulé-boulé dans l'escalier pour atterrir sur Emma en bas.

Au bout d'un moment, je réussis à la remettre dans son berceau sans la réveiller, après quoi je retourne dans le salon pas fini, où je peux enfin m'autoriser à remonter le son de la télévision. Il n'existe pas de mots pour décrire quelle sensation lumineuse de plaisir on éprouve en remontant le son de la télévision. Un feuilleton est en train de passer et, bien que je n'aie pas envie de le regarder, ce bruit de voix humaine adulte est comme une ancre. Je songe à rappeler Papa, mais je ne suis pas prête.

Leo m'encourage depuis quelque temps à accepter un ou deux jobs rédactionnels, à recommencer à travailler en free-lance. Il pense que je peux effectuer mes recherches dans la journée et le soir quand Emma dort, puis écrire les matins où il est à la maison avant de partir au restaurant. Avant Emma, j'avais du boulot par-dessus la tête. Mais Leo ne semble même pas comprendre ce qui est arrivé à mon cerveau. Écrire demande de la concentration, et je n'en ai aucune. J'ai du mal à imaginer que je me remettrai un jour à produire une phrase cohérente.

Je réfléchis à tout ça dans le canapé. Les portes du bureau sont ouvertes, l'ordinateur, juste derrière. Le babyphone est silencieux. Je n'ai même pas relevé mes e-mails depuis une semaine. Mais mon cerveau refuse. On dirait du béton. Je n'ai même pas envie de subir la frustration d'un essai raté. Durant quelques minutes, j'observe le couple ripoliné sur l'écran, avec son bébé calme et bien habillé. La mère porte du rouge à lèvres, des vêtements bien repassés. Ses cheveux sont brillants et souples. Je change de chaîne.

Encore trop endolorie pour soulever mes hanches

du canapé, je me penche pour sortir le journal de ma poche arrière, puis me laisse de nouveau aller en arrangeant les coussins tout autour de moi. J'ouvre le cahier, suivant du doigt le nom gribouillé plusieurs fois avec maladresse à l'intérieur de la couverture : Ginny Doyle. La folie est si contagieuse qu'elle a fuité dans l'écriture enfantine de son hôte – les boucles des lettres paraissent frénétiques, un peu trop précairement penchées. Je tourne la première page jaunie et fragile et je commence à lire.

12 mars 1848
Ces crissements infernaux, ils m'ont suivie jusqu'ici.

Interrompant ma lecture, je me rassieds trop précipitamment au bord du canapé. Mon incision me lance brièvement, détail que je remarque à peine, tant je suis stupéfaite par cette phrase. Je ne sais pas pourquoi, mais je tourne les pages à l'envers jusqu'à l'intérieur de la couverture – qu'est-ce que je cherche, une caméra cachée ? Je secoue la tête pour tenter de dissiper ma confusion. Puis je me renfonce dans le canapé, revenant au texte :

12 mars 1848
Ces crissements infernaux, ils m'ont suivie jusqu'ici. Je croyais que venir à New York serait la solution pour nous, que nous pourrions repartir de zéro, mais ça a été tellement plus dur que prévu. J'ai tant perdu, et je n'arrive à penser à rien d'autre. Pas à ce que nous avons quitté, mais à ce qui a disparu. Mes enfants ont besoin de moi, et face à eux, je suis une coquille vide. Il n'y a rien d'autre en moi que de la douleur.

Je suis tourmentée par de si nombreux souvenirs. La nuit, je me réveille en sueur, et je suis obligée d'ouvrir en grand les fenêtres à la froideur de l'air nocturne, juste pour me calmer. Et les petits, ils se réveillent, ils pleurent et frissonnent en me demandant de les refermer, mais je ne peux pas. J'ai besoin de les ouvrir, de chanter en frappant fort dans mes mains, pour évacuer ces bruits-souvenirs : de cris, et de lutte. Ces crissements pernicieux. Je deviens complètement folle. Il faut que je sois forte pour le bébé, pour les enfants.

Tout ce que j'ai perdu. Que Dieu me vienne en aide.

18 mars 1848

Je me suis confessée. J'ai cru que ce serait un énorme baume au cœur, mais je suis toujours persécutée par ma conscience, même si le prêtre d'ici est gentil et amical – rien à voir avec les gars autoritaires de chez nous. Bien plus doux que ne l'a jamais été le père Brennan. Il ne m'a jamais demandé de détails sur ce qui s'est passé, m'a simplement donné ma pénitence en disant que ça avait dû être un affreux poids à porter pour moi. Il a ajouté que Dieu me pardonnerait si je me repentais, mais ce pardon me paraît impossible.

Le téléphone sonne pendant que je lis et je vérifie l'identifiant de l'appelant sur l'écran de la télévision. C'est Leo. Il téléphone sans doute pour voir si j'arrive à écrire un peu pendant la sieste d'Emma. Je laisse l'appel basculer sur la messagerie. Je sais qu'il sera trop occupé pour papoter quand je le rappellerai tout à l'heure, mais je ne me sens franchement pas de taille à fournir mes habituelles explications lourdingues. Saisie d'un minuscule frémissement de culpabilité, je l'écarte d'un revers de main.

25 mars 1848

Encore aujourd'hui, les crissements persistent. Je crois que le bébé les entend aussi, parce que la nuit, il pleure juste après qu'ils ont commencé, et ne se calme pas tant que je ne l'ai pas pris dans son couffin pour lui chanter une chanson. Peut-être que ce n'est pas dans ma tête alors, s'il les entend aussi ? C'est si difficile de faire le tri de ce qui se passe là-dedans.

1er avril 1848

Demain, c'est vendredi saint. J'ai du mal à imaginer à quoi va ressembler Pâques cette année, après tant de terreur et de chagrin. Sans les enfants, je ne sais pas si je pourrais continuer. Même après tout ce qui s'est passé... quand je regarde le bébé surtout, je sais que j'ai fait de mon mieux, et que c'est le maximum, le reste dépend de Dieu. Je n'avais pas d'autre choix que de le sauver, c'est sûr. Sûr que j'avais les mains liées.

La lumière rouge de l'écran du babyphone se met à clignoter. Emma est réveillée.

6

IRLANDE, MARS 1847

En dépit de l'humidité, la journée était chaude, et alors que le soleil grimpait plus haut dans le ciel de midi, Ginny sortit du cottage pour monter sur la crête jusqu'en haut de leur champ. La Saint-Patrick était passée dans la faim et le silence, et ils n'avaient toujours pas de nouvelles de Ray. Le cairn de Maggie commençait à évoquer une seconde petite maison à côté de la leur, parcimonieusement éclairée par les faibles rayons printaniers. Debout, les mains en visière, Ginny scrutait les environs jusqu'au bout de leur terre et la route au-delà, mais ils étaient vides. Personne en marche ; pas l'ombre d'un oiseau voletant au-dessus de leurs têtes. Le seul bruit audible était celui du vent violent s'abattant sur les champs arides. Ginny franchit la crête, puis descendit la pente de l'autre côté. Le bas du terrain était détrempé ; lorsqu'elle s'approcha de la route, ses pieds se mirent à s'enfoncer et ses traces à se remplir d'eau. Arrivée près du haut mur en pierre, elle s'y accouda, heureuse de s'être éloignée du cottage, ne fût-ce que quelques instants. À l'intérieur, ses enfants avaient faim.

L'hiver avait été brutal. Willie et Thomas Harkin avaient été inculpés, de même que quatre autres jeunes gars de la paroisse, tous déportés en Australie. Ils comptaient parmi les chanceux, qui s'en allaient avant que leurs parents et leurs sœurs ne périssent tous d'inanition. Mary Reilly et ses petits avaient été expulsés, leur maison détruite, et les hommes de Packet avaient dissuadé tous les voisins de les recueillir. Où avaient-ils disparu, Ginny n'avait pas le cœur de l'imaginer.

Il fut un temps où elle était au courant de la moindre nouvelle ou du moindre ragot de la paroisse – chaque mariage, chaque naissance, chaque décès. Désormais, les gens partaient en masse, des hommes et des femmes que Raymond avait connus toute sa vie, simplement partis. Tel un troupeau d'oies s'élevant dans le ciel en arc de cercle avant de disparaître.

Ginny se retourna pour s'adosser au mur de pierre et contempler la crête qui surplombait sa terre. Elle commençait à faire une habitude de venir ici quelques minutes par jour rien que pour étirer ses membres, bouger son corps au-dessus du champ, échapper aux bouches avides de ses enfants désespérés. Leur besoin était devenu trop fort pour elle ces derniers jours, leur faim trop intense pour qu'elle la tolère. Leur simple vue lui était pénible – ils étaient si hagards et décharnés. Elle ne supportait pas leurs regards avides.

Ils avaient mangé les patates pourries jusqu'à ce qu'elles soient impossibles à digérer, et même les semences pour la récolte de l'année suivante. Ils avaient mangé tous les navets et tous les choux. Et puis Michael avait commencé à s'éclipser un jour par-ci, un jour par-là, et à revenir avec un poisson, braconné Dieu sait où. Dans ces moments-là, Ginny était envahie d'un mélange de terreur et de gratitude. Ils dévoraient le poisson dans le plus grand secret et la plus grande crainte – presque cru. Elle redoutait par-dessus tout que l'odeur de sa chair rôtie ne les trahisse, que les hommes de Packet n'arrivent pour s'emparer de Michael et l'emmener en prison ou le déporter pour vol. Deux frères adultes de la paroisse avaient déjà été pendus après avoir dérobé un mouton afin de nourrir leurs enfants affamés. Ginny et ses petits avaient tout mangé, toute l'avoine, toute la farine, tous les légumes et les poissons chipés jusqu'à ce qu'il ne reste plus une miette de nourriture. Ensuite, ils s'étaient contentés d'une soupe à l'eau à base de pissenlits et d'orties.

Ginny ferma les yeux de toutes ses forces jusqu'à voir une masse flottante de taches colorées dans sa tête. Elle tenta d'invoquer la voix de Raymond, si confiante avant son départ.

Disons février. Mars au plus tard. C'est ce qu'il avait promis. À présent, le mois de mars se terminait. D'un jour à l'autre, ils auraient des nouvelles de lui. Il aurait envoyé une lettre au père Brennan. Et de l'argent avec. Si seulement ses enfants pouvaient tenir bon quelques jours de plus. S'il plaisait à Dieu.

Le vent apporta un chant étouffé à ses oreilles ; elle fit volte-face, s'approcha de la barrière située dans le mur et se pencha au travers pour voir la route. Une silhouette avançait, un homme d'une maigreur impossible qui se dirigeait vers elle. À mesure qu'il s'approchait, elle s'aperçut qu'il était si branlant qu'il avait à peine la force de se tenir debout. Sur son dos, il portait un sac rugueux dont le haut était fermé par un bout de ficelle. Ses yeux évoquaient des tombes ouvertes – ils ne la voyaient pas, ne se posaient pas sur elle, bien qu'elle lui eût fait signe, qu'elle l'eût salué. Il ne savait même pas qu'elle était là. Il divaguait en la dépassant.

« *Mo leanbh*, se lamentait-il. Mon bébé. »

Ginny s'écarta en tressaillant, mais il ne regarda

même pas dans sa direction, continuant juste à avancer à pas lourds, et elle aperçut alors les doigts osseux d'une petite main qui émergeait du sac jeté par-dessus l'épaule de l'homme. Celle de Ginny vola jusqu'à sa bouche, pétrit la peau de ses joues. Elle essaya de fermer les yeux très fort, mais en vain. Elle ne pouvait pas annihiler la vision du visage de cet homme, des doigts de son enfant. Elle ne pouvait pas annihiler le son de ses cris.

Elle observa cet horrible spectre jusqu'à ce qu'il disparaisse dans une ornière de la route, puis se pencha à côté du mur où elle eut un haut-le-cœur, sans rien vomir – pas même la bile jaune et collante qui était devenue habituelle. Elle était vide.

Elle resta un peu dans le jardin vide, l'air absent, fixant la crête tandis que son estomac frémissait. Elle redoutait déjà de retourner au cottage, à ses enfants affamés. Le temps s'écoulait si bizarrement ces jours-ci. Sans l'activité régulière de l'alimentation, les heures étaient longues et dépourvues de sens. Les repas se succédaient sans bavardage, préparation et nettoyage aucuns. À la place, Ginny tâchait de nourrir ses rejetons avec des chansons et des prières. Cependant, ils devenaient de plus en plus apathiques. Le plus terrifiant, c'était qu'ils avaient arrêté de se plaindre de la faim. Même Poppy ne réclamait plus de nourriture. Ils avaient également cessé de grandir, et leurs crânes commençaient à sembler énormes sur leurs petits corps. Leurs cheveux tombaient. Pourtant, c'étaient toujours ses enfants, et elle sentait leurs âmes, fortes et scintillantes dans leurs corps atrophiés. Elle les sentait en eux.

Ginny se détacha péniblement du mur et retourna sur ses pas vers la crête et le cottage au-delà, mais une voix derrière elle l'interpella ; elle pivota sur ses talons, espérant de tout cœur que sa propriétaire était porteuse de nouvelles. Une lettre de Raymond.

Une femme la héla depuis la route. « *Dia duit*[1]. » Elle agita une main au-dessus de sa tête, imitée par Ginny.

« *Dia is Muire duit*[2] », répondit-elle, attendant que la voyageuse arrive au niveau de la clôture. Ginny ne la reconnut pas, mais elle était bien habillée, d'un jupon noir et non rouge, et elle portait un bonnet de voyage incliné sur une masse de cheveux noirs et brillants. Cependant, elle semblait lasse et ses souliers étaient usés, couverts de la boue de la route. Son jeune visage était humide de sueur.

« Vous allez loin d'ici ? lui demanda Ginny.

— Coolnabine, répondit la jeune femme en désignant le nord, tout au bout de Beltra Lough.

— C'est une sacrée trotte pour vous. J'espère que le temps se maintiendra.

— S'il plaît à Dieu.

— Voulez-vous boire un peu d'eau pour la suite de votre trajet ?

— Oui, merci. » Elle emboîta le pas à Ginny, traversant la barrière afin de remonter leur champ marécageux en direction de la crête.

« De rien. Je m'appelle Ginny Doyle, répondit celle-ci alors qu'elles approchaient du sommet de la pente. Le cottage est juste là. » Elle désigna leur petit logis propret, qui se détachait sur le paysage morne et accidenté.

1. En gaélique : « Bonjour. »

2. Littéralement : « Que Dieu et Marie soient avec vous » ; dans le langage courant : « Bonjour à vous. »

« Anne Cassidy. » Devant la porte, la jeune femme essuya ses souliers sur les dalles de pierre avant d'entrer.

L'intérieur paraissait sombre après la vive lumière de l'après-midi printanier. Anne retira son bonnet, et Maire se leva pour lui céder son tabouret. Ginny tendit à la visiteuse une tasse d'eau, qu'elle but avec une reconnaissance goulue.

« J'aimerais pouvoir vous offrir quelque chose à manger », regretta Ginny.

Anne fit signe qu'elle comprenait, mais la regarda alors droit dans les yeux. Ginny avait l'impression que personne ne l'avait regardée ainsi depuis des années.

« Vous avez beaucoup souffert ? lui demanda Anne avec simplicité.

— Comme tout le monde, répliqua Ginny avant de se tourner vers Maire. Emmène les petits dehors prendre l'air, ma belle, le temps est agréable et sec. »

Maire enroula son châle sur ses épaules puis entraîna les autres à l'extérieur sans un mot. On aurait dit une armée d'ombres quand ils s'égaillèrent hors de la pièce. Un sentiment d'horreur profonde emplit Ginny alors qu'elle les regardait s'éloigner. Elle pivota vers son invitée.

« Je n'ai rien eu à leur donner ces deux derniers jours, avoua-t-elle, appuyée au montant de la porte. Leur père est parti en Amérique. » Elle s'efforça de sourire. « Depuis septembre. Nous n'allons pas tarder à recevoir de ses nouvelles, avec de l'argent.

— Qu'il plaise à Dieu, répondit Anne.

— Qu'il plaise à Dieu », répéta Ginny.

Cependant, cette expression avait perdu sa signification. Il était difficile de croire qu'on pouvait encore implorer Dieu. Ginny changea de sujet.

« Nous ne voyons pas souvent d'étrangers marcher en ce moment. La paroisse est désormais presque vide. Vous rentrez chez vous ?

— Oui, confirma Anne en essuyant une goutte d'eau qui lui avait dégouliné sur le menton. Je travaillais à Springhill House ces derniers mois – comme femme de chambre. Et puis ce matin, madame Spring m'a renvoyée.

— Ah, que Dieu vous garde. »

Elle secoua la tête. « J'ai moi-même du mal à le croire. Je ne sais pas ce que nous allons faire. C'était une bonne place. Qui permettait à ma famille de vivre.

— Famille ?

— Trois sœurs et deux frères. Je suis l'aînée. »

Ginny jeta un coup d'œil derrière elle à ses enfants maigres dans le jardin. Ils aidaient Maggie à trouver une jolie pierre pour le cairn.

« Quel âge avez-vous ?

— Presque dix-sept ans.

— Vous êtes affreusement jeune pour ce genre de souci. »

Anne haussa les épaules. « Je suppose qu'il n'y a pas de bon âge pour ça.

— Et vos parents ?

— Mon père reste à la maison avec les petits. Ma maman est morte en janvier. Paix à son âme. La fièvre.

— Ah, que Dieu vous garde », compatit Ginny avant de se signer et d'envoyer une prière silencieuse à la mère morte de la jeune fille.

Anne se leva rapidement de son tabouret, rendit la tasse à Ginny. Parler de sa maman l'avait mise mal à l'aise. C'était affreux, ce qui était arrivé, la façon dont cette famine avait déshabillé la mort, l'avait rendue commune. Ginny n'avait rien à offrir à cette étrange fille lasse, à part des platitudes. Qu'importe le nombre de personnes mortes de faim ou de la fièvre qui l'accompagnait, cela n'atténuait pas la profondeur bien réelle du chagrin des survivants. Il était partout sur le jeune et joli minois d'Anne, dans le noir triste de ses cheveux.

« Pas de répit pour les braves ! s'exclama vivement celle-ci en esquissant un sourire courageux.

— Et sans être indiscrète, pourquoi vous ont-ils congédiée de Springhill House ? » Ginny n'avait pas envie que son invitée s'en aille, pas encore. C'était agréable d'avoir de la visite, quelqu'un à qui parler. Elle n'avait pas eu l'intention de bouleverser la pauvre petite. « Ont-ils enfin décidé de faire leurs bagages et de rentrer à Londres ? »

La jeune fille fit un signe de dénégation.

« Non. Ils le feraient s'ils étaient un peu malins. Mais la patronne, c'est une cinglée – je ne sais pas pourquoi elle s'attarde ici. Elle a une araignée au plafond. Un jour, elle est prise d'une lubie, et ça y est… vous êtes fichue. Elle n'a jamais gardé ses employés longtemps, à part l'ancienne gouvernante.

— J'en ai entendu parler, c'est vrai, commenta Ginny en remplissant de nouveau la tasse d'Anne, qui refusa d'un geste.

— Je vais très bien maintenant, merci. Il vaudrait mieux que je me sauve. J'ai encore une longue route devant moi. »

Ginny reversa l'eau dans le baquet avant de suivre la visiteuse au jardin. Les enfants se tenaient debout autour du cairn à les fixer, leurs yeux aussi grands que des soucoupes. À leur vue, la fille s'arrêta net.

« Comment t'appelles-tu ? demanda-t-elle à Maire.

— Maire.

— Moi, c'est Anne.
— Anne », répéta Maire, sans sourire.

Anne plongea alors la main dans sa sacoche, d'où elle retira un morceau de fromage tout froid et un petit bout de pain de campagne sous le regard des enfants.

« Tiens, Maire. »

Maire essaya de ne pas trahir son avidité en se rapprochant de la fille plus âgée tandis que les petits s'agitaient autour d'elles. Anne lui tendit le pain et le fromage, que Maire répartit en cinq portions égales, prenant bien soin d'en préparer une pour sa mère aussi. Les enfants étaient tous si patients et calmes, que Dieu les garde, pendant que leur grande sœur leur distribuait leur part. Ils se jetèrent sur leur nourriture en silence. Les yeux de Ginny s'étaient brouillés de larmes.

« Que Dieu vous bénisse », dit-elle à la visiteuse.

Anne sourit. « Que Dieu vous bénisse et vous protège, répondit-elle. Bonne chance. »

Quand elle fit volte-face pour partir, Maire lui attrapa la main pour la serrer en disant : « Merci, mademoiselle. »

Anne hocha la tête, puis se dirigea vers la route. Au sommet de la crête, elle leur adressa un geste d'adieu avant de disparaître de l'autre côté. Maire alla vers Ginny, restée sur le pas de la porte, pour lui tendre sa portion de fromage et de pain.

« Prends-les, ma belle, refusa-t-elle, mais l'aînée posa la part dans la paume rétive de sa mère.

— Je n'ai pas faim, Maman, insista Maire, la forçant à accepter.

— J'en veux bien, moi ! » intervint Michael derrière elle.

Maire fondit sur lui pour lui coller une claque à l'arrière du crâne. « Pas question, siffla-t-elle.

— Tu as faim, mon lapin ? » demanda Ginny à son fils.

Michael consulta du regard son aînée, qui lui répondit par une œillade féroce.

« Non, Maman. »

Ginny sortit le tabouret à trois pieds du cottage, puis s'assit sous le prunellier en grignotant le coin du fromage. Elle mâchait lentement tandis que son estomac gargouillait et grondait d'impatience. Cette maigre pitance avait suffi à réjouir les enfants, ou au moins à leur en donner l'illusion. Michael et Maggie étaient allongés sur le dos, désignant les nuages qui passaient.

« Tiens, celui-là ressemble à un navire à tête de dragon », remarqua Michael.

Maggie se tordit le cou en plissant les paupières. « Je vois un selkie[1]. »

Poppy rampait autour du cairn, fourrant ses petits doigts dans les trous entre les pierres. Maggie se redressa d'un air menaçant.

« N'y touche pas ! » défendit-elle à sa sœur.

Poppy recula sa main.

Maire s'assit par terre à côté de Ginny, observant les autres en silence. Elle replia ses jambes sous elle et inclina la tête pour la poser sur les genoux de sa mère, qui passa les doigts dans ses longs cheveux blonds.

« Maman ?

— Oui, ma belle.

— Peut-être qu'ils vont engager une nouvelle femme de chambre à Springhill House ?

— Mmm. »

1. Créature mythologique, qui dans l'eau ressemble à un phoque, mais prend forme humaine sur terre.

Elles retombèrent toutes deux quelque temps dans le silence.

« Tu écoutais aux portes ? »

Pour toute réponse, Maire se contenta de hausser les épaules. « Tu crois que je serais assez grande ? » Elle leva la tête pour vérifier.

« Ah non, ma belle », objecta Ginny. De sa main, elle caressa la joue douce, le menton. « Tu es trop jeune pour partir travailler.

— Mais je pourrais le faire. Je serais une femme de chambre formidable. » Elle reposa sa tête sur le genou de sa mère.

« Et si Papa ne trouvait pas de travail tout de suite en Amérique ? Ou si l'argent se perdait en route ? S'il n'arrivait pas ici à temps ? » À temps pour quoi, elle ne le précisa pas, mais Ginny frissonna. Elle passa un bras autour de Maire et se pencha vers elle pour l'embrasser.

« Chuuut, ne t'inquiète pas, chuchota-t-elle dans la chevelure de son aînée. C'est mon travail de m'inquiéter. »

Maire se raidit quand Ginny se rassit en mâchant pensivement sa dernière bouchée de pain. Elle se lécha le bout des doigts, les essuya sur son jupon.

« J'ai encore faim, Maman », se plaignit Poppy.

Maire souleva son menton du genou de Ginny.

« Moi aussi, admit Michael, ignorant le courroux de sa grande sœur.

— Vous savez quoi ? » Ginny se leva, hissa Poppy sur sa hanche et prit Michael par la main. « On va boire une goutte d'eau chaude. Venez à l'intérieur. »

Ils burent à tour de rôle dans la tasse.

« Ça va mieux ? » s'enquit Ginny.

Michael opina, quoique sans beaucoup de conviction.

Ginny examina son dos alors qu'il retournait dehors. L'espace d'un instant, à la vue de ses petites omoplates pointues, elle l'imagina en train de se flétrir devant elle, comme la tige d'une pomme de terre malade. Elle avait le sentiment que, si elle restait un peu immobile, elle le verrait bel et bien disparaître. À ce moment-là, elle en eut la certitude : ils allaient mourir ici, un par un. Pas d'une façon abstraite, hypothétique et théorique, mais bientôt, maintenant. Ses bébés allaient mourir. Et peut-être même partirait-elle la première, les laissant se débrouiller seuls. Elle les imaginait rassemblés autour de son corps un matin, tentant de la réveiller, Poppy blottie contre elle pour un dernier câlin. Cette pensée la frappa d'horreur, telle une main serrée sur sa gorge. Le chagrin l'empêchait de respirer.

« Maman ? » La paume de Maire était douce dans la sienne.

Ginny se tourna vers sa fille.

« Tu sais ce que j'ai besoin que tu fasses, Maire ? demanda-t-elle en s'accroupissant pour lui prendre les deux mains. Tu crois que tu réussirais à veiller sur ton frère et tes sœurs ? »

Maire écarquilla les yeux, mais répondit courageusement. « Bien sûr que oui. »

Ginny écarta une mèche rebelle du visage de son aînée. Elle avait toujours été une enfant sérieuse – trop sage pour son âge. Mais en la contemplant, Ginny songeait combien elle était jeune, combien de sa vie elle n'avait pas encore vécu. Elle n'avait que onze ans. « Pas seulement aujourd'hui, mais pendant un petit moment ? Jusqu'à ce qu'on ait des nouvelles de votre père ? Quelques semaines, peut-être. » Elle avait besoin d'être sûre que sa fille pourrait accepter cette charge. C'était vraiment beaucoup demander.

Maire déglutit avec un léger frémissement de la gorge. Elle acquiesça.

« Tu es la meilleure, la félicita Ginny en la pressant contre elle. Papa sera si fier de toi quand je le lui dirai. »

Elle se leva.

« Tu vas décrocher ce travail, Maman ? À Springhill House ?

— Je vais essayer. »

Ginny s'aspergea la figure d'eau, se pinça les joues pour leur donner un peu de couleur. Elle enleva son fichu pour refaire ses tresses tandis que ses enfants restaient tranquillement assis par terre à la contempler. Poppy pleurait, mais Ginny n'était pas émue par les larmes de son bébé. Elle se sentait régénérée. Elle avait un plan bien défini. Elle pouvait museler ses peurs et se concentrer sur la tâche à venir. Au moins dans l'immédiat, il y avait quelque chose qu'elle pouvait *faire*.

« Tout va bien se passer, dit-elle en se penchant pour embrasser le sommet du crâne de Poppy. Maire va prendre bien soin de vous, n'est-ce pas, Maire ?

— Oui. » Maire se leva, puis, au prix d'un certain effort, hissa Poppy sur sa hanche. La petite appuya sa tête blonde sur son épaule.

« Je vais faire un saut chez madame Fallon au passage et lui demander de venir vous voir à l'occasion, vous autres », annonça Ginny en attachant un bonnet sur ses cheveux désormais disciplinés.

Les Fallon étaient quasiment les seuls voisins qui leur restaient. Ginny papillonnait à travers le cottage en parlant, attisant le feu pour les enfants, cherchant des détails à régler avant de partir. Il n'y avait rien. Plus de corvées domestiques à accomplir, plus d'animaux, plus de nourriture dans la maison, pas de récolte poussant dans le sol, dehors. Jusqu'à ce qu'elle puisse leur rapporter à manger, il n'y avait plus rien d'autre à faire. Elle inspira profondément.

« Je m'arrêterai demander des références au père Brennan en chemin, expliqua-t-elle à Maire. Tu peux commencer à préparer la terre du carré des navets. Si j'arrive à dénicher des graines, nous les planterons dès que le temps changera. »

Michael la dévisageait, la mâchoire contractée, les yeux secs.

« Aide ta sœur, Michael », lui enjoignit-elle.

Il opina simplement. Elle était prête à partir, prête à franchir le seuil et à prendre la route, loin de ses quatre petits, prête à les laisser seuls. Maire lâcha Poppy, qui glissa par terre et courut vers sa mère. La benjamine s'enroula autour de ses jambes.

« Michael, emmène Poppy et Maggie dehors quelques minutes, lui suggéra Ginny. Laisse-moi parler à Maire. »

Michael s'arracha à son coin près du feu, entraînant ses sœurs à l'extérieur. Maire s'écarta du seuil pour faire face à Ginny.

« Tu sais quoi faire si Poppy se réveille en pleurant la nuit ?

— Lui donner un peu d'eau chaude et lui faire un câlin.

— C'est ça, et parfois, elle aime qu'on lui chante une chanson. Si tu peux lui chanter quelque chose, ça ne manque jamais de la calmer sur-le-champ. »

Ginny était stupéfaite de la solennité de Maire, qui n'était visiblement pas forcée. Le courage qui se lisait sur ses traits n'était pas destiné à l'impressionner – il était authentique. Elle serait capable de s'occuper de ses frères et sœurs.

« Et tu ne dois pas dire à qui que ce soit que je suis partie, sauf à madame Fallon… elle sera au courant. Par contre, si vous avez n'importe quel autre visiteur, ne dites rien. S'ils demandent où est votre père, vous pouvez leur raconter qu'il est parti en Amérique, mais s'ils veulent savoir où est votre mère, dites-leur seulement que je suis allée voir une voisine, et que vous m'attendez d'une minute à l'autre.

— Bien sûr.

— S'il se passe quoi que ce soit, si tu as besoin d'aide, envoie Michael chez madame Fallon, ou là-haut, chez le père Brennan, continua-t-elle. Je ne veux pas que tu laisses Poppy ou Maggie. Tu envoies Michael, c'est compris ?

— On se débrouillera très bien, Maman », promit Maire avant de traverser l'espace qui les séparait.

Ginny l'enlaça. Elle ne pleurerait pas. Elle serait vaillante, comme son aînée. Elles s'accrochèrent l'une à l'autre une minute entière, et Maire fut la première à lâcher prise. Ginny se leva, fit bouffer son jupon, se dirigea vers la porte et regarda dehors. Quand Maire se posta à ses côtés, elle remarqua à quel point sa fille était grande – elle lui arrivait dorénavant presque aux épaules.

« M'man ? »

Ginny se tourna vers elle.

« Qu'est-ce que je vais leur donner à manger ? »

Ginny reprit une grande inspiration. Quel acte de foi elle exigeait de la plus grande : rester calme tandis que sa mère franchissait le seuil pour s'en aller ! Ginny leur tournait le dos, voilà ce qu'elle faisait. C'est ce que

Maire devait ressentir, seule avec trois petits affamés alors qu'il n'y avait plus la moindre bouchée de nourriture dans tout Knockbooley. Pourtant, Maire savait certainement que Ginny ne les abandonnerait jamais ; qu'elle ne les laisserait pas périr.

« Oh, Maire, ma pauvre chérie. Je vous enverrai à manger tout de suite, dit Ginny en lui pinçant le menton. Je le promets, dès que j'arrive là-bas ; c'est pour cette raison précise que j'y vais. Pour pouvoir vous envoyer tout de suite de quoi manger.

— Mais comment, Maman ? »

Ginny secoua la tête. « Je trouverai un moyen. »

Ginny se forçait à marcher d'un bon pas à mesure qu'elle avançait vers Springhill House. À l'époque où elle était en forme et en bonne santé, elle aurait été capable de couvrir cette distance à pied en deux heures, sauf qu'elle était devenue faible, et que son corps lui paraissait flétri et fiévreux. Ses jambes tremblaient sous elle ; plusieurs fois, elle fut tentée de se reposer, mais elle avait peur, si elle s'asseyait, de ne pas pouvoir se relever. Même si les larmes lui montaient aux yeux sans cesse, elle les réprimait. Elle se sentait comme une friandise abandonnée au soleil sur un rocher, en train de fondre. Depuis quelques semaines, une étrange sensation qu'elle avait initialement attribuée à la faim lui rongeait les tripes, mais aujourd'hui, elle percevait aussi des palpitations bien distinctes.

« Ce sont juste mes nerfs », se persuada-t-elle, tout en sachant, avec l'instinct de toutes les femmes, que ce n'était pas du tout le cas.

Son estomac faisait des soubresauts à mesure qu'elle progressait sur la route. Chaque pas semblait lui demander un effort supplémentaire, comme si elle avait un joug sur les épaules, une corde qui s'étirait jusqu'à la maison et ses petits, de plus en plus tendue. Une partie d'elle-même espérait qu'on la renverrait, son ventre s'emplissait d'une boule de terreur glacée quand elle pensait à ses enfants à la maison sans elle. Mais ensuite, elle se représentait la mine sévère et déterminée de Maire, et elle était convaincue que, on ne sait trop comment, son plan pourrait fonctionner.

« Je n'ai pas le choix, se chapitra-t-elle. Si je fais demi-tour, ils mourront d'inanition. C'est tout. »

En vérité, elle n'était pas sûre d'être en état d'affronter le chemin du retour. On lui avait raconté des histoires de gens qui tombaient raides morts de faim sur la route. Elle inspira profondément et redressa les épaules. Au bout de trois heures ardues, Ginny Doyle arriva devant les grilles de Springhill House. Deux hommes et une femme attendaient déjà à côté. L'un des gars avait l'air plutôt en forme. Il était mince, mais grand, et son visage gardait encore des couleurs, une expression quelque peu animée. Il portait un habit à queue-de-pie et un chapeau. Des souliers usés, mais pas irrécupérables. Il adressa un signe de tête à Ginny tandis qu'elle s'approchait du portail et lança : « Ça va ? » Elle acquiesça en retour.

L'autre homme et la femme étaient assis en une masse compacte, immobiles, appuyés l'un contre l'autre pour se communiquer de la force. Ils étaient si faibles et gris qu'une brise un peu vive aurait pu les emporter comme une volée de cendres. La tête de l'homme pendait mollement de son cou, sa bouche sèche béait. La femme fixait Ginny sans ciller. Elle remua les lèvres pour la saluer, mais aucun son n'en sortit. Ginny fut incapable de la regarder plus de quelques secondes. Derrière le portail, un gros monsieur suant remontait fébrilement la longue allée venant de la maison. Sans ouvrir, il apostropha d'abord le couple plus âgé en gesticulant.

« Qu'est-ce que vous voulez ? »

Les yeux de la femme se rivèrent sur lui et elle se lécha les lèvres avec effort, mais elle n'avait pas de voix. L'homme à côté d'elle ne bougea pas, ne tressaillit même pas. Ginny n'était pas sûre qu'il respirait. Le gros avisa Ginny et lui demanda : « Vous connaissez ces deux-là ? » Elle fit signe que non.

« Moi non plus, intervint l'homme en queue-de-pie, mais je devine aussi bien que vous ce qu'ils viennent faire ici, monsieur Murdoch. »

Le gros le fusilla du regard à travers les barreaux.

« Et vous, monsieur Brady ? dit-il à l'homme en habit. Vous voulez quoi ?

— Ma famille et moi, on va en Amérique, répondit Brady. Et on a besoin de régler nos affaires avant de partir.

— Alors comme ça, vous faites vos valises ? Vous déclarez forfait ?

— On n'a plus guère le choix. »

Durant leur conversation, la femme assise par terre commençait à s'agiter : elle cherchait à dire quelque chose. Ginny contemplait la scène, horrifiée, la pulsation dans son ventre se muant en montagnes russes.

« Et vous ? » À présent, le gros Murdoch considérait Ginny, mais avant qu'elle puisse répondre, Brady les interrompit.

« Monsieur Murdoch, s'il vous plaît, dit-il avec une insistance tranquille en désignant la femme à terre. Il n'y a pas de temps à perdre. Pouvez-vous faire apporter un petit quelque chose à manger, par pitié ? »

Le cou rougeaud de Murdoch tremblota. « Vous

feriez mieux de surveiller votre insolence avant d'arriver en Amérique, m'sieur. Ce n'est pas dans votre intérêt.

— Non, m'sieur, convint Brady. Mais dans le leur, oui. »

La femme à terre leva les yeux vers lui et ses traits exprimèrent une gratitude fugitive – Ginny devina à quoi elle avait pu ressembler avant que la faim ne lui vole son visage et son corps. Murdoch tenait désormais la clé du portail, qu'il déverrouillait. Il l'ouvrit brusquement, invitant d'un geste Brady à entrer.

« Attendez-moi dans la bibliothèque. »

Monsieur Brady ne bougea pas.

« Si vous n'entrez pas, fichez le camp de mes terres avant que j'appelle le gendarme », éructa Murdoch.

Brady secoua la tête avec un regard triste pour les fantômes à ses pieds, puis dépassa en le bousculant Murdoch, qui l'attrapa par le bras et lui siffla à l'oreille : « Avez-vous la moindre idée du chaos que ça causerait si nous commencions à distribuer des vivres à tous les mendiants qui ont le culot de déshonorer notre porte ? C'est bien joli de feindre la vertu, mais je vous vois mal abandonner le prix de votre billet pour l'Amérique au profit de vos amis les pauvres, là-bas. »

Brady se déroba violemment à l'étreinte de Murdoch avant de lui tourner le dos pour s'engager dans l'allée qui menait à la maison. Murdoch marmonna derrière lui : « Espèce d'idiot sans cervelle », puis s'adressa à Ginny. « Et vous ? »

Elle s'éclaircit la gorge, tenta d'invoquer en elle la bravoure dont elle venait d'être témoin chez Brady. Se rapprocha encore de la grille.

« Je m'appelle Ginny Doyle, m'sieur, de Knockbooley, et j'ai entendu dire que vous avez une place de femme de chambre à pourvoir. J'aimerais avoir des informations là-dessus. »

Monsieur Murdoch la détailla en fronçant les sourcils.

« Où est votre mari, ma fille ? »

S'efforçant de ne pas montrer combien la grossièreté de cette question la choquait, elle baissa les yeux avant de répliquer à voix basse : « En Amérique.

— Des enfants ? »

Cette fois, elle ne répondit pas, se bornant à dodeliner de la tête. Murdoch rouvrit la grille, juste assez pour la laisser passer.

« Au fond, à l'angle, il y a une porte verte, face aux écuries. Sonnez là et demandez la gouvernante. » Il indiqua vaguement le bout de l'allée tout en refermant la grille derrière elle dans un mouvement ample.

Ginny ne se retourna pas vers le couple affalé par terre, de l'autre côté. À la place, elle se concentra sur l'immense demeure intimidante en haut de la colline pendant que Murdoch donnait un tour de clé. Dans sa poitrine, ses battements de cœur faisaient comme une minuscule émeute, et ses lèvres bougeaient en une prière de gratitude silencieuse. Oui, elle était reconnaissante. Bien que Raymond soit parti, parti, et qu'elle soit seule sans rien pour nourrir ses enfants qui s'étiolaient à vue d'œil. Bien qu'il soit encore presque impossible qu'elle obtienne ce travail qui pourrait les sauver. Bien que ce lourd portail se soit refermé en bâillant entre elle et ses petits affamés, là-bas, et qu'elle en ressente le claquement au tréfonds d'elle-même telle une amputation.

« Grâce à Dieu », dit-elle simplement.

7

NEW YORK, AUJOURD'HUI

Le Dr Zimmer et moi jouons à qui baissera les yeux la première. Parfois, elle le fait dès que j'arrive – elle est assise là, à me jauger par-dessous sa volumineuse chevelure grise et bouffante. Si je refuse obstinément de briser la glace, allons-nous rester à nous défier du regard pendant toute l'heure ? J'attrape une mèche de mes cheveux derrière mon oreille pour la renifler. Si propre. Si sèche.

« Comment vous sentez-vous aujourd'hui ? » finit-elle par demander.

Sa veste et sa chevelure sont de la même couleur que le bâtiment de l'autre côté de la rue, que j'aperçois derrière elle par la fenêtre. Si je laisse ma vision se brouiller, elle disparaît presque dans le décor.

« Comment va le bébé ? » retente-t-elle.

Je hoche la tête. « Emma va bien.

— Les choses s'améliorent ? »

Ma réponse est un mensonge. « Bien sûr.

— Cette semaine, nous pourrions peut-être parler de votre mère », propose-t-elle.

Je la fixe de nouveau. Elle porte des lunettes, et je sens ses yeux derrière qui guettent ma réaction à cette suggestion.

« Pourquoi ma mère ?

— Souvent, quand une jeune maman trouve la transition vers la parentalité inhabituellement difficile, on peut lier au moins une partie de ces problèmes à sa relation avec sa propre mère.

— Ben oui, j'imagine que ça paraît évident. » Je m'attends à ce qu'elle s'arrête là, qu'elle patiente un peu pendant que je réfléchis à ma mère, que je recense mes souvenirs et que je zoome sur l'endroit approprié où commencer. Toutefois, elle me surprend.

« D'après ce que vous avez partagé avec moi jusqu'ici, apparemment, c'est plutôt quelqu'un de bien.

— Ouais, c'est vrai. Bien sûr.

— Alors d'où pensez-vous que vient toute cette hostilité ? »

Je sens mes poumons expulser de l'air comme une éponge expulse de l'eau. J'essaie d'en aspirer une nouvelle bouffée. Est-ce à ça que ressemble une crise d'angoisse ?

« Quelle hostilité ? dis-je en bafouillant. De quoi parlez-vous ? » Je foudroie du regard ma psy, qui lève une main en signe de protestation.

« Peut-être qu'*hostilité* est un terme trop fort ? hasarde-t-elle. Je ne voulais pas vous perturber. Je perçois seulement une animosité évidente. »

Je suis consciente de mes mâchoires qui se serrent et se desserrent. Comment peut-elle me réduire à ça – ce sentiment d'être une adolescente insolente et enragée – avec une simple poignée de mots. *Voilà* à quoi ressemble l'hostilité.

« Pourquoi est-ce que je continue à venir ici ? » dis-je involontairement à voix haute.

Le Dr Zimmer prend une brève bouffée d'air, fronce les lèvres.

« Parce que vous avez envie de vous sentir mieux ? Et que même si parfois je dis des choses qui vous mettent en colère, tout au fond de vous, vous savez que vous êtes sur la bonne voie. Et que la raison pour laquelle vous réagissez au quart de tour, c'est que je touche un point sensible ? »

J'attrape le coussin doré pour le fourrer sur mes genoux comme n'importe quelle ado de quatorze ans qui se respecte. J'étudie mes ongles, en choisis un à ronger.

« Écoutez, Majella, les relations mère-fille font partie des plus compliquées sur Terre, annonce-t-elle alors. Il est parfaitement normal pour vous de ressentir une certaine tension dans ce domaine. Toutes les femmes que je connais trouvent leur mère plus ou moins agaçante. Vous pouvez sans doute au moins l'admettre ?

— Quoi, qu'elle est agaçante ?

— Oui. »

Je hausse les épaules. « Bien sûr que oui. Elle est incroyablement agaçante. Ça ne veut pas dire que je la déteste pour autant.

— D'accord, mais comment ? »

Je tire sur une cuticule avec mes dents.

« Si vous deviez choisir ce qui vous agace le plus chez elle, ce serait quoi ? »

La cuticule se détache et la petite cavité au-dessous se remplit de sang. J'attrape un mouchoir en papier dans la boîte à pleurs à côté du canapé pour tamponner la plaie. Après quoi je regarde la psy en face.

« Je crois que le pire, c'est probablement la façon dont elle me parle.

— Comment vous parle-t-elle ?

— Comme elle parle à tout le monde. Absolument

tout le monde. Les dames de l'église, le caissier de la banque, l'employée du magasin d'alimentation, le type de la station essence. Ils en savent autant sur elle que moi. La semaine dernière, elle m'a expliqué que le chien de sa voisine souffrait de cataracte. Elle en a parlé pendant dix minutes. Je ne connais même pas cette voisine, et encore moins son chien. Un loulou de Poméranie, d'ailleurs, qui s'appelle Luke. Il a presque quatorze ans.

— Je vois.

— C'est comme si elle était un livre ouvert, mais dont toutes les pages seraient vierges.

— J'imagine que c'est assez frustrant.

— Bien sûr que oui. Parce que je sais que ce n'est pas vrai. Je sais que, quelque part, elle a une certaine profondeur. Des centres d'intérêt. C'est une femme intelligente. Mais on dirait qu'elle est incapable d'accéder à ses sentiments à moins qu'ils ne soient immédiats.

— Ou au moins qu'elle *refuse* d'y accéder, souligne le Dr Zimmer. Ou de les partager avec vous.

— C'est ça. »

Elle rectifie sa position sur son siège. « C'est difficile, parce que nous ne pouvons pas changer votre mère. Ce n'est pas votre travail de la changer. Nous pouvons juste vous changer, vous, vos façons de gérer vos émotions et de réagir.

— Ouais. » Un silence s'ensuit, et une pensée surgit dans mon esprit alors même que je la formule à voix haute, parce que la thérapie fonctionne ainsi, non ? « La semaine dernière, je regardais une émission à la télévision après avoir couché Emma pendant que Leo était encore au restaurant.

— Mmm… mmm. » La psy m'encourage d'un hochement de tête.

« Et la femme venait d'avoir son bébé, qu'elle tenait, dans la salle d'accouchement de l'hôpital, et elle était toute transpirante et gonflée, heureuse. Si heureuse. Et sa mère était là avec elle, et elle l'a contemplée en lui disant : *Maman, je ne m'étais jamais rendu compte que tu m'aimais autant.* »

Dès que ces mots sont lâchés dans la pièce, de manière aussi prévisible qu'insipide, je fonds en larmes. Le Dr Zimmer m'observe quelques minutes, muette, pendant que je reprends mes esprits à grand renfort de reniflements. Je tapote encore un peu mon ongle sanguinolent, histoire de me distraire. « Et qu'en pensez-vous ? s'enquiert-elle enfin. Qu'est-ce qui vous bouleverse à ce point-là ? »

J'expire une bruyante bouffée d'air de mes joues gonflées en laissant de nouveau aller ma tête sur le canapé pour fixer le plafond. Je me représente Emma. Emma, duveteuse et piailleuse. Ma voix n'est qu'un murmure. « Quand je tiens mon bébé dans mes bras, je crois que la pensée qui me vient, c'est : *Je ne suis pas sûre que ma mère m'aime autant.*

— Mince alors », s'exclame le Dr Zimmer, et c'est la chose la plus humaine que je l'aie jamais entendue dire. Elle referme son carnet et se penche légèrement en avant dans son fauteuil. « Peut-être qu'elle n'est juste pas capable de le montrer ?

— Je crains qu'elle ne soit même pas capable de le ressentir.

— Et les autres femmes de votre famille, les autres mères ? Votre grand-mère ? Était-elle aussi comme ça ? Plus ou moins du genre à tout passer sous silence ?

— Non. Enfin, la mère de mon père était une

cinglée, mais celle de ma mère était formidable, extrêmement chaleureuse et douce. » C'est là que je me souviens du journal. « Mais il y en avait d'autres.

— Qui, par exemple ?

— Eh bien, il y a eu un genre d'arrière-arrière-grand-mère… Je ne sais pas vraiment quel est son lien de parenté avec moi, mais j'ai trouvé récemment son journal dans mon grenier, et j'ai commencé à le lire.

— Et ?

— Elle a l'air plus qu'un petit peu folle, en fait. Jusque dans son écriture. Elle avait des enfants, mais elle ne les mentionne que de façon détournée, et elle est juste obsédée par elle-même, comme si elle vivait à l'intérieur de sa tête.

— Hum, parfois, un journal intime peut donner exactement cette impression-là. Un peu comme la thérapie. On se regarde le nombril. Peut-être n'était-elle pas si folle qu'il n'y paraît, si le journal était son exutoire.

— Elle entendait des crissements, elle aussi », dis-je comme si ça prouvait quoi que ce soit. Mais comme le Dr Zimmer ignore ma réponse, je continue. « Apparemment, il s'est passé quelque chose d'horrible au moment où elle a quitté l'Irlande, et elle est arrivée ici en espérant prendre un nouveau départ, mais elle semble complètement hantée, tragique et perturbée.

— De quand date le journal ?

— 1848.

— Oh, elle a donc émigré à l'époque de la famine. » Ses sourcils se haussent un peu par-dessus ses lunettes. « Il y a sans doute de quoi traumatiser n'importe qui.

— Tiens, je n'y avais même pas pensé. À la famine.

— Je parie qu'il est fascinant, ce journal.

— Ben, je n'ai pu en lire que quelques pages, parce que chaque fois que je m'assieds avec, Emma se réveille, ou quelque chose m'interrompt. Mais c'est tout un programme. Je me demande ce qui lui est arrivé.

— Croyez-vous en la mémoire génétique ?

— Quoi ? Comme si je pouvais me souvenir de quelque chose qui ne m'est pas arrivé rien que parce que c'est arrivé à un de mes ancêtres ?

— Eh bien, c'est une interprétation un peu littérale, mais oui. Je pensais plutôt au fait que vous vous chercheriez une excuse ancestrale pour être une mauvaise mère. »

Mon ongle ayant cessé de saigner, je choisis une autre cuticule à maltraiter avant de marmonner : « Je n'ai pas trop besoin d'une excuse. »

À mon retour, Leo est debout devant le comptoir de la cuisine, occupé à tripoter le babyphone. Derrière lui, je constate à travers les parois vitrées du réfrigérateur qu'il a fait les courses. Comment se débrouille-t-il pour en accomplir autant en mon absence, même avec Emma ? Il donne le sentiment que tout ça ne nécessite aucun effort, bon sang. Je jette mon sac sur le plan de travail.

« Coucou, chéri. » Je passe mon bras autour de lui, mais il me fait signe de me taire.

« Écoute », chuchote-t-il en désignant le babyphone.

Quand je m'accoude à côté de lui pour regarder le minuscule écran, ce n'est pas Emma que je vois. C'est le canal C : les quatre berceaux dont les lattes en bois luisent d'un éclat verdâtre à la lumière du système de vision nocturne dans la pièce sombre. Le bébé le plus proche de l'appareil gémit et pousse des cris dignes d'une tragédie grecque. Il grince des gencives et je tends le bras devant Leo pour baisser le volume au minimum. Je ne supporte pas ces pleurs.

« On capte d'autres canaux sur ce truc, murmure joyeusement Leo. On peut observer nos voisins.

— Ouais, mais pourquoi est-ce qu'on murmure ? dis-je en murmurant moi aussi.

— Parce que, si on peut les entendre, c'est pareil pour eux, non ? »

Étrange que je n'y aie pas pensé.

« Bien sûr, mais seulement quand on est à l'étage, dans la chambre d'Emma, hein ? » dis-je tout haut.

Leo se redresse pour reposer l'appareil sur le comptoir. « Ouais, ouais. » Il s'éclaircit la gorge. « Et il y a cette autre famille, sur le canal B, mon Dieu…

— Le *Muppet Show* ? »

Leo éclate de rire. « C'est vrai qu'ils parlent comme des personnages du *Muppet Show*. Mais hongrois ! »

Moi aussi, je glousse. « Je me demande où ils habitent.

— Tu étais déjà au courant ?

— Bien sûr, je l'ai découvert, genre, dès le début », reconnais-je avec un minuscule frisson de plaisir parce que je commence à identifier les bribes du monde d'Emma, où c'est moi l'experte, moi qui en sais davantage que lui. J'ai *besoin* de ça. « Le premier jour, j'explorais tous les canaux, et je les ai entendus chanter l'alphabet. Comme s'ils étaient à un concert de Phish[1]. Qui peut être heureux à ce point, enfin ?

— Je suis épuisé rien que de les *écouter*, renchérit Leo. Un matin, ce gamin va se réveiller et dire, *Eh,*

1. Groupe de rock américain progressif, célèbre pour ses improvisations musicales.

M'man, P'pa ! Taisez-vous, merde, vous me rendez dingue à bêtifier comme ça ! »

Je me mets à rire, et Leo m'embrasse une nouvelle fois. L'espace d'une demi-seconde, j'ai l'impression d'avoir retrouvé l'ancien nous, avant que nous soyons parents. Il a l'air sexy et je me sens soudain mal à l'aise dans mes vêtements amples. Je porte un pantalon de mon deuxième trimestre de grossesse et un T-shirt trop grand. J'attends toujours que mon tour de taille retourne miraculeusement à la normale comme dans les pages d'*Us Weekly*, mais il y a presque six semaines qu'Emma est née et aucune preuve qu'une quelconque partie de mon corps le fera un jour. Mon ventre entaillé par la césarienne est encore distendu, mes seins tombants fuient. Je m'écarte de Leo pour ouvrir le frigo, en sortir un Coca light et je fais sauter l'opercule de la canette. Il remet le babyphone sur le canal A en montant le son. Nous écoutons Emma respirer.

« J'ai acheté quelques provisions pendant que tu étais partie. Et des couches. On avait besoin de tout.

— Ben, je n'ai pas eu le temps de remplir les placards. » À présent, je suis mal à l'aise pour ça aussi. « Emma a passé une bonne matinée, on dirait ?

— Oui, elle a été super. Elle somnole. » Leo fait mine de consulter sa montre, même s'il n'en porte pas. « Tu sais, il me reste une demi-heure avant de partir travailler. » Il enroule langoureusement ses bras autour de moi. « Bébé dort, Maman et Papa sont seuls. » Il commence à m'embrasser dans le cou. Il sent si bon. Et moi, je me sens si repoussante, si pleine de fuites et sphérique. Je porte un jean à taille élastique géante, pour l'amour du ciel. Comment pourrait-il avoir envie de faire l'amour avec moi ? C'est *bien* ce qu'il suggère, non ? Il y a si longtemps que ce n'est pas arrivé que je me rappelle à peine comment il prend l'initiative dans ces cas-là.

« Le médecin a dit six semaines. » Je m'éloigne de lui en me concentrant sur mon Coca light.

« Ça fera six semaines vendredi », contre-attaque-t-il avant de passer un doigt sur la ligne de mon cou.

Paniquée, j'avale une grosse gorgée de Coca. Je suis encore si endolorie, si fragile. Parfois, quand je suis assise sur la cuvette des W-C, j'ai la sensation que mes entrailles vont tomber dedans avec un grand plouf. Des cheveux propres et un brushing ne suffisent pas. Leo me prend la canette, la repose sur le comptoir, et soudain je suis terrifiée qu'il se prépare à m'entraîner par la main à l'étage pour me déshabiller sur fond de smooth jazz. Du smooth jazz ! Des vergetures ! Et un soutien-gorge d'allaitement ! *L'horreur !*

Mais à la place, il m'embrasse simplement la main. Caresse mes jointures avec son pouce. « Hé, c'est pas pressé. Quand tu seras prête. »

Il m'enveloppe alors dans ses bras, et j'appuie ma tête contre sa poitrine, en proie à une culpabilité immense parce que je crois que je ne serai plus jamais prête. Il est si aimant et patient, et moi, si soulagée ; je ne veux pas gâcher la douceur de cet instant en lui expliquant que mon corps est altéré à jamais. Ces seins ont terminé la phase un de leur travail biologique : dans leur innocence guillerette, ils ont attiré un partenaire. Aujourd'hui, ils ont à l'évidence atteint leur seconde fonction biologique : être sucés. Pour nourrir notre enfant, comme un pis. Oui, je suis bovine, à fond.

« Meuh », fais-je à Leo.

Il recule pour me dévisager. « Quoi ?

— C'était une blague de vache. J'ai l'impression d'être une vache.

— Bon dieu, Majella, tu es magnifique, arrête un peu !
— Meuh », reprends-je tout bas.

Une fois qu'il est parti travailler, je m'empare du babyphone pour le remettre sur le canal C. Le bébé pleure toujours, et maintenant il y a encore plus de larmes – au moins deux petites voix hurlantes, peut-être plus. Purée, si j'étais la mère, je perdrais les pédales. On a l'impression que quelqu'un est en train d'assassiner des Schtroumpfs là-bas. Je réduis le volume au minimum en regardant le voyant rouge clignoter et danser en bas de l'écran. Au bout d'un moment, la lumière dans la pièce du canal C change, comme si quelqu'un avait ouvert la porte ou allumé une lampe. Je remonte très vite le son. Les bébés arrêtent de hurler, tendent le cou pour voir qui est entré. L'un d'entre eux se retourne pour se mettre sur le ventre, et je m'aperçois alors qu'il n'y a bel et bien que deux bébés, dont les berceaux sont adossés à un grand miroir.

Désormais à quatre pattes, celui qui s'est retourné se balance en tentant de ramper, mais il n'a pas encore tout à fait atteint ce stade. Il s'acharne à essayer de bouger ses bras et ses jambes, qui restent collés au matelas sous lui. Je fixe ce tableau, hypnotisée. En me demandant quel âge ils ont, combien de temps il faudra à Emma pour accomplir le même mouvement. Peut-être que tout sera différent quand elle commencera à se retourner. Quand elle commencera à faire *quelque chose*.

Maintenant, je vois deux pieds, juste des pieds, qui envahissent l'image ; les bébés sont captivés, silencieux, pleins d'espoir en voyant ces pieds approcher. Je retiens ma respiration. J'ai même peur de cligner des yeux au cas où je manquerais un détail. Et voilà que surgissent une main, une épaule, un biberon qu'on laisse tomber dans le berceau. Le bébé à quatre pattes gesticule pour attraper le biberon tout proche. L'autre se remet à pleurer. Un bras se tend dans le berceau, fourre le biberon dans la bouche du bébé, qui lève les mains d'instinct. Il sait tenir son biberon seul. Et la forme humaine s'approche du second berceau ; les bras se tendent pour remettre ce bébé-là sur le dos. Il sourit à la caméra, attrape le biberon offert et boit. Avidement. Bruyamment.

Les bras et les mains disparaissent. Les pieds battent en retraite, hors de vue. Et là, les bébés se taisent en mangeant, et j'entends autre chose en arrière-plan. Je remets le volume à fond. C'est une femme, je l'entends. Elle sanglote.

Je saisis le téléphone pour composer le numéro de Tampa.

« Maman, Dieu merci, je t'ai en ligne, dis-je quand elle décroche.

— Bonjour, Jelly, chantonne-t-elle. Écoute, je suis un peu pressée. J'allais filer à l'aquagym. Quoi de neuf ? »

Je mâchonne l'intérieur de ma lèvre. C'est vrai, qu'y *a-t-il* de neuf, exactement ? Maintenant que je la tiens, je ne suis pas sûre de ce que je vais lui raconter.

« Ouais, eh, Maman… tu connaissais la plupart des voisins dans le coin, non ?

— Bien sûr. Enfin, tous ceux qui habitaient le quartier depuis un moment, mais il y a toujours eu beaucoup de déménagements dans cet immeuble de six appartements. Je n'arrivais jamais à suivre tous les locataires. Il y avait ce type qui vivait là, et qui restait debout devant la fenêtre de sa cuisine en se rasant les jambes, *nu comme un ver*. » Je serre les lèvres en secouant la tête. « Et toutes les femmes du club de lecture en parlaient en prétendant être choquées et consternées, sauf que personne ne voulait appeler les flics. Je crois qu'elles appréciaient de pouvoir le reluquer en douce…

— Maman !

— Oui ?

— Tu connaissais quelqu'un dans le quartier qui attendait des jumeaux avant votre déménagement à Papa et à toi ? Ces bébés ont sûrement… je ne sais pas, peut-être quatre ou cinq mois aujourd'hui, et donc, la mère aurait été enceinte quand vous viviez encore ici, un peu avant votre départ.

— Non, chérie, personne ne me vient à l'esprit », répond-elle, bien qu'elle ne semble pas y avoir réfléchi du tout.

Elle ne me demande pas *pourquoi* je pose la question, alors je l'en informe de moi-même. « Parce que je capte une femme qui a des jumeaux sur notre babyphone, et je crois qu'elle a peut-être des problèmes.

— Qu'est-ce que tu entends par *la capter* sur ton babyphone ?

— Genre, quand je bascule sur l'un des autres canaux, je la vois, avec les jumeaux.

— Tu la *vois* ? Je pensais que les babyphones étaient juste des sortes de mini-talkies-walkies ?

— Le nôtre a aussi l'image.

— Oh, comme un petit écran de télévision, pour que tu surveilles Emma quand elle est dans son berceau ?

— Oui, Maman.

— Waouh, c'est épatant, je ne savais même pas qu'on…

— Maman, concentre-toi, s'il te plaît !

— Je trouve seulement ça intéressant, chérie, on n'avait pas tous ces bidules à l'époque où tu étais bébé.

— Bref, Maman, cette dame doit habiter tout près si je réussis à capter son signal, mais je n'arrive pas à savoir dans quelle maison elle vit, et je m'inquiète pour elle.

— Tu t'inquiètes comment ?

— Genre, elle a l'air plutôt dépassée.

— Eh bien, c'est sans doute normal chez les jeunes mamans, chérie. Surtout quand elles ont des jumeaux. Tu imagines un peu ?

— Non, Maman, je ne trouve pas ça normal. Il y a quelques minutes à peine, j'ai entendu les bébés pleurer et elle est entrée dans la pièce pour leur donner le biberon, mais sans même les prendre dans ses bras. Les jumeaux se nourrissent seuls, et ensuite je l'ai entendue pleurer. »

Prononcée à voix haute, cette phrase paraît incroyablement peu inquiétante. Je commence à me demander si la lumière glauque et verdâtre du système de vision nocturne sur l'écran ne rend pas les choses plus menaçantes qu'elles ne le sont en réalité.

« Hum, lâche-t-elle.

— Qu'en penses-tu ? Tu crois que je dois appeler le 911 ? Non, ce serait une réaction dingue, disproportionnée, hein ?

— Je ne sais pas, peut-être pas. Je viens de voir un reportage sur « Dateline » la semaine dernière à propos d'une mère de bébés jumeaux, qui a tellement perdu les pédales qu'elle a pris un marteau pour les frapper avant de se jeter de son balcon au septième étage.

— Super, Maman.

— Mais elle a atterri dans la piscine de sa résidence,

et elle a survécu, sauf qu'elle est paralysée à partir de la taille. Il aurait sans doute été préférable que…

— Maman, il ne s'agit pas d'une criminelle sur « Dateline ».

— Une histoire tragique.

— Maman, il s'agit d'une personne en chair et en os, une voisine. Et si elle était réellement en détresse ?

— Ben, je sais pas, chérie. Tu peux interroger Vera Wimmer, de la maison verte. Elle connaît tout le monde, vu qu'elle a toujours le nez collé au carreau à observer les allées et venues. »

Je m'approche de ma porte d'entrée pour l'ouvrir, mets un pied dehors au soleil, me penche par-dessus la rambarde en fer forgé de mon perron. Je jette un coup d'œil de l'autre côté de la rue à la maison verte à côté de celle de Brian. Vera me fait signe. Après lui avoir rendu son salut, je profite du passage d'un bus entre nous pour battre en retraite à l'intérieur.

« Ouais, d'accord, Maman. Peut-être que je vais parler à Vera.

— Oh, chérie, il faut que je file. Je t'appelle plus tard. »

Leo rentre tôt parce qu'on est mardi et que c'est calme au restaurant, mais je ne l'entends pas parce que Emma hurle. Elle pleure depuis 17 h 12 et il est à présent 19 h 38. Lorsque je vois le visage de mon mari apparaître, je suis si heureuse que j'en sangloterais. Et c'est ce que je fais. Sangloter. Il pénètre héroïquement dans la pièce en trombe pour m'enlever le bébé des bras et il me parle, mais pour tout l'or du monde je serais incapable de dire ce qu'il me raconte. Je baisse les yeux vers moi-même, maintenant qu'Emma est en sécurité dans les bras de son père, remarquant à quel point je tremble, que mon chemisier vert informe est tout mouillé et que je ne sais même pas de quel liquide. Morve, larmes, salive, lait. Je ne sais même pas de qui ça provient. Je traverse la cuisine pour ouvrir la porte de notre petit vestibule, puis je passe ce vestibule avec son étrange plafond incliné et ses luminaires bas et j'ouvre la porte de derrière. Je n'allume pas la véranda de peur d'attirer les moustiques. Je mets un pied dehors en tâchant de bien refermer la porte, que je finis tout de même par claquer.

Assise sur la marche supérieure, je plante mes coudes sur mes genoux. Tout tremble. Depuis combien de temps je tremble ? Dans mon jardin, c'est le crépuscule, la brique peinte en blanc de l'immeuble d'habitation voisin diffuse un doux éclat violet. Leo et moi n'avons pas encore eu l'occasion de débroussailler. Le terrain est envahi de mauvaises herbes au-delà du carré de béton où sont installées notre table et nos petites chaises, notre barbecue de luxe. Cette machine était l'une des seules choses qui excitaient Leo au sujet de notre déménagement dans le Queens. Un barbecue banlieusard, un vrai de vrai, macho, élégant et surdimensionné. Je le contemple, la vision brouillée par les larmes puisque je pleure toujours. Ma tête me fait un mal de chien. Comment ai-je pu me tromper à ce point-là sur toute la ligne ? Sur comment ce serait de vivre ici, d'élever des enfants ?

Un criquet solitaire stridule, pathétique, quelque part dans cet enchevêtrement fou de feuillages. Je lui enjoins de la fermer. Puis je glousse. Quand j'avise une des fenêtres du bâtiment en brique, une petite frimousse luit au-dessus de moi.

« Je t’ai entendue dire un gros mot ! » C’est un gamin, de peut-être cinq ou six ans, dans l’un des appartements du premier.

« Ouais, désolée.

— Ça m’a plu ! »

Ce gamin est la meilleure chose qui me soit arrivée de la journée. Peut-être qu’Emma sera pareille, plus tard. Gaie, souriante, et qui-ne-crie-pas.

« Chuis censé faire dodo, précise-t-il. Moi, c’est Franklin. »

Je hoche la tête. « Majella. »

Il me fixe encore un peu et nous ne parlons pas, mais c’est comme s’il était le meilleur ami que j’aie jamais eu. « ‘Soir, conclut-il au bout de quelques minutes.

— Bonne nuit. » Je l’entends bâiller en s’éloignant de la moustiquaire.

Je n’ai pas envie de retourner à l’intérieur au cas où Emma pleurerait toujours. Pourtant, comme les moustiques commencent à affluer, je me redresse pour prendre quelques profondes inspirations avant d’y aller.

Tout est calme à part le son de la voix de Leo. Je me dirige vers le bureau, et il lève les yeux vers moi.

« Ne quitte pas », dit-il à quelqu’un dans l’ordinateur, avant d’ajouter à mon intention : « Elle dort. »

Je rengaine le « Tu te fous de moi ? » que je pense très fort, me bornant à lâcher un simple : « Waouh. »

« Ouais, je discutais juste avec Jeff sur Skype.

— Salut, Majella ! » J’entends la voix du frère de Leo qui sort des haut-parleurs de notre ordinateur.

« Salut, Jeff. » J’ai évité la caméra pour lui répondre, parce que je suis une telle loque dégoûtante que je ne peux décemment pas me montrer sur Skype sans avoir pris une douche, un whisky et subi au moins un soin en institut d'une valeur de cent dollars.

« J'aurai terminé dans une minute, et je t'ai mis une bouteille de vin au frigo », me prévient Leo.

Pour sa peine, je lui accorderai du sexe.

« Merci. » Je m'éclipse vers la cuisine.

Il continue à bavarder tandis que j'actionne le tire-bouchon.

« Alors c'est carrément génial de devenir parents, non ? » se renseigne Jeff. Lui et sa femme projettent aussi de fonder une famille. Ils résident dans le Colorado.

« Ouais, c'est super.

— Mais ça a chamboulé votre univers, pas vrai ? s'enquiert Jeff.

— Non, pas vraiment. »

Pas vraiment ? Je pose la bouteille pour éviter de la laisser tomber, m'approchant de la porte dans le but d'espionner leur conversation.

« Tu sais, la vie est plus ou moins pareille qu'avant. Maintenant, on a juste un bébé ! » s'exclame Leo.

Plus ou moins pareille ? Il est malade ou quoi ? Ou peut-être ment-il simplement parce qu'il veut donner à Jeff et à sa femme l'illusion que c'est *fantastique* d'être parents pour qu'ils se dépêchent de nous imiter. Peut-être qu'il veut les duper. Mais je l'entends annoncer qu'en fait le plus gros des changements, c'est de vivre dans le Queens, et j'ai le sentiment que de telles conneries, ça ne s'invente pas. Retournant à ma bouteille de vin, j'attaque son bouchon avec une vigueur renouvelée. Lorsqu'il cède enfin, je bois une généreuse gorgée au goulot avant de me trouver un verre.

Bien installée dans le canapé avec la télécommande et le babyphone, je commence à zapper sur les deux.

Le canal B déborde de ses habituelles foutaises exubérantes. Et quelqu'un geint en sourdine sur le canal C au moment où Leo ferme la porte du bureau pour me rejoindre.

« Tu es rentré tôt.

— Juste à temps.

— Ben, je ne te le fais pas dire.

— Elle pleurait depuis quand ?

— Avant que tu arrives ? Je ne sais pas. Deux heures et demie, trois heures ? »

En réalité, je le sais très bien, parce que je surveille la pendule quand elle pleure. Ça a duré deux heures et vingt-six minutes, mais j'arrondis toujours si Leo me pose la question parce que j'ai besoin qu'il comprenne combien c'est énorme. En fait, je pourrais lui raconter qu'elle pleure depuis dix-sept mille heures, et j'aurais l'impression que c'est plus proche de la réalité émotionnelle de la situation.

« Oh, c'est affreux. J'imagine qu'elle a fini par se fatiguer toute seule. Elle s'est effondrée en cinq minutes après mon arrivée. »

Je serre si fort mon verre que la pulpe de mes doigts blanchit au-dessous. Il me le prend pour en avaler une gorgée, puis me le rend. Ensuite, il va en attraper un dans la cuisine.

« Hé, Leo, je peux te demander quelque chose ?

— Oui ? »

Rien n'est aussi beau que le son d'une bouteille dont le contenu glougloute au moment d'être versé dans un verre pour apaiser une âme lessivée et éreintée. Je ferme les yeux en l'écoutant. Leo s'affale à côté de moi dans le canapé.

« Tu pensais ce que tu as dit à ton frère ? Que notre

vie était plus ou moins pareille, à part que maintenant, on a juste un bébé ? »

Leo boit une petite gorgée de son vin en réfléchissant. « Ben, je crois que oui.

— Oh. »

Mais voilà qu'il me considère d'un air pensif comme s'il venait d'avoir une révélation. « Je suppose que ce n'est pas le cas pour toi, hein ?

— Non.

— C'est dur.

— Hé oui. » Là-dessus, nous sirotons tous les deux notre vin quelques minutes tandis que le bébé geint tout bas sur le canal C, puis je reprends : « Je crois que je ne suis juste pas la mère que je m'attendais à être. J'imaginais que je serais si maternelle et facile à vivre. J'adore les enfants. Mais avec Emma, c'est comme si… Je ne sais pas, je n'arrive même pas à penser. Quand elle pleure, je… je suis une foutue loque. Moi qui avais cru que j'excellerais dans ce rôle. »

Leo me prend la main. « Tu es exactement la mère que je veux que tu sois », déclare-t-il. Ces mots devraient être un vrai réconfort pour moi, et pourtant, ils s'insinuent dans ma poitrine en y créant un vide. Je ne les *sens* pas. « Il n'y a pas d'autre femme au monde que je voudrais comme mère pour Emma. C'est une courbe d'apprentissage, Majella, point final. C'est le métier le plus difficile sur Terre. Mais tu vas t'en tirer haut la main. Tu as besoin d'une période d'adaptation, c'est tout. »

Je renifle en clignant des yeux, déterminée à ne pas recommencer à pleurer. Les larmes m'ennuient tellement. « Merci. »

Le bébé du canal C se met à geindre un peu plus fort, alors je raconte à Leo la scène dont j'ai été témoin cet après-midi, les pieds et les mains, les biberons, les sanglots. Je ne me sens pas capable d'exprimer mon inquiétude tout à fait clairement. De plus, je suis consciente de mes propres sanglots encore récents. Comment puis-je expliquer mes craintes au sujet du canal C sans lui inspirer d'inquiétudes similaires sur mes *propres* sanglots ? Puis-je vraiment affirmer à Leo que, pour moi, c'est différent ? Que je ne laisserais jamais Emma seule dans son berceau avec un biberon ? Que je la prendrais toujours dans mes bras si elle pleurait, que mes instincts sont sûrs ?

« Alors, tu te fais bel et bien du souci à ce sujet ? demande Leo une fois que j'ai fini de parler. Parce que, d'après moi, peut-être que la maman du canal C a simplement passé une journée pénible. Ou tu l'ignores, mais peut-être qu'elle venait de recevoir un coup de téléphone terrible et qu'elle a eu de mauvaises nouvelles.

— Peut-être. Mais il y avait juste quelque chose dans ses pleurs, je ne sais pas. »

Peut-être que je m'y reconnaissais. Qu'ils m'étaient familiers. Je frissonne.

« Je veux découvrir où elle habite.

— Ouais, je vais aussi la guetter dans le quartier. Combien peut-il y avoir de jumeaux qui vivent dans notre pâté de maisons ?

— C'est ça. »

Je brandis le babyphone au-dessus de ma tête dès que le bébé du canal C commence à geindre plus fort. Après avoir quitté le canapé, j'emporte l'appareil dans le bureau en surveillant l'image sur l'écran, désormais envahi d'électricité statique.

« Remets-le sur Emma, demande Leo.

— Je vais le faire. Dans une minute. »

C'est là que j'ai cette idée formidable. Je retourne dans le séjour, pose sans ménagement mon verre de vin sur la table basse, traverse la cuisine, suis le long couloir jusqu'à la porte d'entrée. Sur les marches, le canal C bourdonne et vacille. Je les descends en chaussettes, tenant toujours le babyphone au-dessus de ma tête. Le signal faiblit. Je fais volte-face pour longer notre maison en direction de l'immeuble de six appartements. À mesure que j'en approche, le signal devient plus clair. Le bourdonnement cesse. Un bébé babille doucement, l'autre s'est remis à gémir tout bas. Aucun signe d'un parent dans la pièce. Je lève le regard vers Leo, debout sur notre perron d'un air qui pourrait sembler inquiet, les mains dans les poches. Je désigne l'immeuble.

« Ils vivent là. »

8

IRLANDE, MARS 1847

De la grille, Ginny ne voyait pas Springhill House, mais elle suivit l'allée vers le haut de la colline, où elle serpentait à travers des arbres d'ombrage et contournait un coquet petit étang. Là, le terrain s'aplatissait ; Ginny s'aperçut que ses pas la conduiraient au-delà d'une rangée de haies, derrière laquelle elle distinguait la forme d'un toit à pignons. Elle marqua une pause – non pour mettre de l'ordre dans ses pensées, ce qui ne ferait que déclencher un accès de terreur et de détresse, mais plutôt pour s'accorder un simple instant de repos avant de dépasser ces haies et d'affronter ce qui pouvait bien l'attendre. La brise était forte, suffisamment pour agiter le bord de son bonnet, et elle la respira.

C'est le même air que Maire respire en ce moment, songea-t-elle. *À moins de dix kilomètres d'ici.*

Elle frissonna légèrement en passant devant les haies, comme si elle franchissait un portail et subissait une altération fondamentale. D'ailleurs, de l'autre côté, on aurait dit que le monde entier s'éclairait de promesses. Il n'y avait pas de souffrance ici, et Ginny éprouvait déjà un sentiment honteux de trahison. Ses enfants étaient toujours là-bas. Au-delà de la grille.

Mais Springhill House était là, inébranlable et impeccable, d'une symétrie parfaite avec ses trois rangées de fenêtres brillantes, cinq par cinq. Le salut était là. Au centre, une porte d'un rouge joyeux à la rutilante imposte festonnée. Sur la façade, des bourgeons printaniers de lierre commençaient à pointer leur nez, malgré tout bien taillés pour dégager fenêtres et portes. Sans être massive, la demeure était opulente. Ginny s'aventura avec prudence dans l'allée circulaire soignée, puis contourna la bâtisse, cherchant où pourraient se trouver les écuries. De ce côté-là, elle entendit des voix et des rires derrière une barrière ouverte. En jetant un coup d'œil au travers, elle découvrit des écuries et un certain nombre de dépendances. Elle sentait les chevaux rassemblés, le fumier et le foin. Continuant son chemin, elle gagna l'arrière de la maison, où les jardins descendaient en terrasses bien entretenues. Elle s'émerveilla de la perfection des vastes pelouses, parsemées d'arbres primordiaux et de parterres de fleurs aux couleurs vives. Un haut mur séparait la terrasse du bas, abritant ces jolis jardins d'agrément des champs et des pâturages au-delà. De ce côté du mur, des hommes travaillaient par petits groupes affairés, certains taillant les haies, d'autres à genoux, occupés à enlever les mauvaises herbes et les pierres. Quelqu'un chaulait le mur du bas. Tous ces hommes avaient l'air robustes et nourris correctement, ils présentaient bien. Plusieurs cheminées de Springhill House fumaient dans le ciel et une odeur entêtante d'aliments chauds imprégnait l'air. C'était comme si Ginny avait pénétré dans un autre pays, mais non – on était encore en Irlande. Elle avait plutôt l'impression d'avoir pénétré dans une autre époque, avant la famine et le pillage de leur terre par les Anglais.

Prenant son courage à deux mains, elle tourna le dos à ces jardins élaborés et tira fermement sur la large poignée en fer de la sonnette à côté de la petite porte verte. Au bout de quelques minutes, une jeune fille d'environ seize ans ouvrit le battant et la dévisagea sans dire un mot.

« J'aimerais parler à la gouvernante, s'il vous plaît. »

La fille examina Ginny sous toutes les coutures avant d'acquiescer et de l'introduire en silence dans un couloir sombre, puis dans une grande salle à manger à l'arrière.

Elle finit par prendre la parole. « C'est pour la place, n'est-ce pas ?

— Celle de femme de chambre, oui, répondit Ginny.

— Attendez ici. »

Splendide et calme, la pièce comprenait de hautes fenêtres vitrées et, au centre, des portes-fenêtres donnant sur le haut de la pelouse ombragée. Peints en bleu pâle, les murs étaient ornés d'angelots en plâtre qui vous détaillaient depuis des corniches en forme d'ogive. Ginny dénoua son bonnet sous son menton, puis l'enleva pour le poser sur une chaise à côté d'elle. Un miroir au cadre doré était accroché à un mur, et elle se leva pour y observer son reflet.

Elle se reconnut à peine. Ses cheveux noirs avaient perdu tout leur éclat ainsi que leur épaisseur. Elle les lissa en arrière, le crâne encore chaud du bonnet qui l'avait enserré pendant cette longue marche. Son cou paraissait noueux et chétif, et des cernes sombres soulignaient ses iris bleu vif. Ses paupières avaient la texture fragile du papier. Elle toucha ses joues, choquée de sentir sa peau sèche et relâchée sous ses doigts. Elle songea à cette femme à terre de l'autre côté de la grille, et son corps entier frissonna de compréhension :

elle avait regardé ses enfants se faner et rétrécir, même Maggie qui lui ressemblait tant. En revanche, elle n'avait tout bonnement pas noté le changement, et son ampleur, sur elle-même.

Elle se détourna très vite du miroir pour s'enfoncer sur la chaise, son bonnet sur les genoux. Malgré l'épais coussin en velours, elle sentait ses os pointer contre le siège. Mal à l'aise, elle changea de position.

Au bout de quelques minutes, une porte s'ouvrit à la volée dans le coin arrière de la pièce, et une femme, la gouvernante, apparut avec un plateau garni. Quand la porte se referma, Ginny aperçut en arrière-plan le profond espace béant de la cage d'escalier sombre. La nouvelle venue s'assit face à elle, versa le thé dans deux tasses, lui en tendit une sur une élégante petite soucoupe. Ginny étudia ses ongles coupés ras et sa chevelure grise ordonnée, et tenta d'empêcher ses yeux de s'attarder sur le plateau, couvert d'un assortiment de scones, de biscuits et de fruits frais. À la place, elle prit une gorgée de liquide en s'efforçant de se tenir droite sur son siège, sans se tortiller.

« Je suis mademoiselle Farrell, annonça la femme, avant de marquer une pause pour siroter un peu de son thé. Je suppose que vous avez entendu dire que nous manquons de bras ?

— En effet.

— Et vous avez une lettre de recommandation ? »

Ginny fronça les sourcils, lorgnant involontairement le plateau.

« Ne soyez pas timide, mon petit, dit mademoiselle Farrell qui avait remarqué son regard. Servez-vous. Ce n'est pas un péché d'être affamé en cette période troublée. Une bouchée ou deux ne vous feraient sans doute pas de mal. » Elle sourit, attrapa une petite assiette à liseré doré, qu'elle tendit à Ginny. « Allez-y.

— Merci. » Ginny choisit un scone, l'ouvrit en deux, le tartina de beurre. Il était encore chaud, et elle se força à le laisser un peu sur l'assiette pour ne pas trop trahir sa faim. « Je n'ai pas apporté mes références, mais je peux les obtenir. Je ne voulais pas perdre de temps à les récupérer en chemin au cas où quelqu'un arriverait ici avant moi et prendrait la place. »

Elle sentit ses joues s'empourprer de ce mensonge. En vérité, elle s'était arrêtée à l'église, et le père Brennan lui avait dit qu'elle était folle à lier. Il lui avait enjoint de tenir bon, déconseillé de partir travailler en laissant ses enfants seuls. Il lui avait promis qu'elle aurait bientôt des nouvelles de Raymond, qu'un gros magot lui parviendrait d'Amérique.

« Bientôt, ça ne suffit pas, mon père, avait-elle argumenté. Mes enfants sont en train de mourir de faim. Ils ne tiendront pas la semaine. »

Le père Brennan avait secoué la tête, serré les lèvres avec une grimace si sévère qu'elle avait failli baisser les bras. Failli faire demi-tour et rentrer chez elle au pas de charge, les mains vides. Failli abandonner ses petiots à la volonté de Dieu. Mais peut-être était-ce la volonté de Dieu qui avait mis ses pieds entêtés sur la route de Springhill House, recommandation ou non.

En marchant, elle avait préparé avec le plus grand soin ce qu'elle dirait, comment elle se débrouillerait sans références. Mais maintenant qu'elle était là, elle était sûre qu'elle empestait le désespoir. Elle le sentait sur sa propre peau, dans son haleine. Elle était certaine que cette femme devinait les images de ses petits affamés imprimés en elle, à l'intérieur de ses paupières. Ginny, elle, voyait leurs visages chaque fois qu'elle cillait.

« Bon, très bien. Parlez-moi de votre situation précédente », l'encouragea mademoiselle Farrell.

Ginny mordit dans le scone pour avoir le temps de réfléchir pendant qu'elle mâchait. Mais elle s'aperçut qu'à cet instant c'était tout à fait impossible, à cause de cette pâtisserie et du beurre qu'elle avait dans la bouche, submergée qu'elle était par le soulagement absolu et naturel que procure la nourriture. Suivit sans tarder, bien sûr, la culpabilité d'être assise là, dans cette belle maison, à manger dans une assiette au liseré doré, alors que ses enfants mouraient d'inanition à quelques kilomètres à peine. Incapable de réfléchir, elle regarda les iris bleu vif de la gouvernante la transpercer. Elle avala sa bouchée, et son estomac se souleva en tremblant de gratitude.

« Vous travailliez ailleurs ? retenta mademoiselle Farrell. Dans les environs ? »

Ginny reposa le scone sur son assiette. « Il y a un moment que je suis sans travail.

— Peu importe… Parlez-moi juste de votre place précédente. Dans quelle maison étiez-vous ? »

Elle avait déjà préparé sa réponse ; choisi une ville assez lointaine pour ne pas être démasquée, mais elle était si nerveuse. Sentant le morceau de scone à moitié coincé dans sa gorge, elle but une lampée de son thé pour le faire passer.

« Bingham House ? finit-elle par répondre. À Castlebar ?

— Oh ? » mademoiselle Farrell paraissait suspicieuse – il fallait qu'elle fasse attention. « Et que faisiez-vous là-bas ? »

Ginny se racla la gorge. « Nourrice, répliqua-t-elle

avec une conviction forcée. J'étais la nourrice du plus jeune.

— Combien d'enfants y avait-il dans cette famille ? »

À présent, elle avait le sentiment d'être testée, que la gouvernante connaissait déjà les réponses. Si elle fournissait la mauvaise, c'était fichu. Il fallait qu'elle devine.

« Quatre, assura-t-elle. Trois filles et un garçon. » Elle s'évertua à tenir fermement sa tasse, mais ses mains tremblaient tant et plus.

Mademoiselle Farrell se cala dans son siège en souriant. « Détendez-vous. Vous êtes terriblement nerveuse. »

Ginny essaya de sourire à son tour. « Désolée, m'dame, s'excusa-t-elle en respirant un grand coup.

— Appelez-moi Roisin, mon petit. Je ne suis la patronne de personne. » Lorsqu'elle se remit à sourire, Ginny se sentit gagnée par une vague de soulagement.

« Roisin, alors », reprit-elle en soulevant la moitié de scone de son assiette pour prendre une autre bouchée. Deux bouchées, qu'elle avala d'un trait.

« Pourquoi avez-vous quitté Bingham House ? »

Elle mordit encore une fois dans le scone tout en répétant la réponse qu'elle avait préparée. « La famille est rentrée à Londres », expliqua-t-elle après avoir avalé.

Roisin opina. « Comme beaucoup, ces temps-ci, je suppose. »

Ginny fourra le dernier morceau sur sa langue et but un peu plus de thé. Son estomac commençait à lui jouer des tours. Il avait reçu trop de nourriture aujourd'hui, trop d'aliments riches après une si longue disette.

« Eh bien, vous savez que c'est une place d'apprentie, pas vraiment de femme de chambre. Enfin, c'est le titre, mais en réalité il y a un peu de tout. La maison ne compte que trois employés, en plus de monsieur Murdoch. Bon, deux depuis qu'Anne est partie, juste Katie et moi », disait Roisin, dont la voix commençait à lui paraître déformée. Ginny fit de gros efforts pour se concentrer. « Cette famille n'a pas d'enfants et le personnel d'intérieur est réduit, en dépit de la taille du domaine. L'essentiel du travail s'effectue dans les jardins. Le maître de maison habite Londres – il n'y a que madame Spring ici, alors tout le monde participe, fait ce qui a besoin d'être fait. Les choses sont très informelles, ici. »

Ginny tenta de respirer profondément par la bouche, mais soudain, les odeurs ambiantes de viande et de farine déferlèrent sur elle telle une lame de fond, l'obligeant à plaquer sa main sur ses lèvres. Elle se leva pour traverser la pièce en tanguant vers la porte-fenêtre.

Elle parvint à l'atteindre et à l'ouvrir en force avant de vomir sur les dalles de pierre toutes proches du seuil. La gouvernante était derrière elle, sur le pas de la porte. Ginny sentait sa paume au creux de ses reins.

« Allons, allons, tout va bien maintenant », disait Roisin.

Dehors, Ginny se releva et posa une main sur l'épais mur externe de la demeure, granuleux sous ses doigts. Elle se sentait trembler ; elle ferma les yeux pour prendre une autre grande bouffée d'air frais. Les deux femmes restèrent un moment silencieuses. Au loin, Ginny entendait l'appel chantant des moutons. Elle essaya de se rappeler quand elle avait entendu un mouton bêler pour la dernière fois. Avant le départ de Raymond, en tout cas. Ils avaient tous été massacrés pour finir en cuisine depuis. Il y avait des mois que la campagne était muette, privée de voix d'animaux, mais pas ici. La famine n'avait pas atteint Springhill. Elle écarta un cheveu collé à ses lèvres.

« Je suis désolée, répéta-t-elle. Je n'ai rien mangé depuis deux jours à part un morceau de pain. Je crois que le beurre était trop riche pour moi. »

Elle posa une main sur son ventre menu, attendant qu'un autre frisson passe, se mordit l'intérieur des joues.

Roisin recula pour la toiser. « Juste le beurre ? » Les regards des deux femmes s'accrochèrent. « Vous êtes sûre que c'est la seule raison ? »

Ginny se lécha les lèvres en admirant les jardins dehors et les champs au-delà. Elle distinguait les collines de Sheeffry au loin. « Bien sûr », murmura-t-elle en écartant une mèche rebelle de son front trempé de sueur pour la replacer derrière son oreille.

Roisin fixait Ginny, le petit renflement de son ventre, là où reposait sa main. Celle-ci tenta de faire bouffer son jupon, mais la gouvernante posa sa main sur son coude replié.

« J'espère que vous n'êtes pas dupe, mon petit, parce que moi, je ne le suis pas du tout. »

Ginny sentait ses mâchoires trembler. Ses épaules s'affaissèrent et elle laissa aller sa tête sur le mur derrière elle. Elle y appuya tout son poids, percevant la rugosité de la pierre à travers le tissu vaporeux de sa blouse, si usé qu'il grattait ses clavicules osseuses au-dessous.

« Il faut que vous m'aidiez. S'il vous plaît. Je suis prête à travailler, je ne demande pas la charité. Je ferai n'importe quoi. Je suis désespérée.

— Vous attendez un bébé ? »

Ginny essaya de démentir d'un signe de tête, mais elle en était incapable.

« Ce n'est pas grave, ma fille, mais vous devez l'accepter. Vous n'arriverez à rien en niant l'évidence. »

Ginny sentait son visage perdre ses couleurs, en même temps qu'elle voyait sa seule chance de sauver ses enfants s'éloigner.

« Vous attendez un bébé », répéta Roisin, d'un ton plus insistant cette fois-ci.

Les épaules de Ginny tressautèrent.

« Oui, admit-elle enfin.

— Et où est votre mari ?

— En Amérique.

— Vous êtes enceinte de combien ?

— Je ne suis pas sûre. » Elle se remit à trembler. « Il est parti en septembre, donc il reste au moins trois mois avant le terme, en tout cas. » Elle se balança vers l'avant, les mains sur les genoux, craignant un nouveau haut-le-cœur.

« Eh bien, ça ne se voit presque pas, commenta Roisin.

— Nous n'avons pas assez à manger.

— Allons, tout va bien se passer, vous allez avoir des nouvelles de votre mari en un rien de temps. Rentrez vous asseoir à l'intérieur. »

Ginny secoua la tête. « Je ne peux pas l'attendre. Je ne peux plus attendre », lâcha-t-elle en se massant les tempes pour tenter d'atténuer leur martèlement sourd. Elle se redressa. « Il faut que je fasse quelque chose avant de perdre cet enfant. Il faut que j'essaie, s'il vous plaît. Je peux travailler. J'ai besoin de ce travail. »

La gouvernante croisa les doigts en un geste de prière et les porta à ses lèvres. « Par Dieu tout-puissant, j'aimerais pouvoir, ma pauvre femme. Si ça ne dépendait que de moi, cette place serait à vous, mais madame Spring…

— Madame Spring insisterait pour que vous restiez. » Une nouvelle voix s'était élevée, les interrompant tandis qu'Alice Spring en personne émergeait dans le jardin.

Elle était saisissante, vêtue d'une robe d'un bleu éclatant dont elle rassembla d'une main les jupes pour qu'elles ne balaient pas le vomi de Ginny au passage. Au moment où la maîtresse de maison se plaça entre elles, les deux autres femmes se tinrent un peu plus droites, et Ginny tâcha de ne pas se décrocher la mâchoire devant cet étalage de splendeur sans mélange. Le prix de cette robe aurait permis de nourrir sa famille jusqu'à la prochaine récolte. À lui seul, ce vêtement aurait pu les sauver de la famine. Ginny n'avait jamais rien vu d'aussi magnifique de près. Chacune de ses coutures était brodée d'un délicat entrelacs de violettes. Ses couleurs étaient vives, saturées.

Alice Spring était belle, d'une beauté linéaire et austère qui aurait pu paraître ordinaire à Londres, mais qui ici, dans l'ouest de l'Irlande, était presque exotique. Sa mâchoire, son nez, et même ses cils, étaient impeccablement droits. La tige de son cou formait une perpendiculaire parfaite avec l'angle de ses épaules. Sa taille ne se rétrécissait pas selon la forme de sablier à laquelle tant de femmes aspiraient, et ne débordait pas non plus comme c'est le cas après que leur ventre a abrité des bébés en pleine gestation. Sa silhouette était mince et lisse, pareille aux lignes épurées de Springhill House. Même ses cheveux tombaient en épais pans dorés qui n'ondulaient ni ne s'emmêlaient dans la brise. Elle était encadrée par les rondeurs féminines de l'Irlande ; derrière elle, au-delà du mur du jardin, les terres impétueuses débordaient de couleurs outrancières. Le ciel irlandais sans soleil était boursouflé et chahuté au-dessus d'elle. Dans ce décor, Alice Spring était précise, immaculée.

À présent, elle se tenait dos aux deux autres, une main levée pour se protéger les yeux tandis qu'elle passait en revue ses vastes espaces verts. Sa taille et son buste ne dépassaient pas de son corset, et la tournure de sa jupe dégringolait théâtralement sur ses reins. Bouche ouverte, Roisin semblait stupéfaite. Elle était sans voix.

« Ai-je entendu que vous attendez un enfant ? » lança joyeusement Alice Spring en virevoltant pour se retourner vers Ginny.

Le sourire qui éclairait ses traits était des plus étrange. Ginny connaissait les récits des excentricités de cette femme depuis son arrivée de Londres, quatre étés auparavant – tout le monde en avait eu vent dans les trois paroisses à la ronde. Néanmoins, écouter les rumeurs et se trouver nez à nez avec elles, c'était très différent. Ginny essaya de s'éloigner du mur, s'apercevant toutefois qu'elle avait encore besoin d'un petit soutien supplémentaire. Elle s'y réadossa.

« Oui, m'dame. Mais ça n'enlèvera rien à ma capacité de travail. »

Ginny tâcha d'ignorer l'absurdité de la situation. Elle tâcha de prétendre qu'elles n'étaient pas toutes les trois debout au-dessus d'une flaque de son propre vomi, à discuter d'un éventuel emploi.

« Bien sûr que si, espèce de sotte, répliqua madame Spring. Mais pour quelqu'un dans votre état, il faut s'y attendre. Nous nous adapterons. J'apprécie vraiment beaucoup les bébés. »

Ginny acquiesça, sans être sûre de ce qu'elle devait

répondre. Roisin était toujours plantée-là, bouche bée. Madame Spring s'éloigna de quelques pas, puis pivota de nouveau vers elles.

« Vous êtes de cette paroisse ?

— Une paroisse voisine, Knockbooley. De ce côté-ci de Westport.

— Et vous avez une famille ? En dehors de votre mari absent ? »

Encore une fois, Ginny n'était pas sûre de la réponse à fournir. Ses parents et ceux de Raymond étaient morts, et elle se trouvait dans la situation inhabituelle de n'avoir ni frère ni sœur. Quant au seul frère survivant de Raymond, il habitait New York. La maîtresse de maison faisait-elle allusion aux enfants ? Ginny osait à peine respirer. Alice Spring la scrutait tel un faucon. Ginny acquiesça de plus belle, presque imperceptiblement.

« Il sera hors de question que vous leur rendiez visite, déclara madame Spring, sur quoi Ginny essaya de ne pas grimacer. Nous sommes plutôt isolés, ici. Je n'aime pas que nous nous mélangions avec l'extérieur. La fièvre ! La fièvre est partout », chuchota-t-elle en lui saisissant bizarrement le bras l'espace d'un instant.

Ginny baissa les yeux sur les jolis gants de cette femme agrippés à sa manche. L'odeur aigre du vomi s'attardait dans l'atmosphère.

« Oui, m'dame, bafouilla-t-elle.

— Roisin va vous montrer les lieux. Elle vous expliquera vos tâches », poursuivit madame Spring, avant d'ajouter à l'intention de la gouvernante : « Fermez la bouche, on dirait un hall de gare. »

Roisin s'exécuta à la hâte.

« Je pense que je vais partir en promenade, prendre un peu l'air », conclut alors l'aristocrate en joignant les mains derrière son dos, laissant ses jupes bleues tourbillonner dans son sillage comme une petite mer.

Ginny retint son souffle. Pour la première fois depuis des semaines, elle avait un léger élan d'espoir, un peu de répit. Peut-être allait-elle sauver ses enfants. Elle ne croyait toujours pas ce qui se passait, l'étrangeté de la situation. Elle avait peur de se réveiller de ce rêve pour découvrir que ses petits gémissaient d'inanition. Ou pire encore, de découvrir qu'ils ne gémissaient plus du tout.

« Merci, m'dame, dit-elle en inclinant la tête. Merci. Je travaillerai dur. Vous allez être si contente de moi. »

Madame Spring la congédia d'un geste. « Vous pouvez commencer par nettoyer ces saletés. » Elle montra la flaque puante à ses pieds. « Roisin va vous aider à vous laver. Roisin ?

— Oui, madame Spring ? »

Celle-ci désigna le jupon rouge de Ginny. « Trouvez-lui une tenue plus appropriée. »

D'abord, Ginny frotta les dalles de pierre pour les débarrasser du vomi, puis les aspergea d'un seau d'eau fraîche. Le soleil parcellaire de l'après-midi laissait place à une bruine dégoulinante, mais la brise était encore assez frisquette pour évacuer rapidement la mauvaise odeur. Ginny se sentait un peu chancelante, inquiète et absolument abasourdie par sa chance. En revanche, elle était déterminée à se mettre derechef au travail avant que madame Spring ne reprenne ses esprits et ne change d'avis. Il fallait aussi qu'elle trouve un moyen de faire parvenir de quoi manger à ses enfants, et vite.

Roisin lui donna une cruche d'eau propre et une serviette avant de l'emmener trois étages plus haut, dans une petite chambre au grenier, meublée d'un matelas nu et d'une table à trois pieds sur laquelle subsistait un bout de chandelle. La pièce ne comportait pas de fenêtre, et les pignons descendaient bas près de leurs têtes.

« La nuit, vous dormirez là, dit-elle en entrant dans le réduit, faisant résonner ses souliers sur les lattes abîmées du plancher. Mais ne vous inquiétez pas qu'elle soit si peu aménagée, vous n'y passerez pas beaucoup de temps. »

Ginny approuva d'un bref signe de tête. À la vue du matelas nu pour une personne, elle prit soin de ne pas trahir les sanglots qui enflaient dangereusement dans sa gorge. Elle tâcha de ne pas penser au petit lit douillet qu'elle partageait avec les filles chez eux depuis le départ de Raymond. Au coin ensoleillé garni de paille réservé à Michael dans cette pièce où ils dormaient tous. Ces respirations mêlées durant la nuit avaient quelque chose de chaud et de rassurant. Elle n'arrivait pas à imaginer comment elle réussirait à trouver le sommeil ici, seule, sans les murmures de ses enfants qui rêvaient autour d'elle. Parfois, Maggie gloussait en dormant, même depuis la famine, même aujourd'hui, alors qu'éveillée elle ne riait jamais. Ginny prit une profonde inspiration, retint un instant son souffle. L'astuce, apprendrait-elle, consistait à décharger son esprit du poids de l'adaptation, et à convaincre son corps de s'atteler à ce travail à la place.

« Lavez-vous », disait Roisin. Elle ouvrit la vitre de sa lanterne et souleva le petit bout de chandelle sur la table pour l'allumer. Une jupe noire et un chemisier blanc propres étaient soigneusement pliés au bout du matelas. Roisin les montra du doigt. « Habillez-vous, puis descendez dans la cuisine. Vous pourrez m'aider à préparer le dîner.

— Est-ce que je la trouverai ? La cuisine ?
— Là-bas, dans la salle à manger… vous voyez la porte par laquelle je suis entrée tout à l'heure ? »
Ginny approuva d'un signe.
« Passez cette porte et descendez les marches jusqu'au sous-sol.
— Très bien. »
Lorsque la gouvernante referma le battant derrière elle, Ginny s'assit un instant sur le matelas. La flamme de la bougie jetait des ombres dansantes tout près de sa tête.
« Il faut que je leur envoie de quoi se nourrir, murmura-t-elle pour elle-même, le visage déformé d'anxiété. Tout de suite. Ce soir. »
Dieu merci, ils avaient eu de quoi grignoter un peu aujourd'hui, pour leur permettre de tenir. Dieu merci, cette fille, Anne, était passée devant le cottage et s'était arrêtée. Ginny s'agenouilla un moment pour formuler quelques prières de remerciement et demander à Dieu de veiller sur ses enfants, de s'assurer qu'il ne leur arrive rien. Après quoi elle se redressa, s'appliquant à ne pas se cogner la tête aux murs mansardés, et déboutonna son chemisier usé. La peau de son ventre était tendue, son renflement assez prononcé lorsqu'elle était déshabillée. Toutefois, il n'avait pas la taille requise.
Dehors, elle entendait le vent racler le toit de Springhill House, et elle leva une main pour toucher le bois froid du plafond. Elle espérait que ses petits avaient suffisamment chaud chez eux, au cottage. « Ne t'inquiète pas, Maire. Tiens bon, c'est tout. »

La cuisine de Springhill House était énorme, de loin la plus grande pièce que Ginny ait jamais vue à part l'église de la paroisse. Des casseroles et des louches en cuivre étaient alignées sur les murs, d'autres pendaient, accrochées à des crémaillères au plafond. Des coffres de rangement en bois bordaient les cloisons, surmontés d'innombrables pots en argile et de petites fioles en verre contenant des huiles et des herbes séchées. Tout au bout, un grand garde-manger, et le long d'un autre mur, deux cheminées massives, reliées au même conduit d'évacuation. L'un des foyers était surélevé, à hauteur de taille, pour que l'on puisse y cuisiner sans avoir à s'agenouiller sur le sol en pierre. Le second était ordinaire, à ras de terre, mais équipé d'une broche ; la fille qui avait ouvert la porte un peu plus tôt se tenait devant, occupée à y faire tourner une imposante cuisse de mouton. Les cheminées avaient beau être bien ventilées, le fumet de la viande qui grillait emplissait la cuisine chaude et sombre qui, située au niveau le plus bas de Springhill House, ne disposait pas de fenêtres.

Debout devant une longue table de travail au centre de la pièce, Roisin, qui pétrissait de la pâte dans une vasque, leva les yeux lorsque Ginny entra.

« Vous avez déjà fait la connaissance de Katie ? dit-elle en gesticulant pour désigner la petite près du feu.

— Oui, à la porte, mais on ne s'est pas présentées convenablement. Ça va, Katie ? »

Katie continua à tourner sa broche et rendit à Ginny son regard, sans un mot.

« C'est notre fille de cuisine, une aide formidable. Elle est avec nous depuis presque cinq mois. »

Roisin sourit à la docile brunette, mais Katie se borna à braquer de nouveau ses grands yeux mornes sur le morceau de mouton.

« Sa famille lui manque affreusement, chuchota Roisin. Sa mère était mon unique sœur. Elle nous a quittés l'automne dernier, et Katie est venue me rejoindre ici. Les autres enfants ont été dispersés à droite et à gauche. Elle complète à merveille notre équipe. N'est-ce pas, Katie ? »

La fille ne répondit pas davantage, et Ginny s'évertua à ne pas se gratter le cou, mais son uniforme la démangeait au plus haut point.

« C'est simplement l'amidon, mon petit, vous vous y habituerez. » Roisin leva de nouveau les yeux. « Il y a des couteaux dans le tiroir juste là, dans la plus grande des armoires. Vous pouvez commencer à éplucher ces carottes. » D'un mouvement de tête, elle indiqua une grosse botte d'épaisses racines orange.

Après avoir trouvé un couteau, Ginny souleva l'une d'elles par sa tige feuillue. Roisin l'observait en continuant à pétrir la pâte.

« Lavez-les rapidement en vous servant de ce seau, là-bas – elle le pointa du menton –, puis pelez-les juste comme des pommes de terre.

— Ah, d'accord », lâcha Ginny, qui n'avait jamais vu une carotte de sa vie.

Les trois femmes cuisinèrent pendant près de deux heures et, ce faisant, Ginny questionna Roisin sur la marche quotidienne de la maison. Bien que le domaine couvrît d'importantes superficies et eût de nombreux employés à l'extérieur, la demeure en elle-même était plutôt de taille modeste, malgré son impeccable façade géorgienne et ses jardins impeccables entourés de murs. Ginny apprit que, en dehors d'elle-même et de ses camarades à la cuisine, seuls monsieur Murdoch et madame Spring y résidaient. « Un petit nombre satisfaisant », selon les propres termes de Roisin. *Bizarre*, pensa Ginny. Elle n'avait jamais entendu parler d'un domaine fonctionnant avec si peu de domestiques, et se demandait si cela impliquerait moins de travail pour leur effectif déjà réduit, ou davantage. Non que cela eût la moindre importance. Tandis qu'elle épluchait et coupait les légumes, elle se remit à bouger les lèvres, remerciant en silence Dieu de cet étrange et excellent coup du sort.

Le festin qui fut étalé lorsqu'elles eurent fini de cuisiner aurait pu ravitailler un village entier. Ginny songea à ses voisins affamés de Knockbooley, à ses enfants maigres, chez elle. La quantité de nourriture dont on disposait à Springhill était obscène.

« Les repas sont-ils toujours aussi somptueux ? » demanda-t-elle à Roisin tandis qu'elles préparaient les assiettes destinées à être montées dans la salle à manger, sous de petites cloches en argile pour garder les plats au chaud.

« Seulement celui du soir. Le petit déjeuner est en général assez simple, juste des toasts, peut-être un œuf bouilli, à moins qu'il n'y ait des invités. Madame Spring aime que le repas principal soit assez frugal. Un peu le contraire de ce qu'il faudrait, si vous voulez mon avis. Mais bon, qui me le demande ? »

Elle était si agréable, Roisin – si accommodante et légère ! On en aurait presque oublié les horreurs qui avaient lieu de l'autre côté de la grille de Springhill House. On en aurait presque oublié l'homme qui était passé devant leur cottage de Knockbooley le matin même avec son bébé mort de faim enveloppé dans un sac, en route pour le cimetière. Entre ces murs régnait une sorte de folie, une détermination à oublier. La table de travail était couverte d'aliments sur toute sa longueur ; carottes bouillies au beurre, mouton rôti, pain frais et soupe aux champignons, agrémentée d'orge et de fenouil. Tout en ayant envie de se moquer de cette extravagance, Ginny avait encore du mal à jauger Roisin, à estimer sa loyauté vis-à-vis de madame Spring. Elle ne pouvait pas risquer de l'offenser.

« Un vrai festin, se borna-t-elle donc à s'exclamer en feignant l'admiration. Et pour le personnel ? »

Roisin était en train de charger les assiettes qu'elles avaient préparées sur un plateau. Katie y joignit un panier contenant le pain fumant, enveloppé dans un linge.

« Eh bien, comme je vous l'ai dit, en réalité, il n'y a que nous dans la maison, expliqua la gouvernante. Nous servons généralement Murdoch et madame Spring ensemble. D'habitude, ils dînent tous les deux parce qu'elle n'a personne d'autre pour lui tenir compagnie. Que Dieu la bénisse. Autrement, il ne reste que nous trois. Et le jarvie[1]. Les rares moments où il se joint à nous pour le repas du soir au lieu de manger avec les ruffians des écuries.

— Jarvie ?

— Le cocher de madame Spring », intervint Katie. C'était la première fois qu'elle parlait, et ses joues rougirent sur-le-champ. Il devait être beau, ce jarvie.

« Et les employés qui entretiennent le domaine ? s'enquit Ginny.

— La femme du jardinier en chef nourrit le personnel d'extérieur, tant il est nombreux, poursuivit Roisin. Elle dispose même de sa propre fille de cuisine, parce qu'il y a une véritable armée de jardiniers et de palefreniers. Je n'arrive même pas à savoir exactement combien ils sont. Mais ils mangent beaucoup plus simplement, davantage comme les fermiers. Juste des pommes de terre et des œufs, en grande partie.

1. Terme irlandais familier pour « cocher ».

Bien sûr, cette année, c'est différent, maintenant qu'on n'a plus les patates. On est obligés de compenser avec les céréales et les légumes du potager. Madame Spring a déjà dépensé une petite fortune à les nourrir en l'absence de la récolte habituelle. Je vous le dis, Murdoch n'en est pas ravi du tout.

— Murdoch est l'agent ? » se renseigna Ginny.

Roisin opina.

« Je l'ai rencontré un peu plus tôt, devant la grille. Comment est-il ? »

Roisin leva un œil las. « Comment sont-ils tous ? chuchota-t-elle. On pourrait croire qu'il est anglais à sa manière de se comporter. Ça ne le dérange pas de vendre les siens pour plaire aux nobles. » Roisin regarda en direction de l'escalier menant au rez-de-chaussée, puis secoua la tête. « Impitoyable », marmonna-t-elle.

Exactement comme Packet, agent à Knockbooley depuis si longtemps qu'il se prenait désormais pour un propriétaire. Les métayers de la paroisse de Ginny savaient que leur véritable propriétaire s'appelait lord Crofton, mais ils n'avaient jamais posé les yeux sur lui. Jamais cet homme n'avait mis le pied en Irlande. Faute de quoi, les propriétaires absents de Londres engageaient des agents irlandais locaux tels que Packet et Murdoch pour gérer leurs domaines et soutirer aux terres jusqu'à la dernière miette de profit possible. Les agents louaient aux fermiers comme Raymond et Ginny des hectares à des prix exorbitants. Et que Dieu leur vienne en aide s'ils ne pouvaient pas payer. Que Dieu leur vienne en aide. Certaines familles étaient expulsées même si elles payaient. Il arrivait que l'agent mette dehors un pauvre bougre pour une autre raison, sur un coup de tête. Si un locataire avait le culot d'améliorer sa parcelle, par exemple – de l'irriguer, d'y construire ou de la développer – l'agent s'approprierait ces améliorations pour en tirer profit. Il expédierait le métayer sur les routes, puis louerait sa terre à un voisin pour un loyer plus élevé grâce aux efforts et à l'ingéniosité déployés par le premier.

Bien que personne ne pût blâmer un homme de faire ce qu'il avait à faire afin de survivre par les temps qui couraient, une certaine catégorie d'escrocs s'acquittait de ce genre de travail avec une joie mauvaise. Les Murdoch et les Packet de ce monde semblaient apprécier l'exercice d'un tel pouvoir sur leurs voisins et leurs familles. Ces agents étaient somme toute une détestable engeance, une sacrée honte pour leurs compatriotes.

« Pas besoin de vous inquiéter pour Murdoch, continua Roisin, tant que vous faites profil bas et que vous restez à distance. En général, il ne se mêle pas des affaires de la maisonnée. Il me laisse tout gérer. Estimez-vous juste heureuse de ne pas être l'une de ses locataires. »

Ginny soupira, contemplant l'étalage élaboré de plats qui couvrait la table. « Mais toute cette nourriture… ce n'est rien que pour nous, alors ? Pour cinq personnes ?

— En effet, mon petit, confirma Roisin en soulevant fermement le plateau. Ce n'est pas à nous de le remettre en question. »

Ginny se morigéna en silence. Elle s'était aventurée trop loin.

« Katie et moi, nous allons servir, enchaîna Roisin. Il y a du fromage et des fruits dans le garde-manger. Préparez-en un plateau pour la suite du repas, voulez-vous ?

— Bien sûr, répondit Ginny en s'essuyant les mains sur son tablier.

— Je reviendrai pour lancer le thé. » Roisin et Katie disparurent à travers une porte cintrée et gravirent l'escalier sombre.

Ginny prit une lanterne pour aller dans le garde-manger froid où elle s'émerveilla des réserves alimentaires. Le long d'un mur, de grosses barriques débordaient de poisson séché et de farine. Du porc en salaison pendait du plafond ; l'ensemble dégageait une puissante odeur salée. Les deux autres murs étaient entièrement couverts d'étagères, chacune garnie avec soin de lait, de babeurre et d'œufs. Ginny sentait le fumet piquant des différents fromages, malgré les linges et la ficelle qui les enveloppaient. Toutes ces senteurs étaient si riches qu'elle dut respirer par la bouche au cas où, submergée, elle recommence à vomir. Elle découvrit des fruits qu'elle n'avait encore jamais vus, pas même dans les boutiques de Westport, aux peaux de couleurs si vives qu'elles en luisaient. Posant la lanterne au-dessus d'une des barriques, elle entreprit d'en choisir quelques-uns à mettre dans son tablier.

« B'jour ! » Une voix d'homme derrière elle.

Elle fit volte-face ; le contenu de son tablier lui échappa. Les fruits dégringolèrent par terre, et une orange roula pour aller se cogner aux pieds de l'intrus. Debout dans l'embrasure de la porte, celui-ci la remplissait presque complètement. Il souriait à Ginny.

« Je ne voulais pas vous effrayer.

— Ce n'est pas le cas, répliqua-t-elle en s'accroupissant pour ramasser les fruits éparpillés. Enfin, je ne vous avais pas vu, c'est tout, je ne vous ai pas entendu entrer. »

Il se pencha afin de récupérer l'orange qui s'était arrêtée près de l'orteil d'un de ses souliers.

« Vous êtes sûrement la nouvelle femme de chambre. »

Rassemblant tous les fruits dans son tablier tenu en écharpe, elle reprit la lanterne en main.

« Sûrement. »

Il s'éloigna du pas de la porte, reculant dans la grande cuisine pour la laisser passer. Elle apporta les fruits à la longue table, commença à tout arranger sur un plateau en cuivre. L'homme repartit dans le garde-manger, dont il rapporta une petite roue de fromage prédécoupée, qu'il lâcha sur la table avant d'aller chercher un couteau dans l'armoire. Une fois qu'il s'en fut servi un morceau, il garda le couteau sorti pour Ginny. Consciente de son regard sur elle, celle-ci avait hâte que Roisin et Katie reviennent. Elle jeta un coup d'œil à l'escalier, mais ne les entendit ni l'une ni l'autre.

« Je vous connais », lui annonça-t-il alors en mordant dans sa tranche. Il se percha sur un haut tabouret près du plan de travail tandis qu'elle levait le couteau, débarrassant la roue de fromage de sa couche de tissu protectrice.

« Ah oui ? dit-elle sans intérêt apparent.

— Vous êtes Ginny Rafferty. »

Elle s'arrêta pour le toiser. Serra le couteau dans sa main.

« Non, continua-t-il, attendez, ce n'est pas tout à fait ça. » Il souriait toujours de toutes ses dents. « Vous vous appelez Ginny *Doyle* maintenant, non ? Née Rafferty, et ensuite, vous avez épousé ce Raymond Doyle, de Knockbooley, n'est-ce pas, à peu près à l'époque où vos parents sont morts ? Paix à leurs âmes. Ça doit remonter à dix ans.

— Douze », murmura-t-elle en le dévisageant. Grand et large d'épaules, il avait des iris bleu vif, accentués par la teinte sombre de sa peau. Une mâchoire et des pommettes prononcées, et des cheveux encore plus noirs que les siens. « Vous êtes sûrement le jarvie.

— Seán Lyons.

— Pas possible. » Elle posa le couteau sur le comptoir.

« Mais si.

— Mon Dieu, vous avez sacrément changé depuis la dernière fois que je vous ai vu. » Elle fixa intensément son interlocuteur, et le sourire de ce dernier s'effaça avec modestie. Il n'était qu'un gamin alors, peut-être guère plus âgé que Maire, quand les parents de Ginny étaient morts durant le même triste hiver et qu'elle avait quitté sa maison de Doon pour épouser Raymond. La mère de Seán, Kitty Lyons, avait été la voisine de son enfance, l'une des plus chères amies de sa propre mère. Ginny scruta ses traits à la recherche d'une trace du garçon qu'elle avait connu.

« Vous n'avez pas changé d'un poil, déclara-t-il en la regardant audacieusement, bien en face, sans plus sourire. Toujours la plus belle fille du comté de Mayo. » Il baissa les yeux sur ses mains. « Oh, j'ai eu le cœur brisé quand vous êtes partie avec ce Raymond. » Il s'esclaffa.

« Ah, arrêtez donc. Vous n'étiez qu'un gamin.

— Un gamin au cœur sauvage ! » Lorsqu'il s'agrippa la poitrine, elle ne put s'empêcher d'en rire. Elle était certaine qu'elle rougissait. Il se leva et, faisant glisser le couteau des doigts de Ginny, il commença à découper le fromage. « Où est-il aujourd'hui, notre héros, ce fringant Raymond Doyle ? J'aurais cru que vous auriez un tas de mioches et que vous fileriez le parfait amour à Knockbooley. »

Ginny se mordit la lèvre. « Il est parti pour l'Amérique en septembre. » Elle prit le fromage à mesure qu'il le tranchait, l'arrangea sur le plateau avec les fruits.

« Ah, les temps sont durs. Durs pour notre pauvre vieille mère l'Irlande.

— C'est vrai », convint-elle.

Mais pour Ginny Doyle, les temps n'étaient pas si durs. En réalité, elle avait une chance folle. « Vous conduisez madame Spring ?

— Oui. Je m'occupe de tous ses messages, ses rendez-vous élégants, ses allers et retours pour récupérer des affaires. » Sa voix n'exprimait pas une once de moquerie. « Quand elle commande de nouvelles pantoufles en soie sur le continent, je file les lui chercher à Westport. Je suis essentiel ! C'est un travail important. » Il lança le couteau à fromage dans une bassine d'eau voisine, puis se rassit sur son tabouret. Après avoir jeté un bref regard vers l'escalier, il s'inclina vers Ginny. « C'est un tas de foutaises, chuchota-t-il. Mais qu'est-ce qu'on peut y faire ? »

Elle se pencha par-dessus la table pour le regarder. « Seigneur, je suis si contente que vous soyez là, Seán. »

Le rouge qui monta aux joues du jeune homme, rapide et sincère, la perturba, mais elle lui prit la main pour la serrer. Ils entendirent un bruit de pas qui descendait les marches.

« Vous pouvez me retrouver ce soir ? » lui demanda-t-elle tout bas.

Il l'imita, répondant sur le même ton : « Aux écuries, dès que tout sera éteint dans la maison. »

Elle acquiesça au moment même où Roisin entrait dans la pièce, chargée du plateau vide du dîner, Katie dans son sillage.

« Ah, vous avez donc fait la connaissance de notre jarvie », remarqua la gouvernante.

L'attitude de Katie changea du tout au tout lorsqu'elle vit Seán. Elle se redressa, rosit de joie.

« En effet, dit Ginny, qui essora un chiffon mouillé dans la bassine, puis entreprit d'essuyer la table.

— Katie, prépare quatre assiettes pour nous, pendant que Ginny range », lança Roisin, inspectant le plateau de fromage et de raisin, enlevant ici et là un morceau qui n'était pas à hauteur de ses exigences. « Je vais monter ceci, et ensuite, nous mangerons. »

Comme Seán chipait un grain de raisin sur le côté, Roisin lui donna une tape sur la main. Katie se grandit pour attraper des assiettes dans un buffet haut perché. Roisin se retourna vers l'escalier. Seán pivota alors sur son tabouret, croisa le regard de Ginny et lui fit un clin d'œil.

9

NEW YORK, AUJOURD'HUI

« Hé, chérie, regarde ça. » Leo est devant notre bureau, cliquant sur l'ordinateur. Il fait pivoter l'écran plat pour me permettre de le voir à travers la porte ouverte, de là où j'allaite Emma, dans le canapé.

« Je ne crois pas pouvoir lire ça d'ici », dis-je, et s'il a une réponse quelconque à opposer à mon sardonique trait d'esprit, il ne le montre pas. « Qu'est-ce que c'est ?

— Il y a un groupe de mamans qui se rencontre dans le quartier, m'informe-t-il en faisant de nouveau pivoter l'écran, vers lui, cette fois.

— Je préfère de loin l'expression de *groupe parental*, fais-je d'un ton pensif en ajustant le poids d'Emma sur le coussin et en me redressant un peu. Ou même *maternel*, ça irait. *Groupe de mamans* paraît tellement… je ne sais pas. Synonyme d'un enthousiasme si infantile. Comme si ces mères avaient bel et bien abandonné leur identité pour plonger dans les cerveaux de leur petite progéniture chauve. »

Leo s'écarte de l'écran pour me dévisager.

« *Peu importe*, continue-t-il en se réinstallant dans son siège. L'annonce dit qu'elles se retrouvent au moins une fois par mois, sinon deux, toujours localement, en général dans une aire de jeux ou une bibliothèque. Et que le groupe comprend environ quarante-trois membres.

— Hum. » Je repose ma tête sur les oreillers derrière moi.

« Tu devrais y aller, poursuit-il en poussant sa chaise sur le côté pour me parler à travers la porte vitrée. Je crois vraiment que le plus difficile pour toi, c'est sans doute que tu es toute seule ici et que la plupart de tes amies sont restées à Manhattan.

— Et qu'elles n'ont pas d'enfants.

— Tout à fait, et qu'elles n'ont pas d'enfants.

— Et qu'elles ont des boulots.

— Tu as encore un boulot, il faut juste que tu le *fasses*.

— Touché.

— Je ne te mets pas la pression. Mais ne t'en plains pas alors que c'est ton propre choix. »

Je ramasse la télécommande comme si je pouvais lui couper la chique avec, mais il ramène sa chaise à roulettes devant le bureau et continue à parler.

« Ça te ferait du bien de rencontrer des gens nouveaux, des gens du coin, qui sont dans la même galère que toi. Des femmes qui peuvent comprendre ce que tu vis. »

Je ferme les yeux. « Lis-moi le descriptif du groupe. »

Il laisse défiler le texte, qu'il parcourt pendant quelques minutes avant de s'éclaircir la gorge.

« *Bienvenue ! Je m'appelle Tanya, maman de Tabitha et Toby, la fillette de deux ans et le bébé les plus mignons de tout l'univers, au moins pour moi ! Venez rencontrer les autres mamans de Glendale et leurs petits garçons et filles les plus mignons de tout l'univers. On ne fait pas grand-chose sinon parler, rire et jouer. Qui a dit que ces distractions étaient réservées aux enfants ? Les mamans ont besoin de s'amuser un peu aussi.* » Leo s'interrompt pour me regarder, et je lui réponds : « Tire-moi une balle !

— Essaie juste », dit-il en se levant du bureau pour me rejoindre dans le séjour. Il s'assied sur la table basse face à moi. « Si tu détestes, qu'est-ce que tu auras perdu, à part une heure de ton temps ? »

Je ne peux pas expliquer pourquoi la logique de Leo, raisonnable au point d'en être pénible, me fait monter les larmes. J'ai l'impression d'être retournée en cinquième, quand mon père me donnait un coup de main avec mes devoirs d'initiation à l'algèbre pendant des heures et que j'étais si frustrée et en colère qu'après avoir enfin compris, je refusais de l'admettre et restais plantée là d'un air furibard. Pour une raison mystérieuse, je n'ai jamais pu me réjouir d'avoir une révélation. Comment ose-t-il essayer de me voler mon désespoir ? J'y ai droit, bon sang. Leo soulève mes pieds pour les poser sur ses genoux.

« Elles se réunissent vendredi après-midi, conclut-il en me massant une cheville pour tenter de me piéger. Réfléchis-y juste ? »

Je soupire aussi fort que me le permettent Emma encore au sein et mon ventre suturé.

« Oui. Je vais y penser. »

Le vendredi, Leo va travailler plus tôt. C'est l'une de ses journées les plus chargées de la semaine, alors il part avant 9 heures. Le chef du déjeuner s'occupe de tous les premiers stades de la préparation des plats, si bien que mon mari ne met même pas un pied dans sa cuisine avant le milieu d'après-midi. Mais c'est l'automne, et la saison des fêtes n'est pas loin. Il y a des banquets à planifier, des clients à rencontrer, des plannings à élaborer, des factures à payer. On s'approche de la période de l'année où il gagne le plus d'argent. Le restaurant sera plein à craquer tous les jours, de Thanksgiving à janvier. J'étale une des couvertures d'Emma sur l'épais tapis de notre chambre en éparpillant des jouets autour d'elle. J'ignore pourquoi j'agis ainsi, parce qu'elle ne peut pas encore les attraper, mais je sais que ce jour viendra, et je veux être prête.

Ouvrant courageusement mon armoire, tel un mercenaire qui se prépare au combat, je me dirige résolument vers mes vêtements suspendus, presque comme si je n'étais pas terrifiée. Je sélectionne quelques-unes de mes tenues de grossesse les plus amples, que j'aligne sur mon lit. À une époque, c'étaient mes fringues de grosse, celles que je réservais aux épisodes de ballonnements sévères ou d'abus de churros. J'enlève mon débardeur, puis je détache une robe en jersey bleu de son cintre pour la passer par-dessus ma tête. Après m'être extirpée de mon jean de maternité élastique, je m'approche du miroir à contrecœur.

« Oh, Seigneur Dieu », dis-je tout haut à mon énorme reflet, digne de la galerie des horreurs, avant de claquer la porte du placard, espérant presque entendre le miroir se briser en mille morceaux à l'intérieur pour ne plus jamais être confrontée à une telle vision. Le miroir tremble, mais tient bon. Effrayée, Emma lève la tête vers moi, et je souris, mais elle se contente de ciller en retour. « Ce sera peut-être mieux si je me lave les cheveux ? »

Emma gémit.

« Ouais, inutile d'y compter. Tu as raison. » J'enlève la robe par le haut, me poste au-dessus du lit pour évaluer mes options. Je fais la moue. Même pas la peine de les essayer. Ce n'est rien d'autre qu'un exercice douloureux. Je renfile mon jean à taille élastique en le tirant sur mes hanches.

« Peut-être un joli chemisier », dis-je en rassemblant les vêtements sur leurs cintres pour les remettre dans la penderie. D'un tiroir de ma commode, je sors un corsage violet flatteur qui remonte au premier trimestre de ma grossesse. Je le pose contre mon buste. « Qu'en penses-tu, Emma ? » Elle ne me répond pas. Je me tortille pour l'enfiler, recule vers le miroir. Ce n'est pas affreux. Je peux être vue en public dans cette tenue. Un peu de mascara, un peu de gloss. Je suis loin d'être glamour, mais peut-être qu'avec des chaussures adéquates je serai présentable.

Trois heures plus tard, je suis prête. Les ongles de mes orteils sont peints, mis en valeur par mes chaussures ouvertes à talon compensé, sans être trop hauts pour éviter toute chute. Mes cheveux sont propres, quoiqu'un peu humides. Emma porte un pyjama à pois agrémenté d'extravagants froufrous multicolores sur le derrière. On a fière allure. On n'est pas tachées, on ne sent pas mauvais. Au bas des marches, j'attache ma fille sur son siège auto et le siège auto à la poussette, drapé dans une couverture. Comme nous sommes en avance, nous nous arrêtons acheter un café dans une épicerie fine sur Myrtle Avenue. Je précise : « Moitié déca », parce que je n'ai pas besoin qu'Emma soit sous l'emprise de mon lait maternel caféiné.

Je le sirote en marchant, me demandant plus ou moins si elle perçoit ma nervosité, parce que Maman a mentionné que les bébés sentent les tensions de leur mère. En fait, elle me dit ça chaque fois qu'Emma est capricieuse. « Eh bien, elle sent probablement à quel point tu es coincée, et ça la coince elle aussi », ajoute-t-elle toujours, remarque à l'évidence très utile.

Sauf que maintenant qu'Emma s'est endormie, je suppute que cette histoire de bébés-qui-sentent-les-tensions-de-leur-mère, c'est sans doute n'importe quoi. J'ai laissé des marques rouges collantes de gloss sur le bord de mon gobelet de café en papier, si bien que je m'arrête sur le trottoir pour les essuyer avec une serviette parce que je ne veux pas produire ce genre de première impression. C'est une magnifique journée d'automne froide au ciel bleu, et nous piétinons les feuilles à grand bruit. Avant d'arriver à l'aire de jeux, je repêche du sac de couches mon exemplaire du magazine *Food & Wine* – celui de juillet avec mon article sur les poires – pour le glisser nonchalamment sous mon bras et disposer d'un sujet de conversation potentiel.

Je me sens comme une gamine à la rentrée dans une nouvelle école – à la fois excitée et terrifiée. J'espère que je rencontrerai quelqu'un de sympa. Lorsque nous atteignons l'aire de jeux sur la quatre-vingtième rue, je m'applique à ne pas paraître trop enthousiaste. Je jette un coup d'œil à travers les barreaux au détour de la clôture, remarquant plusieurs mères avec des poussettes qui bavardent déjà près de la cage à écureuils. Un autre groupe est assis sur les bancs. Je localise le portillon, que j'ouvre, avant de passer avec Emma. J'essaie de décider quel groupe approcher en premier lorsque je m'aperçois que toutes les mères sur les bancs se sont tues et qu'elles me fixent. Je tente un sourire.

« Vous allez le refermer ? » me demande l'une d'elles de la pire voix de garce que j'aie jamais entendue. La vache, c'est *exactement* comme le jour de la rentrée – au collège – où Nicole Davis, cette saloperie de blonde peroxydée, qui avait un an de plus que moi, m'a envoyé une pomme sur le cul pendant que je me penchais pour prendre quelque chose dans mon casier. Avant que j'aie même eu le temps de répondre à cette mère malveillante, elle se lève, me dépasse à grands pas, et claque violemment le portillon que je viens de franchir.

« Laissez tomber », dit-elle avec une mimique dégoûtée.

Je suis toujours bouche bée quand elle se réinstalle sur le banc, flanquée de sa troupe de méchantes amies-mamans et qu'elle se met à parler très fort des « mamans amatrices, dont les enfants, *Dieu merci*, sont encore trop petits pour sortir en courant par un portillon ouvert pour se jeter dans la circulation, parce que Dieu sait que ces enfants auront bien besoin d'aide dès qu'ils pourront marcher ».

À ce moment-là, je suis si choquée que j'entre dans une sorte de coma réactionnel, tout à fait comme avec Nicole et sa pomme en cinquième. Je me referme comme une huître. Impossible de partir tout de suite, je dois préserver un minimum ma dignité. Il faut que je reste au moins cinq minutes pour me prouver que, même si je suis sans doute une loque rondelette, geignarde, découragée et dégoulinante, par ailleurs je ne suis pas totalement dépourvue d'épine dorsale. Alors pourquoi est-ce que je marmonne « Désolée », en passant à toute vitesse devant les méchantes mamans du banc ? Putain.

J'approche de la cage à écureuil, et personne ne me regarde vraiment. Ce sont des mamans de nouveau-nés – je le vois bien. Elles sont débraillées et peu sûres d'elles. Plus d'une a le soutien-gorge qui fuit. Il y a des taches de crachouillis et des pantalons de grossesse partout. On dirait une salle d'hôpital en plein air – le désespoir est presque palpable. En plus, elles ont toutes des petits bébés avec elles.

Je hasarde un « Salut » au premier blanc suffisamment long dans la conversation. Plusieurs des mères se retournent vers moi, et l'une d'elles s'écarte pour m'offrir une place dans leur cercle. J'ai envie de l'embrasser, de lui faire un suçon rouge collant de gloss sur la bouche.

— Salut, répondent-elles toutes en chœur comme si on était à une réunion des Alcooliques anonymes.

— Je suis bien au groupe de rencontre ?

— Ouais, confirme l'une de celles qui ont l'air le plus propres. Je m'appelle Amanda, et elle me tend une main, que je serre.

— Salut, moi, c'est Majella. »

Je récolte quelques « Ravie de faire ta connaissance » et un ou deux « C'est inhabituel comme prénom ». Après quoi nous restons toutes debout à nous sourire, mal à l'aise, pendant quelques minutes jusqu'à ce que j'aie l'idée géniale de les interroger sur leurs bébés.

« Quel âge a ton bout de chou ? » dis-je à Amanda, qui porte le sien sanglé sur sa poitrine à la manière d'une énorme tumeur.

Elle caresse sa tête, recouverte d'un bonnet à rayures agressives. « Il a huit semaines et demie.

— Oh, il est adorable. » J'ai menti parce que je ne le vois pas vraiment là-dessous, mais il est probablement mignon, pas vrai ?

« C'est ton premier ?

— Merci. Ouais, bébé Henri est mon premier. »

Elle prononce *Awn-ree* comme une véritable Parisienne.

« Oh, Henri. Quel joli prénom. Vous êtes français, son père ou toi ?

— Non », rétorque-t-elle sans développer, ce qui coupe court à mes questions.

Je remonte un peu la capote de la poussette d'Emma en espérant que la lumière va la réveiller, histoire de me trouver une excuse pour la prendre dans mes bras, d'avoir quelque chose à faire. Peut-être même qu'elle va piquer une crise et qu'on sera obligées de partir. Je n'avais encore jamais espéré une chose pareille. La mère debout à côté de moi se penche vers ma fille et se redresse sans rien dire. Quelle tarée.

Au bout de quelques minutes gênantes, la garce sur le banc se lève et marche vers nous. Je suis horrifiée. Qu'est-ce qu'elle peut bien encore me vouloir ? Je n'ai même pas regardé dans sa direction depuis l'incident du portillon. Elle ne m'a pas assez réprimandée, peut-être ? Si elle m'attaque encore, je me défendrai. Je lui ferai sa fête, à cette saloperie. Je redresse les épaules. Peut-être puis-je prétendre que les autres mères du groupe sont mes amies à présent. Ben oui, moi aussi, j'ai des amies. Ben oui !

Une blondinette suspendue presque tête en bas à une barre tout en haut du toboggan oscille dangereusement. « Tabitha, descends de là ! » hurle la garce. Ensuite, elle se poste au bord de notre petit cercle, et ses comparses des bancs s'approchent également d'un air menaçant. On se croirait dans une scène de *West Side Story*. Comme si s'annonçait une bagarre musicale hyperchorégraphiée. On est sur le point de *se bastonner*. Mais voilà qu'elle sourit. D'un grand sourire moche et faux plein de dents.

« Bienvenue au groupe de rencontre des mamans de Glendale ! dit-elle d'une voix chantante qui est la version dessin animé de sa voix de garce. Je suis Tanya, la chef du groupe. »

Punaise.

« Et, poursuit-elle en attrapant le monstre blond du toboggan qui tente de la dépasser en courant, voici ma fille, Tabitha. » Elle se penche pour embrasser Tabitha, mais la gamine pousse un cri et se dégage en se tortillant ; elle est retournée faire le cochon pendu en haut du toboggan avant que j'aie eu le temps de dire ouf. « Et voilà mon petit mec, Toby. »

Comme par magie, elle sort de derrière elle une poussette, où est assis un énorme bébé au crâne vaporeux qui a l'air ivre. Il nous examine en cillant tel un seigneur bienveillant. Les mamans émettent de petits *aaaaah* respectueux. Je crois que je vais vomir. *Réveille-toi, Emma, s'il te plaît, réveille-toi. C'est le moment de te mettre à crier, là.*

« Je vois que nous avons quelques jeunes mamans qui nous ont rejointes aujourd'hui, annonce Tanya en me regardant, les sourcils arqués, et quelques *très* jeunes mamans. »

Les petites nouvelles rient nerveusement et se retournent pour me sourire, comme si nous étions toutes dans le coup. *Nous ne sommes pas dans le coup du tout. Cette femme est une sorcière, pourquoi personne ne le voit ?* Quand mon téléphone portable m'alerte de l'arrivée d'un texto, je suis ravie de cette diversion. Je le sors de ma poche pour lire le message de Leo : *Comment se passe la réunion ?* Je tape avec mes pouces *L'enfer l'enfer l'enfer*. Mais mon iPhone me corrige *Le fer le fer le fer.* Agacée, je range l'appareil dans ma poche sans appuyer sur *Envoi.*

Durant mon bref instant d'absence, les participantes ont commencé à se présenter tour à tour.

« Je m'appelle Rebecca », déclare l'une des jeunes mamans harassées. Ses cheveux roux mêlés de gris ont la texture d'une serpillère. Elle a de gros cernes violets. « Mon petit Jayden a trois mois, et je suis une MAF. »

Remarquant que de nombreuses autres mères hochent la tête avec enthousiasme, je chuchote à ma voisine : « Qu'est-ce que c'est, une MAF ?

— Mère au foyer », chuchote-t-elle en retour.

Il n'y a rien que je déteste autant que les gens qui parlent en acronymes. Je note mentalement de ne pas trop me lier d'amitié avec Rebecca en dépit de ses yeux cernés.

« C'est *tellement mieux* pour les enfants, explique Tanya, quand on reste à la maison avec eux à plein temps. »

Je lis la panique dans les yeux de certaines mères, celles qui ont un travail et qui se sentent coupables. Elles se mettent sur-le-champ à s'agiter autour de leurs bébés. Un petit mec commence à pleurnicher bruyamment sur son siège. Sa mère fouille dans le sac de couches et en sort un biberon d'eau. Elle fourre la dose de lait en poudre déjà mesurée dans le biberon et entreprend de le secouer. Comme son regard est rivé sur son rejeton qui pleure, elle ne s'aperçoit pas que tout le monde s'est arrêté de parler pour la dévisager. Elle détache son petit garçon affamé, le hisse sur son épaule.

Tanya désigne le biberon. « Tu le nourris au *lait maternisé* ? »

La mère la toise courageusement, sans ciller. Elle n'a pas peur de Tanya. Dans ses bras, le bébé est désormais satisfait, buvant joyeusement son biberon de lait en poudre.

« Qu'est-ce que ça peut te faire ? » demande-t-elle

courageusement, pareille à un pompier, un astronaute et une sage-femme à elle toute seule – c'est dire si elle est intrépide. Je la contemple, estomaquée. Les lèvres serrées, Tanya échange des œillades entendues avec ses sous-fifres.

« Pure curiosité, continue-t-elle. Tu sais, avec toute la recherche prouvant combien c'est mieux d'allaiter, je trouve ça juste bizarre de choisir de donner à son bébé des produits chimiques au lieu du lait maternel, le vrai. »

La vaillante mère se redresse brusquement. Enfin, autant que possible – elle mesure à peine un mètre cinquante-sept, mais ses boucles noires cascadent sur ses épaules, elle a une peau magnifique et des hanches de Latina. Je pense qu'elle va clouer le bec à Tanya. Que je suis sur le point de voir celle-ci se faire laminer dans les règles. Qui eût cru qu'il y aurait autant de violence potentielle dans cette parentèle de banlieue ? Mais la mère courage fait bien mieux. Elle baisse la voix en un quasi-murmure, avance d'un pas pour s'assurer que Tanya n'en perde pas une miette.

« Certaines femmes ne peuvent pas allaiter. »

Tanya tente de l'interrompre. « N'importe qui peut allaiter, en s'appliquant un peu… »

Mais mon héroïne continue, imperturbable. « Certaines femmes prennent des médicaments expérimentaux contre le cancer, espèce de garce fouineuse et sectaire. Et ce que les gens choisissent de donner à manger à leur enfant ou non, ce n'est pas tes oignons. »

Les autres mères et moi suivons cet échange à la manière d'un match de tennis. Nous nous retournons vers Tanya, attendant une réponse stupéfaite et pleine d'excuses qui ne vient pas. Elle ne vient pas ! Au contraire, Tanya grogne : « Ben, pas la peine de se mettre dans des états pareils. Je posais juste une question. » Sur ce, elle agite ses mains devant elle comme pour effacer l'ensemble de cet incident déplaisant de nos esprits.

« *Bref* », enchaîne-t-elle.

Mais la mère courage n'a pas terminé.

« Et merde, s'exclame-t-elle en balançant son sac de couches dans sa poussette vide. Quelle blague, ce truc. »

Tanya exécute des moulinets élaborés avec les bras pour tâcher de nous distraire, de nous récupérer. Sauf que maintenant, un nombre non négligeable de nouvelles arrivées remballe ses affaires. Je fourre le magazine *Food & Wine* dans mon propre sac de couches, revérifie les sangles d'Emma. Je fais pivoter la poussette en direction du portillon. Mon héroïne a déjà traversé la moitié de l'aire de jeux, son bébé encore dans les bras, absorbé par son biberon. Elle se retourne pour hurler au groupe :

« Vous savez, le seul intérêt de cette connerie, c'est que les jeunes mamans ont besoin de se soutenir. On a besoin de *soutien*. C'est pour ça que nous sommes venues aujourd'hui. »

À court de mots, Tanya se contente de répondre par un rire. C'est l'échange le plus gênant et horrible entre êtres humains dont j'ai jamais été témoin, y compris lors de ma fervente consommation des nombreuses saisons du *Bachelor*. Je cours après la mère courage. J'ai envie d'être son amie, ou peut-être même sa femme. Je l'aime. Je la rejoins au portillon, qu'elle a du mal à manœuvrer, son bébé occupant un bras tandis qu'elle essaie d'y engager la poussette de sa main libre. J'ouvre le battant pour elle.

« Merci », dit-elle en poussant l'engin à l'extérieur.

Je souris. « Tu as été tellement super là-bas. Cette Tanya est un tyran absolu, on a l'impression d'être retournées à l'école. Tu as eu tellement raison de lui résister. »

La mère courage cancéreuse secoue la tête en émettant un bruit dégoûté ; elle est à court de mots. Je lui emboîte le pas.

« Je m'appelle Majella.

— Salut », marmonne-t-elle. Elle me tend la main, mais omet de me donner son nom. « Enchantée.

— Hé, tu veux qu'on aille prendre un café, par exemple ? »

Elle s'arrête de marcher, met le frein sur sa poussette. Peinant à tenir son bébé et à le nourrir d'une seule main. Elle me regarde, puis respire un grand coup.

« Merci. Mais non, j'ai juste… je crois que j'ai juste envie de rentrer après tout ça. Il faut que je rentre.

— Bien sûr, dis-je, même si j'ai le cœur gros. D'accord.

— Ouais, merci quand même. Faut que je file. »

Elle s'éloigne, manœuvrant sa poussette d'une main, le biberon de son fils coincé entre sa joue et son épaule. Emma dort encore, et une autre mère tente de franchir le portillon derrière nous. Bien que je lui bloque le passage, elle ne m'a même pas demandé de bouger. Elle patiente simplement. Je me dépêche de m'écarter. « Désolée, excuse-moi. »

Avec un signe de tête, elle propulse son énorme poussette hors de l'aire de jeux sur le trottoir sans mot dire. Elle a les cheveux blonds, courts et hérissés, les bras barrés de bracelets tintinnabulants. Un tatouage émerge sous la manche de son T-shirt ajusté et serpente vers son coude. Je claque le portillon derrière elle avec un *clang* sonore et satisfaisant. Quand elle commence à avancer le long de la rue, je la suis jusqu'à la prochaine intersection. Nous nous arrêtons au passage piéton, attendant que le feu passe au rouge. Elle lève les yeux vers moi, et ils paraissent complètement creusés, leur blanc strié de veinules rouges, et bouffis comme si elle pleurait depuis des décennies. Ses joues sont gonflées, sa poussette, géante et encombrante. Elle ressemble à un bébé elle aussi, presque trop jeune pour être mère. Je ne l'avais pas remarquée tout à l'heure.

« Tu étais à cet horrible groupe de mamans ? Je ne t'ai pas vue sur l'aire de jeux. »

Elle inspire profondément. « Le pire. Groupe. De mamans. Du monde. »

J'éclate de rire : « Ouais, c'était carrément atroce, hein ? Qu'est-ce qui cloche dans la tête des gens ?

— J'y suis déjà allée une fois, et c'était tout aussi affreux. Je ne sais pas ce qui m'a pris d'y retourner. » Elle fourrage dans ses cheveux blonds hérissés, tire dessus pour les faire bouffer. « Je suppose que j'avais besoin de sortir de chez moi. »

Le feu devient rouge, et nous engageons nos poussettes sur le passage piéton.

« J'aurais dû me méfier en voyant cette énorme dispute sur le forum de discussion.

— Forum de discussion ?

— Tu ne le lis pas ? »

Je fais signe que non.

« Argh. Une des femmes a suggéré que le groupe était devenu si grand qu'on devrait peut-être le subdiviser en plus petits. D'après les âges de nos enfants, tu vois.

— Et ça a dégénéré ?

— Tu n'imagines même pas. Elles l'ont taillée en

pièces en lui expliquant qu'elle n'était pas l'organisatrice et qu'elle n'avait pas le droit de se mêler de tout, et que, si la situation actuelle ne lui convenait pas, elle n'avait qu'à créer son groupe. C'est comme si Tanya leur avait lavé le cerveau à toutes. Et puis la seule qui est venue à son secours a dit : *Oh, vous savez, je crois qu'on devrait vraiment se répartir selon les âges des enfants, vu que maintenant mon fils a presque deux ans et que je ne prends même pas la peine de parler aux jeunes mères, parce qu'on n'a rien en commun.*

— Dieu du ciel !

— Je sais. Comme si la seule chose que ces femmes pouvaient avoir en commun, c'était l'âge de leurs enfants ? N'importe quoi, putain. Et les films, les livres, les voyages, le sport ? Et leurs *centres d'intérêt* ? Sans compter qui on était avant la naissance des mômes. Seigneur, elles n'ont pas l'air d'avoir d'identité propre, réduites à ce que ces petits merdeux ont fait d'elles. C'est juste une bande de saloperies de *mamans.* »

Je sais que je devrais être choquée de l'entendre traiter tous ces bébés sans défense de « petits merdeux » à voix haute, mais non. On pourrait croire qu'elle est à l'intérieur de ma tête. J'ai presque peur qu'elle soit le fruit d'une hallucination. Je lui touche le bras et elle ne disparaît pas, bien qu'elle semble légèrement effrayée. Elle s'écarte. Mon portable émet son bruit froufroutant qui signale l'arrivée d'un texto, et je me souviens que je n'ai jamais répondu à Leo. Je sors l'appareil de ma poche. *Toujours là-bas ? Comment ça se passe ?*

« Excuse-moi une seconde », dis-je à l'autre mère en m'arrêtant de marcher pour taper : *C'était affreux. Des garces, ces mamans. Je rentre.* Je prévois déjà sa déception. Va-t-il penser que c'est ma faute, que je n'ai pas réellement essayé ? Il va falloir que je lui raconte à quel point c'était horrible. Il comprendra, pas vrai ? Je coince le téléphone dans mon porte-gobelet, sirotant mon café désormais glacé. Dégueu. Il est devenu amer.

« Moi, c'est Majella, d'ailleurs.

— Ouais, et moi, c'est Jade. »

Nous ne nous serrons pas la main. Lorsqu'elle renifle, je remarque le minuscule anneau d'or dans sa narine. J'ai envie de lui demander quel âge elle a, mais je sais que c'est grossier, alors je lui demande celui de son bébé.

« Ils ont cinq mois et demi. Presque six.

— Ils ? »

Elle relève la capote de son énorme poussette pour me permettre de voir à l'intérieur : deux bébés. *Deux ! Des jumeaux !* Je pense au canal C et mon cœur s'emballe. Il y a trois pâtés de maisons que je parle à cette femme sans m'être aperçue qu'elle avait deux fichus bébés là-dedans. Bravo, Sherlock.

« Garçons ou filles ?

— Un de chaque.

— C'est super que tu aies les deux ! » Je me rends compte de la stupidité de ma remarque à la seconde même où elle s'échappe de ma bouche.

« Ouais, renchérit-elle. Super. »

Je détaille les bébés en cherchant à déterminer s'il pourrait s'agir de ceux du babyphone. Ils ont bien les cheveux bruns, mais c'est si difficile à dire sans la lumière verte et granuleuse du système de vision nocturne qui fait luire les yeux de ceux du canal C comme ceux de petits gobelins.

« Ça doit être dur d'en avoir deux. »

Jade hausse les épaules. « C'est dur d'en avoir tout court, non ?

— Oui. »

Je la sens se réfugier à l'intérieur d'elle-même, les plaques de sa cuirasse reprennent leur place en cliquetant. Je ne sais pas ce qui s'est passé, ce qui a changé, mais son petit sursaut est terminé et elle n'a plus l'intention de parler, à moins que je ne l'oblige de nouveau à sortir de sa coquille.

« Tu es d'ici ?

— Nan, Miami.

— Tu vis là depuis longtemps ?

— Un an. Et toi ? T'as l'air d'être de New York.

— Ouais, j'ai grandi ici. Mais j'ai vécu quinze ans à Manhattan. Mon mari et moi venons de déménager dans le Queens pour avoir le bébé. »

Jade opine, sans m'en demander davantage pour autant. Je me sens un peu désespérée ; nous marchons depuis six pâtés de maisons et ma bifurcation approche. Va-t-elle tourner aussi, est-ce la mère qui sanglote dans le babyphone ? Sauf que c'est impossible ; elle paraît si forte, si dure – même son corps est sportif et robuste. Elle doit faire du 34, ses bras sont musclés et bronzés. Elle possède ce genre de minceur sans effort que j'avais autrefois, avant que la grossesse ne m'afflige de cette nouvelle silhouette floue éternellement gonflée (comme des parenthèses). Comment a-t-elle fait pour récupérer la sienne après ses jumeaux ? Elle est si jeune. Sans doute même pas vingt ans.

« Hé, tu veux aller prendre un café quelque part ? » J'ai peur de sa réponse parce que l'héroïne cancéreuse m'a déjà envoyée sur les roses, et que je ne suis pas sûre de pouvoir supporter deux râteaux en une journée. « Je suis toute pomponnée sans avoir nulle part où aller. » Ma plaisanterie tombe à plat lorsque je baisse les yeux sur ma tenue, gênée de constater que n'importe quel être humain sain d'esprit ne pourrait jamais me trouver *pomponnée* le moins du monde. Depuis quand est-on *pomponnée* sous prétexte qu'on porte un chemisier propre et un jean de grossesse ? D'ailleurs, qui dit *pomponnée*, bon sang ? « C'est juste que je ne suis pas encore prête à rentrer, alors je vais probablement m'arrêter chez Salamander prendre un café et un scone si tu as envie de m'accompagner. J'y vais de toute façon ».

Au moment où nous arrivons à un autre feu rouge, Jade semble peser le pour et le contre entre moi et ses autres choix. Si elle en a – n'importe lesquels – je perdrai. Pourquoi me choisirait-elle plutôt qu'une véritable amie, « The Ellen DeGeneres Show », ou même le nettoyage de ses toilettes ? Je me mords la lèvre en m'efforçant de m'en ficher dans l'attente de son verdict.

« Ouais, d'accord », lance-t-elle sans enthousiasme.

Mon cœur fait des bonds.

10

IRLANDE, MARS 1847

Dans sa petite chambre obscure, Ginny souffla la bougie et s'allongea sur le matelas, l'odeur étouffée de fumée planait encore au-dessus d'elle. Malgré la pile de couvertures que lui avait donnée Roisin, il faisait froid et sombre dans ce grenier en l'absence d'un joyeux feu de tourbe pour se réchauffer. Il ne lui fut pas très difficile de rester éveillée en dépit de son état d'épuisement.

Au bout de quelque temps, la maison parut silencieuse. Ginny n'entendait que le son du vent déterminé qui assaillait sauvagement le toit au-dessus d'elle. Elle se faufila hors de son lit pour s'accroupir près de la porte, l'oreille tendue. Elle prit une couverture sur la pile, dont elle entoura ses épaules. Après quoi, elle tourna avec précaution la poignée. Dans le couloir sombre, ses souliers dans une main, de l'autre s'aidant des boiseries, elle avança à tâtons. Elle redescendit à pas de loup l'escalier raide du grenier, grimaçant au craquement de chaque latte du plancher sous ses pieds. Elle ignorait quelle pièce occupait Murdoch et n'avait pas la moindre envie de se retrouver nez à nez avec lui au milieu de la nuit. Au rez-de-chaussée, elle gagna la salle à manger, s'assit sur une des chaises rembourrées pour lacer ses chaussures. Puis elle sortit par la porte vitrée sans la verrouiller derrière elle.

Serrant un peu plus la couverture autour de ses épaules, elle guetta les fenêtres des étages les plus élevés de Springhill House, mais le bruit de ses pas sur le gravier ne déclencha pas de curiosité derrière leurs vitres. Seán Lyons l'attendait dans la pénombre des écuries, où elle fut heureuse de se mettre à l'abri du vent. Une lampe était allumée dans l'un des box inférieurs, et elle entendit des voix masculines avinées.

« Vous voulez participer à une partie de cartes, c'est ça ? lança Seán tandis qu'elle approchait.

— Pas du tout.

— Alors, vous êtes à la recherche d'un peu de romance. » Il eut un grand sourire. « Mais, madame Doyle, inutile de vous rappeler que vous êtes mariée. Même si ça me fait de la peine de vous offenser, je ne suis pas de ce genre d'hommes méchants qui profiteraient d'une femme dans votre position. » Il s'agrippa la poitrine comme dans la cuisine. « Ô chante, cœur perfide !

— Chuuuut. » Elle l'attira dans la lumière plus tamisée de l'un des box pour le chapitrer : « Seán Lyons, depuis quand êtes-vous aussi entreprenant ?

— Depuis que j'ai eu le cœur brisé au tendre âge de treize ans. » Il sourit de plus belle.

La jument dont ils partageaient le box se pencha pour donner un coup de museau à Seán dans l'espoir de récolter un morceau de sucre. De sa poche, il en sortit un, que l'animal goba très vite.

« Venez, on va marcher un peu plus loin », annonça-t-il ensuite à Ginny avant de l'entraîner dans la nuit froide et sombre.

Au-dessus d'eux, la lune était presque pleine et le

ciel un fouillis d'étoiles. Si le vent hurlait comme il se doit à travers champs, fouettant les fins cheveux noirs de Ginny autour de sa tête, ces étoiles étaient aussi fixes et immobiles que Dieu Lui-même. Seán les observait également.

« Ah, par-là ! dit-il, pointant son doigt vers l'une des étoiles qui filait à travers le ciel en arc de cercle. Celle-ci est en train de s'échapper. » Il siffla tout bas. « Vous croyez qu'elle va y arriver ?

— C'est sûr et certain », répondit Ginny.

Ils contournèrent les écuries pour emprunter un sentier pierreux, à l'abri d'une épaisse voûte d'arbres, dont les branches s'étiraient et se balançaient au-dessus des deux marcheurs, les protégeant en grande partie du vent et occultant la lumière des étoiles. Un banc de pierre était incrusté dans le tronc d'un grand chêne ; Ginny et Seán s'y assirent.

« Il n'y a personne ici ? » s'enquit-elle.

Pour toute réponse, Seán fredonna.

« Vous en êtes sûr ? Personne ne va rien entendre ? »

Il se pencha en avant. « Seigneur, Ginny, vous êtes affreusement nerveuse.

— En effet.

— Qu'y a-t-il, femme ?

— J'ai besoin de votre aide, Seán.

— Tout ce que vous voudrez.

— Ne dites pas ça avant de savoir de quoi il s'agit. Ça pourrait vous coûter votre vie, votre travail, tout ce que vous possédez. La chose que je suis obligée de vous demander. »

Il se pencha encore davantage en avant sur le banc, plantant ses coudes sur ses genoux. Dans le noir, elle ne distinguait que les contours de sa silhouette.

« Continuez, dit-il.

— Raymond est parti depuis presque six mois, poursuivit-elle, serrant plus fort le châle autour de ses épaules avec un frisson. Nous devions recevoir de ses nouvelles avant février, avec de l'argent. »

Seán inspira une bouffée d'air venteux et emplit ses poumons de son mordant.

« On est presque en avril maintenant, Ginny.

— Je sais.

— Donc il a quoi, six ou huit semaines de retard ?

— Quelque chose comme ça.

— Y a-t-il quelqu'un à qui vous puissiez écrire pour demander ce qui se passe ? »

Elle acquiesça. « Oui. Son frère Kevin est là-bas, et je lui ai envoyé une lettre la semaine dernière pour en avoir le cœur net, avant de venir ici. Mais je ne pouvais pas attendre plus longtemps. Nous avons une famille, quatre enfants. J'ai dû les laisser pour venir me présenter à Springhill House.

— Avec qui sont-ils, dans ce cas, qui s'en occupe ? Sont-ils avec ses parents à lui ? »

Ginny fit signe que non, la gorge obstruée d'une horrible boule qui l'empêchait de lui répondre.

« Où sont-ils ? insista Seán.

— Les parents de Raymond sont morts eux aussi. Il n'y a personne d'autre. »

Lorsque Seán se redressa, elle vit ses yeux bleus parcourir son visage dans l'obscurité.

« Ils sont toujours à la maison. J'ai été obligée de les abandonner. »

Seán déglutit bruyamment. « Tout seuls ? »

Elle confirma d'un geste.

« Seigneur, Ginny.

— Je n'avais pas le choix, Seán. Ils mouraient de faim, nous allions tous finir par mourir de faim. Bon sang ! » Quand elle se leva, la couverture glissa de ses épaules, la laissant libre d'arpenter le sentier dans toute sa largeur. Elle était reconnaissante au vent, qui séchait rapidement les larmes sur ses joues et son cou.

« Quel âge ont-ils ? » demanda Seán. Ses coudes toujours plantés sur ses genoux, il faisait craquer ses jointures tandis qu'ils parlaient.

« Maire est l'aînée. Elle a presque douze ans, mais elle est très mûre. Très responsable. Je suis persuadée qu'elle s'en sortira. » Toutefois, la voix de Ginny était teintée d'hystérie croissante et elle savait que ce n'était pas Seán qu'elle cherchait à convaincre. Il se leva, trouva sa main dans le noir.

« Sûr que douze ans, c'est très vieux. Calmez-vous, Ginny. Vous avez fait le bon choix. »

Cependant, elle sentait sa gorge se serrer à la pensée de ses enfants, là-bas dans le cottage, tout seuls.

« Mais les petits… Poppy n'a pas encore trois ans. Mon Dieu, qu'ai-je fait ?

— Simplement votre devoir. » Il la tirait par le bras pour la ramener vers le banc. Cherchant à tâtons la couverture dans la pénombre, il la passa de nouveau autour de ses épaules quand elle se rassit. Il lui tendit également son mouchoir, dans lequel elle souffla bruyamment. Ensuite, ils gardèrent tous deux le silence, écoutant le vent agiter les branches au-dessus d'eux.

« J'en attends un autre, finit-elle par avouer. C'est pour bientôt, je crois. Encore deux ou trois mois, peut-être.

— Je me suis posé la question. Ça vous va bien. »

Ginny renversa la tête en arrière, l'appuya contre l'arbre. « Il est trop petit, cet enfant. » De la main, elle chercha le renflement sous l'épais tissu. « Mais il donne tout de même des coups de pied là-dedans. Je le sens bouger.

— Ginny, je ne veux pas vous effrayer, mais vous savez ce qu'on raconte sur ces fichus navires américains. »

Elle se pencha pour s'emmitoufler dans la couverture comme dans une armure.

« On les appelle *navires-cercueils*, Ginny, parce que à leur bord de nombreux passagers meurent avant même d'arriver à New York. Les conditions de vie sont atroces et la fièvre est partout sur ces fichus rafiots. »

Ginny secoua la tête comme pour se débarrasser des mots de Seán. Elle avait déjà entendu ces histoires, bien sûr. Elle les avait entendues parmi les ragots qui circulaient dans la ville de Westport, et dans la cour de l'église, un dimanche.

« Mais Raymond est jeune et en bonne santé. Il est capable d'accomplir n'importe quoi. »

À côté d'elle, Seán hocha tranquillement la tête. « Je vous dis juste que vous avez fait ce qu'il fallait en venant ici pour vos enfants… trouver du travail. Je ne veux pas vous perturber. Je vous dis juste de vous préparer à la suite des événements. »

Ginny remonta alors la couverture sur elle, désireuse d'éviter à Seán le spectacle gênant de ses sanglots. Elle se berça et pleura, agitée de sursauts. Dans son ventre, le bébé semblait encouragé par tout ce tohu-bohu, ou peut-être par le bon repas qu'elle avait mangé. Elle sentait ce petit cabrioler et s'étirer. Et puis le bras de Seán se posa fermement sur son épaule. Il n'essaya pas de l'empêcher de pleurer. Il la laissa s'épancher.

Lorsqu'elle fut suffisamment calmée pour reprendre la parole, elle ajouta : « Elle ne me permet pas d'y aller. Madame Spring sait que je suis enceinte, mais elle n'est pas du tout au courant pour les autres enfants, et, même si elle l'était, il n'y a aucune chance qu'elle m'autorise à partir leur rendre visite. »

Il opina. « La fièvre la terrifie. Elle est presque folle de peur. Mais pour sûr, elle est déjà à moitié folle en temps normal.

— C'est vrai qu'elle paraît un peu étrange. » Ginny renifla, puis utilisa encore une fois le mouchoir de Seán.

« Oh, elle a un grain.

— Elle en a forcément un, pour m'avoir embauchée dans cet état. »

Se remettant à fredonner, Seán se leva et joignit les mains derrière son dos dans le noir avant de déclarer : « Je vais le faire.

— Faire quoi ? » Ginny leva les yeux vers lui. « Je ne vous ai encore rien demandé.

— J'irai voir vos enfants et m'assurer qu'ils vont bien, je garderai un œil sur eux. Je suis sur les routes au moins un jour sur deux, la seule personne de Springhill qui ait le droit de voyager librement. Tous les autres sont bouclés. Mais je peux transmettre des messages pour vous. »

Ginny respira avec précaution, le cœur bondissant comme cette étoile filante. « Ils ont besoin de manger.

— Bien sûr. »

Ce qu'elle lui demandait était dangereux. Si Murdoch ou madame Spring venaient à l'apprendre, il perdrait sans nul doute son travail – peut-être même le feraient-ils déporter. Pire encore, transporter de la nourriture ces temps-ci était pour le moins périlleux. Depuis que la famine s'était aggravée, des cochers avaient déjà été tués par des autochtones affamés à

Mullingar et Strokestown, rien que pour s'emparer des provisions qu'ils transportaient peut-être.

« Vous êtes sûr ? C'est un gros risque, Seán, et personne ne vous en voudrait…

— Moi, je m'en voudrais, l'interrompit-il avant de se rasseoir à côté d'elle. Comment pourrais-je me regarder dans la glace si je ne m'en chargeais pas ? Bien sûr que je vais le faire.

— Merci », murmura-t-elle. Elle n'avait rien d'autre à lui offrir que ce mot.

« Ouais, au diable tout ça, s'exclama-t-il en se frappant les cuisses. Qu'y a-t-il d'amusant à vivre une vie facile et sûre, d'ailleurs ? » Il se leva d'un bond. « Il faut que vous rentriez, Ginny. Seigneur, et dire que vous avez un bébé en route et tout, et que vous êtes ici dans ce froid glacial.

— Ça va », assura-t-elle, mais elle se leva aussi, et en effet, elle claquait des dents. Lorsqu'ils commencèrent à remonter le sentier vers Springhill House, Ginny remarqua la lueur qui dansait joyeusement dans les étables. Avant de se faufiler sur les pelouses vers la porte-fenêtre, elle remercia de nouveau Seán.

« Vous pensez pouvoir peut-être y aller demain ? Je n'insisterais pas s'ils n'avaient pas aussi faim. Je m'inquiète affreusement pour eux. »

— Demain, non. Il n'y a pas de messages prévus demain. »

Le cœur de Ginny se serra, mais elle ne pouvait pas le presser davantage. Elle lui en avait déjà tant demandé.

« Ginny, reprit-il, attendant qu'elle lève la tête vers lui pour continuer, ses iris bleus lançant des éclairs dans le clair de lune venteux. J'y vais ce soir. »

Elle dormit. Ginny dormit d'un sommeil lourd, dénué de culpabilité et de rêves ; à son réveil, la pièce était éclairée de gris, et un faisceau poussiéreux de soleil filtrait par la fente au-dessous de sa porte. Quelqu'un frappait. Elle se redressa en position assise, lissa ses cheveux, se drapa dans la couverture, puis alla ouvrir. Roisin était dans le couloir, déjà vêtue, souriante.

« C'est le jour de la lessive, pas de temps à perdre ! »

Ginny approuva d'un signe. « Très bien, je vais juste m'habiller.

— Vite, mon petit. » La gouvernante frappa dans ses mains avant de disparaître dans le couloir en direction de l'escalier.

À la cuisine, les trois femmes mangèrent des œufs, du fromage et des toasts beurrés. Ginny attaqua son repas avec vigueur, trop affamée pour se sentir coupable.

« La lessive est un travail pénible, commenta Roisin, qui sauçait le jaune sur son assiette avec un peu de pain. Mais nous en serons capables si nous sommes bien nourries, hein ? »

Katie mastiquait en silence, sans lever le nez de son assiette.

« Vous avez déjà meilleure mine, mon petit, remarqua Roisin, qui étudiait Ginny de l'autre côté de la table. Les joues plus pleines, davantage de couleurs et le regard légèrement plus clair. Au bout d'une journée seulement ! Imaginez un peu, au bout d'une semaine ici, ce bébé dans votre ventre sera bien gros. Vous ne pourrez plus bouger tant il aura grandi !

— S'il plaît à Dieu. Ce serait un problème formidable, en tout cas. »

Il était vrai qu'elle se sentait déjà plus forte, capable d'accomplir le travail à venir. Elles s'y attelèrent sans rechigner. Elles retirèrent les draps des lits dans les chambres de madame Spring et de Murdoch avant d'emporter au sous-sol tout le linge de table et de lit. Deux énormes lessiveuses bouillonnaient déjà dans la buanderie, où l'atmosphère saturée de vapeur était humide et chaude.

« Encore heureux qu'on ne doive s'occuper que de ces deux-là, Murdoch et madame Spring, se félicita Roisin tandis qu'elles fourraient les draps dans la première lessiveuse en cuivre. Nous ne viendrions jamais à bout du linge si la maison était pleine. Il nous faudrait plus d'aide.

— Mais pourquoi ? se renseigna Ginny. Ça paraît affreusement inhabituel que madame Spring soit seule dans une si belle demeure, avec l'agent qui gère le domaine. Où est son mari ? On croirait plutôt qu'elle préférerait vivre à Londres.

— Oh, elle préférerait, confirma Roisin, qui enfonçait profondément le linge à l'aide d'une spatule en bois. Elle partirait pour Londres en un clin d'œil si elle le pouvait. La plupart du temps, elle fait bonne figure, mais en réalité elle déteste cet endroit. Elle est très malheureuse. »

Interrompant son travail, la gouvernante se redressa un moment pour considérer Ginny avant de se chapitrer. « Je parle trop.

— Pas du tout, répliqua celle-ci, lui prenant la spatule pour tourner le linge elle-même. Inutile de vous inquiéter, je resterai muette comme une tombe. Ça m'intéresse, c'est tout. C'est si curieux qu'un homme laisse son épouse seule en cette période troublée. » À peine eut-elle prononcé ces mots qu'elle pensa à Raymond et rougit. « Je suis certaine qu'ils ont leurs raisons. »

Roisin commença à remplir la seconde lessiveuse avec le linge de table.

« Oh, il a ses raisons, pardi, s'offusqua-t-elle. C'est plus facile pour lui de fréquenter ses maîtresses si son épouse excentrique est mise à l'écart au milieu de nulle part dans l'ouest de l'Irlande. »

Marquant une pause, elle alla jusqu'à la porte, qu'elle ouvrit pour regarder dehors. Tout était calme. La porte aussitôt refermée, les deux domestiques continuèrent leur travail.

« Madame Spring ne descend jamais ces escaliers. N'empêche, ce serait bien ma veine.

— Vous l'avez déjà rencontré ? Monsieur Spring ?

— Oui, au début, à leur arrivée, il y a quatre ans. J'ai été la première embauchée, avant Murdoch, même. Madame Spring m'a tout de suite appréciée. J'imagine qu'elle n'avait pas encore cessé de croire en lui à cette époque-là. Elle espérait avoir un bébé, à mon avis. »

Roisin attrapa la seconde spatule en bois, la figure déjà rosie et collante de sueur. « Et qui sait ? Peut-être qu'un enfant aurait sauvé leur mariage ? conjectura-t-elle, penchée sur son ouvrage. Mais je suppose que nous ne le saurons jamais. Au bout d'un été, il l'a abandonnée ici pour rentrer seul à Londres.

— Que voulez-vous dire par *abandonnée* ? Elle aurait certainement pu l'accompagner ?

— Non. » Roisin secoua la tête. « Il ne lui en a jamais donné l'occasion. J'ignorais qu'il allait partir… comme tout le monde. Murdoch était peut-être au courant. Monsieur Spring s'est contenté de laisser une lettre à Madame. »

Ginny cessa de tourner sa spatule pour dévisager Roisin. « Impossible !

— Hé, si. Il a juste filé au milieu de la nuit. Sans même lui dire au revoir.

— Le salaud.

— C'était il y a presque quatre ans. Il n'est jamais revenu. À peine s'il lui écrit.

— La pauvre femme.

— Sûr que, si elle n'était pas folle avant, qui pourrait lui en vouloir d'avoir un peu perdu la boule après ? »

Elles travaillèrent un moment en silence, et Ginny songea à Alice Spring. Difficile de s'imaginer de quelconques points communs avec cette riche Anglaise, d'autant que Raymond était parti, lui, parce qu'il l'aimait, qu'il aimait leur famille. Il ne les avait pas abandonnés du tout ; au contraire, il était parti pour les sauver – pour cette raison précise. Néanmoins, il n'était plus là et Ginny connaissait ce sentiment. Elle connaissait la terreur de la solitude et du manque. Tout en poursuivant sa tâche, elle tendait l'oreille, à l'affût du moindre signe de Seán, de ses pas dans l'escalier au-dessus d'elles. Il lui tardait d'avoir des nouvelles de ses petiots. Mais Seán ne se montra pas de la journée.

Ce soir-là, elle se lança de nouveau à sa recherche, pour le trouver dans les écuries, en pleine partie de cartes avec quelques autres jeunes gars. Ils sifflèrent à qui mieux mieux quand il s'excusa pour la rejoindre, mais Seán leur enjoignit de fermer leurs clapets.

« Alors ? lui demanda Ginny dès qu'ils eurent franchi le seuil.

— Ils vont très bien, Ginny. Maire vous ressemble comme deux gouttes d'eau, à part ses cheveux blonds. Elle est superbe. Et futée. Au début, elle n'a pas voulu me laisser entrer. »

Ginny fit un pas en arrière, croisa les bras sur son ventre bombé. « Comment ça ?

— J'ai frappé à la porte et elle m'a crié : "Nous n'avons pas de nourriture et il y a la fièvre dans la maison, alors vous feriez mieux de passer votre chemin !"

— Elle n'a pas dit ça !

— Si, et quand je lui ai expliqué que je ne demandais pas la charité et que j'étais un ami de sa mère, elle m'a fait subir un véritable interrogatoire avant d'ouvrir.

— Que vous a-t-elle demandé ?

— Comment je vous connaissais, d'où je venais, le prénom de votre mère. Seigneur, Ginny, c'est une chance que j'aie une bonne mémoire.

— Elle est maligne, ma fille. » Ginny sourit.

« C'est vrai. Elle s'occupe très bien des petits et ils se sont jetés sur les vivres que vous avez envoyés. Ils ont bien mangé.

— Dieu merci. Et merci à vous.

— Ah, ce n'est rien.

— Au contraire, ça fait toute la différence. »

Il enfonça ses mains dans ses poches. « Je leur ai promis de revenir demain et de tâcher de passer un soir sur deux, alors débrouillez-vous pour prévoir large, Ginny. Qu'il y en ait assez pour deux jours à la fois.

— Entendu. Parfait. »

C'est ainsi que le rythme s'établit. Ainsi que, grâce à Dieu et à Seán Lyons, Ginny instaura des rituels et une routine qui permettaient de sauver la vie de ses enfants. À force, elle commença à trouver normal d'être séparée d'eux. Le soir, en priant, elle prenait le temps d'évoquer leurs visages, le doux chuchotis de leurs voix. Avec chaque jour qui passait, cette magie était plus difficile à accomplir. Elle voulait se souvenir de leur façon d'être à l'époque du bonheur, avant le désastre des pommes de terre, avant le départ de Raymond.

À mesure que les jours devenaient semaines, Seán devint une sorte de pivot dans la vie de Ginny. Tout tournait autour de lui. Elle se réveillait le matin, puis les heures s'étiraient et se déroulaient jusqu'à lui, jusqu'à sa brève apparition. La nuit, une fois qu'il était reparti rendre visite à ses enfants avec les vivres qu'elle avait chapardés et empaquetés pour eux, elle grimpait les marches menant à sa mansarde où elle restait allongée sans dormir, consciente des minutes qui s'écoulaient jusqu'à ce qu'elle puisse le revoir. Elle travaillait toute la journée, cuisinant, lessivant, faisant le service. Parallèlement, elle cherchait toujours de petits cadeaux à envoyer aux enfants en plus de la nourriture. Dès que possible, elle glissait une jacinthe des bois pour Maire ou une pierre lisse pour Maggie. Ginny ne vivait que pour les lumineuses minutes nocturnes avec Seán, lorsqu'il rapportait des nouvelles de la maison : Poppy pleurait encore parfois, sa maman lui manquait, mais dans l'ensemble elle était très courageuse, et ses cheveux bouclés poussaient, de plus en plus fournis. Maggie avait désormais commencé un second cairn, à l'autre bout du cottage, dédié à Ginny. Il lui était plus facile de les entretenir maintenant qu'on allait vers le printemps. Et Michael aidait depuis le départ de ses deux parents. Maire était très contente de lui. Les enfants travaillaient tous à préparer la plantation du carré de navets, ils attendaient les graines, si bien que le moment venu Ginny confia à Seán ses maigres gages.

« Je ne sais pas si ça suffira, si vous obtiendrez quelques semis avec ça.

— Ne vous inquiétez pas, Ginny. Je me les procurerai. »

On était en mai, le ventre de Ginny grossissait correctement. Elle n'avait toujours aucune nouvelle de Raymond, et sa terreur à ce sujet croissait par paliers, tout comme les constructions en pierre de Maggie, et son propre ventre rond. Elle demanda à Seán d'envoyer Michael trouver le père Brennan afin qu'il écrive une deuxième lettre pour Kevin, à New York.

Elle se méfiait du sentiment de satisfaction qui conduisait, comme elle l'avait remarqué lors de son arrivée à Springhill House, à l'oubli délibéré, au refus d'être témoin des événements. Elle ne voulait pas qu'il s'empare aussi de son esprit. Même en sachant ses enfants en sécurité, au moins provisoirement, elle refusait d'oublier la souffrance de ses voisins, la famine intense et bien réelle de l'autre côté de la grille. Toutefois, l'absence de sa famille était un rappel suffisant, et leur séparation une sorte de famine secondaire.

Ginny voyait rarement madame Spring et, par bonheur, encore moins Murdoch. Elle travaillait surtout à la cuisine et à la buanderie avec Roisin, mais nettoyait aussi les pièces du haut. Une fin d'après-midi, alors que son ventre était devenu assez lourd pour tirer sur son dos, madame Spring s'en aperçut ; elle la fit installer dans l'une des chambres à coucher non loin de la sienne, dotée d'un énorme lit à baldaquin, que Roisin aida Ginny à préparer, ainsi que d'un plafond en forme de dôme. Les murs étaient tapissés de soie à rayures, de lourds pans de tissu doré pendaient depuis les hautes fenêtres. Il y avait une réconfortante cheminée au pied du lit, ornée d'angelots dansants en plâtre. Roisin monta un seau de tourbe, qu'elle posa près de l'âtre. Ginny guettait la rancune sur les traits de sa collègue, mais n'en trouva aucune trace. Elles restèrent debout près de la fenêtre, et Roisin prit la main de Ginny, qu'elle tapota.

« Bizarre, remarqua celle-ci, l'idée de dormir dans une pièce pareille. »

Roisin détacha les rideaux de leurs embrasses, les secoua, puis aida Ginny à les tirer devant les fenêtres assombries. « C'est beau, n'est-ce pas ? Cette chambre a toujours été ma pièce préférée. J'adore ces rayures. » Roisin toucha la soie au mur.

« Oui, fit Ginny avant de s'effondrer au bord du lit. J'apprécie cette chance. Et pourtant, je préférerais être chez moi dans mon misérable cottage, avec mon Ray. »

Roisin traversa très vite la chambre pour la rejoindre. « Il va rentrer d'un jour à l'autre maintenant, mon petit, s'exclama-t-elle en contemplant le ventre de Ginny.

— C'est sans doute vrai. » Ginny prit la main de Roisin dans la sienne, la plaça bas sur son abdomen pour qu'elle sente le bébé donner des coups de pied.

« Oh ! Et robuste, avec ça. Formidable ! Il pourra nous aider à faire le ménage. » Roisin applaudit, et elles rirent toutes les deux.

Ragaillardie par le sympathique feu de tourbe, Ginny dormait bien dans cette chambre. Madame Spring l'observait jour après jour, son regard brillant fixé en permanence sur ce ventre qui grossissait de plus en plus. La maîtresse de maison insistait pour que Ginny s'économise, mais de son côté, celle-ci continuait à travailler normalement, inquiète de ce qui pourrait arriver après la naissance du bébé. Il n'était pas question qu'elle devienne un fardeau dans cette maison. Elle allait devoir se remettre très vite sur pied, reprendre ses tâches sans tarder. Faire en sorte de s'occuper aisément du bébé. Elle pria le ciel pour une naissance facile, un bébé facile. Celle de Maire avait été difficile, mais elle avait ouvert la voie aux suivantes, et après elle tous ses enfants étaient passés comme une lettre à la poste. Presque trois ans déjà que le dernier était né, glissant hors d'elle si vite que Ray avait plaisanté, disant en tenant pour la première fois cette petite fille dans ses bras qu'elle avait sauté hors de sa mère comme un bouchon de champagne. Ils l'avaient donc baptisée Pauline, mais ne l'avaient jamais appelée autrement que Poppy[1].

À genoux, la nuit, Ginny priait : « S'il vous plaît, mon Dieu, donnez-moi une autre Poppy. »

Ginny était dans le garde-manger, occupée à préparer le panier que Seán allait apporter aux enfants, quand elle perdit les eaux. Elle se retrouva debout dans une flaque qui s'étalait progressivement à la lueur de la lampe.

« Non, non, non, non, non. Pas déjà. Pas déjà. »

Et elle se balança d'une hanche sur l'autre pour atténuer les contractions en terminant d'empaqueter la nourriture. Laissant le panier sur la table de la cuisine, elle alla chercher des chiffons à la buanderie. Il fallait d'abord qu'elle nettoie la flaque pour que personne ne la soupçonne d'être descendue au garde-manger chaparder de quoi manger lorsque le bébé s'était annoncé. Elle retrouva Seán à leur endroit habituel avec quelques minutes de retard.

« Qu'est-ce qui vous a retenue ? » demanda-t-il alors qu'il se penchait du haut de sa selle pour attraper les vivres. Il ne prenait jamais la calèche pour ces expéditions de nuit, seulement la jument. Ginny

1. En anglais, *to pop out* : « jaillir ».

grimaça, et Seán sauta à bas de sa monture, renversant presque le contenu du panier. « Le bébé arrive, c'est ça ? »

Ginny acquiesça avec vigueur, aspirant une bouffée d'air frais aussi profondément que possible pour laisser passer la contraction. Seán décrivait des cercles autour d'elle. « Je vais chercher… un… voilà. » Il se retourna vers elle. « Qu'est-ce que je suis censé faire ? »

Ginny sentit ses muscles se détendre à mesure que la contraction s'éloignait. Elle rit. « Vous n'êtes pas censé faire quoi que ce soit à part les choses habituelles. Vous apportez à manger aux enfants. Et moi, je vais accoucher. »

Il hocha la tête, imité par son cheval. Tous deux s'agitaient de haut en bas à la lueur de la lune telles des marionnettes. Seán leva la jambe pour la passer par-dessus la selle, sous le regard de Ginny qui déplaçait son poids en cercle au-dessus de ses hanches pour se détendre. Ce bébé allait arriver vite. Juché sur sa jument, Seán tournait autour d'elle.

« Que Dieu vous garde, Ginny, ne vous inquiétez de rien. Si vous restez alitée quelques jours, je les surveillerai, je m'occuperai d'eux. »

Il se pencha du haut de sa selle, et elle lui pressa la main.

« Je sais.

— Vous êtes sûre que ça va aller, ici, Ginny ? Vous allez réussir à retourner toute seule jusqu'à la maison ?

— Je m'en sortirai très bien. Seán ?

— Ouais ?

— Dites à Maire que je l'aime. »

Si le bébé ne sortit pas tout à fait d'un coup, il arriva en grande pompe, sur des draps bien repassés, dans le grandiose lit à baldaquin de la chambre en soie à rayures, avec l'aide de Roisin et de madame Alice Spring en personne. Avant que l'aube n'éclaire les fenêtres de Springhill House, bébé Raymond Doyle était né. Il apportait avec lui un immense sentiment de fête et de joie qui illuminait les visages de toutes les femmes de la demeure – Ginny en était certaine – et non uniquement le sien.

Roisin attisait gaiement le feu de tourbe dans l'âtre, même si Ginny et le bébé étaient l'un comme l'autre trempés de sueur. Le nouveau-né prit immédiatement le sein ; madame Spring ne parvenait pas à le quitter des yeux. Assise au bord du lit, elle fixait la mère et son bébé, les lèvres entrouvertes en un sourire. Elle ne cessait de répéter : « Oh, n'est-il pas adorable ? N'est-il pas la petite chose la plus adorable au monde ? Regardez sa taille, il est si menu », s'émerveillait-elle sans relâche en observant la tétée.

« Madame Spring, nous devrions peut-être leur laisser un peu d'intimité maintenant, du temps pour se reposer ? hasarda Roisin avec tact.

— Quelle absurdité ! répondit sa maîtresse en la chassant, Ginny n'a pas envie d'être seule dans un moment pareil, n'est-ce pas, mon petit ? Non, bien sûr que non ! »

Madame Spring se pencha sur le lit pour toucher la tête du bébé qui tétait et Ginny se sentit très mal à l'aise devant la manière dont cette femme caressait son nouveau-né. Cependant, elle ne dit rien, trop reconnaissante pour ce bel accouchement bien propre, et pour cette chambre, et pour ce lit charmant où elle allait pouvoir récupérer. Tout était si étrange ! Elle était taraudée par la peur que madame Spring reprenne brusquement ses esprits et les jette sur les routes avant la fin de la journée.

Si bien que lorsque Alice Spring se pencha encore plus près, effleurant les seins gonflés de Ginny afin d'admirer la petite frimousse parfaite de Raymond, celle-ci la laissa faire. Et lorsque sa patronne demanda, dès qu'il eut fini de téter : « Puis-je le tenir dans mes bras ? », eh bien, que pouvait-elle répondre, sinon : « Mais bien sûr. »

Ce soir-là, Roisin monta un plateau-repas dans la chambre de Ginny comme si elle était elle-même la dame de la maison. Ginny s'en trouva très perturbée.

« Je pourrais descendre manger à la cuisine, proposa-t-elle à la gouvernante.

— Ne dites pas de sottises, protesta celle-ci. Profitez-en pendant que vous pouvez. Ça ne durera pas, espèce de paresseuse ! » Sur quoi, elle rit de sa propre plaisanterie.

Raymond dormait, roulé en une petite boule compacte sur les genoux de sa mère, qui caressait ses minuscules doigts rouges en sirotant son thé. Roisin s'assit sur une chaise rembourrée de bleu à côté du lit, se frottant les mains l'une contre l'autre.

« Madame Spring est terriblement attachée à lui ! murmura-t-elle. J'ai cru que nous n'arriverions jamais à la faire sortir d'ici !

— Ah, je sais, n'est-ce pas adorable, la façon dont elle l'a dorloté ? »

Roisin secoua la tête, inspira profondément. « C'est une telle tragédie qu'elle n'ait jamais pu en avoir un à elle. Pauvre chaton. Elle aurait pu faire une très bonne mère. Peut-être que ça aurait tout changé pour elle, plus ou moins évacué la folie de son esprit embrouillé, la pauvre petite.

— Ah, fit Ginny d'un ton compatissant, peut-être que ce n'était juste pas censé arriver. »

Elle reposa sa tête sur les épais oreillers derrière elle, à la fois épuisée et heureuse, soulagée.

« Peut-être. Je suppose que nous ne pouvons pas toutes avoir autant de chance que vous, vu comment ce bel enfant en bonne santé est sorti… si facilement et si vite.

— Eh bien, c'est un peu plus facile à chaque fois. »

Ginny se rendit tout de suite compte de ce qu'elle venait de dire et, à l'expression de Roisin, elle comprit que ce n'était pas un hasard. Cette conversation n'était qu'un piège. Ginny plaqua une paume sur sa bouche, se redressa d'un bond, effrayant le bébé, qui battit faiblement des bras.

« Je voulais juste dire… » Elle n'avait aucune idée du mensonge qu'elle allait inventer, mais Roisin leva une main pour lui épargner cet effort.

« Calmez-vous, femme. Je suis au courant depuis des semaines. »

Ginny se laissa de nouveau aller sur ses oreillers. « Comment ?

— Vous croyez que je ne le vois pas, quand la nourriture commence à se volatiliser du garde-manger sous mon nez ? De plus, vous êtes bien trop vieille pour avoir votre premier enfant. Quel âge avez-vous, vingt-six, vingt-huit ?

— Trente ans. » Ginny la fixa.

Roisin hocha la tête. « Je savais qu'il devait y en avoir d'autres. Où est le mal ? » Ginny poussa un profond soupir de soulagement, remerciant le ciel. « Madame Spring vous apprécie, vous êtes dure à la tâche et une compagnie agréable pour moi. Dieu sait si nous avons assez à manger.

— Je n'essayais pas de les cacher, poursuivit Ginny, mais Roisin lui lança un regard sceptique. Enfin, je suppose que si. C'est juste que j'avais tant besoin de ce travail, et puis je ne voulais pas vous obliger à partager le fardeau de mon secret. Ce n'est pas que je n'avais pas confiance en vous. Juste que je…

— Tout va bien, mon petit. J'aurais fait exactement pareil. »

Ginny se détendit alors pour la suite de la conversation, commençant même à se réjouir de cette confidence accidentelle. C'était un soulagement béni de pouvoir parler de ses enfants après tant de semaines de prudence à les garder dissimulés dans sa tête. Roisin lui tint compagnie encore une heure. Après son départ, Ginny se leva pour jeter une autre motte de tourbe dans le feu. Pour cette première nuit avec bébé Raymond, elle n'avait même pas pris la peine d'allumer la lanterne. Elle écarta les rideaux dorés, scrutant le ciel qui prenait la teinte d'une meurtrissure violette à travers les hautes vitres. Sa chambre donnait sur le côté de la maison, et en bas, elle apercevait une lumière qui jaillissait des écuries. Posant ses paumes à plat sur le verre froid, elle contempla les empreintes fantômes de ses mains, qui luirent avant de disparaître.

Sur le lit, son nouveau-né frissonna et soupira dans sa couverture. Ginny s'enroula autour de son petit corps et lui chanta leur vie, leur vraie vie, loin de Springhill House. Elle lui chanta son père, son frère et ses sœurs. En chansons, elle l'emmena à la maison, dans leur petit cottage. Ensemble.

11

NEW YORK, AUJOURD'HUI

Le vendredi après-midi, Salamander est toujours assez bondé, et le temps d'arriver, tous les canapés pratiques pour les poussettes sont déjà pris. Il ne reste de libres que deux minuscules tables de bistro, à peine assez larges pour y poser deux mugs de café. La poussette double est carrément énorme, elle cogne tous les sièges sur le chemin du comptoir. Pendant que nous faisons la queue, Jade regarde nerveusement autour d'elle.

« Ça ne va pas marcher, dit-elle en se rongeant un ongle tandis qu'elle repère les lieux. Je m'installe toujours à l'extérieur quand je viens ici. Pas assez de place pour la poussette sinon. Il fait trop froid dehors ?

— Non, on peut s'asseoir à l'extérieur… Ça ne me dérange pas.

— Ouais, d'accord », approuve-t-elle, et je me demande si, en fait, elle ne cherchait pas une excuse pour se carapater.

Elle commande deux espressos et un cookie végan, et moi un déca, puis nous trouvons une table où nous n'aurons pas de mal à garer nos engins.

« Eh, tu peux les surveiller pendant que je file aux toilettes ?

— Bien sûr ! » J'ai répondu sans même réfléchir, si bien que quelques secondes plus tard, je me retrouve seule à la terrasse d'un café avec trois bébés.

Je prie en silence : *S'il vous plaît continuez à dormir s'il vous plaît continuez à dormir s'il vous plaît continuez à dormir*, et c'est ce qu'ils font tous. Emma remue, mais sans ouvrir les yeux. Je relève la capote de la poussette de Jade pour surveiller que ses petits dorment bien pendant quelques minutes. Ensuite, je m'inquiète à l'idée qu'à son retour elle me découvre en train de les fixer et me prenne pour une folle, et je rabaisse la capote en sirotant mon déca. Et là, je commence à avoir peur qu'elle ne revienne jamais. Enfin, quel genre de femme laisse ses jumeaux seuls avec une nana qu'elle vient de rencontrer ? Je vais vous le dire : le genre de mère qui ne veut plus de ses bébés. Une mère qui s'est probablement éclipsée par la porte de la cuisine à l'arrière, et qui attrape en ce moment même le bus Q55 descendant Myrtle Avenue, d'où elle sautera dans le train L avec tous les hipsters de Williamsburg pour ne plus jamais revenir. Se souvient-elle seulement de mon nom ? Mon Dieu, je ne laisserais *jamais* Emma avec une inconnue !

Oh, la voilà. Au temps pour moi.

« Désolée d'avoir été si longue. »

Je mens. « Pas de problème. »

Elle recule sa lourde chaise métallique en raclant le sol. Sans même jeter un coup d'œil à l'intérieur de la poussette pour s'assurer que ses jumeaux y sont toujours en sécurité. Le serveur a apporté ses espressos ; elle en engloutit un comme un shot de Jack Daniel's.

« J'ai besoin de toute la caféine que je peux avaler », commente-t-elle en mordant dans son cookie végan. Je suis *sur le point* de lancer : *Oh, tu n'allaites pas ?*

mais je me reprends *in extremis*, optant pour : « J'vois ce que tu veux dire », à la place.

Salamander est situé au coin d'un carrefour animé sur Myrtle Avenue, en face d'un McDonald's, d'une grande boulangerie à l'ancienne du Queens qui appartient à la même famille italienne depuis quatre-vingt-six ans et d'un célèbre restaurant allemand à la façade style Tudor qui apparaît souvent dans les programmes télévisés de la chaîne Food Network. (Ils servent un jarret de porc si délicieux que c'en est obscène, mais il faut le demander, parce qu'il n'est pas sur le menu.) Devant la porte principale de ce restaurant, deux jeunes Équatoriens en culottes de peau secouent la cendre de leurs cigarettes dans les jardinières. À l'arrêt de bus voisin, tout le monde est captivé par son smartphone, à part un gamin qui lève des yeux stupéfaits vers deux officiers de police new-yorkais à cheval, remontant lentement l'avenue devant lui dans un clip-clop de sabots. Pour éviter de nous regarder, Jade et moi étudions la circulation sans intérêt d'un vendredi soir qui bouchonne au carrefour. La situation est incroyablement gênante, à l'image d'un premier rendez-vous raté. Moi qui mourais d'envie de l'apprécier.

« Qu'est-ce qui t'a amenée à New York, alors ?

— Le truc habituel, réplique-t-elle mystérieusement.

— Un boulot ?

— Nan, un garçon.

— Oh. » Excellent. Une conversation sur les garçons ! Excellent. « Et qui est le papa, que fait-il dans la vie ? »

Jade engloutit son second espresso. « Il s'appelle Paul, et, hum, qu'est-ce qu'il fait dans la vie ? Ben, en gros, il met enceinte sa petite amie avec des jumeaux avant de se tirer à L.A. pour *se chercher*. »

Elle grimace un sourire approximatif, et je suis bien incapable de trouver une repartie.

« Waouh.

— Ouaip.

— Merde.

— Ouaip.

— Et tu as de la famille ici, ou autre ?

— Du tout. »

Je parviens à ravaler un autre *waouh*, mais il s'en est fallu d'un cheveu.

« Alors tu es toute seule avec ces deux petits ? » Jade hausse les épaules tandis que je me penche pour jeter un coup d'œil dans la poussette où l'un d'eux s'étire en bâillant. Il cligne de ses yeux noirs et passe une main dans sa tignasse hirsute.

« Je crois bien. »

Avant de pouvoir m'en empêcher, je déclare : « Moi, j'en mourrais. »

Jade se met à rire, croise les bras, puis regarde dans la poussette pour la première fois depuis qu'elle s'est assise.

« Mais qui est réveillé ? Salut, Max ! »

Le bébé lève les yeux vers elle et lui sourit avec tout son visage, avec tout son corps. Sa bouche s'ouvre en s'incurvant, ses joues se plissent, ses iris noirs scintillent, sa poitrine se gonfle et ses poings s'agitent, tout ça en réaction à une simple salutation plutôt banale de sa mère. S'il vous plaît, mon Dieu, faites qu'Emma soit capable de la même chose un jour ! Je surveille sa poussette, où elle dort encore – elle est presque deux fois plus petite que les robustes humains miniatures de Jade. Non loin d'elle, Max tend les bras vers sa mère. D'une main, elle déboucle son harnais et le hisse sur ses genoux. Comme il tente immédiatement de s'emparer de sa tasse d'espresso vide, elle écarte d'instinct son genou loin de la table pour l'empêcher de l'atteindre. Elle a la grâce rapide et silencieuse d'un ninja. Quel genre d'homme quitterait cette femme-là ?

« Et toi, qu'est-ce que tu fais dans la vie ? »

Je lui pose cette question pour savoir comment elle se débrouille pour subvenir seule aux besoins de deux bébés, sans compter peut-être les frais de garde ? Paul lui envoie-t-il de l'argent ? Lui donne-t-il un coup de main ? Reste-t-elle à la maison avec les bébés ? Touche-t-elle l'aide sociale ? *Comment ça fonctionne ?* Jade fait tournoyer sa tasse comme une toupie ; Max est hypnotisé. Quant à moi, je suis plutôt intriguée, mais tout ça est si personnel, si délicat. Je m'aperçois soudain qu'il n'y a pas de sujet de conversation sans danger entre jeunes mamans. Pas une seule question qui ne paraisse pas indiscrète et potentiellement critique.

« Je suis réceptionniste dans un cabinet d'avocats en ville. »

Je hoche la tête. « Ça a l'air sympa. »

Elle me dévisage. « C'est affreux. Les avocats sont une bande de connards arrogants. Mais le salaire est bon, je ne travaille pas le vendredi après-midi et, cerise sur le gâteau, ils ont un système de garde d'enfants gratuit sur place. »

Nouveau hochement de tête.

« Et toi, tu bosses ?

— Ouais, je suis autrice. » C'est là que je me souviens du magazine *Food & Wine* dans mon sac, de mon article sur les poires, en me demandant comment j'ai bien pu penser que ça allait marcher. Prévoyais-je de le sortir comme une fleur et de commencer à me vanter auprès de toutes les autres mères de ma fantastique, excitante et fructueuse ex-carrière ? Minable au dernier degré. Cela dit, Jade semble s'animer un peu. Je détecte presque un soupçon d'intérêt chez elle.

« Quel genre de trucs tu écris, tu es journaliste, c'est ça ? »

Pourquoi tout le monde pense-t-il que tous les auteurs sont journalistes ?

« Je suis chroniqueuse gastronomique. »

Elle profère un « Hum », qui signale la fin de sa curiosité passagère.

D'après mon expérience, la plupart des gens ne comprennent pas ce qu'est un chroniqueur gastronomique, alors je décide de le lui expliquer, bien qu'elle ne m'ait pas posé la question et qu'elle ne semble plus intéressée le moins du monde. « J'ai commencé par écrire des critiques de restaurants, mais maintenant je travaille surtout sur des articles pour des magazines et des sites Internet culinaires. Et j'ai été consultante pour l'élaboration de quelques livres de cuisine.

— Cool », commente Jade, ce que je traduis par : « Difficile d'être plus ennuyeux. »

« Ouais, c'est sympa.

— Je ne suis pas très branchée nourriture. Je fais partie de ces gens qui oublient de manger. »

Jamais je n'ai compris ces gens-là, et franchement je crois que ceux qui disent ça sont tous des menteurs. Mais bon, il y a pire que d'être un menteur.

« Moi, j'aimerais *bien* pouvoir oublier. Entre les repas, je passe tout mon temps à penser à ce que je vais manger au suivant. Je suis obsédée par la nourriture. Mon mari aussi. Il est chef. »

Voyant que Max commence à se tortiller sur ses genoux, Jade lui tend un sachet de sucre en poudre pour qu'il joue avec. Il s'empresse de le rouler en boule dans son poing et se met à baver dessus.

« Oui, peut-être que j'aimerais davantage la nourriture si j'avais un chef dans ma vie. Ma mère ne cuisinait pas beaucoup, alors je n'ai pas eu accès à de vrais plats quand j'étais petite. Je mangeais un tas de cochonneries. C'est probablement pour cette raison que je suis devenue végane, juste par autodéfense, pour ne plus être obligée d'ingurgiter les saloperies qu'elle me donnait.

— Oh, tu es totalement végane, alors ? Genre, pas de produits laitiers ni rien ?

— Totalement végane.

— Impressionnant », dis-je, même si en réalité, ce que je pense, ce n'est pas *impressionnant*, mais plutôt quelque chose comme *tragique* ou *abominable*. « Je pourrais sans doute renoncer à la viande si j'y étais obligée, mais je mourrais sans fromage. Ou sans œufs. Et j'adore vraiment les crustacés. Et la viande, en fait, pour être honnête. Je ne pourrais pas survivre sans viande. »

Jade rit. Elle est magnifique quand elle s'autorise cette légèreté. Ses dents du bas sont de travers. Son second bébé se réveille – j'entends des couinements monter de la poussette, et le sourire de sa mère s'efface sur-le-champ. Elle commence à faire sauter Max sur son genou bien qu'il soit encore calme, satisfait de son sachet de sucre. Elle tend le bras pour dégrafer le harnais de la petite fille, mais comment va-t-elle la soulever d'une main ? Dois-je lui proposer de prendre Max ? À présent, il grogne, sa frimousse devient rouge d'effort. Je suis à peu près sûre qu'il fait caca. Jade ne parvient pas à dissimuler l'affaissement vaincu de ses épaules, le minuscule soupir qui s'échappe de sa poitrine légèrement creusée. Quand elle pose Max dans le landau, il se met à brailler illico.

« Je sais, je sais », le console-t-elle, et maintenant qu'elle est concentrée sur ses bébés, on dirait qu'autour d'elle tout s'est effacé. La fillette se met elle aussi à pleurer. Jade tente désespérément de les calmer. Elle fait pivoter la poussette, sous laquelle ses bras disparaissent, puis réapparaissent chargés d'un petit sac. Lorsqu'elle pose deux biberons sur la table du café devant elle, les yeux de ses bébés se rivent dessus. Ils tendent tous deux les mains, se tortillent et gémissent. Ce gémissement. Je connais ce gémissement. Jade fourre du lait en poudre dans les deux biberons et les secoue sous le regard hypnotisé de sa progéniture. Max se balance un peu sur son siège et sa sœur fait de grands moulinets avec un bras, lui envoyant par la même occasion une claque sur la tête. Il ne s'en formalise pas.

« Comment s'appelle la petite fille ? » dis-je, mais Jade est si concentrée sur les biberons que je ne crois pas qu'elle m'entende. Max se met à hurler très fort.

« D'accord, d'accord, ça vient », lâche-t-elle en lui donnant le biberon même si son contenu est encore un peu grumeleux.

Max le saisit, le lâche, et le récipient roule sur les genoux de Jade pour aller choir sur le trottoir constellé de vieux chewing-gums, agglomérés en taches noires et dures incrustées dans le macadam sous notre table. L'idée de ce biberon gâché m'arrache une grimace, mais Jade reste imperturbable. Elle se penche pour le rendre directement à son fils, le tient dans sa bouche pendant une minute. Elle incline un peu son siège, l'aide à assurer plus fermement ses doigts autour du biberon. Max tète à grand bruit.

« À toi, Madeline. » Jade soulève la petite, qui arque le dos en donnant des coups de pied furieux au second biberon, mais sa mère le rattrape d'une main au moment où il roule vers le bord de la table. On dirait une artiste de cirque. Je sens la sueur me picoter les aisselles, rien qu'à observer cette farce. Jade tient Madeline assise, un bras passé sous ceux de sa fille, puis fourre la tétine dans sa bouche avide. Madeline s'affaisse tout de suite contre elle en arrêtant de se tortiller. Jade s'affaisse elle aussi sur sa chaise. À notre table, le soulagement collectif est palpable. Je ne m'étais pas rendu compte que je retenais ma respiration.

Le temps que les jumeaux aient fini leur biberon, la couche de Max est si pleine que j'ai la sensation qu'une brume verte plane au-dessus de notre petite troupe, bien que nous soyons dehors. Au lieu de se dissiper, la puanteur s'est installée autour de nous avec une grande détermination. Deux jeunes hipsters, les mains fourrées de manière insupportable dans la poche arrière de leurs jeans slims respectifs, émergent du café avec leurs tasses à emporter. Ils s'asseyent à la table voisine, mais ne s'éternisent pas, parce qu'ils sentent ce truc de dingue qu'est le caca de Max et filent ailleurs. Jade ne paraît même pas le remarquer.

« On devrait peut-être y aller, dis-je. Emma va bientôt avoir besoin d'être nourrie aussi et je ne maîtrise toujours pas le tralala de l'allaitement-en-public.

— Ouais, cool », approuve Jade, qui lâche Madeline dans la poussette et l'attache. Max est encore scotché à son biberon même s'il est désormais vide.

« Dans quelle direction tu pars ? »

Elle désigne la rue derrière nous. « Je vis sur la soixante-quinzième, près de la bibliothèque.

— Moi aussi ! Le monde est petit. »

Et là, mon cœur s'emballe, parce que combien de paires de jumeaux peut-il y avoir sur la soixante-quinzième rue, près de la bibliothèque ? Jade est *définitivement* le canal C, aucun doute sur ce point. Je brûle d'impatience à l'idée de rapporter cette découverte à Leo.

Dès que nous arrivons devant chez moi, je mets le frein sur ma poussette tout en cherchant mes clés dans mon sac.

« Sans blague, c'est ta maison ? » s'étonne Jade.

« Ouais, pourquoi ? La tienne, c'est laquelle ? »

Quand elle pointe du doigt l'immeuble aux six familles, je feins une énorme surprise.

« C'est *fou*. On est vraiment voisines, alors ! »

Jade acquiesce, puis commence à bâiller. « J'aurais dû prendre un troisième espresso.

— On n'absorbe jamais assez de caféine ! » m'entends-je dire, avant d'enchaîner : « Tiens, et si je te donnais mon numéro ? Peut-être qu'on pourrait se voir un de ces jours, pour que les enfants jouent ensemble ?

— Ouais, cool. » Jade sort son portable de sa poche arrière. Elle programme mon numéro, et j'attends qu'elle me donne le sien en retour, ou même qu'elle appuie sur *envoi* sur son téléphone pour que son numéro s'affiche sur mon écran. Mais à la place, elle rengaine simplement l'appareil et sort très vite ses clés avant de se diriger vers sa porte d'entrée. J'ai l'impression d'avoir essayé d'embrasser quelqu'un sur la bouche et d'avoir eu juste la joue. D'une voix qui se veut enjouée, je lui lance : « À un de ces quatre !

— À plus », répond-elle. Il n'y a qu'une marche à monter pour accéder à l'immeuble, mais pour Jade c'est sans doute l'équivalent d'un escalier entier à cause de sa large poussette double. Elle tente de maintenir la lourde porte ouverte d'une main pendant que, de l'autre, elle hisse l'engin en le cognant contre l'unique marche. C'est un spectacle pénible.

« Tu veux de l'aide ? » J'ai déjà gravi la moitié des marches de mon perron, le siège auto d'Emma au creux du bras.

« Nan, ça va. » J'entreprends de me retourner vers ma propre porte, mais ce geste me demande un effort physique, comme quand on doit s'arracher au spectacle d'un accident de voiture ou à un épisode particulièrement gênant de *The Bachelor*.

« J'espère qu'elle va s'en sortir », dis-je à Emma dès que nous sommes à l'intérieur, bien à l'abri derrière le battant. Elle se borne à cligner des yeux. Elle ne tend pas les bras, ne se tortille pas, ne pousse pas de cris. Elle cligne juste des yeux, encore et encore.

Emportant le babyphone dans le canapé, je le règle immédiatement sur le canal C. Rien. Je le pose sur la table basse pendant que je nourris Emma. Ensuite, je déroule mon matelas de yoga sur le sol pas fini, puis j'étends ses couvertures de bébé dessus. Elle semble passer sa vie entière dans des installations bizarres. Elle est toujours attachée dans son siège auto ou surélevée par le coussin d'allaitement dans le canapé à côté de moi. Maintenant qu'elle a six semaines, j'ai envie qu'elle s'étire pour explorer le monde. Le pédiatre veut qu'elle reste un peu à plat ventre. Je m'allonge par terre à côté d'elle.

« Hé, tu as six semaines aujourd'hui ! » Elle recommence à cligner des yeux. Je lui chante « Joyeux anniversaire », en agitant ma main au-dessus de nous comme un ptérodactyle. Ou du moins, c'est l'effet recherché. Elle fixe les doigts-de-ptérodactyle, émet un son que je n'ai encore jamais entendu. Un gazouillis ? Je roule sur le côté.

« Tu viens de gazouiller ? »

Comme elle cligne toujours des yeux, je refais les doigts-de-ptérodactyle.

« Gaaaah », gargouille-t-elle.

Oh, mon Dieu, que c'est excitant !

Je m'exclame : « Mais oui ! Tu as gazouillé ! » Je me rassois très vite avec une grimace, bien que la douleur dans mon abdomen ne soit pas aussi vive que prévu. « Attends un peu qu'on en parle à Papa ! »

Au bout de dix minutes à plat ventre qui incluent trois gazouillis supplémentaires, Emma est crevée. Elle s'endort dans son transat, et je suis si encouragée par l'inhabituel franc succès de ma journée que je décide de m'atteler à mon boulot. Je n'ai même pas relevé mes e-mails depuis des semaines. Après avoir enlevé mes chaussures, je vais discrètement dans le bureau allumer l'ordinateur, mais à peine installée je remarque que la lumière rouge de l'écran du babyphone clignote, là où je l'ai laissé sur le canapé. J'y retourne pour monter le son. Séparés par quelques jouets, Max et Madeline ont tous les deux réintégré l'un des berceaux. Ils sont assis, face à face, et je distingue un tambour, un hochet et un panda en peluche. Madeline attrape le hochet, qu'elle commence à agiter dangereusement près du nez de Max.

« Peut-être que je ne devrais pas regarder. »

Depuis que j'ai rencontré Jade, c'est comme si mon voyeurisme était passé de la curiosité naturelle à l'espionnage malsain. Ma main se lève vers le bouton marche-arrêt, et je suis *sur le point* de l'éteindre – je le jure – quand j'entends le bruit reconnaissable entre mille de sanglots étouffés. Les bébés, qui l'entendent aussi, se tournent dans sa direction. Max plonge vers le bord du berceau, glisse une main à travers les barreaux et la tend vers sa mère. Sa menotte potelée caresse l'air.

Je ne réussis pas à travailler du tout. Je n'ouvre même pas mes e-mails. Je reste juste assise devant le bureau, à lorgner l'écran, impuissante, jusqu'à ce que le téléphone sonne. C'est Leo.

« Alors, c'était horrible à quel point ?

— Sur une échelle de un à dix ?

— Ouais, un étant l'équivalent de la fois où on a dû aller dans les Hamptons pour le mariage de ta cousine, et dix, un herpès génital résultant d'un adultère.

— Un bon sept, je dirais. »

Il siffle.

« Oui, c'était la cata.

— Qu'est-ce qui s'est passé ?

— Il ne s'est pas vraiment *passé* quoi que ce soit, à part que ces femmes étaient abominables entre elles.

— Beurk.

— Pour de vrai. Elles étaient toutes si dédaigneuses et méchantes. Et il y avait des genres de factions ennemies. Les mères qui allaitent contre celles qui donnent le biberon, et puis les mères qui travaillent contre les MAF.

— Les MAF ?

— Mieux vaut ne pas poser la question. » Je me frotte les tempes. « Oh, mais tu sais quoi, j'allais presque oublier ! Emma a gazouillé.

— Elle a quoi ?

— Elle a gazouillé.

— Comme un oiseau ?

— Non, Leo, comme un bébé. Un genre de *gaaah*. »

Quand j'essaie d'émettre un gargouillis aussi mignon

que celui d'Emma, on dirait une folle furieuse. « Peu importe, tu l'entendras demain. C'est le nouveau truc qu'elle fait. C'est adorable. Et devine quoi d'autre ?

— Quoi ?

— J'ai rencontré la mère du canal C.

— Sans blague ?

— Ouaip.

— Tu es partie à sa recherche ? Est-ce que tu as, genre, sonné chez elle ?

— Tu me prends pour qui, une psychopathe ?

— Non, je pose juste la question parce que je sais que tu t'inquiétais…

— Non, je n'ai pas sonné chez elle », réponds-je d'un ton dégoûté, tout en songeant secrètement que je suis contente de ne pas y avoir pensé plus tôt, sans quoi je l'aurais peut-être fait. « Comment je saurais sur quelle sonnette appuyer, d'ailleurs ?

— Aucune idée.

— Elle était au groupe de rencontre.

— Oh, c'était l'une de ces horribles mamans ?

— Non, en fait, elle était très sympa, enfin, elle a l'air sympa. On est allées boire un café après.

— Oh ?

— Ouais.

— Et c'était comment ?

— Bien. Enfin, c'était un peu embarrassant. Je ne sais pas si nous avons beaucoup de points communs. Pas tant que ça, je crois, mais il se peut qu'on ait le même sens de l'humour, la même langue bien pendue. En tout cas, c'était agréable de prendre l'air l'après-midi et de s'asseoir pour discuter un peu avec un autre adulte, même si c'était assez bizarre.

— C'est bien, chérie ! Tu vois, il est sorti quelque chose de bon de cet horrible groupe de mamans !

— Ben, on verra. » Je ne veux pas qu'il tire de conclusions hâtives. « Et d'ailleurs, elle est toujours, je ne sais pas… Enfin, je m'inquiète toujours pour elle.

— Pourquoi ?

— Après notre retour, elle pleurait encore sur l'écran du babyphone.

— Tu continues à l'écouter en douce, Majella ? » Leo semble atterré.

« Quoi ? Non. Enfin, juste une minute, j'étais sur le mauvais canal, je l'ai entendue par hasard. Je ne l'espionnais pas ni rien. »

Il soupire. « Bah, maintenant que tu l'as rencontrée, peut-être que tu pourras lui parler. Déterminer si elle a besoin d'aide, par exemple.

— Peut-être. » J'imagine déjà comment se déroulerait cette conversation. *Hé, Jade, tu vois, je t'ai écoutée en douce et j'ai remarqué que tu pleurais beaucoup.* Sa réaction : *Nan, je vais bien, espèce de cinglée.*

« Eh bien, faut que je file. Je vais rester assez tard. On est complet.

— D'accord ! » dis-je avec empressement, pour lui montrer comme je m'adapte bien à ma nouvelle vie.

Nous passons une bonne soirée, Emma et moi. Les gazouillis aident. Une fois qu'elle s'est endormie, après m'être versé un verre de vin, je retrouve le journal de Ginny Doyle, puis je me fais couler un bain. Je m'appuie contre le lavabo pendant que l'eau monte en moussant et que l'air se transforme en vapeur chaude. J'ai envie de lire le journal dans la baignoire, mais ses pages sont trop fragiles, j'en ai peur. Et si je le laissais tomber dans l'eau ? Je suis parcourue d'un frisson d'excitation rien que de tenir ce carnet abîmé. Comme si cette femme avait imprimé son chagrin directement sur ces pages et que dorénavant il y soit incrusté, vivant sous la pulpe de mes doigts. Je *sens* sa détresse. Ouvrant le carnet, je relis les premiers paragraphes. Lorsque la baignoire est pleine, je l'étale soigneusement sur une serviette au-dessus de la cuvette rabattue des toilettes. À peine ai-je refermé les robinets grinçants, que je commence à entendre les crissements.

Merde. J'entrebâille la porte de la salle de bains pour regarder à l'extérieur. « C'est quoi ces crissements, bon sang ? »

J'ai la sensation d'avoir le cœur qui chancelle, le souffle court. *Et pourquoi ça m'effraie autant ?* Le babyphone. Où est le babyphone ? Quand Emma dort dans sa chambre, je le garde toujours à proximité sur une table, ou attaché à mon énorme ceinture élastique. Merde. Je l'ai oublié en bas. Je resserre la cordelière de mon peignoir et je descends en vitesse dans le couloir en direction du bruit, mais cette fois, ils semblent provenir de derrière moi. Faisant volte-face dans la pénombre, je tends l'oreille. *Crrrrk.* J'appuie sur l'interrupteur, cours jusqu'à la chambre d'Emma dont je pousse la porte pour que la lumière du couloir éclaire le tapis, à l'intérieur. Sa respiration est régulière, un petit rythme doux, rassurant. La mienne se fait plus profonde alors que je guette un son différent de celui de ses minuscules poumons qui s'emplissent et se vident. Les crissements se sont tus. J'entre dans la pièce pour me poster au-dessus du berceau, admirer les traits au repos de ma fille. Elle est si belle ainsi, les joues pleines et douces, ses menottes rejetées en arrière, la lumière qui filtre à travers les lattes dessinant des rayures sur sa frimousse paisible. Je touche son front velouté, et ses lèvres font un bruit de succion dans son sommeil. Sortant sur la pointe des pieds, je referme presque complètement la porte derrière moi.

Après avoir récupéré le babyphone en bas, je le rapporte dans la salle de bains, mais je suis trop mal à l'aise pour barboter dans l'eau chaude maintenant. Les crissements m'ont déstabilisée. Je m'immerge dans la baignoire juste assez longtemps pour me savonner et me rincer. Je tire sur la bonde, je me sèche, j'enfile mon pyjama le plus ample et j'emporte l'appareil et le journal dans le couloir jusqu'à ma chambre. Le son est réglé presque au maximum ; je pose le babyphone sur ma table de nuit. Comme notre lit est un modèle surélevé, j'utilise un repose-pieds rembourré pour y grimper avant de me laisser aller sur mes oreillers. J'ouvre le carnet. Un frémissement parcourt ma colonne vertébrale.

7 avril 1848

Les enfants vont très bien, ils sont tellement plus résistants que moi, comme s'ils ne se souvenaient même pas de la famine, du chagrin. Ils ne parlent pas des absents. J'ai l'impression d'être moi-même un fantôme, mais mes petiots sont de minuscules pépites lumineuses et résolues. Quelle que soit la détresse qui les hantait, elle ne pèse plus sur eux dans ce nouveau lieu : on dirait qu'ils l'ont avalée, digérée. Elle fait désormais partie d'eux et ils vont de l'avant dans la légèreté. J'aimerais pouvoir connaître leur secret et leur voler simplement une bribe de cette légèreté.

Pâques était magnifique. La façon dont le soleil brille ici est si différente de l'Irlande. Il semble plus proche et plus fort. Sa lumière reste vraiment sur votre peau. Elle fait rayonner les enfants. Après tout ce qui s'est passé, New York leur est bénéfique.

15 avril 1848

Je crois que je suis enceinte, et je suis heureuse. J'essaie. Je sais que c'est une joie et une bénédiction, cette idée de faire venir un enfant dans cette famille réinventée. Mais notre ancienne vie au pays me manque. Je suis aussi heureuse que possible ici, mais pas autant qu'autrefois. Et peut-être que c'est très bien ainsi. D'une manière ou d'une autre, il faut que je paie pour mes actes. Et malgré tout, pour moi, c'est comme si notre nouvelle vie était en un sens une trahison de tout ce que nous avons perdu. Quel droit avons-nous de continuer, de recommencer de zéro ? Mes enfants, oui… ils sont innocents. Mais moi…

23 avril 1848

Peut-être qu'il n'y a pas de bébé, finalement. C'est sans doute juste l'épuisement et l'inquiétude. Je ne dors toujours pas bien ici, avec toutes ces lumières et ces bruits. Les voisins sont si proches qu'on les entend tousser, cracher, se disputer. C'est déstabilisant, cette intimité agressive.

Mais ce sont les crissements nocturnes qui me troublent le plus. Ils me réveillent toutes les nuits. Si je pouvais localiser leur source, je trouverais peut-être la paix. J'ai cette terrible peur qu'ils viennent du plus profond de moi, de mon esprit.

25 avril 1848

Mon Dieu, je l'ai tuée. Il est tard maintenant, les enfants sont endormis, et j'ai été réveillée par ces horribles crissements, et ce bruit était si frappant qu'il m'a aussitôt renvoyée là-bas…

Le cottage. Ce dernier jour dans le jardin, sous le

prunellier. Je me vois, presque comme si je planais au-dessus de la scène. Comme si j'étais une pie perchée sur l'arbre, qui regarde en bas. Et il y a cet autre moi, dans le jardin, le moi féroce. Le bébé est là. Maire nous observe. Oh, les horreurs dont ma pauvre fille a été témoin durant sa brève existence.

Brandissant la crosse de hurling à deux mains, je la fais tournoyer au-dessus de ma tête. À quoi ressemble mon visage à ce moment précis ? Est-il peiné, déformé, dément ? Démoniaque à cause de la puissance qui m'envahit ? Je suis sur le point d'ôter la vie à une femme – une femme qui ne m'a témoigné rien d'autre que de la bonté jusqu'à ce dernier jour, ce dernier instant.

Elle est morte, à présent.

Si seulement, à force de volonté, je pouvais revenir en arrière jusqu'à ce moment et l'arrêter net. Lâcher la crosse à mes pieds, l'entendre heurter doucement le sol dans la poussière. Mais à la place, il y a un crac digne d'un coup de tonnerre tandis que je l'abats sur son crâne, et elle s'effondre, aussi lourde qu'un sac de patates propres et sèches. Le bébé manque de tomber avec elle, mais je le rattrape, je le rattrape de justesse par un bras. Ses yeux et sa bouche à elle restent ouverts, et ceux de Maire aussi, écarquillés dans mon dos. La voix de ma fille est paniquée. Elle m'appelle Maman.

Par terre, il y a des éclats de porcelaine Wedgwood bleue, qui crissent sous mes pieds, un bruit d'os qui se brisent. Les joues de Maire ont pris une teinte blanche et maladive. Les cheveux de la morte sont parsemés de morceaux de porcelaine bleu pâle.

Pourquoi je me souviens de ces crissements, avant toute chose, c'est une question folle. Peut-être est-ce plus facile que le reste, que la voix intrépide de Maire et celle du bébé qui pleure ensuite. Il demeure dans mes oreilles comme une maladie, ce crissement. Il me vole mon sommeil.

Pardonnez-moi, mon Dieu, pardonnez-moi, mon Dieu. Je vois encore son effroyable visage mort.

Je referme d'un coup sec le carnet pour le jeter sur le lit, mais le mal est fait. Impossible de dormir. Saisie d'effroi, j'attrape le babyphone sur la table de nuit. J'ai presque peur de regarder, peur de voir une main passer devant la petite bouille d'Emma, une silhouette sombre rôder au bord de son berceau. Sautant au bas du lit, je me précipite dans le couloir pour vérifier *de visu* qu'elle va bien, sans que nous soyons séparées par le vide de la technologie. Je place ma paume sous son nez jusqu'à sentir sur mes doigts l'humidité attestant qu'elle respire.

Je bats en retraite dans la cuisine, me verse encore un peu de vin avant de marcher jusqu'à la fenêtre donnant sur la rue. Il est presque 23 heures. Emma ne va pas tarder à se réveiller pour téter, Leo rentrera peu après. Je ne sirote pas mon vin : je l'engloutis. En réalité, je ne devrais pas dépasser un verre, mais un demi-verre de plus ne sera certainement pas nocif, si ? Je l'emporte dans l'espace de travail, où je le pose sur le bureau pendant que je tape *Ginny Doyle* sur Google, obtenant une série de profils LinkedIn et Facebook. Pas la peine de cliquer dessus. Ils ne contiennent pas ce que je cherche. Facebook ne peut pas m'apprendre mon lien de parenté avec une meurtrière folle des années 1800. Et peut-être que je ne veux pas savoir. Peut-être vaut-il mieux renoncer à remonter cette piste avec trop de soin, à chercher des preuves tangibles de mes gènes pourris du côté maternel. J'aimerais croire que je pourrai être un jour une bonne mère. Quel genre de femme est capable de tuer quelqu'un sous le nez de son enfant avec un objet appelé « crosse de hurling » ? Et d'ailleurs, qu'est-ce que ça peut bien être, une « crosse de hurling », putain ? Je cherche *crosse de hurling* sur Google, frissonnant devant l'épaisseur de ce morceau de bois plat et lourd, choquée par la violence des images qui déferlent dans mon esprit. Qui pourrait faire une chose pareille ? Qui fracasserait le crâne de quelqu'un avec un gourdin ? Une de mes arrière-arrière-grands-mères, je crois. Fantastique, putain.

Peut-être sommes-nous tous maudits, Emma, Leo et moi. Peut-être est-il impossible d'échapper à un ADN catastrophique. Peut-être Jade est-elle simplement plus honnête que moi. Frissonnant de plus belle, j'éteins l'ordinateur avant de composer le numéro de mes parents en Floride.

« Salut, Papa. Maman est à la maison ? » Je fais les cent pas en parlant.

« Salut, fillette, répond Papa, que j'entends siroter sa bière. Nan, elle est sortie avec ses copines. C'est la soirée Martini au club-house. »

Je consulte l'horloge du four. 23 h 17. Ma mère n'est jamais sortie plus tard que 21 h 30 de toute sa vie d'adulte. Qu'est-ce qui leur prend depuis qu'ils sont là-bas, en Floride ?

« D'accord, P'pa. Dis-lui que j'ai appelé, s'il te plaît ? Je suis juste curieuse de savoir si elle a découvert quelque chose sur cette fameuse Ginny Doyle dans ses recherches généalogiques.

— Pas de souci, ma poupée. Comment va tout le reste ?

— Bien. » J'abrège parce que je sais qu'il ne veut pas de détails. « Ça va. J'ai eu une journée de dingue, mais Leo ne va pas tarder à rentrer.

— Tant mieux, je n'aime pas ses horaires, remarque Papa, probablement pour la sept millionième fois. Je voudrais qu'il soit avec toi, chez vous, le soir. Je n'aime pas vous savoir seuls, toi et ton bébé. »

Je me refrène de rétorquer : *Alors pourquoi avez-vous déménagé, bon sang ?*

« On va très bien, Papa.

— Bon, je dirai à ta mère de te passer un coup de fil demain matin.

— Bonne nuit, Papa. Oh, eh, Papa ?

— Ouais.

— Encore une chose : tu as déjà entendu des crissements dans la maison ?

— Des crissements ? Non, quel genre de crissements ?

— Je ne sais pas, juste des crissements normaux. Un genre de *crrrrrk*. Généralement à l'étage, dans la chambre ou la salle de bains, mais parfois aussi dans le salon.

— Ben non, jamais entendu de crissements. T'as une souris chez toi. »

12

IRLANDE, MAI 1847

C'était encore étrange pour Ginny de se réveiller dans ce lit énorme et somptueux, avec la lumière du soleil de milieu de matinée qui entrait à flots à travers les hautes fenêtres ouvertes, et le chant des moutons dehors dans le pâturage, en contrebas. Il lui fallait parfois un instant pour se rappeler où elle était, mais aujourd'hui, la fatigue douloureuse de son corps était intense. Hier, son bébé était né. Leur fils, à Raymond et elle.

Ses yeux s'ouvrirent en grand, et elle se redressa d'un bond dans l'immense lit. Le bébé, où était le bébé ? Ginny repoussa les draps entortillés. Elle voyait encore son empreinte, le petit creux dans la couverture, là où elle lui avait confectionné un nid pour qu'il dorme à côté d'elle. *Sainte Marie, mère de Dieu, faites qu'il n'ait pas roulé hors du lit*, pensa-t-elle. *S'il vous plaît, mon Dieu, s'il vous plaît, mon Dieu.* Elle descendit du matelas en trébuchant, la gorge et la bouche déjà envahies de bile. Ignorant son bas-ventre encore meurtri elle atteignit l'autre bout du lit à grandes enjambées. Rien. Elle se mit à quatre pattes pour s'en assurer. *Seigneur Dieu, il n'est pas là. Il n'est pas là. Où est-il ? Où est mon bébé ?*

Agrippant le bord du lit, elle se remit sur pied. Elle saignait, mais pas beaucoup. Elle sentait le liquide dégouliner à l'intérieur de ses cuisses. Après avoir ouvert la porte à la volée, elle sortit en titubant. Devait-elle crier ? Appeler à l'aide ? Au milieu du couloir, la chambre d'Alice Spring était à demi ouverte, et les douces notes fugitives d'une chanson s'immiscèrent dans sa panique. Qui chantait ? C'était une berceuse en tonalités mineures. Aux premières notes, ses pieds s'immobilisèrent. Elle s'arrêta devant la porte de madame Spring, qu'elle poussa sans frapper.

Celle-ci était assise dans un fauteuil à bascule près de la fenêtre, tournée vers l'extérieur. Elle avait le bébé dans les bras, et Ginny sentit le soulagement envahir tout son corps. Ses épaules s'affaissèrent, les larmes affluèrent. Appuyée contre le chambranle, elle écouta. Elle posa une main sur sa poitrine, consciente des battements vigoureux de son cœur, qui ralentissaient jusqu'à reprendre un rythme plus normal. Cependant, elle n'était pas encore à l'aise. Elle attendit une pause dans la chanson pour s'éclaircir la gorge. Madame Spring se détourna de la fenêtre, le visage illuminé d'un sourire chaleureux.

« Ginny, vous êtes réveillée.

— Oui, madame Spring, et j'ai eu une peur affreuse en ne trouvant pas le bébé. »

Sa maîtresse se leva du fauteuil à bascule, mais continua à balancer les hanches et les bras, tenant toujours Raymond confortablement blotti contre elle.

« Je suis vraiment désolée, s'excusa-t-elle en le ramenant vers sa mère immobile dans l'embrasure de la porte. Je ne voulais pas vous effrayer. Je l'ai entendu pleurer pendant la nuit… Je sais que vous êtes restée éveillée avec lui un moment. Alors je suis venue le chercher ce matin, et je me suis dit que j'allais vous laisser vous reposer encore un peu. Quand j'ai passé la tête dans votre chambre il y a quelques minutes à peine, vous dormiez profondément. »

Ginny tendit la main pour toucher les couvertures où était emmitouflé Raymond, d'où pointaient ses oreilles et son menton. Quel petit garçon magnifique. Il avait le nez de son père. Les lèvres pleines de sa mère.

« C'est très gentil à vous. Mais maintenant que je suis réveillée, je vais m'en occuper. » Là-dessus, elle s'apprêta à l'enlever des bras de madame Spring, qui écarta pourtant le bébé, juste hors de sa portée. Les yeux de Ginny volèrent vers le visage de l'autre femme. À quoi jouait-elle ?

« Sottises, allez donc vous recoucher. Je vous l'amène. » De la tête, elle incitait Ginny à s'éloigner, mais celle-ci refusait de partir sans son fils.

« Allons, voyons, je vous l'amène tout de suite, poursuivit-elle en accompagnant Ginny dans le couloir. D'ailleurs, vous ne devriez pas encore le porter. C'est le médecin qui l'a dit.

— Le médecin ?

— Oui, le docteur Spangle. Je lui ai demandé de venir vous examiner, vous et le bébé. Il sera là en milieu de matinée, il a envoyé un message. Il a ordonné de vous empêcher de vous lever jusqu'à son arrivée.

— Madame Spring, j'ai pas besoin de médecin. Je vais très bien. Je suis en pleine forme. Prête à reprendre le travail. » Elle faillit ajouter : *Aucun de mes autres enfants n'a vu de médecin. Je n'en ai encore jamais eu besoin*, retenant de justesse les mots qui s'apprêtaient à jaillir de sa bouche. Les deux femmes s'approchaient de la chambre de Ginny.

« Pas question. Pour l'heure, vous êtes confinée. Il faut que vous vous reposiez.

— Je ne veux pas être un fardeau, madame Spring. Cette place est vitale pour moi. Je ne suis pas à l'aise si je reste alitée. Je préférerais travailler. »

Alice Spring n'écoutait pas. Elle accompagna Ginny et son bébé jusqu'à l'immense lit comme si elle était leur mère et qu'elle allait les border. La situation était atrocement gênante. Elle remit doucement Raymond dans son nid de couvertures.

« Allez-y », intima-t-elle alors à sa femme de chambre, qui n'eut d'autre choix que de grimper le rejoindre avec docilité.

Ginny posa la main sur le petit être emmailloté et se sentit si heureuse de son poids ancré là. Quel cadeau.

« Madame Spring, je…

— Tatie Alice », interrompit cette dernière.

Ginny s'aperçut qu'elle n'avait absolument aucune idée de comment réagir à cette nouvelle absurdité. Penchée sur Raymond, madame Spring prit une voix chantante pour couiner tout près de la frimousse de Raymond : « Dis à ta maman que je ne veux plus de cette histoire de *madame Spring*. Je m'appelle tatie Alice, maintenant. »

Ginny la fixait, au comble de la stupéfaction. Alice Spring se redressa et gagna la porte.

Sa voix redescendit, retrouvant son timbre normal. « Je vais vous envoyer Roisin avec du thé et des toasts. »

Abasourdie, Ginny acquiesça. « Merci.

— Tatie Alice », lui enjoignit-elle de nouveau.

« Merci. » Ginny hésita, puis reprit ses esprits. « Tatie Alice. »

Lorsque le docteur arriva, il conseilla fortement à

Ginny de rester une semaine au lit, mais elle parvint à le convaincre de réduire ce délai à deux jours. Elle fut de retour en cuisine aux côtés de Roisin dès la fin de la semaine. Les deux domestiques confectionnèrent un panier coquet pour Raymond, qui trônait en haut d'une des grosses barriques pendant leur travail. Ginny dormait toujours avec lui dans la chambre d'amis, où madame Spring avait apporté un petit berceau ornementé à roulettes, drapé d'une multitude de rubans. Toutefois, Ginny ne supportait pas l'idée d'y déposer le bébé, si bien qu'il était resté vide et que Raymond partageait toujours le lit de sa maman. Leur proximité avec la chambre de madame Spring rendait plus difficile à Ginny de s'éclipser la nuit pour retrouver Seán, mais ils se débrouillaient.

Ce dernier assurait à Ginny que les enfants se portaient à merveille. Maire avait la situation bien en main, et Michael était *aux anges* d'avoir enfin un frère. Dieu, comme ils lui manquaient. Encore plus depuis qu'elle avait le bébé. Il consolait Ginny à beaucoup d'égards, mais lui rappelait aussi tout ce qu'elle ratait.

« Maggie a perdu sa première dent », lui raconta Seán, et Ginny demanda de la lui rapporter – un petit morceau de sa fille auquel se raccrocher.

« Ils n'ont eu aucune nouvelle de Raymond ? Ou de son frère, Kevin ? »

Seán confirma. « Je suis désolé, Ginny. Rien du tout. »

Madame Spring accorda à Ginny son dimanche après-midi pour aller faire baptiser l'enfant et permit à Seán et Roisin de l'accompagner en tant que parrain et marraine. Elle autorisa même Seán à prendre la calèche pour les y conduire. C'était la première fois que Ginny s'aventurait de l'autre côté des grilles de Springhill House depuis son arrivée, de si nombreuses semaines auparavant, et à mesure qu'ils avançaient, elle étudia les champs avec le plus vif intérêt. Les plants de pommes de terre pointaient à peine leurs têtes vertes pleines d'espoir ; de la fenêtre de la voiture à cheval, Ginny ne distinguait aucun signe de mildiou. Aucune puanteur ne flottait dans l'air immobile ; il n'y avait pas à proprement parler de brise de printemps. Le pays entier semblait retenir son souffle.

« Les pommes de terre primeurs seront prêtes dans quelques semaines, dit-elle à Roisin, assise en face d'elle dans la calèche brinquebalante. Peut-être que le pire est passé et que la nouvelle récolte sera saine. »

Roisin examina elle aussi les champs. « Qu'il plaise à Dieu ! » lança-t-elle, avant de chuchoter, abandonnant temporairement son habituelle insouciance : « Mais combien d'innombrables morts y aura-t-il dans l'intervalle ? » Elles se signèrent toutes deux à la hâte tandis que le véhicule continuait sa route en cahotant. Ginny serra Raymond plus fort dans ses bras.

Seán avait pu se procurer des graines de navets pour les enfants. Il avait aussi incité Michael et Maire à préparer les autres champs. Ginny ignorait comment il s'était arrangé pour leur dénicher des pommes de terre de semence, parce que ses propres gages n'y auraient-jamais suffi, elle le savait. Néanmoins, il y était parvenu, et maintenant, tout était bien planté. Leur voisine, madame Fallon, que Dieu la bénisse, avait envoyé ses deux grands fils pour aider.

Les enfants connaissaient leur terre. Ils donnaient un coup de main chaque année, chaque saison. Maire et Michael savaient comment préparer le sol, comment semer et quand récolter. De plus, Maggie était assez âgée pour les assister efficacement. Poppy, elle, ne ferait que les ralentir, et n'importe comment, il y avait du travail pour une famille entière, même quand Raymond et Ginny étaient là tous les deux. Ginny avait de la peine à imaginer comment les enfants s'étaient arrangés pour s'occuper seuls de tout, même avec l'aide des garçons Fallon. Pourtant, assise dans la calèche à contempler ces champs printaniers qui prospéraient de toute leur splendeur verte et gaie, elle ressentit un élan d'espoir. Si la récolte était bonne, elle pourrait quitter Springhill House. Elle pourrait rentrer à temps pour le ramassage des pommes de terre, puis, avec ses petits, ils attendraient ensemble des nouvelles de New York. Si la récolte était très bonne, Raymond pourrait arrêter de chercher un travail et commencer plutôt à réfléchir à son retour.

Le père Brennan ne fut guère ravi de trouver Ginny sur le pas de sa porte, bébé Raymond dans les bras. Il ne lui avait pas pardonné d'avoir laissé ses petits seuls afin d'aller travailler à Springhill House. Malgré tout, il ne renverrait jamais un enfant de la maison de Dieu.

« Entrez, on va s'en occuper », lui déclara-t-il, avant de murmurer au bébé : « De toute façon, ce n'est pas ma décision. Tu appartiens à notre Seigneur, Jésus-Christ notre sauveur.

— Merci, mon père », répondit Ginny alors qu'ils pénétraient dans l'église en file indienne.

Elle n'avait assisté au baptême d'aucun de ses autres enfants. C'était généralement le rôle du père de s'en charger, ou des parrain et marraine. Mais la période était exceptionnelle. La cérémonie fut brève, informelle. On n'alluma pas de bougies. Il n'y eut ni chants ni rassemblement. Son fils devint catholique, et ils tracèrent tous le signe de la croix sur sa petite tête chauve.

« J'aimerais que Raymond soit ici pour cette occasion », regretta tout haut Ginny après le baptême, ce qui eut pour effet d'adoucir quelque peu les sentiments du père Brennan à son égard.

Il lui posa une main sur le coude. « C'est très dommage qu'il n'ait pas pu être là, Ginny. Affreusement dommage.

— Pourriez-vous m'attendre dehors ? » demanda-t-elle à Roisin et Seán, qui ne prirent même pas la peine de lui répondre, s'éclipsant juste en silence de l'autre côté de la porte.

« Mon père, je suis malade d'inquiétude. Vous savez que nous n'avons pas encore eu de nouvelles de Ray, alors qu'on aurait déjà dû recevoir un message depuis des semaines. Il y a terriblement longtemps qu'il est parti.

— Ça doit faire neuf mois, confirma le prêtre en touchant la main douce du nourrisson.

— Pourriez-vous écrire une autre lettre à Kevin ? Je suis consciente que nous en avons déjà envoyé deux, mais nous devrions au moins l'avertir pour le bébé. Lui dire qu'il est là, et en bonne santé. Lui donner son nom et tout ça.

— Bien sûr, je vais le faire.

— Je crains le pire, mon père », continua Ginny, et alors que les mots sortaient de sa bouche, elle se rendit compte combien ils sonnaient vrai. Sa gorge se serra de terreur.

Le prêtre opina.

« Vous n'avez eu aucun écho, c'est sûr ?

— Non, Ginny, vous savez que je vous le dirais.

— Avez-vous eu des nouvelles de quelqu'un de

la paroisse, qui aurait traversé à peu près à la même époque ? »

Elle scruta son visage à la recherche d'indices, mais il se contenta de secouer la tête.

« Mon père, vous comprenez désormais sûrement pourquoi j'ai dû quitter mes enfants ? » Il croisa les bras. « S'il vous plaît, mon père, je n'avais pas le choix.

— C'est ce que vous dites.

— Ils seraient morts de faim.

— Ginny, vous avez fait votre choix, et les choses ont très bien tourné. Je ne sais pas pourquoi vous avez besoin de ma bénédiction. »

Bien que l'église fût éclairée par les couleurs tamisées qui filtraient à travers les vitraux, ils restèrent debout dans l'encadrement de la porte en ogive, où affluait la vive lumière du dehors.

« Je veux être en état de grâce, mon père, supplia-t-elle. Raymond est parti, je suis toute seule. J'ai pris les décisions que j'ai dû prendre pour sauver mes enfants, mais ça ne signifie pas que je suis à l'aise avec elles. » Elle sentait les larmes monter. « Elle ne nous laisse pas sortir, mon père… c'est la première fois. Je n'ai pas vu Maire et les autres depuis le mois de mars. » Les larmes qui s'étaient accumulées se répandirent sur ses joues.

Le père Brennan secouait la tête. « Je sais, Ginny, je sais que vous vous êtes retrouvée dans une situation terrible et difficile. Mais vous êtes leur *mère*. Votre place est avec eux. Quoi qu'il puisse arriver, ce sera la volonté de Dieu, vous ne pouvez tout simplement pas abandonner le rôle qui vous a été attribué dans la vie. »

Ginny tremblait. Dans ses bras, le petit Raymond frissonnait. Peut-être le père Brennan avait-il raison.

Baissant les yeux vers le visage illuminé de son fils, elle fit une terrible confession. « Je me souviens à peine de leurs traits, mon père. » Ses larmes redoublèrent. Elle s'efforça de ne pas hoqueter.

« Écoutez, votre choix n'est pas un péché », concéda-t-il en essayant de la calmer. Depuis toujours, les pleurs des femmes mettaient cet homme mal à l'aise. « Vous n'avez rien à confesser ici. Il ne s'agit que de ma propre conviction : votre place est à la maison. Regardez-vous, regardez comme vous souffrez. Ce n'est pas naturel pour une mère d'être ainsi arrachée à ses enfants.

— S'il vous plaît, mon père », supplia-t-elle en lui agrippant la manche. Elle avait besoin qu'il sanctionne ses choix, qu'il lui dise que sa décision n'était pas condamnable. Il plaça une main sur celles de sa paroissienne.

« Allons, allons. Tout va bien se passer, Ginny. Rassemblez vos forces, mon enfant. »

Des forces. Elle renifla, s'essuya la figure. Il y avait si longtemps qu'elle se montrait forte. Elle s'était sentie bénie. Ils survivaient ; ses enfants survivaient. Mais là, dans cette église où elle avait pris Raymond pour époux, où le père Brennan avait baptisé ses six petits y compris celui qui n'avait pas survécu, où elle avait assisté à la messe chaque dimanche de son existence de femme mariée jusqu'au début de la famine, elle craquait. Elle se sentait de nouveau vulnérable. En proie au désir profond et soudain de vivre cette union, son mariage. Elle ne voulait plus continuer seule. Elle ne voulait pas retourner à sa vie de labeur privilégiée à Springhill House. Elle voulait que Raymond revienne. Elle voulait sa famille.

« Eh bien, tenez bon encore un peu, disait le prêtre.

Je vais écrire cette lettre à Kevin. Je préviendrai de la naissance du petit Raymond ici, je raconterai quel beau jeune gars c'est. Je suis sûr que nous recevrons de leurs nouvelles en un rien de temps. »

Ginny acquiesça, s'essuya la figure avec sa manche.

« Quand le paquet de Raymond vous parviendra, vous pourrez arrêter, n'est-ce pas ? Dès qu'il commencera à envoyer de l'argent ? Vous pourrez rentrer à la maison avec eux et tout arranger. Vous pourrez complètement oublier Springhill House, oublier que c'est arrivé. »

Ginny acquiesça de nouveau, tentant d'invoquer le courage qui l'avait abandonnée dans cet endroit aimé et familier. Elle trempa ses doigts dans le bénitier à côté de la porte et se signa avant de tracer une croix sur le front de Raymond.

« Merci, mon père », dit-elle en lui pressant la main.

Elle avait déjà franchi le seuil quand il appela son nom. Elle se retourna pour faire face au prêtre, qui restait debout sur le pas de la porte, mains dans les poches, les yeux baissés.

« Vous avez probablement fait ce qu'il fallait, Ginny. »

Ginny lui adressa un sourire reconnaissant, puis se retourna vers ses amis qui l'attendaient. Seán proposa de la conduire chez elle, au cottage de Knockbooley, pour voir les enfants.

« Nous avons au moins une heure devant nous avant que madame Spring s'impatiente », expliqua-t-il.

Ginny regarda Roisin, déjà installée dans la calèche. Elle lui tendit Raymond avant de se planter dans la cour de l'église, les mains sur les hanches, les joues encore humides des larmes qu'elle avait versées.

« Non.

— Non ? » Seán la dévisagea comme si elle était stupide, mais elle secoua la tête avec véhémence.

Elle savait qu'elle n'en avait pas la force, que s'il l'emmenait là-bas, elle ne serait pas capable de repartir. Elle songea à Maire, à son joli minois intrépide. Elle songea au trou dans le sourire de Maggie là où sa dent manquait. Elle imagina Poppy qui s'extasierait sur le nouveau bébé, et Michael qui observerait tout en silence, absorberait tout. Comment arriverait-elle à les quitter encore une fois ? Comment pourrait-elle arracher leur petit frère à leurs bras, passer devant les majestueux cairns de Maggie dans le jardin et leur dire au revoir d'un simple geste ? Désormais, ils avaient surmonté le pire de la douleur due à l'absence de leur mère. Ils s'étaient installés dans leurs routines, habitués à l'autosuffisance. Ce serait injuste de la part de Ginny de rentrer à la maison pendant une heure et de défaire tout cela.

« Vous êtes sûre, Ginny ? insista Seán.

— Sûre », mentit-elle.

Il lui offrit sa main. Comme elle était encore plutôt fragile à cause de la naissance, il l'aida à monter les marches à l'arrière de la calèche.

« À Springhill House, donc », annonça-t-il en lançant les chevaux au trot.

Un après-midi, alors que Raymond avait quelques semaines, Roisin et Ginny furent interrompues dans leurs préparatifs culinaires par des pas dans l'escalier. Au bout d'un moment, Alice Spring pénétra dans la pièce, tout élégante et parfumée, en jolie robe rouge. Ses cheveux dorés étaient relevés, révélant sa nuque, et spectaculairement entrelacés de rubans noirs. Roisin se mit aussitôt à s'essuyer les mains sur son tablier et à s'agiter nerveusement.

« Où est notre petit Raymond ? s'enquit madame Spring en regardant Ginny.

— Juste là. » Ginny désigna son panier perché au sommet de la barrique. « En train de rêver, je dirais. »

Les jupes cramoisies de la maîtresse des lieux bruissèrent autour d'elle tandis qu'elle traversait la pièce jusqu'au bébé. « Quel magnifique petit trésor », s'exclama-t-elle en baissant les yeux sur lui. La mère de Raymond sourit. « Cela vous ennuierait-il si je l'emmenais prendre l'air ? » Madame Spring se retourna pour la considérer avec sérieux. « Je n'aime pas le savoir ici en bas toute la journée, avec vous qui travaillez, sans pouvoir vous en occuper. De toute façon, je sors, et il serait une agréable compagnie pendant ma promenade. »

Ginny s'éloigna de Roisin assise à la table pour s'approcher de leur patronne qui se tenait près du panier de Raymond. À présent réveillé, il les étudiait en cillant. « Eh bien, je n'ai pas de voiture d'enfant, j'en ai peur, objecta Ginny.

— Moi, si ! », répondit très vite madame Spring, avant de changer de voix et de débit pour ajouter plus posément : « Enfin, il se trouve que j'en ai découvert une vieille au fond d'une armoire dans l'une des chambres du haut. La semaine dernière, j'ai demandé à Katie de la sortir et de la nettoyer. Elle est toute prête pour Raymond. »

Ginny hocha la tête. Dans ce cas, ce serait peut-être bénéfique à son fils de prendre un peu l'air. « Eh bien, ce serait formidable, décida-t-elle. Si vous êtes sûre que ça ne vous dérange pas.

— Oh non ! assura madame Spring. Pas du tout. J'apprécie tant notre petit Raymond. »

Elle le tira sans peine de son panier pour le hisser sur son épaule. Ses mouvements étaient si naturels avec lui ; Ginny lisait le désir dans chacun de ses gestes, devinant à quel point elle souhaitait avoir son propre bébé à aimer.

« Vous savez vraiment y faire avec lui, remarqua-t-elle. C'est un excellent entraînement.

— Ah, on est très bons amis, n'est-ce pas, monsieur ? lança madame Spring à Raymond. Je le ramène bientôt.

— Je viens de le nourrir et de le changer. Il devrait se tenir tranquille pendant une ou deux heures, mais s'il commence à faire des caprices, n'hésitez pas. »

Elle avisa les grands yeux de Raymond, dépassant par-dessus l'épaule de madame Spring, qui disparaissait en haut des marches avec lui. Après leur départ, Roisin s'assit lourdement sur l'un des tabourets devant la table. Elle avait l'air bigrement ébranlée.

« Que se passe-t-il ? lui demanda Ginny. Vous ne vous sentez pas bien ? Vous êtes toute pâle.

— Durant les quatre ans où j'ai travaillé dans cette maison, cette femme n'a jamais mis un pied dans ma cuisine », déclara-t-elle en secouant la tête. Sur ce, elle se leva, épousseta la farine sur ses mains. « J'espère qu'elle ne compte pas en faire une habitude. »

Ginny eut un rire insouciant, mais pour la première fois elle vit une expression amère passer sur les traits, en général enjoués, de Roisin.

« Ma foi, dit celle-ci, ça m'a tout de même rendue affreusement nerveuse.

— Eh bien, la rassura Ginny en retournant à l'oignon qu'elle était en train de découper avant cette interruption, elle est partie, maintenant, et nous avons survécu. »

Roisin tamisait de la farine pour confectionner un pain d'épice. « Elle est devenue très attachée au petit Raymond. Très attachée, c'est sûr. »

Après cet épisode, madame Spring prit l'habitude de passer une ou deux heures avec Raymond tous les après-midi. On était au début de juin, le temps était en général beau et dégagé, ce qui leur permettait de se promener souvent dans les jardins ; les jours de pluie, elle l'enveloppait dans ses bras et lui chantait des chansons à côté du grand feu du salon. Elle lui achetait des cadeaux extravagants, de jolies petites tenues, un exquis hochet en argent et en ivoire, des douceurs qu'il était encore trop petit pour goûter.

Ginny n'avait parlé à personne de son plan de quitter Springhill House si la récolte était satisfaisante chez eux, pas même à Seán, même si elle était certaine qu'il s'en doutait. Elle ne pouvait pas risquer de compromettre le confortable équilibre auquel ils s'étaient tous accoutumés. Elle savait que, le moment venu, madame Spring serait perturbée d'être séparée de bébé Raymond, mais c'était inévitable. En vérité, Ginny commençait aussi à l'apprécier en dépit de ses excentricités. Difficile de faire autrement étant donné la manière dont cette femme chérissait son fils. Une fois qu'ils seraient partis d'ici et rentrés à la maison, que Raymond serait revenu d'Amérique et que la récolte serait redevenue normale… une fois que la famille de Ginny serait réunie et que tout cela ne serait plus qu'un lointain souvenir, alors, elle accueillerait volontiers son ancienne maîtresse dans son cottage, à Knockbooley.

Bien sûr que oui. Madame Spring pourrait rendre visite à Raymond à son gré.

Ginny et le bébé dormaient toujours blottis l'un contre l'autre dans le lit à baldaquin de cette chambre tapissée de soie à rayures, arrangement qui semblait devenu permanent, même si elle ne cessait d'affirmer qu'ils étaient tout à fait capables de regagner le quartier des domestiques au grenier.

« Il y a trop de courants d'air là-haut pour lui, protestait madame Spring en s'affairant autour de Raymond. De plus, sinon, cette pièce-ci demeurerait simplement vide, à ramasser la poussière. Raymond est l'invité le plus délicieux que nous ayons jamais eu à Springhill. »

Et donc, ils restèrent.

Un soir tard, alors que toute la maisonnée dormait, Ginny allaitait le petit Raymond quand elle entendit un bruit fracassant près de la vitre, chose terriblement inquiétante, car ils se trouvaient au deuxième étage. Pensant qu'une chauve-souris ou un oiseau de nuit avait projeté son pauvre corps contre la vitre, elle quitta son lit, Raymond encore au sein, pour jeter un coup d'œil dehors. Seán était debout, en bas, son visage levé vers elle luisait à la lueur fantomatique de la lune. Elle ouvrit la fenêtre, son bébé bien serré contre elle.

« Oh, merci, Seigneur Jésus, c'était la bonne, se félicita Seán en rajustant son chapeau sur sa tête. Descendez, Ginny. »

Son cœur fit un bond. « J'arrive tout de suite. »

Raymond pleurnicha quand elle l'écarta de son sein : il n'était qu'à mi-tétée, il avait encore faim. Furieux, il donna des coups de pied dans la couverture dont sa mère l'emmitouflait.

« Chut, chut, ça ne prendra qu'une minute, mon

poussin. » Elle lui embrassa le haut du crâne. Comme elle ne possédait pas de robe de chambre et qu'elle pouvait difficilement descendre retrouver Seán en vêtements de nuit, elle enfila son chemisier et sa jupe aussi vite que possible. Elle tâcha de ne pas se poser de questions, malgré tout consciente qu'il devait y avoir un gros problème au cottage pour que Seán vienne ainsi en pleine nuit. Il était allé voir ses enfants un peu plus tôt ; il devait être porteur d'une nouvelle urgente pour risquer ainsi de déranger la maisonnée.

« S'il vous plaît, mon Dieu, faites que ce ne soit pas le mildiou. Faites que cette récolte soit saine et robuste. »

Elle hissa le bébé sur sa hanche, puis fila dans le couloir, le cœur battant à tout rompre. Dans ses bras, Raymond piaillait, et elle essaya de lui intimer le silence, mais c'était trop tard. La porte de la chambre de madame Spring s'ouvrait déjà ; celle-ci passa la tête à l'extérieur.

« Tout va bien ? demanda-t-elle. Il n'y a pas de problème avec Raymond ? Il est malade ? Dois-je faire appeler le médecin ? »

En dépit du tumulte de ses pensées, Ginny parvint à s'approcher d'elle en s'efforçant de parler calmement. « Non, non, nous allons très bien. J'ai juste besoin d'un petit remontant. Il a faim, et je n'ai pas assez de lait, alors je vais me préparer une tasse de thé. Rendormez-vous. »

Alice Spring bâilla, le visage anxieux sous son bonnet de nuit en coton. L'espace d'un instant, Ginny craignit qu'elle n'insiste pour les accompagner. Elle prit une grande inspiration et feignit elle-même un bâillement. « Je vais faire vite et me recoucher tout de suite après. Je suis épuisée. On se voit demain matin.

— Bonne nuit, gentil petit Raymond », lança madame Spring d'une voix pleine de sommeil.

Dès que le battant se fut refermé avec un clic, Ginny s'enfuit dans l'escalier, qu'elle descendit aussi rapidement que possible dans le noir avec le bébé sur l'épaule. Elle ouvrit la petite porte verte en face des écuries, mais Seán n'était nulle part en vue.

« Seán », chuchota-t-elle.

À côté d'elle, les buissons frémirent.

« Chuut ! dit-il. Elle regardait dehors. Madame Spring était devant la fenêtre du couloir il y a quelques minutes.

— Elle y est encore ? »

Les buissons remuèrent de plus belle.

« Non, répondit-il à voix basse. Je ne la vois plus, là. »

Ginny ouvrit la porte un peu plus grand. « Entrez, vite !

— Vous allez avoir besoin d'une tasse de thé », prévint Seán. Elle se sentit devenir livide.

Ils descendirent à la cuisine, où Ginny confia Raymond à Seán pendant qu'elle remplissait la bouilloire et faisait du feu dans la cheminée en hauteur afin de réchauffer l'eau. Elle n'alluma qu'une seule lampe sur la table, puis à côté s'assit sur l'un des tabourets, s'armant de courage pour entendre ce qu'il avait à dire. Maladroit avec le bébé, Seán tenta de le lui rendre, mais elle refusa d'un geste.

« Je ne peux pas », expliqua-t-elle. En cas de choc, elle craignait de le laisser tomber. « C'est le mildiou ? Comment va la récolte ? »

Ils avaient commencé à entendre ici et là des récits rapportant que le fléau était de retour, qu'il avançait, plus lentement cette fois, mais tout aussi résolument, à travers le pays. L'espoir était encore à l'ordre du jour, quoique désormais teinté d'inquiétude. Si la récolte était un nouvel échec, la famine serait interminable, la misère absolue. Les propriétaires n'étaient pas disposés à la clémence. Ils se montaient plus impitoyables que jamais en cette période des plus désespérée pour l'Irlande. Cette fois-ci, il n'était pas absurde d'imaginer l'extermination totale des Irlandais. Comment pourraient-ils survivre à un autre échec, une autre année de néant ?

« Jusqu'ici, la récolte est saine. Maire surveille tous les jours l'apparition de signes de putréfaction. »

Ginny respira. Dans les bras de Seán, Raymond se tortillait.

« Raymond ? »

Seán la contempla avec perplexité. « Il va très bien, il est là.

— Ils n'ont pas reçu de nouvelles d'Amérique ?

— Oh ! Non, non.

— Alors, qu'y a-t-il ? » L'un des enfants. Il y avait un problème avec l'un des enfants.

Seán s'éclaircit la gorge. « C'est Michael. »

Ginny aspira une goulée d'air, qu'elle garda captive en elle. Elle s'aperçut qu'elle était incapable d'expirer. Les jointures de ses mains étaient rigides et blanches, ses doigts froids, recourbés au bord de la table. Ses genoux tremblaient sur le tabouret et elle sentait ses entrailles se liquéfier.

« Que se passe-t-il avec Michael ? » murmura-t-elle, mais sa voix lui parut déformée, plus forte qu'elle ne l'avait souhaité. Elle savait déjà ce que Seán allait dire. Son fils était malade, il était souffrant.

« Il est malade, confirma Seán, sur quoi Ginny laissa tomber sa tête dans ses mains.

— C'est grave ? »

Seán marqua une pause avant de lâcher : « Oui. »

Elle eut beau entendre l'eau qui bouillait, elle ne bougea pas de son tabouret. Seán lui tendit le bébé, s'approcha du feu pour prendre la bouilloire. Il mit une cuillerée de feuilles de thé dans la théière et versa le liquide fumant par-dessus. Raymond s'étirait en miaulant, mais Ginny le remarquait à peine. En pensée, elle était déjà à la maison.

« Quel genre de symptômes a-t-il ? »

Seán s'éclaircit de nouveau la gorge, fit tournoyer l'eau dans le récipient en face de lui. Il ne voulait pas en dire plus, tout en s'y sachant obligé.

« Forte fièvre, maux de tête. Il n'est pas du tout lui-même. Il est très affaibli.

— Quand est-ce arrivé ?

— Hier encore, il allait très bien, d'après Maire. C'était très soudain.

— Il y a d'autres cas dans les environs ?

— L'un des garçons Fallon est tombé malade cette semaine. La mère pensait que c'était cette fièvre de la famine tant redoutée.

— Et ?

— Maire pense qu'il est mort la nuit dernière. »

Ginny haleta. On aurait dit qu'elle avait reçu un coup de poing dans le ventre. Elle se berça en même temps que son bébé sur son tabouret. Sa main s'agitait frénétiquement à côté de son visage, tel un petit oiseau, comme si elle ne lui appartenait pas.

« Il a des rougeurs ? Michael ? »

Seán acquiesça. « Sur l'abdomen, et là-haut, sous les bras. »

Ginny connaissait le danger de cette éruption cutanée. Elle savait ce qu'elle signifiait. La pire sorte de fièvre. Son estomac se souleva. Elle quitta son tabouret pour tomber à genoux, en prière. Dans son état second de chagrin, elle entendait la voix de Seán, aussi claire que le son d'une cloche se détachant dans le vacarme, qui lui disait : « Il faut que vous alliez le voir, Ginny. »

13

NEW YORK, AUJOURD'HUI

Le lendemain matin, Leo me laisse dormir, et c'est étrange de me réveiller selon mon propre rythme biologique, sans l'urgence désespérée des cris d'Emma pour m'arracher à mes rêves. Il me faut un moment pour comprendre où je suis. Parfois, dans mon sommeil, je me crois toujours dans notre minuscule appartement de Manhattan, toujours mince et modérément glamour. Ouvrir l'œil dans cette nouvelle vie me demande encore un temps d'adaptation confus.

En me redressant, je m'aperçois que mon oreiller est mouillé, comme mes joues. Qu'étais-je en train de rêver ? Je ne m'en souviens pas, mais j'ai un affreux sentiment de malaise au creux de l'estomac. Le journal de Ginny Doyle est posé sur ma table de nuit. Je respire un grand coup pour l'attraper, puis m'affale sur les oreillers, mais avant que je puisse ouvrir le carnet, le visage de Leo apparaît dans l'encadrement de la porte. Emma est nichée au creux d'un de ses bras ; de son autre main, il tient une assiette de pancakes.

« Je t'ai pris fondant d'érable et miel », dit-il d'une voix chantante, mais ensuite, il doit apercevoir mon air défait, et son expression s'assombrit.

« Qu'est-ce qui ne va pas ? »

Je secoue la tête. « Rien, je ne sais pas. Je crois que j'ai fait des cauchemars cette nuit, mais je ne me les rappelle pas. »

Il s'assied au bord du lit, place Emma dans le canoë formé par mes jambes.

« Ouais, tu as eu un sommeil très agité. J'ai failli te réveiller. »

Après m'être étirée en bâillant, je jette le journal sur l'oreiller voisin.

« Mais ça devrait te réconforter », dit-il en désignant Emma comme s'il était Vanna White et elle, le gros lot de la Roue de la Fortune. « Et ça aussi. » Cette fois, il montre la pile de pancakes au sarrasin posée sur la table de nuit.

Au lieu de prendre le bébé, j'attrape l'assiette et engouffre une énorme bouchée de pancake.

« Mes préférés ! Trop bons. »

Il me sourit. « Essaie de ne pas renverser de nourriture sur ta fille », plaisante-t-il sans réussir à me faire rire.

Le sarrasin et le miel deviennent secs dans ma gorge ; subitement, je suis incapable de mâcher parce que je pleure. Bon Dieu de merde.

« Hé. Hé, lance Leo en se penchant pour me prendre l'assiette, qu'il repose sur la table de nuit. C'était juste une blague. Tu peux renverser toute la nourriture que tu veux sur le bébé. Peut-être qu'elle aime le fondant d'érable. De toute façon, elle a besoin d'un bain. »

Dieu merci, il est de bonne composition. Il s'efforce de nous tirer de cette situation pénible par une pirouette. Je parviens enfin à avaler l'énorme bouchée, qui reste tout de même coincée à mi-chemin parce que je ne l'ai pas suffisamment mâchée. Leo me tient la main.

« Ce n'est pas toi. » Je renifle. Je me croyais prête à parler, sauf que mes lèvres sont dures au contact l'une de l'autre, et que ma gorge est serrée. J'agite ma main devant ma figure – pourquoi, je n'en ai aucune idée. Ça n'aide pas du tout.

« Bon Dieu, mais c'est *quoi*, mon problème ? Je suis une vraie loque. »

Leo n'insiste pas. Il attend que j'aie pu inspirer un grand coup avant d'ajouter : « Écoute, ne sois pas trop sévère avec toi-même, Jelly. Tu n'es pas une loque. Je déteste quand tu dis des trucs pareils. »

Je respire de nouveau, et Emma monte et descend en rythme, même si elle est sur mes jambes, parce que mon corps est devenu si sphérique et interdépendant que n'importe quelle activité intervenant dans une partie de mon anatomie a des répercussions sur la Terre entière. Je suis un peu planétaire, en fait.

« Je sais. Je ne suis pas habituée à être aussi émotive, c'est tout. Gaaah. C'est affreux. J'en ai ras le bol de toutes ces larmes bizarres et aléatoires. C'est comme si je n'avais soudain plus aucun self-control. »

C'est sans doute ce que ressentent les gens qui souffrent d'incontinence. Genre : *Oh mince, vise un peu. Je viens encore de faire dans mon froc !*

« Je suis conscient que c'est dur, continue Leo, mais c'est tout à fait normal. Je lisais justement quelque chose sur la dépression post-partum sur Internet et… »

Je l'interromps.

« Tu quoi ? »

Il lève les yeux vers moi. Démasqué.

« Enfin, je, je surfais juste, pas comme si je cherchais spécifiquement des informations sur la dépression post-partum, mais…

— Tant mieux, parce que ce n'est pas ce que j'ai.

— Non, je sais, c'est ce que je dis. »

Mes larmes ont désormais disparu, et la bizarre tristesse désespérée que je ressentais il y a quelques instants se transforme en colère. J'ai changé de vitesse sans aucune équivoque, comme seule une véritable psychopathe en est capable.

« Alors pourquoi faisais-tu des recherches sur la dépression post-partum ? Tu trouves que je suis en train de m'effondrer ?

— Pas du tout. »

Je lève le menton. « Pourquoi, sinon ?

— Je lisais seulement les comptes rendus de différentes expériences de post-partum. Et je pense que la tienne est parfaitement normale. Les hormones qui affluent dans ton corps à cette période-là, elles sont… »

Je vois bien qu'il a envie de dire *folles* ou peut-être *dingues*. Il cherche un autre mot.

« En surchauffe ?

— Oui. » Il claque des doigts à ma suggestion. Un soulagement sans mélange envahit ses traits. « En surchauffe. Même si tu ne subissais pas le manque de sommeil, le changement de vie majeur, tout le stress lié aux soins d'un nourrisson. Même sans tout ça, les montagnes russes que font tes hormones suffisent à elles seules à te rendre hypersensible. »

Mes pancakes préférés refroidissent sur la table de nuit, et, plus oublieuse de mes émotions que jamais, Emma s'est endormie sur mes jambes.

« Tu es très gentil, Leo », dis-je, bien que je sois un peu agacée par toute cette conversation. J'ai *envie* de trouver ça gentil. Mais à la place, j'ai l'impression que mes émotions très réelles et très personnelles ont été réduites à un diagnostic Internet clinique et inoffensif. « Sauf que, tu sais, je crois que ça va plus loin. »

Je suis du doigt les contours de la frimousse endormie d'Emma.

« Qu'est-ce que tu veux dire ?

— C'est juste que je... » Par où commencer pour tenter de lui expliquer tout ça ? « Oui, c'est vrai. Tout ce que tu as dit est vrai. Je suis bourrée d'hormones en surchauffe et hypersensible. Mon changement de style de vie m'a déstabilisée en profondeur, et je ne m'y attendais pas. Je croyais que ça ne me demanderait aucun effort, que ce serait inné.

— C'est le cas, tu es tellement maternelle. »

Cette appréciation est si manifestement erronée que je ne prends même pas la peine de le contredire.

« On dirait que tous mes efforts font un flop. Je n'y suis pas habituée. En général, je réussis. Je suis quelqu'un qui réussit ! » Après quoi je frissonne en me souvenant de la veille. « Beurk, ce groupe de mamans d'hier. Même cette fille, Jade, du canal C... Elle m'a plu. Enfin, on n'était pas très à l'aise ensemble, mais elle avait l'air sympa. Et j'ai pratiquement dû lui mettre le pistolet sur la tempe pour qu'elle prenne mon numéro. Je n'aurai sans doute plus jamais de ses nouvelles. »

Leo passe une main sur ma jambe. « Ça va s'arranger. Tu vas rencontrer des gens avec qui tu auras des atomes crochus. Et tu te remettras au travail quand tu seras prête. Tu vas trouver ton rythme.

— Je sais. » Nouveau mensonge. Avisant le journal sur l'oreiller de mon mari, je tends le bras pour l'attraper. « Je lisais ça hier soir, avant de me coucher. Je crois que c'est ce qui m'a perturbée, qui m'a plus ou moins donné des cauchemars.

— Pourquoi, qu'est-ce qu'il dit ? » Leo s'empare de l'assiette pour mordre dans un de mes pancakes.

« Elle a tué quelqu'un.
— Sans déconner !
— Ouais, et devant sa gamine. »

Leo mâche pensivement. « Waouh.
— Je sais.
— Obscène ! s'exclame-t-il en plissant les lèvres.
— Leo, je ne l'ai pas lu dans *Us Weekly*. Cette femme a un lien de parenté avec moi. »

Après avoir reposé les pancakes, il se met à opiner. « Oh, je vois, je comprends, maintenant », dit-il en croisant les mains devant lui avec ce geste professoral si agaçant qu'il fait chaque fois qu'il élabore une théorie. « Donc, sous prétexte que cette femme, qu'est-ce qu'elle est pour toi déjà, la grand-mère de la cousine de l'oncle de ton arrière-arrière-arrière-grand-tante ? Sous prétexte que c'était une mauvaise mère, qu'elle a tué quelqu'un devant sa gamine, ça a mystérieusement des répercussions sur toi ?
— Ce n'est pas aussi dingue que tu le présentes.
— Mais si, un peu, Majella.
— Pas du tout. Réfléchis une seconde, Leo. Tu connais ma mère. Elle n'est pas exactement du genre qui déborde d'affection. Elle déguerpit au premier signe indiquant qu'elle est sur le point de devenir grand-mère. Elle est incapable de me parler de quelque chose de plus sérieux qu'un orteil en marteau. C'est un véritable vide émotionnel.
— C'est faux, tu es trop dure avec elle. »

J'agrippe bien fort le journal. La mère de Leo est morte quand il avait dix-sept ans. Elle était diabétique, et elle s'est plus ou moins déclenché un coma à force de manger des donuts, sans jamais s'en remettre – tant qu'on est sur le sujet des femmes en bonne santé émotionnelle. Ma mère et lui s'adorent depuis toujours et, tout en comprenant qu'elle m'exaspère, il ne peut pas s'empêcher de prendre son parti de temps en temps. Et le pire, c'est que je ne lui en veux même pas. C'est une femme des plus charmante. Demandez juste à la réceptionniste de son comptable ! Tout le monde l'adore. Peut-être est-ce pour cette raison que je n'ai pas réellement le sentiment que c'est *ma* mère, à moi.

« Elle n'a pas d'émotions, Leo. Tu ne comprends pas. » Comme il n'y a rien que je déteste plus que le son de ma propre geignardise, je concède : « Je sais qu'elle pourrait être pire. »

Leo ricane. « Tu n'as pas idée. »

Je me remets à geindre.

« Mais elle pourrait aussi être meilleure. Ce n'est pas la relation que je veux avoir avec elle. Vis-à-vis de moi, elle est fermée comme une huître.

— Tu n'as qu'à passer un coup de fil pour lui parler, Majella.

— Elle est en *Floride* », dis-je comme si c'était la preuve la plus incontestable et la plus évidente de son inaccessibilité. Pourquoi ne comprend-il pas ? « Je dis simplement que ce que je ressens vient de quelque part. On apprend à être parents en observant nos mères.

— Oui, et ensuite, on *choisit* de les imiter ou de se comporter différemment, objecte-t-il.

— Oui, c'est ce que font les gens sains d'esprit, reconnais-je. Mais que se passe-t-il si on ne peut pas choisir ? Et si c'était encodé au plus profond de nos gènes et qu'on ne puisse pas y échapper ? Et si je faisais partie d'un cycle génétique de mères ratées auquel il est impossible d'échapper, et que je sois aussi sur le point de bousiller notre bébé ? »

Je me suis remise à pleurer ; Leo se mord la lèvre. Le pauvre homme est complètement vaincu. Comme je le plains. À ce moment-là, je suis terrifiée à l'idée qu'il souhaite être marié à quelqu'un d'autre. Quelqu'un de plus stable et léger, quelqu'un qui ressemble davantage à celle que j'étais. Je lui prends la main, je la serre, mais pas pour le rassurer. J'aimerais avoir cette abnégation. J'ai peur de la lâcher.

« Tu ne serais jamais capable de bousiller notre bébé », murmure-t-il.

S'il vous plaît, faites que ce soit vrai. Il me touche le visage. Nous baissons tous les deux les yeux vers Emma, endormie sur mes jambes. Je suis si heureuse qu'elle ne soit pas assez grande pour comprendre cette conversation. J'espère que, d'ici là, je me serai améliorée. J'ai tellement envie d'être cette femme forte et stable que Leo a cru épouser. N'étais-je pas cette femme-là, autrefois ?

« Leo ? » J'ai murmuré son nom, et voilà que je tremble bel et bien, parce que malgré mes principes je suis sur le point de lui avouer quelque chose que je n'avais pas l'intention de lui dire. Je sens les mots se déployer en moi, et j'aimerais savoir comment les arrêter, les ravaler, mais ils sortent spontanément de ma bouche. « Tu sais que je l'aime, hein ? Vraiment.

— Bien sûr. »

Un long silence s'installe, au cours duquel je pense que je vais réussir pour de bon à bloquer ces mots avant de pouvoir les prononcer. Réussir à les dompter. Mais non. Je poursuis dans un nouveau murmure.

« Je ne sais pas si ça suffit. Je ne sais pas si je l'aime comme je suis censée l'aimer. »

Le nouveau silence qui s'abat sur la pièce est horrible. Lourd. Je le sens peser sur ma poitrine. Leo adopte une expression blessée. Il fait un effort pour expirer l'air de ses poumons. Je vois ses joues se gonfler à mesure que son souffle sort de son corps, mais sans émettre le moindre son. Il me prend le journal, le feuillette sans rien lire, puis se lève du lit.

« Tu devrais jeter ce truc au feu, putain.

— Quoi ? »

Il dodeline de la tête. « C'est ridicule de se mettre dans un état pareil à cause d'un stupide journal intime préhistorique.

— Le problème, ce n'est pas le journal… » Mais il refuse d'écouter. Il a trouvé un bouc émissaire pratique. Il a besoin de le rendre responsable, plutôt que moi, et me l'agite sous le nez.

« Ça n'a rien à voir avec toi, tu comprends ? Rien. » Il fait les cent pas comme un amant de feuilleton frustré, en parlant fort. Il va réveiller Emma. « Peu importe le truc de dingue qu'une échappée de l'asile a pu faire devant sa gamine il y a plus ou moins deux cents ans, ça *n'a rien à voir avec toi.* »

Les yeux d'Emma s'ouvrent d'un coup. Elle se met immédiatement à pleurer. Leo interrompt sa tirade pour jeter le carnet sur le lit, à mes pieds. Il fait un geste vers notre fille, mais je le devance et la prends dans mes bras. Elle arrête de pleurer : un miracle en bonne et due forme. Je lui embrasse la tempe. Leo nous contemple, les mains pendant sur ses flancs, impuissant.

« Regarde-toi, chuchote-t-il avant de s'approcher pour nous enlacer longuement toutes les deux. J'aimerais que tu puisses voir ce que je vois. »

Après une longue douche, je descends au rez-de-chaussée, où je m'attends à trouver Leo prêt à partir travailler. Chaussé, en manteau. Mais non. Il est assis dans le canapé avec une tasse de café, la télécommande de la PlayStation en main, les pieds en chaussettes sur la table basse. Emma passe un peu de temps à plat ventre sur le matelas de yoga à côté de lui. De la cuisine, je lance : « Tu ne vas pas être en retard au boulot ? » Je fourrage dans le placard à la recherche d'un mug tout en inspectant la machine à café, comme si mes seuls pouvoirs de déduction étaient assez puissants pour m'indiquer si elle contient du déca ou non.

« Il est moitié caféiné, précise Leo du canapé, et j'ai appelé pour prévenir que je ne venais pas. »

Cafetière en main, je m'arrête de verser à mi-parcours pour me retourner vers lui.

« Tu quoi ?

— J'ai appelé pour prévenir que je ne venais pas. J'irai sûrement plus tard, pour le coup de feu du dîner. Mario peut gérer la préparation. Je me suis dit que j'allais passer la journée avec mes nanas.

— Un *samedi* ? »

Depuis sept ans que je le connais, Leo n'a jamais été absent au travail. Pas une seule fois. L'idée qu'il le fasse un samedi, la soirée la plus chargée du restaurant, est d'ailleurs impensable. Il a bossé avec des migraines, de la fièvre, des symptômes grippaux, et même, un jour de grande témérité, une intoxication alimentaire. Il y a un loup. Veut-il que je le croie capable de se faire porter pâle sur un coup de tête ? Juste parce qu'il mourait d'envie de passer un moment en famille ? Je me retourne vers mon mug pour le remplir avant de rejoindre Leo dans le canapé et de m'asseoir tout au bout, aussi loin de lui que possible, en balayant du regard la pièce pas finie.

« Ouais, du coup, si on profitait de la journée pour prendre de l'avance sur ce chantier ? On pourrait peut-être commencer à installer ce parquet ? »

Nos efforts de rénovation se sont brutalement

arrêtés à la naissance d'Emma. Des volutes de vapeur s'élèvent en tournoyant autour de mon visage. Je sirote mon café. Je suis en train de lui tendre un piège. Je suis sur le point de frapper.

« Ouais, peut-être », répond-il, concentré sur son jeu. Les manettes cliquettent sous ses pouces.

« Alors quoi, tu ne me fais plus confiance pour rester avec elle, maintenant ? Tu ne peux pas aller travailler et nous laisser seules ? »

Leo ne me jette qu'un bref coup d'œil, assez long cependant pour distraire son avatar quarterback sur l'écran, qui tente de bloquer la balle. Dépité, il envoie balader la télécommande sur la table basse, où elle heurte son mug, qui déborde.

« Tu sais quoi, Majella, crache-t-il en se levant, peut-être que tu es folle, putain. » Il attrape son café avant de se précipiter dans la cuisine. « C'est ce que tu veux ? Que quelqu'un te le confirme ? »

Je pose ma tasse sur la table. Incapable de décider qui a tort. Quand je remonte mes genoux devant moi, ça ne fait pas mal. Mon incision est indolore. Peut-être est-elle en train de devenir une cicatrice. Leo avale goulûment un peu de café, puis vide le reste dans l'évier. Ensuite, il revient se poster dans l'encadrement de la porte.

« Je me suis juste dit qu'un petit soutien supplémentaire ne serait pas du luxe aujourd'hui. Tu avais l'air secouée. Je sais que tu as du mal ces jours-ci, Majella, mais je refuse de te servir de punching-ball. J'essaie de t'*aider*. »

Les coudes appuyés sur mes genoux, je hoche la tête. Il vient se rasseoir dans le canapé, mais pas près de moi.

« Tu devrais peut-être appeler le Dr Zimmer », suggère-t-il.

Je suis stupéfaite. Sidérée. Me croit-il détraquée à ce point ? Au point d'avoir besoin de contacter ma psy pour un rendez-vous en urgence ?

« On est samedi », fais-je sans conviction.

Il hausse les épaules. J'attrape mon café. Je le sirote. Tout ce que je voulais, c'était me défouler. À présent, j'ai épuisé la patience de mon mari. J'aimerais revenir une heure en arrière pour effacer tout ce que j'ai dit, remonter jusqu'au moment où, il y a soixante minutes, il croyait en moi. Sa confiance avait beau être mal placée, elle était un réconfort, un espoir. Comment l'ai-je persuadé d'adopter mon maudit point de vue de façon aussi convaincante et fortuite ?

« Tu devrais peut-être songer à prendre quelque chose », dit-il tout bas. Ses paroles me font l'effet d'une injection importune, d'une violente piqûre qui s'insinue sous ma peau.

« Comme des pilules du bonheur ?

— Seulement un truc qui aiderait à stabiliser la chimie de ton cerveau jusqu'à ce que tu ailles mieux. Tu n'es pas du tout toi-même. »

Il refuse de me regarder. Je crois que je ne me suis jamais sentie aussi dépitée de ma vie. J'ai déçu tout le monde. Je ne suis pas la mère que nous attendions tous les deux. C'est un échec incommensurable. Au prix d'un effort monstrueux, je me remets debout.

« Je vais appeler le Dr Zimmer. »

Coiffée d'une des casquettes de base-ball de Leo, je baisse bien bas la visière pour pouvoir pleurer pendant tout le trajet en métro jusqu'au bureau de ma psy. Quand j'arrive, je la trouve en tenue de week-end, jean taille haute et Nike, ce qui me déstabilise au plus haut point. Je me demande si je l'ai arrachée au match de foot d'un de ses enfants, si le fait que je sois une mauvaise mère a un effet domino, qui la transforme aussi en mauvaise mère – le genre de femme qui abandonne le match de son gamin pour aller retrouver une de ses patientes. Dans ma tête, je me représente sa fille marquant un but, les mains levées en signe de victoire, sa queue-de-cheval brune se balançant derrière elle alors qu'elle scrute les tribunes en liesse à la recherche de sa maman absente.

« Désolée de vous déranger un samedi.

— Pas de problème. Ça fait partie du job. » Elle me sourit et, sans être sûre de mes souvenirs, j'ai l'impression que ça aussi, c'est une première, que son sourire n'est possible que parce qu'elle porte des Nike. « Alors, qu'est-ce qui vous arrive ? »

Je secoue la tête. « Je ne sais pas. Hier, j'ai passé une bonne journée. Enfin, je suis allée au pire groupe de mamans du monde, mais j'ai fini par prendre un café avec l'une d'elles, et c'était sympa. J'ai passé une bonne journée avec le bébé, Emma était contente. On dirait qu'elle ne pleure plus autant ces derniers temps. Tout allait bien.

— Et puis ?

— Et puis vous vous souvenez de ce journal intime dont je vous ai parlé ?

— Celui de votre ancêtre irlandaise. Pendant la famine ?

— Oui.

— Eh bien, j'en ai lu un peu plus hier soir, et c'était affreux. Ça m'a carrément fichue par terre. Je crois que j'en ai eu des cauchemars.

— Quel genre ?

— Je ne m'en souviens pas. Mais je me suis réveillée d'une humeur de chien.

— Alors pourquoi pensez-vous que c'était à cause du journal ? Que disait-il ?

— Qu'elle a tué quelqu'un. Cette femme, mon ancêtre, a tué une autre femme. Elle lui a fracassé le crâne avec un gourdin.

— Oh, mon Dieu.

— Ouais, et elle l'a fait devant sa gamine.

— La sienne, ou celle de la victime ?

— La sienne. Sa propre fille.

— Eh bien, je vois pourquoi ça vous perturbe.

— Oui. » Je me frotte nerveusement les mains sur les cuisses. « Et je déteste vraiment ça, être apparentée à cette personne. Comme si ça confirmait toutes mes pires craintes à mon sujet, en tant que mère. »

Le Dr Zimmer approuve en plissant le front.

« Si je descends de ce genre de lignée, pas étonnant que je sois en train de perdre les pédales. Peut-être qu'il est juste en moi, ce penchant.

— La violence ? s'enquiert-elle avec précaution. Je ne vous ai jamais entendue mentionner rien de violent. Il semble que ce soit un grand bond en avant.

— Je ne sais pas, peut-être pas violente. Mais dingo en tout cas. Et nulle en tant que mère.

— Je remarque que vous utilisez un langage assez haut en couleur. *Humeur de chien. Perdre les pédales. Dingo. Nulle.* Est-ce réellement ainsi que vous vous voyez ? »

Je hausse les épaules. Puis j'opine. Puis je chuchote : « C'est juste que je me déteste plutôt en ce moment. J'ai la sensation de décevoir tout le monde, comme si j'avais fait de la publicité mensongère. Comme si Leo et moi, on pensait tous les deux que je serais cette mère formidable et instinctive, et qu'à la place je sois devenue *ça.* » Mes paupières me font l'effet d'être gonflées et mon nez d'être bouché par les larmes. Je suis pitoyable. « Leo et moi, on se saute sans cesse à la gorge. Je sens que j'ai épuisé sa patience. Je la croyais infinie, mais je pense en avoir atteint les limites. Il en a tellement ras le bol de moi. C'est lui qui a suggéré que je vous appelle ce matin.

— Oh ? » Elle lève les sourcils. « Vous ne vouliez pas venir ?

— Je ne sais pas. Il trouve que je devrais prendre quelque chose. Un médicament sur ordonnance.

— Et vous, qu'en pensez-vous ? »

Je me penche sur mes genoux en pleurant jusqu'à me dire que je dois *enfin* avoir épuisé mes larmes. Sérieusement. Bon Dieu. Le Dr Zimmer reste muette. Elle attend toujours que je réponde à sa question. Comme si cette nouvelle vague de sanglots incontrôlables n'était pas une réponse suffisante ?

« Je ne veux pas prendre de foutues pilules qui vont tout bonnement éteindre mon cerveau, museler mes émotions. Je veux apprendre à les *gérer*. À faire face.

— De nos jours, il y a de nombreuses autres options très légères. Vous n'avez pas besoin de vous transformer en zombie.

— Mais c'est normal, non, ce que je traverse ? » J'ai tellement envie que ce soit normal. « Enfin, oui, je manque de sommeil et je suis bourrée d'hormones. Je pleure toutes les dix secondes. Mais un tas de jeunes mamans ressentent la même chose, non ?

— Je ne crois pas que vous viviez quelque chose d'*anormal*, m'assure le Dr Zimmer. Sauf que ça ne facilite pas les choses, n'est-ce pas ? Si ça s'aggrave, une prescription temporaire pourrait vraiment vous aider. » Elle me regarde en se remettant à sourire, et pour une raison mystérieuse, je me sens encore plus mal. « Une partie de la difficulté à devenir mère tient à ce que la chimie de votre corps fait un tas de choses bizarres, ce qui peut rendre plus compliqué de dormir, de se concentrer. Vous priver bel et bien de vos capacités à fonctionner normalement. »

Je cherche un ongle à ronger, mais je les ai déjà tous ratiboisés. « Avez-vous entendu parler d'un médicament appelé Lorazépam ? »

Nouveau haussement d'épaules. « Je ne crois pas.

— Ce n'est pas un antidépresseur. Il ne modifie pas le fonctionnement de votre cerveau. Il aide simplement à soulager l'angoisse. À se détendre.

— Comme le Valium ? Ou la bière ?

— Eh bien, c'est plus léger que le Valium, répond-elle, ignorant ma remarque sur l'alcool. Ce n'est pas quelque chose qu'on prend au quotidien ; juste le genre de médicament qu'il est bon d'avoir dans son armoire à pharmacie pour les jours comme celui-ci. Quand vous vous sentez accablée et angoissée, il peut vous aider à retrouver le calme.

— D'accord », dis-je d'un ton neutre.

Le Dr Zimmer se lève de son fauteuil rouge pour aller derrière le bureau dont je ne l'ai jamais vue se servir. Où va-t-elle ? « D'accord » signifiait simplement « D'accord, maintenant, je comprends ce que c'est que le Lorazépam », et non : « D'accord, j'aimerais que vous me prescriviez du Lorazépam, maintenant, s'il vous plaît. »

« Et pour l'allaitement ? » En gros, cette question est une tactique pour gagner du temps.

Ma thérapeute fouille dans son Rolodex à l'ancienne. Je ne savais même pas qu'on en fabriquait encore.

« Je crois que c'est sans danger, précise-t-elle en parcourant les M. Mais le médecin qui vous le prescrira verra la question avec vous. Il y en a un juste ici, dans l'immeuble, le Dr Madelon, à moins que vous ne préfériez consulter quelqu'un d'autre ? »

Mal à l'aise, je me trémousse sur mon siège sans répondre. Sans même lever les yeux.

« Majella, vous en aurez pour à peine un quart d'heure. Au pire, qu'est-ce qui peut se passer ?

— Et s'il n'accepte pas mon assurance ?

— Il accepte votre assurance.

— Oh. » Comment le sait-elle ? Par hasard, au pied levé ? Comment se souvient-elle même du nom de ma compagnie d'assurance santé ? C'est une fanatique des assurances, ou quoi ? Elle interrompt l'entreprise silencieuse de dénigrement en règle que j'effectue sur sa personne pour s'éclaircir la gorge.

« Vous n'aurez même pas besoin de prendre ce médicament, Majella, insiste-t-elle alors avec une logique inflexible. Parfois, le seul fait d'avoir cette possibilité constitue en lui-même une aide. En tout cas, ça ne peut pas faire de mal, si ? »

Au diable tous ces gens si rigoureusement rationnels que j'ai dans ma vie. Ils sont si exaspérants ! Elle s'assied derrière le bureau, attendant mon verdict.

« D'accord », finis-je par chuchoter, emplie d'une honte aussi profonde qu'irrationnelle.

Je pleure en silence pendant qu'elle me prend un rendez-vous avec le Dr Madelon. Oh, il n'était pas nécessaire d'appeler son secrétariat parce que – ô joie ! – il se trouve que le toubib est à son cabinet jusqu'à midi aujourd'hui, et non, il n'a pas de place, mais oui, il me casera entre deux patients parce que c'est quelqu'un sur qui on peut compter, et que c'est sa vocation dans l'existence de sauver héroïquement New York des dingos dans mon genre.

Le Dr Zimmer ferme son bureau avant de m'indiquer celui du Dr Madelon au troisième. Cinquante-cinq minutes plus tard, je suis debout sur le quai du métro à la station Troisième Avenue à attendre le L, l'ordonnance chiffonnée de Lorazépam tout au fond de la poche arrière de mon jean. Je la sens là-dedans.

Je descends du L à Myrtle et Wyckoff pour sauter dans un bus Q55 presque vide en cette fin de matinée du samedi. Je le quitte deux arrêts avant la maison afin de pouvoir passer dans une pharmacie que je n'ai encore jamais fréquentée, où personne ne me connaît. La jeune pharmacienne à queue-de-cheval a eu un sourire méprisant en lisant mon ordonnance, j'en suis presque sûre. Je patiente sur une chaise en plastique dur pendant qu'elle prépare mes médicaments. Mes genoux tressautent nerveusement. J'envoie un texto à Leo : *Bientôt rentrée. On a besoin de quelque chose ?*

Au bout de quelques minutes, mon téléphone bipe, et je vérifie mes textos, mais il n'y en a aucun de Leo. À la place, un message sur mon répondeur, émanant d'un numéro que je ne connais pas. Peut-être que le Dr Zimmer m'appelle pour vérifier que je ne me suis pas fichue en l'air. J'appuie sur *Lecture* en pressant l'appareil contre mon oreille.

La première chose que j'entends, c'est un bébé qui pleure, puis une porte qui claque, étouffant ses cris. Ensuite, un bruit de pas précipités et une voix essoufflée. *Salut, Majella, c'est Jade, ta voisine ? On a pris un café hier, après cette déprimante réunion de mamans ?* Elle marque une pause, apparemment distraite par quelque chose. Mes genoux ont arrêté de cogner contre le siège en plastique dur et mon corps est en suspens, immobile. Je tends l'oreille. Le bébé pleure encore, mais il semble désormais loin. La voix de Jade résonne comme si elle s'était enfermée dans une cabine de douche ou une cage d'escalier. *En tout cas, ouais, je voulais juste te faire coucou. C'était sympa de te rencontrer, et je me disais qu'on pourrait peut-être refaire ça un de ces jours. Bon.* Le bruit de fond s'intensifie, puis plus rien, comme si elle avait raccroché ou qu'elle avait coupé le son. Puis elle est de retour, et le bébé redouble de pleurs, fort. *Bon, appelle-moi juste un de ces quatre.*

Le message s'interrompt ; je monte le volume de mon téléphone au maximum pour le réécouter à la recherche d'indices, telle une Alice Détective du XXIe siècle. Que se passe-t-il dans cet appartement, à la fin ? En comparaison avec la vie chaotique de Jade, je me sens saine d'esprit et équilibrée. Je suis à la moitié de ma troisième écoute du message quand la pharmacienne me surprend en appelant mon nom. Je rempoche mon portable, m'approche du comptoir.

« Tout est prêt, dit-elle en essayant de croiser mon regard, mais je baisse la visière de ma casquette pour contrecarrer sa curiosité. J'ai juste besoin d'une signature. » Elle désigne une ligne de son carnet d'un ongle carré couleur clémentine. Un ongle qui n'a manifestement jamais connu la sombre infortune d'un contact avec du caca de bébé.

Après avoir griffonné mon nom, je mets les voiles. Sur le trottoir, je fourre le médicament dans le sac de couches avant de revérifier mon téléphone. Il y a un texto de Leo : *Ne te presse pas. Pas besoin d'être au boulot avant 16 heures. Tu achètes le déjeuner ? Et de la crème pour les fesses.* Je lui réponds : *Ça a l'air délicieux. À plus.* Après quoi, je retourne au message de Jade pour appuyer sur *Rappeler*.

Peut-être sa vie est-elle encore plus chaotique que la mienne ? Et peut-être n'avons-nous aucun point commun, à part que nous sanglotons pour un rien toutes les deux et que nous sommes de très mauvaises mères. Passer du temps avec Jade sera peut-être gênant, et même potentiellement désagréable. Mais n'importe quoi semble plus prometteur que la perspective d'un samedi après-midi ensoleillé, seule dans notre maison à moitié rénovée en compagnie de mon bébé qui pleure et d'un flacon de pilules stigmatisantes.

« Allô ?

— Salut, Jade, c'est Majella. »

14

IRLANDE, JUIN 1847

Ginny ne se souvenait pas d'avoir vu Roisin entrer dans la pièce, mais son amie était là, assise à la longue table de travail, bébé Raymond dans les bras. Deux lampes supplémentaires avaient été allumées, si bien que la cuisine était aussi lumineuse qu'en plein jour. Le thé de Ginny avait refroidi devant elle ; elle se levait, se rasseyait, puis se relevait. Elle ne savait pas quoi faire d'elle-même. Ses membres lui paraissaient déconnectés de son corps et elle ressentait une envie irrésistible de s'enfuir.

« Je pensais bien que c'était vous, disait Roisin à Seán. J'avais compris que quelqu'un apportait à manger à ses enfants, mais notre Ginny ici présente était très discrète. Pour ne pas vous attirer d'ennuis, à mon avis. D'ailleurs, qui d'autre ça pouvait être à part vous ?

— Eh bien, je ne regrette rien, même si ça doit me coûter ma place, répondit-il.

— Personne ne vous demande de regretter quoi que ce soit. »

Après s'être rassise à côté de Roisin, Ginny souleva dans ses bras le bébé, qui n'avait toujours pas fini de téter.

« Il a faim. Je vais devoir le nourrir avant de partir.

— Partir où ? » s'enquit Roisin.

Ginny la regarda. « Chez moi, bien sûr. »

Roisin prit une grande bouffée d'air et acquiesça. « Vous avez besoin de rentrer chez vous, c'est vrai.

— Inutile de chercher à m'en dissuader. »

Roisin leva une main. « Je ne le ferai pas. Mais réfléchissez bien. Planifions tout avant que vous ne vous précipitiez dans une voie que vous regretterez d'ici quelques jours. Laissez-nous vous aider. C'est si facile d'agir inconsidérément quand on est troublé. »

Ginny tenta de ralentir son cerveau, mais Roisin avait raison. Elle était en proie à une panique affreuse. Elle n'avait pas les idées claires. Seán posa une nouvelle tasse de thé en face d'elle ; cette fois, elle essaya de la siroter. Le breuvage était chaud et amer dans sa gorge. Elle secoua la tête.

« J'ai juste besoin de rentrer chez moi, il faut que je rentre chez moi.

— Et vous allez rentrer, la rassura Roisin. Mais écoutez, si vous partez sur-le-champ, ce matin, vous allez devoir tout raconter à madame Spring, y compris la manière dont vous avez appris la maladie de votre fils. »

Ginny jeta un coup d'œil à Seán, qui évita tout contact visuel, se contentant de changer de position sur son tabouret.

« Ce n'est pas uniquement votre place que vous mettez en danger, remarqua la gouvernante avec un bon sens irréfutable. Vous serez obligée de lui dire que c'est Seán qui vous a apporté la nouvelle.

— Ne vous tracassez pas pour ça, Ginny, intervint ce dernier en agitant une main. Je vais vous emmener chez vous. Il faut que vous rentriez chez vous. Tout ira bien pour moi. Si elle me donne mon congé, tant pis. »

Cependant, Roisin riposta : « Et si elle vous donne votre congé, qu'allez-vous faire ? Vous pourrez emporter vos économies et filer en Amérique, et alors qu'adviendra-t-il de la pauvre Ginny et de ses enfants ? Si vous n'êtes plus là pour les ravitailler ? »

Seán rétrécit les lèvres en une fente irritée, puis croisa les bras. Raymond s'agitait en se tortillant dans ceux de sa mère, qui prit une autre lampée de thé.

« Il reste un morceau de pain d'épice dans le garde-manger, annonça Roisin en se mettant debout. J'ai un petit creux. »

Tandis qu'elle s'éloignait d'un pas chancelant, Seán et Ginny s'entre-regardèrent. Il se mordilla le pouce.

« *Ochón*[1] *!* » La larme à l'œil, Ginny cilla très fort pour chasser jusqu'à l'idée de pleurer. Elle n'avait pas le temps de s'accorder ce genre de luxe. Son cœur faisait du tapage dans sa poitrine. « Je suis affreusement désolée, Seán, je n'ai jamais eu l'intention de vous entraîner dans ce pétrin.

— Vous ne m'avez entraîné nulle part, j'étais ravi de vous aider. Je recommencerais volontiers. »

Néanmoins, elle sentait que son ton bravache sonnait faux.

Roisin revenait du garde-manger, le pain d'épice enveloppé à la main. La nuit, elle boitait un peu, son corps se déhanchait lentement et elle regrettait de ne pas être blottie au lit. Elle posa le gâteau sur la table avant d'en couper un morceau pour Ginny, puis un autre pour elle.

« J'inventerai une histoire, continua Ginny sans y

1. En gaëlique : « Hélas. »

toucher. Ou je ne lui dirai même pas. Je serai partie avant son réveil. Et dès que Michael sera sur la voie de la guérison, peut-être que je pourrai revenir. Lui expliquer que c'était une horrible urgence. Un problème avec le bébé.

— Ça pourrait marcher, concéda Roisin. Mais pourquoi prendre ce risque ? Madame Spring est une femme imprévisible. Ce n'est pas parce que vous êtes dans ses petits papiers que ça va continuer après un tour de ce genre. Et, grands dieux, pourvu qu'elle ne se mette pas en tête que vous avez eu le moindre contact avec la fièvre ! Elle ne vous laisserait jamais revenir dans cette demeure ni l'un ni l'autre. »

Nichant Raymond au creux de son bras, Ginny passa sa main libre sur son visage, dans ses cheveux noirs défaits.

« Voyons, Michael n'est malade que depuis une journée, n'est-ce pas ? demanda Roisin en regardant Seán.

— Ouais, c'est ce qu'a dit Maire. Hier, il allait très bien.

— Donc – elle tendit la main pour la poser sur celle de Ginny –, que diriez-vous de ceci ? De rester ici aujourd'hui… »

Ginny faisait déjà non de la tête.

« Écoutez juste ma proposition. Restez ici aujourd'hui, seulement pour la journée. Nous travaillerons. Je serai là avec vous, tout semblera normal à madame Spring. Elle pourra vous rendre visite à tous les deux le matin, après le petit déjeuner, comme toujours, puis emmener Raymond en promenade l'après-midi. Il nous suffira de nous cantonner à la routine habituelle pour qu'elle ne se doute de rien. Nous attendrons la nuit tombée, jusqu'à ce qu'elle aille se coucher. Ensuite, vous pourrez y aller, et Seán, vous accompagnerez Ginny à cheval, oui, et je garderai Raymond avec moi pour la nuit une fois que vous lui aurez donné sa dernière tétée de la soirée, Ginny. À ce moment-là, vous pourrez partir pour Knockbooley et rester avec Michael jusqu'à ce que le bébé ait besoin d'être nourri le lendemain matin. »

Seán étudiait Ginny, guettant sa réaction. Roisin continua à dérouler son plan.

« Si Michael va bien, si son état s'est amélioré d'ici ce soir, vous pourrez passer simplement quelques heures là-bas et le réconforter. Le materner. Le soigner. Et rentrer tout de même avant l'aube, avant qu'on ne s'aperçoive de votre absence. Tout le monde n'y verra que du feu.

— Et s'il ne va pas mieux ? S'il ne… » Ginny ne pouvait pas se résoudre à pousser sa pensée jusqu'au bout. Elle était hantée par l'image de ce bébé qui était mort dans ses bras, de son minuscule cercueil. Elle se sentait incapable de supporter de nouveau une perte pareille.

« Eh bien, s'il va si mal, reprit Roisin, j'enverrai bébé Raymond vous rejoindre. Seán pourra revenir le chercher, et vous serez chez vous avec vos enfants, pendant que nous nous occuperons du reste. Nous inventerons une excuse pour madame Spring. »

Ginny consulta Seán du regard, mais il restait de marbre, se bornant à la fixer.

« Je ne sais pas quoi faire », murmura-t-elle.

Durant toutes les semaines et les mois où elle avait souhaité que Ray soit là, elle n'avait jamais autant regretté son absence. *S'il vous plaît, mon Dieu, dites-moi quoi faire*, pensa-t-elle. Elle ferma les yeux. Très fort. Puis elle demanda : « Quelle heure est-il ?

— Je ne sais pas, dit Seán. À mon avis, il reste encore une heure avant l'aube. »

Ginny rouvrit les yeux et considéra ses deux collègues, puis bébé Raymond, qui lui suçait le doigt.

« Vous avez peut-être raison. Je devrais peut-être attendre la tombée de la nuit. » Mais alors même qu'elle prononçait cette phrase, elle sut qu'il lui était impossible de demeurer séparée de Michael durant cette interminable journée qui s'étirait devant elle. Elle sentit ses os se glacer d'une horreur pernicieuse.

Seán hocha la tête. « Je crois que c'est un bon plan. Nous pourrons y aller ce soir, dès que la maison sera silencieuse. Retrouvez-moi dans le pâturage sud, près du bouquet d'arbres. Si nous partons bien à temps, nous aurons au moins six heures avant de devoir être de retour au matin. »

Ginny respira profondément. Ou du moins elle essaya.

« Vous aurez tout le loisir de soigner le jeune Michael. » Seán sourit. « S'il ressemble un tant soit peu à sa maman, c'est un combattant. Demain à cette heure-ci, il sera de nouveau sur pied à gambader partout. »

Dieu, qu'elle avait envie de le croire. Et elle savait que c'était possible, qu'avec la fièvre, tout était possible. Elle pensait qu'il y avait autant de survivants que de victimes. Ou presque. Elle s'efforça de ne pas se représenter l'éruption cutanée qui s'étendait sur la peau douce, hérissée de chair de poule, de son fils. Elle voyait encore ses genoux pâles et osseux qui ressortaient sous son jupon rouge. Elle avait une telle envie de s'enfuir à toutes jambes de cette maison de fous et de courir jusqu'à lui. Son petit garçon.

« D'accord, souffla-t-elle.

— Parfait. » Roisin opina en tapotant la table devant elle. « Alors, c'est décidé. Vous feriez mieux de nourrir ce bébé avant qu'il ne vous dévore le doigt. Je vais tâcher de dormir encore une heure, et je vous suggère de faire de même. Fermez les yeux, au moins. Nous avons une longue journée en perspective.

— Ouais, moi aussi, je vais piquer un roupillon, déclara Seán en s'appuyant sur la table pour se relever. Ça va, Ginny ? »

Elle se força à acquiescer. « Très bien. »

Il n'existe pas de mots susceptibles de décrire la torture que représenta cette journée pour Ginny Doyle. Son interminable vide. Après le petit déjeuner, madame Spring resta assise avec elle comme à l'accoutumée pendant qu'elle allaitait son fils. Incapable de toute conversation, Ginny se sentait mal à l'aise, exposée, ainsi installée avec le bébé au sein dans le silence. Toutefois, la maîtresse de maison ne sembla pas s'en formaliser. Ni même le remarquer. Ginny passa l'essentiel de la journée à travailler dans la cuisine aux côtés de Roisin, mais elle ne voyait rien d'autre que le visage douloureux et effrayé de Michael. Toutes les heures, elle remettait sa décision en question. Elle posait son couteau, son chiffon ou sa brosse et tournait en rond, prête à s'enfuir à toutes jambes. Elle avait presque réussi à convaincre son cerveau qu'il valait mieux attendre la tombée de la nuit, mais son corps ne voulait rien entendre. Ses jambes tressautaient mollement. Elle avait l'impression de ne plus être reliée au sol, que sa tête flottait, détachée de tout. À elles seules, les heures de cette journée furent plus longues que les mois écoulés depuis le départ de Raymond. Plus longues que leurs années de mariage, les décennies de sa vie. L'après-midi, quand elles entendirent les pas de madame Spring dans l'escalier, Roisin poussa à la hâte Ginny dans le garde-manger.

« Mieux vaut qu'elle ne vous voie pas dans cet état. Vous êtes affreusement pâlotte », enjoignit Roisin à son amie en l'éloignant d'un geste. Debout dans le cellier, Ginny s'entoura de ses propres bras et frissonna. La tête appuyée contre l'une des étagères froides, elle attendit. Elle sentait l'odeur piquante et entêtante du fromage tout autour d'elle, presque insupportable. Elle retint son souffle. De l'autre côté de la porte, elle entendait madame Spring parler.

« Voilà tatie Alice, lança-t-elle de la voix chantante qu'elle réservait au bébé. Où est ta maman ? Tu es prêt à venir respirer l'air frais avec tatie Alice ?

— Elle est simplement derrière, dans le garde-manger, à faire un peu de nettoyage, expliqua Roisin. Elle a dit que vous pouviez tout à fait sortir avec Raymond quand vous descendriez.

— Ah, formidable. Comme tu es élégant aujourd'hui, mon petit homme ! Oh, tu deviens si grand ! » Avec le poids du bébé dans les bras, sa voix changeait.

Dans le réduit, Ginny appuya ses coudes sur une étagère basse et se pencha, laissant le bois creuser une marque sur son front. Elle cassa une écharde qui se détachait, tendant l'oreille jusqu'à ce que les bruits de pas s'évanouissent. Elle essaya de fermer les yeux, mais ne voyait rien d'autre que la petite bouille de Michael, ses cheveux bruns humides collés sur son front fiévreux. Lorsqu'elle les rouvrit, elle secoua la tête pour évacuer cette image. À la place, le visage de Roisin apparut dans l'encadrement de la porte.

« Elle est partie, mon petit. »

Ginny fit signe qu'elle avait compris, s'apprêtant à

sortir de sa cachette, mais Roisin vint d'abord vers elle et posa une main sur son front. Ginny se laissa faire.

« Je vais bien. Je ne suis pas malade.

— Non, convint Roisin. Vous semblez juste ébranlée. Vous êtes affreusement pâle.

— Je suppose… » La voix de Ginny s'éteignit, indifférente.

« Asseyez-vous et prenez une tasse de thé, mon petit. Vous avez besoin de garder vos forces pour cette nuit. On dirait que vous êtes sur le point de vous effondrer. »

Ginny eut un geste de refus. « Je ne peux pas m'asseoir. Il faut que je continue à bouger, à travailler.

— D'accord. »

C'est donc ce qu'elles firent.

Aussitôt le dîner servi et la cuisine nettoyée et débarrassée, Ginny se retira de bonne heure dans sa chambre avec Raymond. Quoique bien trop sur les nerfs pour le nourrir convenablement, elle devait essayer. Il était encore trop jeune pour le lait de vache et, si elle prévoyait de le laisser à Roisin durant la nuit, il faudrait qu'il ait le ventre plein avant son départ. Allongée de côté sur son lit, elle déboutonna son chemisier, coinça le bébé contre elle, là où il pourrait rester à côté de sa maman et téter, avant de placer un oreiller derrière sa propre tête.

Dès qu'elle baissa les paupières, les larmes affluèrent. Elle les avait retenues toute la journée, elle était désormais si près du but. Encore une heure, peut-être, jusqu'à ce que madame Spring se retire pour dormir. Jusqu'à ce que Ginny puisse s'éclipser dans le noir et descendre au bouquet d'arbres éclairé par la lune derrière le pâturage sud. Seán l'y attendrait. Avec un bon cheval rapide, ils seraient à Knockbooley en un quart d'heure. Elle se mordit les lèvres. Raymond tétait toujours gentiment et bruyamment.

« Mange, mon petit homme, ou tu auras faim jusqu'au matin. »

Il venait à peine de terminer et elle tournait en rond dans la pièce en lui frottant le dos et en le pressant doucement contre elle pour qu'il fasse son rot, quand un coup rapide retentit à la porte. Ginny ouvrit immédiatement. Katie était dans le couloir, incapable de la regarder en face.

« Vous avez un visiteur dans le petit salon. » La fille fit aussitôt volte-face. Un visiteur ?

« Qui est-ce, Katie ? » s'enquit Ginny, mais la jeune domestique avait déjà filé dans le noir le long du couloir.

Après avoir claqué la porte, Ginny posa Raymond sur le lit, puis s'escrima follement à se reboutonner et à rentrer son chemisier dans sa jupe aussi vite que possible. Si ses mains tremblaient, par bonheur elle avait la tête vide. Aucune liste de possibilités atroces ne lui venait à l'esprit. Aucune image de cercueil miniature ne s'imprimait sur sa rétine. Avant ce jour, ses pensées se seraient automatiquement dirigées vers Ray. Des nouvelles de New York. Quelque chose d'abominable. Mais à présent, il n'y avait rien d'autre qu'un sentiment d'urgence pétrifiée qui fondait sur elle. Aller au petit salon. Ses mains tremblaient très fort tandis qu'elle soulevait Raymond du lit pour l'emmener.

« S'il vous plaît, mon Dieu, faites que mes jambes ne se dérobent pas sous moi », pria-t-elle tout haut en empruntant le majestueux escalier central avec terreur pour la seconde fois de la journée. Devant la porte, elle marqua une pause, juste l'espace d'un instant ; elle marqua une pause. Et elle souhaita pouvoir suspendre cet instant, arrêter sa vie ici même, rester celle qu'elle était, avant de devoir tourner la poignée de cette porte. Avant de devoir entrer dans cette pièce, affronter la personne ou la nouvelle qui l'attendait.

Ginny colla son visage contre Raymond, le respira. Lorsqu'elle ouvrit le battant pour pénétrer dans la pièce, Katie s'affairait déjà autour du plateau de thé posé sur le buffet. Le père Brennan était debout devant la cheminée. Le père Brennan. À l'entrée de Ginny, il se retourna vers elle et, à sa pâleur sinistre, elle sut tout de suite. Elle sentit ses jambes se dérober sous elle.

Elle poussa un cri parce qu'elle savait qu'elle allait tomber et qu'elle était terrifiée pour le bébé. Relevant brusquement la tête, Katie la vit basculer ; elle traversa la pièce en courant pour lui prendre Raymond. Ginny agrippa le dos d'une chaise, et puis le père Brennan fut à ses côtés, un bras passé autour de sa taille, la maintenant à la verticale. Il l'aida à s'approcher du divan, sur lequel elle s'effondra.

Une fois assis en face d'elle, il se pencha et commença à parler, Ginny agita les mains devant elle pour l'en dissuader. Peu importe ce qu'il avait à dire, s'il ne le disait pas, elle n'en saurait rien.

« Non, gémit-elle.

— Ginny…

— Non ! Non. »

Il eut un signe de tête navré, croisa ses doigts sur ses genoux. Son expression était affreusement sévère, mais ses yeux étaient humides.

« Non, non, non.

— Je suis désolé, Ginny. »

Elle se replia sur elle-même, se couvrit la tête de ses bras.

« Michael est parti, Ginny. Il est parti. Rapidement et sans douleur. »

Tout s'échappa d'elle alors, toutes les bonnes choses qui avaient jamais existé. Tout lui remonta dans la gorge en cessant d'exister. L'air refusait de circuler dans ses poumons. La plainte qui s'élevait dans sa poitrine était trop puissante pour être libérée. Elle restait coincée. Ginny était incapable de parler, de bouger. Terrassée par une violente immobilité.

« Il ne savait même pas que vous n'étiez pas là, expliquait le père Brennan. Il est mort dans son sommeil. Paisiblement. »

Elle se balança. Quelque chose de fondamental l'obligeait à se balancer. D'avant en arrière, sur le divan, d'avant en arrière. Pareille à un bébé dans un berceau, elle se balançait. Et puis le même besoin fondamental respira pour elle, envahit ses poumons, et Ginny hoqueta bruyamment. Se balança encore.

« Il a rejoint Dieu, Ginny, disait le père Brennan. Michael est dans un monde meilleur aujourd'hui. Il est avec Thomas. Il n'y a pas de souffrance. Pas de famine au royaume de Dieu. »

La main du prêtre pesait sur son dos, et elle avait envie de l'arracher, de l'écarter d'une claque. Mais elle ne pouvait pas bouger. Juste se balancer.

Au bout d'un moment, Ginny prit conscience de la présence de madame Spring dans la pièce. Elle entendit sa voix aiguë et larmoyante. Elle l'entendit prononcer le nom de Michael. Le nom de son fils. Et puis elle entendit aussi Roisin, à côté de sa maîtresse, qui suppliait pour qu'on lui accorde un peu d'intimité, qui la conduisait hors du petit salon, toujours plus loin. Ginny s'en prit à elle.

« Vous ! Vous m'avez dit de rester ! hurla-t-elle d'une voix qui avait quelque chose de mauvais, de démoniaque. J'aurais dû y aller. J'aurais dû être avec lui. » Soudain, elle fut sur pied, et l'air autour d'elle l'asphyxiait. « Vous m'avez dit de rester. »

Et puis les mains du père Brennan saisirent ses coudes, il la força à s'asseoir et elle se remit à se balancer sur le divan. Elle voyait les souliers de Katie, le bout noir de ses souliers, et elle entendit un tintement tandis que celle-ci posait les tasses sur la table devant eux. Ginny releva la tête.

« Où est mon bébé ? »

Katie avala sa salive avant de bafouiller : « Je... Roisin...

— Je veux mon bébé ! »

Et maintenant, Ginny tenait la tasse dans sa main, et puis elle n'y était plus, parce qu'elle était suspendue, qu'elle volait, et la giclée de thé qui s'en libéra plana dans les airs telle une éclaboussure chaude et noire, et maintenant, ce n'était plus une tasse, parce qu'elle s'était fracassée contre le mur. Et maintenant, elle était en morceaux. En mille morceaux.

Ensuite, ils furent dans la cour, près des écuries, c'était le crépuscule, et il faisait chaud. Le mois de juin.

« Quelle est la date d'aujourd'hui ? demanda Ginny.

— La date ? Pourquoi ?... » s'étonna le père Brennan.

Mais Seán était là. Il intervint. « On est le 24 juin, Ginny.

— Le jour… le 24 juin. » Elle hocha la tête. Elle voulait s'en souvenir. Du jour où Michael était mort.

Roisin était partie, elle avait disparu, s'était volatilisée. Katie et madame Spring se tenaient derrière la calèche. Immobile, la jeune domestique fixait ses chaussures, mais sa patronne oscillait de droite à gauche. Elle se tordait les mains. Raymond était enveloppé dans les bras de sa mère, et son ignorance des événements le plaçait dans un monde à part. Juste un jour ordinaire. Le père Brennan grimpa à l'intérieur de la voiture ; Seán se posta près du coude de Ginny pour l'aider à monter.

Madame Spring fit un pas en avant, frappa vigoureusement ses paumes l'une contre l'autre devant elle. Elle secoua la tête d'un air guindé, serra ses lèvres fines. Ginny sentait l'effort de cette femme, son chagrin par procuration. Son regard était terrible.

« Je suis sincèrement désolée », murmura-t-elle avant d'enlacer Ginny, qui réagit à peine à cette étreinte, mais qui entendit Katie haleter derrière elles.

Madame Spring pressa alors la main de Ginny et se pencha sur la frimousse de Raymond pour poser une traînée de baisers parfumés sur son nez et son front. Elle commença à reculer, puis s'arrêta pour saisir le coude de Ginny.

« Vous pourriez le laisser avec moi, proposa-t-elle d'une voix basse, mais énergique. Je pourrais m'en occuper pendant quelques jours. Vous allez être débordée. Vous aurez tant à… »

Avec un sursaut, Ginny s'éloigna d'elle avant de lui répondre sans ambages : « Madame Spring, je ne pourrai plus *jamais* être séparée d'aucun de mes enfants.

— Mais pensez à sa santé », insista celle-ci en se rapprochant encore de Ginny et de son bébé. Ses mouvements étaient empreints de panique. « Pensez à la *fièvre*, Ginny. Ne l'emmenez pas dans cet endroit ! »

Reculant d'un pas, Ginny tendit rapidement Raymond au père Brennan assis dans la calèche. Il prit le bébé, pendant qu'elle suivait des yeux les bras d'Alice Spring qui accompagnaient son transfert vers le prêtre. Les douces mains délicates de l'aristocrate voletèrent dans les airs où elles demeurèrent suspendues, suppliantes.

« Je vous remercie pour votre gentillesse, madame Spring, mais ma place est avec mes enfants, dit Ginny tout bas. Et la leur, avec moi. »

Madame Spring resta plantée dans le jardin tandis que Seán refermait la portière. Ginny ne regarda pas en arrière lorsque les roues commencèrent à rouler en crissant sur le gravier. Elle ne vit pas Alice Spring, debout à côté des écuries, les bras toujours tendus vers eux dans le crépuscule.

Lorsque la calèche atteignit le sommet de la colline, il faisait encore assez clair pour qu'on aperçoive le cottage. Il luisait d'une lumière blanchâtre contrastant avec l'explosion de vert dans les champs. La future récolte de pommes de terre était épaisse et haute, sous le ciel calme et violet à l'ouest. Dans le jardin, se dressaient les cairns de Maggie, énormes. Entre eux, leur demeure paraissait minuscule. Sans défense. Comment avait-elle pu laisser son enfant ici ? Comment avait-elle pu les laisser ?

« Que Dieu me pardonne, chuchota Ginny.

— Il n'y a rien à pardonner, Ginny, assura le père Brennan. Vous avez fait ce que vous aviez à faire pour vos enfants. Il n'y a pas de péché là-dedans.

— Je les ai abandonnés, mon père.

— Bien au contraire.

— Michael… » Elle secoua la tête.

« Il serait peut-être mort plus tôt, et de façon plus misérable, si vous étiez restée. »

Néanmoins, les mots du prêtre ne parvenaient pas à la consoler. Elle était totalement brisée. On distinguait la porte du cottage grande ouverte, mais la route se mit à serpenter vers le bas de la colline, et ils descendirent derrière la crête, dans le champ. Le haut mur de pierre les plongea dans l'ombre.

« Comment vais-je pouvoir l'annoncer à Ray un jour ? » se désola Ginny tandis qu'ils s'arrêtaient devant le champ.

À travers la barrière, elle les apercevait, ses filles : Poppy et Maggie, debout au sommet de la crête. Elles étaient toutes les deux si grandes. Elles restèrent là pendant que leur mère ouvrait la barrière. Sans venir l'accueillir en courant comme elle l'avait rêvé. Seán et le père Brennan, gênés, se tenaient en retrait, près de la calèche.

« Nous allons vous laisser quelques minutes », proposa le prêtre.

Et quand elle se retourna vers eux, Seán enlevait des herbes imaginaires des rayons d'une roue, tandis que le père Brennan étudiait les ferronneries rouillées de la barrière. À mesure que Ginny approchait du sommet, Raymond se tortillait dans ses bras et Poppy quitta sa sœur pour galoper vers sa mère. Ginny tomba à genoux, attira à elle sa benjamine en la pressant lourdement sur son épaule. Elle était grande. Si grande. Ses cheveux dorés avaient poussé et épaissi ; leurs boucles atteignaient à présent ses clavicules. En lui caressant la tête, Ginny sentit son corps menu trembler. Poppy noua ses jambes autour des hanches de sa mère, qui lutta pour se relever sous le poids de ses deux petits derniers. Quant à Maggie, elle avait détalé vers la porte du cottage.

Poppy nicha sa tête dans le cou de Ginny ; sa voix se fit doucement entendre : « J'ai cru que tu ne reviendrais jamais, Maman. »

Ginny s'agrippa si fort à elle qu'elle l'en écrasa presque. « Je suis désolée, ma belle. Je suis désolée.

— Michael est mort, Maman. On a essayé de le guérir, mais il dormait, avec ses boutons et sa fièvre, et puis il est mort. »

Ginny acquiesça. Respira. Frissonna. En revanche, elle était incapable de répondre. Devant la porte du cottage, Maggie lui barra le passage, l'air dur, les bras croisés sur sa poitrine. Sans un mot d'accueil pour Ginny, qui se baissa pour poser Poppy. Les yeux de Maggie étincelaient, mais ses traits restaient figés – dorénavant dépouillés de leurs rondeurs. Elle n'était plus qu'une série de lignes rigides. Sa bouche était toute droite, mais elle leva le menton en parlant.

« Je suppose que tu veux le voir, maintenant qu'il est mort. » On aurait dit une petite sentinelle furieuse dans l'encadrement de la porte. « Mon frère.

— Mon fils, lui rappela Ginny, qui considéra la fillette sans broncher en déplaçant le poids de Raymond dans ses bras. Je sais que tu es en colère, Maggie. Je sais. »

Le visage de Maggie s'assombrit encore. « Tu n'aurais pas dû nous laisser.

— Je sais, ma belle. J'ai commis une erreur. »

Elle songea à toucher le menton de Maggie, mourant d'envie de sentir la douceur de sa peau entre ses mains. Cependant, Maggie se détourna pour appuyer son dos au chambranle. Elle refusait toujours d'autoriser sa mère à entrer.

« Je ne savais pas quoi faire d'autre, *mo chuisle.* » Ginny ne se pencha pas vers elle, résolue à attendre que sa fille soit prête. « Aujourd'hui, j'ai compris que je n'aurais pas dû, que je n'aurais jamais dû partir. Maggie ? »

Maggie laissa tomber ses bras le long de son corps et regarda sa mère. La dureté de son petit minois n'était qu'un vernis ; Ginny distinguait la tendresse au-dessous. Elle se pencha enfin pour approcher son visage à quelques centimètres de celui de l'enfant.

« Tu n'es pas obligée de me pardonner, mais tu es ma fille. Et là-dedans, c'est notre garçon. Il est *à nous*, tu comprends ? »

Maggie fit signe que oui et, quand Ginny tendit la main vers ses petits doigts endurcis, elle ne se déroba pas. Contre la paume maternelle, la chaleur de sa main était semblable à du beurre qui fond. Ensemble, elles pénétrèrent dans le cottage, puis Maggie s'éclipsa très vite en silence vers la chambre à coucher, seule.

Maire était à l'intérieur, près du feu, les épaules voûtées, le menton baissé bien bas. Dos à la porte.

« Maire, commença Ginny, mais la grande ne se retourna pas vers elle. Maire. »

Poppy était assise sur le tabouret près de l'entrée. « Tu veux bien tenir ton petit frère ? » lui demanda-t-elle.

Poppy se leva d'un bond en souriant.

« Tu vas devoir rester assise sans bouger, ma belle.

— D'accord. » Poppy tendit les bras. Ginny y plaça le bébé, dont les prunelles se fixèrent aussitôt sur celles de sa sœur.

« Salut, bébé ! chantonna Poppy. Il s'appelle comment ?

— Raymond. »

Poppy leva les yeux. « Comme Papa ?

— Comme Papa. Allons, tiens-le bien, ma belle. Ne le laisse pas tomber.

— Mais non, Maman, je le tiens. »

Ginny se pencha pour embrasser sa tête dorée, puis se tourna vers Maire, toujours accroupie près du feu. Lorsqu'elle lui toucha l'épaule, son aînée grimaça. S'approchant d'elle de biais, Ginny se mit à genoux et se rapprocha du feu afin de pouvoir distinguer le visage de sa fille. Maire n'était plus une gamine. Au bord des larmes, elle refusait toujours de regarder Ginny.

« Je suis désolée, Maman », dit-elle à voix basse. Soudain, ses traits s'étirèrent et se déformèrent, elle porta ses mains à ses joues, et les larmes se mirent à couler à travers ses doigts. « Je suis désolée, j'ai cru pouvoir… j'ai tout fait, je…

— Arrête, Maire ! » Ginny la saisit par les épaules, se tourna pour qu'elles se retrouvent face à face. « Regarde-moi, Maire. »

Sauf qu'elle ne voulait pas. Elle se couvrit la figure à deux mains et sanglota. Pour finir, elle laissa complètement aller son corps contre Ginny, qui la consola.

« Oh, ma courageuse enfant, ce n'est pas ta faute. Tu m'entends ? »

Derrière elles, les yeux de Poppy s'écarquillèrent, cernés d'humidité.

« Maman, pourquoi elle pleure, Maire ? Pourquoi tu pleures, Maire ?

— Parce qu'elle est triste, *mo chuisle*, répondit Ginny.

— Mais Maire ne pleure jamais. »

Ginny opina. « Je sais, ma belle. Comment va le bébé ? Que penses-tu de ton petit frère ?

— Il est magnifique, Maman. Regarde ! Il suce mon doigt ! Regarde ses petites gencives, Maman ! »

Les pleurs de Maire s'apaisaient. Ginny lui écarta les mains de la figure, et elles s'agenouillèrent toutes les deux devant le feu, genou contre genou. Ginny souleva son tablier pour lui essuyer les joues. Maire frissonna, secoua la tête.

« Tout fonctionnait si bien, murmura-t-elle, et Ginny perçut le chagrin étouffé dans sa voix. On avait tout fait. Tu as vu le champ ? La récolte ? Michael était si fiable et malin. Tu aurais été si fière de nous. Et puis ça... »

Elle bascula en avant, les mains sur la figure. Laissant tomber sa tête sur les genoux de sa maman, elle gémit. Un genre de plainte que Ginny n'avait pas entendu Maire émettre depuis qu'elle était bébé, et qui lui fendit le cœur. Désormais, elle avait du chagrin pour sa fille, qu'avait-elle donc fait à sa fille ? Dieu tout-puissant.

« Tout va bien, Maire, expliquait Poppy en chatouillant le menton de Raymond. Quand Michael renaîtra, il pourra retourner dans le ventre de Maman, et il redeviendra un bébé.

— Connais-tu des chansons que tu pourrais chanter au petit Raymond ? » demanda Ginny à la benjamine, qui entreprit consciencieusement de fredonner un air.

Penchée sur Maire, Ginny lui frotta le dos.

« Je suis si fière de toi, Maire. Ça ne change rien à ce que tu as accompli. Tu n'aurais rien pu faire. Le père Brennan a dit que c'était la fièvre de la famine. »

Maire se redressa pour quitter les genoux de Ginny, essuya ses joues humides. Elle jeta un coup d'œil à Poppy et au bébé en s'efforçant de reprendre ses esprits, puis inspira un grand coup.

« Mais pourquoi *maintenant* ? s'indigna-t-elle. Alors qu'on avait presque réussi ? Tu aurais pu rentrer… Tu vois cette récolte là-bas ? Papa aurait pu rentrer. » Elle leva les yeux au plafond en inspirant de nouveau, jusque dans ses épaules.

« Allons », reprit Ginny, qui se leva en aidant sa fille à se remettre sur pied. Elle l'enlaça, la tint serrée contre elle. Maire faisait presque sa taille. « Viens rencontrer ton nouveau petit frère. »

L'aînée traversa lentement la pièce, baissa le regard vers le bébé. Elle se mit sur un genou à côté de Poppy et caressa le nez de Raymond.

« Il est adorable, hein ? lança la fillette. C'est moi qu'il préfère. » À tue-tête, elle proclama : « Je suis ta grande sœur. »

Maire rit doucement à travers ses larmes.

15

NEW YORK, AUJOURD'HUI

Je commande des burritos sur Myrtle Avenue et, en attendant qu'ils soient prêts, je parcours mon répertoire de recettes en ligne, à la recherche de biscuits végans à préparer pour Jade. Je lui ai demandé de venir quand Leo partira travailler, vers 15 heures. Par cette journée particulièrement chaude pour un mois d'octobre, nous pourrons peut-être nous installer dans le jardin, à l'arrière, pour boire de la limonade et manger ces biscuits pendant que nos bébés passeront du temps ensemble sur une couverture. Ce sera peut-être relaxant et plaisant, comme dans mon ridicule fantasme prénatal de la maternité idéale.

Les snickerdoodles végans ont fière allure. Enfin, pas tout à fait. C'est vrai, comment un biscuit au sucre peut-il avoir fière allure sans œufs ni beurre ? Malgré tout, j'ai envie de rester optimiste. Je suis prête à tenter le coup. Après avoir payé les burritos, je m'arrête à la supérette sur le chemin du retour pour acheter un produit appelé « Earth Balance » dont je suis censée me servir à la place du beurre, ainsi qu'une mixture aux faux œufs. Si je ne porte pas de jugement sur ces ingrédients, peut-être qu'ils seront délicieux. Je prends aussi des chips Fritos, qui – *devinez quoi ?* – sont sans doute véganes, mais je n'en servirais jamais à un invité, végan ou non. J'ai du mal à m'imaginer en manger moi-même. Pourtant, elles sont dans mon panier, et j'attrape aussi du beurre de cacahuète (potentiellement végan aussi). Plus la crème pour les fesses d'Emma. Et des capotes, puisqu'un jour je vais devoir recommencer à coucher avec Leo et que, si je retombe enceinte tout de suite, il y a des chances que je meure. C'est sans conteste la combinaison d'articles la plus saugrenue que j'aie jamais achetée.

Je laisse tomber le tout sur le tapis à côté de la caisse, anticipant le jugement à l'emporte-pièce de la caissière, mais il se trouve qu'elle s'ennuie bien trop pour me juger. Je traîne mes emplettes jusqu'à la maison, dans les lourds sacs en plastique qui impriment leur marque sur mes doigts. Leo attend, et il a faim.

« Oh, tiens, des burritos », dit-il. Ce qui sonne plutôt comme : *Oh, tiens, des poux.*

« Ouais, c'était rapide. Et sur mon chemin. »

J'essaie de ne pas paraître sur la défensive, bien que je porte une fois de plus un jean de grossesse et l'un de ces affreux hauts taille Empire dont la vendeuse de la boutique spécialisée m'a certifié qu'ils étaient flatteurs. Le genre de tenue qui mettrait n'importe quelle femme sur les dents.

Leo emporte les burritos jusqu'à la table basse du séjour. Emma gazouille par terre à côté de lui et, fait nouveau, elle contemple ses mains. Elle les étudie tandis qu'elles s'agitent et fendent l'air devant elle.

« Eh, regarde ça », dis-je.

Leo est occupé à déballer les burritos sans enthousiasme. « Quoi donc ?

— Emma. Elle observe ses mains.

— Tiens ! » Abandonnant le repas, Leo se met à genoux à côté d'elle. « Qu'est-ce que tu vois ? »

Profitant de sa distraction, je fourre le sac contenant les capotes, les Fritos et le beurre de cacahuète tout au fond du tiroir des casseroles. Ensuite, je pose un couvercle par-dessus, au cas où.

« Qu'est-ce que tu as acheté d'autre ?

— Seulement la crème pour les fesses et quelques trucs.

— Cool.

— Ouais.

— Et comment ça s'est passé avec le Dr Zimmer ? »

Malgré son ton prudent, sa question est lourde de sens. Il a envie de me demander pour les médicaments, de savoir si elle m'en a prescrit. Avec un soupir, je prends deux verres dans le placard. Des glaçons. De l'eau gazeuse. Je regarde les verres s'emplir de bulles pétillantes avant de rejoindre ma petite famille dans notre salon.

« On dirait que tu te sens mieux », retente-t-il.

Je hausse les épaules. « J'ai simplement passé une mauvaise matinée. Cela dit, c'était sympa d'aller la voir et de lui parler. C'était bien.

— Bon, super », approuve-t-il, m'entourant de son bras et se penchant pour m'embrasser dans les cheveux.

Je patiente un instant, histoire de m'assurer qu'il ne va pas poser la question fatidique, et il s'en abstient. Il revient à son burrito, déplie l'emballage en aluminium, en prend une bouchée.

« On a de la crème fraîche ? se renseigne-t-il.

— Elle m'a prescrit les médocs, dis-je avant de désigner le sachet des burritos. Regarde dedans, en général, ils en mettent avec. »

Interrompant sa mastication, Leo plonge la main dans le sachet et l'en ressort, tenant deux coupelles de crème fraîche pourvues de petits couvercles. Une nouvelle plongée produit un couteau en plastique.

« D'accord, finit-il par lâcher.

— Elle a expliqué que ce que je traverse est parfaitement normal, mais que les médicaments pourraient tout de même aider, juste pour un temps. Juste pour équilibrer un peu la chimie de mon corps jusqu'à ce que je retombe sur mes pieds. »

Après avoir soulevé le couvercle d'une des mini-crèmes fraîches, il en étale sur son burrito, puis hoche la tête. « Donc, en gros, ce que tu es en train de me dire, c'est que j'ai mis dans le mille. Je suis pratiquement un professionnel de santé mentale.

— Oui, c'est tout à fait ça.

— Ça fera trois cents dollars, s'il vous plaît », annonce-t-il en attaquant un énorme morceau. Emma s'agite avec impatience sur le matelas de yoga. Une reine de l'aérobic. « Mais sérieusement, c'est super, poursuit-il, la bouche pleine. Qu'est-ce que tu en penses ? Tu es d'accord ?

— Je ne sais pas. Non, pas vraiment. » Je défais la fermeture Éclair de mes bottes avant de lever mes pieds pour les poser sur la table basse à côté de mon burrito encore intact. « Enfin, je suis allée chercher les médocs. Je me suis arrêtée à la pharmacie sur le chemin du retour et je les ai dans le sac de couches, mais je suis juste… Je ne sais pas. Je ne veux pas les prendre. Surtout tant que j'allaite Emma. Qui sait comment ces trucs peuvent affecter le bébé ?

— Très bien. Je suis sûr que le médecin ne te les prescrirait pas s'il y avait le moindre risque pour Emma, mais allons-y mollo. Au moins, tu les as, maintenant, et tu peux y réfléchir. Peut-être que tu changeras d'avis. »

J'attrape mon burrito. « Peut-être. Il reste de la crème fraîche ? »

Il me tend la seconde coupelle, dont je soulève l'opercule. Nous regardons Emma comme si elle était une coûteuse représentation théâtrale en mangeant le reste de notre repas en silence.

Après le déjeuner, elle fait la sieste pendant que Leo se douche, alors je commence à préparer mes biscuits végans. Je branche mon guilleret mixer rose et j'entreprends de mesurer les ingrédients. Le simili-beurre a l'air pas mal, mais cette saleté de faux œufs me perturbe au plus haut point. Ils sont *en poudre*. À laquelle il faut ajouter de l'eau jusqu'à ce que ça « mousse ». Je me demande si Jade s'en apercevra si je mets de vrais œufs dans des biscuits végans. Va-t-elle se couvrir de boutons, par exemple ?

« Tant pis », dis-je, mais c'est du bluff. Je jette cette saleté de poudre aux faux œufs dans le mixer.

Le temps que Leo sorte de sa douche, les biscuits sont dans le four et ils ne sentent pas affreusement mauvais. Mon mari non plus. Je suis devant l'évier, les mains plongées dans l'eau chaude savonneuse. Il est debout derrière moi, sa peau est humide, je respire le parfum de son after-shave. Je sens le contact de sa joue propre rasée de près sur la mienne.

« Je t'aime, Majella. »

Je me retourne vers lui, sans enlever pour autant mes mains de l'eau savonneuse. « Moi aussi, je t'aime.

— Prépare-toi, femme, parce que j'ai l'intention de te faire des trucs incroyablement sexy en rentrant du boulot ce soir. »

Je ris.

« Tu peux rire, mais ce rire ne te sauvera pas. »

Je sors mes mains dégoulinantes de l'eau pour les agiter devant son visage, ce qui ne le décourage pas non plus. Il m'embrasse. La bouche ouverte et tout. Et il se passe la plus étrange des choses : ça me plaît. On se galoche contre l'évier pendant deux minutes entières comme deux adolescents en rut bien cachés dans les rayonnages de la bibliothèque du lycée. Il remonte même ses doigts sous ma chemise, par-dessus mon soutien-gorge. C'est si excitant. Et là, mon nichon se met à fuir.

« Dégueu », dis-je. Leo tente de continuer à m'embrasser, mais c'est fini, et j'ajoute : « C'est tellement pas sexy. »

Il rajuste son jean. « Je ne suis pas d'accord.

— Du calme, cow-boy ! » Je me retourne vers l'évier pour y replonger mes mains. L'eau est tiède.

« Ce n'est pas terminé, me prévient-il avant de m'embrasser une dernière fois sur la joue. Il faut que j'aille travailler, là, bon sang. Que je cuisine pour cette ville affamée ! Mais je reviendrai. Et tu seras à moi. »

Quand il est parti, Emma dort toujours, si bien que je récupère le sac de courses clandestin dans le tiroir à casseroles pour poser les Fritos et le beurre de cacahuète sur le comptoir. J'emporte les capotes à l'étage, où je les range dans ma table de nuit, puis je récupère le journal. Après quoi, je l'emporte dans le bureau avec le babyphone, les Fritos et le beurre de cacahuète, et je m'assieds à ma table. Mon sac de couches est là, par terre, à mes pieds ; le haut du sachet en papier de médicaments en dépasse. Je soulève le sachet, que je déchire. Le petit flacon orange de pilules m'échappe des mains ; il est couvert d'étiquettes : *Peut provo-*

quer la somnolence en vert. *Ne conduisez pas ou ne manipulez pas de machines tant que vous ne savez pas comment ce médicament vous affecte* en jaune. *Possibilité de vertiges* en rose.

Je lance Google pour taper *allaiter Lorazépam*, mais sans même me fatiguer à consulter un seul résultat, parce que je ne prendrai pas ces pilules. Je pose avec fracas le flacon sur la table, ravie du bruit de crécelle qui s'ensuit. À la place, je tape *généalogie Virginia Doyle* dans le moteur de recherche. Comme j'obtiens presque dix millions de liens, je commence à cliquer, comprenant tout de suite que je dois trouver sa date de naissance avant d'aller plus loin. C'est la seule manière de rétrécir le champ d'investigation.

Distraite par le flacon de médicaments orange, j'ouvre le tiroir du bureau pour le jeter à l'intérieur. *Bruit de crécelle*, au milieu des stylos et des timbres. J'ignore ce que je m'attends à découvrir sur Internet à propos de Ginny Doyle qui m'en apprendra davantage que son propre journal. Mais peut-être y a-t-il quelque chose ? Un article irlandais sur le meurtre ? Sauf que non. Parce que je suppose que, si elle s'était fait prendre, elle serait allée en prison, n'est-ce pas ? Elle n'aurait certainement pas fini à New York pour continuer à pondre des bébés innocents et les infecter avec son ADN de folle.

Je frissonne. Peut-être suis-je injuste. Peut-être n'était-elle pas aussi horrible qu'elle le paraît dans le journal. S'il existe une autre explication moins violente, plus facile à pardonner pour ses actes… Je ne sais pas, alors peut-être existe-t-il aussi une possibilité de rédemption.

La sonnerie du téléphone me fait sursauter. Je vérifie l'identifiant de l'appelant. Comme c'est Maman, j'évalue mes options avec soin. Je ne sais pas de combien de temps je dispose avant qu'Emma se réveille, avant que mes biscuits soient prêts. Maman a un peu tendance à s'éterniser si c'est elle qui appelle. Mieux vaut la prendre par surprise. Ai-je vraiment envie d'entendre le récit de la randonnée sac au dos du neveu de son voisin dans toute l'Argentine ? Malgré tout, je décroche.

« Salut, Maman.

— Majella ! » Elle semble toujours étonnée d'entendre ma voix même quand c'est elle qui me téléphone. Du coup, je me demande si elle n'a pas composé mon numéro par erreur, si elle ne s'est pas trompée de touche préprogrammée. « Comment vas-tu, comment va la vie ? » commence-t-elle, mais avant que je puisse répondre, elle enchaîne : « Tu ne croirais pas la météo qu'on a par ici… magnifique. On ne dirait pas qu'on est en octobre. Et là-haut, chez vous, c'est comment ? Vera m'a raconté qu'il faisait chaud.

— Oh, tu as parlé à madame Wimmer ?

— Ouais, eh bien, elle a subi une opération du genou la semaine dernière, et j'ai juste appelé pour savoir comment se passait sa convalescence, mais je crois que ça ne va pas trop. Elle souffre beaucoup, et le docteur dit qu'elle a une contusion… »

J'écoute d'une oreille en me remettant à cliquer sur les millions de Virginia Doyle, mais je n'arrive pas tout à fait à me concentrer sur ma recherche tant que ma mère me parle. Ouvrant le tiroir, j'avise le flacon de pilules. Cette conversation téléphonique avec ma mère m'oblige réellement à envisager de les prendre. Ce ne serait peut-être pas si mal de ne plus rien ressentir. Peut-être que ça n'empoisonnera pas la réserve de nourriture d'Emma. Je referme le tiroir à la volée, décidée à l'interrompre.

« Hé, Maman, je n'ai pas beaucoup de temps, je reçois une amie.

— Une amie ? Qui ça, chérie ?

— Juste cette fille que j'ai rencontrée dans le quartier récemment. Jade.

— Oh, c'est sympa. » Elle ne me demande pas où on s'est rencontrées ni comment. Elle ne me demande pas si elle a des enfants. Elle ne me demande rien.

« Ben oui. Et donc, comme elle arrive dans une demi-heure, j'ai probablement besoin de faire un brin de toilette, etc. »

L'espace d'une folle demi-seconde, je songe à lui révéler que Jade est la femme du canal C, qu'elle a des jumeaux et qu'elle souffre peut-être de dépression post-partum ; que moi aussi, j'ai des difficultés, que je vois une psy, que j'ai un flacon de Lorazépam dans le tiroir de mon bureau. Et puis je l'imagine attablée au club-house avec ses amies aux brushings impeccables autour de salades du chef, à échanger des ragots. Elle leur raconte tout. Et ensuite, elle en parle au boucher, au facteur, au magasinier de la supérette. *Ma fille allaite et elle prend du Lorazépam. Vous le croyez, vous ?* Je secoue la tête. Néanmoins, il y a peut-être quelque chose que je peux lui confier, quelque chose de réel. Quelque chose qui attisera suffisamment sa curiosité pour qu'elle m'écoute.

« Hé, Maman, au fait, je voulais te dire. Tu te souviens de ce journal que j'avais mentionné, celui de Ginny Doyle ?

— Ouais, oh… J'ai des informations sur elle, j'ai creusé un peu.

— Super, mais écoute, Maman : elle a tué quelqu'un.

— Elle a *quoi* ?
— Ouais, je sais. C'est vrai.
— Eh bien, où diable as-tu pêché ça ?
— C'est là, noir sur blanc dans son journal. » Ma mère reste on ne peut plus silencieuse. « Elle a écrit à ce sujet. Elle a tué cette femme juste avant de quitter l'Irlande pour venir ici, et devant sa propre fille. Je crois que ça l'a vraiment hantée parce qu'elle semble obsédée par cet événement. Elle a l'air traumatisée, mais en tout cas, c'était affreux et super violent.
— Bon. » Un seul mot – de la part de ma mère, une réponse en un seul mot constitue une réaction sans précédent. Je pense qu'elle en est peut-être même sans voix. C'est la meilleure chose qui me soit jamais arrivée.
« Je sais, c'est incroyable, non ?
— C'est épouvantable, finit-elle enfin par articuler. Majella, c'était la grand-mère de ma grand-mère. »
Merde, c'est encore pire que ce que je craignais. « Du côté maternel ou paternel ? » Je pose cette question comme si elle pouvait me sauver.
« Celle de Maman. »
Deux fois merde. Une ligne maternelle directe.
« Sa fille Maire était mon arrière-grand-mère.
— Maire, ouais, c'est le nom mentionné dans le journal, celui de sa fille. Celle qui a été témoin du meurtre.
— Oh. » Ma mère paraît déboussolée, découragée. Je ne suis pas sûre d'aimer cette nouvelle maman à court de mots. « C'était peut-être un malentendu, tente-t-elle. Peut-être as-tu mal compris ce que tu as lu ?
— Je ne crois pas, Maman, c'était plutôt clair. » Elle paraît si triste et déçue que je n'ose pas insister.

« Mais qui sait, hein ? Enfin, c'était quand même il y a cent soixante ans et quelque.

— Tu as le journal avec toi ? Tu veux bien me le lire ? »

Je suis réticente, parce qu'une seule lecture était déjà assez affreuse. Pourtant, je m'exécute, parce que ma mère demande à m'écouter et que, de mémoire, c'est la première fois de ma vie. Je lis : les crissements, le prunellier, la batte de hurling, le bébé qui tombe, le ton paniqué de la fille, la porcelaine bleu pâle, les cheveux de la morte. Ma voix tremble, et ma mère écoute en silence. Quand j'ai terminé, j'entends le bourdonnement électrique du babyphone d'Emma sur le bureau. C'est dire si Maman se tait. Je sens l'odeur des snickerdoodles végans qui brunissent dans le four.

« Bon Dieu, c'est consternant, finit-elle par lâcher.

— Oui.

— Mais tu sais, peut-être que c'est un peu plus complexe que ce que tu lis sur la page. »

J'approuve.

« Ben, *a priori*, c'est sûrement le cas.

— Pourquoi aurait-elle *fait* une chose pareille ? Comment quelqu'un ferait-il quelque chose d'aussi violent et malveillant ?

— Et devant ses enfants. Pour moi, c'est presque le pire. Enfin quoi, on dirait que cette femme tenait le bébé quand Ginny Doyle l'a frappée.

— Horrible. Relis cette partie-là, au sujet du bébé. »

Je retourne à la page précédente, au début du paragraphe, et je lis : « *Le bébé manque de tomber avec elle, mais je le rattrape, je le rattrape de justesse par un bras. Ses yeux et sa bouche à elle restent ouverts, et ceux de Maire aussi, écarquillés dans mon dos. La voix de ma fille est paniquée. Elle m'appelle Maman.* »

Ma mère émet un son dégoûté. « Imagine un peu, cette fille était mon arrière-grand-mère. Elle a vu sa mère commettre un meurtre. La pauvre.

— Je sais. » J'ai mal au cœur. Le burrito reste coincé dans mon estomac, il pèse une tonne.

« Cela dit, je suppose que chaque arbre généalogique a au moins une branche tordue, non ? remarque Maman, déterminée à retrouver son habituelle et légendaire légèreté.

— Je crois bien. Mais tu as mentionné que tu avais trouvé d'autres trucs à propos de la mère, hein ? À propos de Ginny Doyle ?

— Oui, il y a pas mal d'informations sur elle et ses enfants.

— Tu sais en quelle année elle est née ?

— Laisse-moi sortir mes archives. » J'entends sa chaise craquer sous son poids quand elle s'assied. « Le dossier est déjà ouvert. Je le consultais encore ce matin. »

J'attrape un bloc-notes et un crayon derrière le Lorazépam dans le tiroir de mon bureau.

« 1817, c'est l'année de sa naissance, dans la paroisse de Doon, comté de Mayo. Elle était fille unique, explique Maman, ce qui était très inhabituel à l'époque. Et elle est morte à New York en 1904.

— Et donc, elle avait quoi, environ quatre-vingt-sept ans ?

— Quelque chose comme ça. Un âge vénérable pour une meurtrière.

— Et sa fille, Maire, ton arrière-grand-mère ? Tu l'as déjà rencontrée ?

— Non, elle est morte avant ma naissance. »

Sa voix a une intonation nouvelle et peu familière. Peut-être est-elle pensive. Ou en pleine introspection

– ce serait une première. Peut-être s'interroge-t-elle sur cette ligne génétique de déceptions. Peut-être sent-elle aussi que nous nous sommes toutes les deux déçues. Qu'elle n'a pas été la mère que je voulais qu'elle soit. Peut-être comprend-elle ma terreur, à cet instant, de décevoir mon bébé comme je la déçois en ce moment même. Peut-être songe-t-elle au fait qu'elle descend de Ginny Doyle, à ce que ça implique de descendre en ligne directe d'une vicieuse meurtrière. Le programmateur du four se met à sonner. Les snickerdoodles végans sont prêts, mais je les ignore. Je veux partager cet instant de silence avec ma mère. Si elle était là, je la prendrais peut-être dans mes bras. Mais son autre ligne bipe.

« Il faut que j'y aille, annonce-t-elle.

— Ouais, cool, Jade va arriver, de toute façon », réponds-je, mais elle a déjà raccroché.

Je sors les biscuits du four pour les racler de la plaque et les laisser refroidir sur une grille. *Racler* est le mot adéquat, parce qu'ils ont la texture épaisse du goudron par une journée chaude : à peine malléables. Je les renifle suspicieusement. Ensuite, j'en casse un en deux en attendant qu'il refroidisse. Je souffle dessus. Et je le teste. Ce n'est pas le truc le plus infect que j'aie jamais mis dans ma bouche. Il a un goût de cannelle et de sucre avec je ne sais quoi de plus derrière. Les faux œufs en poudre. Beurk. Je jette le reste du biscuit aux ordures, mais je garde les autres. Jade sera peut-être habituée à cette indéfinissable consistance crayeuse-caoutchouteuse. Oui, ce biscuit réussit l'exploit d'être à la fois crayeux et caoutchouteux. Je retourne dans le bureau en secouant la tête. Peu importe, je n'ai plus faim après le burrito.

Il faut que je me rende présentable, que je change mon haut taché de lait et que je mette du gloss, peut-être un peu de blush. En allant chercher le babyphone dans le bureau, je me souviens des en-cas que j'ai apportés en douce. Ils sont là, qui m'attendent. Silencieux. Obéissants. Je sais qu'ils seront exactement conformes à mes espoirs.

J'enlève le couvercle du beurre de cacahuète avant de détacher la pellicule de protection. Oh, l'odeur d'un pot de beurre de cacahuète à peine ouvert ! Mon cœur fait des bonds. Puis j'attrape le sachet de Fritos par le haut et je le déchire. L'emballage métallique couine sous mes doigts, j'inspire profondément, oh, cette glorieuse senteur salée de friture ! Je tends la main pour saisir la première chips que j'enfonce avec prodigalité dans le beurre de cacahuète prêt à l'emploi. Je fends sans remords sa peau lisse et appétissante. Je suis en train de m'adonner à de la pornographie gustative.

La gourmette en moi est horrifiée, honteuse, épouvantée. Quelle imposture. Le dernier article que j'ai rendu au magazine *Gourmet* avant mon congé maternité traitait des meilleurs moyens de manger équilibré en intégrant les figues dans les repas de fête. Des figues ! Les gens remarquaient que c'était à la fois étonnant et impressionnant, cette façon dont les chroniqueurs gastronomiques tendent à être plutôt minces. « Tout est dans le palais, répondais-je d'un ton supérieur. Il faut juste s'entraîner à apprécier les aliments sains, et ils finissent par vous faire envie. »

Des Fritos et du beurre de cacahuète. Seigneur Dieu tout-puissant. Je ferme les yeux, je croque, je mâche et je gémis. Éradiquant à jamais le souvenir de cet abominable snickerdoodle sur mes papilles gustatives. Dans ma vie, il y a toujours eu les Fritos et le beurre de cacahuète, les Fritos et le beurre de cacahuète. C'est trop, trop bon. Je trempe une autre chips, je mâche. Et puis encore une autre. Et puis deux d'un coup, en sandwich avec une traînée décadente de beurre de cacahuète au milieu.

Je fais ça debout devant mon bureau. Sans même m'asseoir. Je mange, je mange jusqu'à ce que la taille de mon jean de grossesse devienne pour le moins tendue à craquer, jusqu'à ce que tous les Fritos aient disparu. Lorsque le sachet est vide, je le renverse pour déposer ses miettes malsaines sur ma langue avide. Mes doigts sont couverts de la graisse salée des Fritos, et je les lèche un par un jusqu'à ce qu'il ne reste plus que le bocal ravagé de beurre de cacahuète, creusé des cratères hostiles de mon offensive. Je m'effondre sur mon siège de bureau, qui roule quelques centimètres plus loin sous mon poids.

« Oh, mon Dieu, qu'est-ce que c'était bon », dis-je à voix haute. La tête renversée en arrière, je referme les yeux.

Je somnole jusqu'à ce que la sonnette retentisse. Merde ! Jade est arrivée. J'avais l'intention de monter me laver, arranger ma coiffure. Bondissant hors du siège à roulettes, je suis prise de démangeaisons là où les miettes de chips sont tombées dans mon décolleté pour se loger odieusement dans mon soutien-gorge d'allaitement. Je dégrafe à la hâte les crochets du haut afin d'épousseter mes seins et d'en évacuer les miettes. Puis je me lisse les cheveux tout en courant jusqu'à la porte d'entrée.

Jade est dehors, un bébé sur chaque hanche. Elle oscille comme une balançoire humaine. Ses jumeaux montrent leurs gencives en souriant.

« Salut ! » dis-je d'un ton surexcité. Craignant

d'avoir du beurre de cacahuète quelque part, je me passe une main sur la bouche et le menton.

« Salut, répond Jade, son sac de couches minimaliste en toile pendu à une épaule.

— Je peux t'aider ? » Je m'apprête à prendre l'un des bébés, Madeline, je crois.

« Bien sûr », fait-elle en se débarrassant de l'un des jumeaux d'un geste fluide, sans hésiter ni atermoyer. La petite tend ses menottes potelées vers moi, je la soulève dans mes bras. Elle est si lourde, si solide, comparée à Emma.

« Entre. » Je recule pour laisser Jade pénétrer chez moi. Une fois la porte refermée derrière elle, j'annonce : « Ma fille dort, mais elle va se réveiller dans une minute. » Jade me suit dans le long couloir à l'avant de la maison jusqu'à l'escalier, puis la cuisine, et j'ajoute : « Moi aussi, je m'étais endormie », surtout parce que je veux qu'elle sache pourquoi je suis si débraillée. « J'avais l'intention de faire un brin de toilette, de changer de haut. Mais ni une ni deux, j'ai entendu la sonnette ! » Bien que je me sois mise à rire, Jade paraît inquiète.

« On est en avance ? »

Je consulte la pendule de la cuisinière. « Non, non. On avait dit vers 3 heures. Il est presque 3 heures et quart. » La pauvre fille n'est chez moi que depuis trente secondes et j'ai déjà réussi à la mettre mal à l'aise. C'est sans espoir. Je fais une nouvelle tentative : « Tu n'es pas du tout en avance. Je suis juste si *fatiguée*. Les nourrissons, tu sais. Emma nous réveille encore deux ou trois fois par nuit. » Je bâille. « Dis-moi que ça va s'arranger. »

Elle me fixe sans répondre.

« Bon, alors, je te sers quelque chose à boire ? Eau

pétillante, Coca light, café ? Je vais peut-être préparer de la limonade.

— Un café, c'est bien. Merci. »

Calant Max sur sa hanche, elle examine la cuisine avec une admiration sans mélange, se penche pour regarder à travers les parois vitrées du réfrigérateur subzéro. « Ce frigo est sacrément sophistiqué.

— Ouais, on est branchés nourriture. Mon mari est chef.

— En effet, tu me l'as dit. »

Je me souviens d'avoir mentionné que j'étais chroniqueuse gastronomique, mais apparemment, je me suis aussi vantée à propos de Leo. J'avais oublié. Mon cerveau est trop embrumé ces jours-ci. J'insère un filtre dans la cafetière avant d'y verser le café moulu et de remplir le réservoir d'eau. Tout ça d'une main, parce que Madeline s'accroche à moi comme un singe. Ses membres sont minces et robustes, j'ai à peine besoin de la tenir. Elle est si facile. La machine se met immédiatement à gargouiller, ce qui la fait rire. Elle applaudit. Jade s'approche de la porte du salon pour y jeter un coup d'œil.

« On est en pleine rénovation. En réalité, on n'a terminé que la cuisine, pour l'instant.

— Ouais, approuve-t-elle en passant dans le séjour. Vous possédez la totalité ? La maison entière ? Ou vous la partagez avec une autre famille ?

— Non, elle est toute à nous.

— Cool. C'est sympa d'avoir autant d'espace. »

On dirait qu'elle repère les lieux. Je n'ai jamais vu quelqu'un reluquer les affaires d'autrui de façon aussi désinhibée. Oh. J'ai laissé le sachet de Fritos vide et le beurre de cacahuète sur le bureau, bien visibles à travers la porte à double battant ouverte.

« Ben, il y a pas mal de travail, mais on va y arriver, conclus-je avant de traverser la pièce en trombe pour refermer cette porte et dissimuler mon bazar à l'intérieur. Cette maison a d'énormes qualités. En fait, j'ai grandi ici.

— Quoi, dans cette maison même ?

— Oui, c'était celle de mes parents. Leo et moi la leur avons rachetée l'an dernier quand nous avons appris que j'étais enceinte. Comme ils déménageaient en Floride de toute manière, on a pris leur place.

— Waouh.

— Oui. »

Après avoir déplié le matelas de yoga par terre, j'étale l'une des couvertures d'Emma par-dessus pour les bébés. Il faut vraiment qu'on installe le parquet. Et qu'on mette un tapis.

« Vivre dans la maison de son enfance, commente Jade d'un ton de mauvais augure.

— Ouais.

— Cool », conclut-elle, même si ce n'est définitivement pas ce qu'elle a en tête.

Quel soulagement d'entendre Emma pleurer dans le babyphone.

« Elle est réveillée ! Je reviens dans une minute. »

16

IRLANDE, JUIN 1847

Quand Michael avait deux ans, avant la naissance de Maggie et Poppy, Ginny avait accouché d'un garçon, mal en point dès le début. Il ne tournait simplement pas rond. Arrivé quelques semaines en avance, il était tout petit, peinait à bien respirer. Raymond et son frère Kevin avaient aussitôt emmené le bébé à l'église, alors qu'il n'avait que quelques heures ; le père Brennan l'avait baptisé dans la plus grande hâte. Ils l'avaient appelé Thomas, et s'attendaient à ce qu'il n'atteigne pas l'aube de sa première journée. Et pourtant, si. Il avait survécu. Il mangeait peu, mais se battait avec une telle obstination que Ginny s'était autorisé le terrible réconfort de l'espoir. Et chaque matin où elle s'éveillait pour le retrouver en train de se tortiller et de lutter à ses côtés – de devenir plus fort, pensait-elle –, cet espoir fou s'épanouissait. Jusqu'à celui de son neuvième jour, où il finit par se figer entre ses bras. Et où il mourut.

Ginny se souvenait de l'immense étendue de son chagrin et de son désespoir. Sa rage était telle que même le jeune Michael ne pouvait pas la réconforter. Lui qui avait été son bébé encore deux semaines auparavant lui semblait soudain outrancier après le décès de son minuscule frère, un grand garçon maladroit et rustre qui traversait le cottage avec fracas en braillant sans prêter attention à la souffrance de sa mère.

Ils veillèrent Thomas à la maison, selon la coutume. Raymond avait rapporté assez de *poitín*[1] pour toute la paroisse, et bien lui en avait pris, car tout le monde était venu. Chaque homme, chaque femme et chaque enfant de Knockbooley étaient venus à la porte des Doyle pour les consoler. Il leur était difficile d'avoir l'humeur festive requise pour une veillée, tant il y avait peu à célébrer dans la vie du petit Tommy. Neuf jours. En vérité, seule Ginny pouvait pleurer sa perte, et Raymond. Les femmes de la paroisse firent cependant de leur mieux. Elles se lamentèrent. Et lorsqu'on apporta le minuscule cercueil, Ginny fut frappée d'horreur.

Elle s'agenouilla en suppliant Dieu de la soulager de sa douleur, de l'emporter avec son enfant dans la tombe. Elle se rappelait avoir pensé que peu importait ce que l'existence lui réserverait à l'avenir, plus jamais elle ne vivrait une journée pire. Elle se trompait.

Michael était allongé sur le lit de ses parents, dans la chambre. C'était le seul des rejetons de Ginny qui ne semblait pas avoir grandi pendant son absence. Il avait l'air petit et pâle. Sa peau avait une affreuse teinte grisâtre, ses lèvres à demi closes étaient bleues. Ses yeux étaient grands ouverts parce que Maire ne disposait pas de pièces en cuivre à placer sur ses paupières pour les fermer. Ginny tomba sur le lit à côté de lui et l'enveloppa dans ses bras. Le corps frêle de son fils n'était pas encore froid. Ses membres étaient toujours souples, ses petits doigts, mous et flexibles.

1. Boisson traditionnelle irlandaise fortement alcoolisée obtenue par distillation.

Elle aurait presque pu lui redonner vie tant son décès était récent. Son enfant.

Debout à côté du lit, Maggie regardait Ginny, en silence afin de ne pas effrayer Poppy dans la pièce voisine. Mais les larmes montaient de sa poitrine, du tréfonds d'elle-même. Et, bientôt, son visage entier en fut trempé, et elles coulèrent dans les cheveux de Michael, sur ses fragiles bras blancs. À ce moment-là, Maggie s'approcha énergiquement de sa mère pour lui prendre la main. Ginny sentit soudain qu'elle avait failli partir à la dérive, qu'elle avait été en danger de disparaître pour de bon jusqu'à ce que Maggie lui saisisse la main pour la sauver. La retenir. Maggie entoura ses doigts de ses menottes et serra. Si bien qu'au bout de quelque temps, au bout d'un affreux tumulte de minutes sombres et interminables, Ginny put laisser aller le corps sans vie de Michael sur le lit. L'arranger tendrement, avec révérence, comme Maire l'avait fait avant elle. Après quoi elle put prendre Maggie dans ses bras et l'enlacer à son tour. Cette magnifique petite Maggie, à la fois si grave, si chaleureuse et si pleine de souffrance. Cette douce Maggie des cairns.

Lorsque Ginny entendit le père Brennan et Seán entrer, elle se leva pour les accueillir sans reposer sa fille. Bien que Maggie fût presque trop grande, elle gardait ses jambes accrochées autour de sa taille, ses bras menus noués bien fort autour de son cou. Ginny aurait voulu ne jamais plus la lâcher. Elle ne prit pas la peine d'essuyer ses joues striées de larmes. À quoi bon ? Elle ne se retourna pas pour regarder Michael avant de pénétrer dans la pièce principale du cottage, mais elle n'en avait pas besoin : elle l'avait mémorisée – l'image de lui allongé là sur ce lit. L'odeur de son trépas, légèrement sucrée et écœurante. La masse douce et emmêlée de ses cheveux sous ses doigts. Ces souvenirs ne quitteraient jamais Ginny, pas une seconde, pas pour le restant de ses jours.

Dans la pièce baignée par la lueur joyeuse du feu de tourbe, Maire demeurait debout, bébé Raymond dans les bras. Poppy traînait dans les jupes de son aînée et Ginny fut alors frappée de découvrir combien Maire avait grandi, frappée par sa grâce altière, son long cou. À la façon dont Poppy se cachait derrière ses jupes, elle aurait presque pu être sa mère. Si Ginny n'avait pas été aussi écrasée de chagrin, elle aurait peut-être même poussé un cri de surprise.

« Poppy, viens t'asseoir ici, près du feu », dit Maire. Poppy s'exécuta, croisa ses jambes menues sous elle, et attendit consciencieusement que sa grande sœur lui pose bébé Raymond dans les bras.

La petite accueillit gaiement le poids de son frère, qu'elle berça sur son genou comme une poupée. Maire plongea une tasse dans le baquet d'eau pour offrir à boire aux invités.

« Nous allons devoir nous organiser pour l'enterrement », expliquait le père Brennan.

Mais l'enfant était encore chaud sur le lit, derrière cette porte. La main de Ginny vola vainement jusqu'à sa poitrine. Bien sûr, l'enterrement.

« Demain ? » s'enquit-il.

Si vite. Elle n'était pas prête. Ses yeux se posèrent en un éclair sur Maire, qui prit la parole.

« Nous aurons besoin d'au moins un jour de plus, mon père. Pour qu'on le veille comme il faut.

— Inutile de se plier à tous ces rituels par les temps qui courent, Maire, répondit-il doucement. Tu sais que personne ne viendra. »

Maire jeta une motte de terre dans le feu. « Recule

un peu, Poppy », signifia-t-elle à sa sœur avant d'ajouter à l'intention du prêtre : « Tout de même, mon père, cette coutume pourrait être un réconfort. Pour ma maman. »

Et Ginny eut la sensation que les rôles étaient temporairement renversés. Son aînée la maternait. À quel point avait-elle échoué dans sa tâche de mère pour que sa fille se sente obligée de faire ce dont elle la savait incapable ?

Ginny retrouva sa voix, qui, grâce à un effort immense et à l'aide de Dieu, parut forte, décidée. « Elle a raison, mon père. Donnez-nous une journée pour le veiller. Quel jour est-on aujourd'hui ? Mardi ?

— Mercredi », intervint Seán.

Elle traversa la pièce, posa Maggie par terre à côté de Poppy et de son petit frère. Maggie s'inclina vers eux deux, la main tendue pour toucher la tête de Raymond. « Alors, nous vous l'amènerons vendredi matin, mon père, annonça Ginny.

— Parfait.

— Je suppose que nous allons devoir nous procurer un cercueil, continua-t-elle, se souvenant de l'horreur de cet autre cercueil miniature, toutes ces années auparavant.

— Je m'en chargerai pour vous », proposa Seán.

Ginny acquiesça, puis demanda : « A-t-il reçu les derniers sacrements ?

— Oui, répondit le prêtre. *In extremis*. »

Ils avaient réussi à faire venir le père Brennan à temps, mais pas les deux parents. Seigneur Dieu, pourquoi Ginny avait-elle écouté Roisin et non son propre instinct ? Elle ne se pardonnerait jamais de ne pas avoir été présente.

« Vous étiez là à la fin ? » La force qui emplissait la

voix de Ginny diminuait, une note étranglée d'hystérie s'y insinuait peu à peu. Elle la ravala.

« En effet, Ginny.

— Est-ce qu'il... » Elle cilla, essaya de respirer, mais ses poumons étaient figés, solidifiés. Le père Brennan secouait la tête.

« C'était très paisible, la rassura-t-il. Il est parti dans son sommeil. » Il l'avait déjà dit. Elle en voulait davantage. Elle se tourna vers Maire.

« M'a-t-il demandée ?

— Un peu plus tôt, oui. La nuit, la dernière nuit, quand Seán était là. Mais ça ne l'a pas perturbé, Maman. »

À ces mots, Ginny ne put retenir ses larmes. Maire traversa la pièce pour la rejoindre et lui parla tout bas, à l'oreille.

« Il pensait que tu étais là, Maman, à la fin. Avec la fièvre, quand elle s'est aggravée... Il nous a confondues. Je l'ai pris dans mes bras, dans le lit. Jusqu'à ce qu'il dorme. »

Ginny saisit alors le visage de sa fille entre ses mains et elles se penchèrent, front contre front – Maire était devenue suffisamment grande. Inclinée vers son aînée, elle ferma les yeux. « Merci », murmura-t-elle. Maire tint les mains de sa mère dans les siennes et les serra, sans pleurer.

Quelques instants plus tard, lorsque bébé Raymond commença à s'agiter, Poppy se mit à lui chanter une chanson à tue-tête. À côté d'eux, Maggie restait de marbre. Ginny s'approcha, ôta Raymond des genoux de la benjamine.

« Il va bien, Maman ! Je m'en occupe.

— Ne t'inquiète pas, ma belle. Il a faim. Je crois que sa maman a besoin de le nourrir. »

Poppy protesta d'un air sombre. « Pourquoi je ne peux pas le faire moi-même ? » Elle releva son chemisier, chercha à localiser son sein, tomba sur son nombril qu'elle palpa d'une main incertaine.

Ginny rabaissa le vêtement sur le ventre de la petite. « Nous en reparlerons plus tard, promit-elle en lui embrassant le haut du crâne. Seules les mamans peuvent allaiter leurs bébés. »

Berçant Raymond sur son épaule, elle essaya de le réconforter ainsi jusqu'au départ de Seán et du père Brennan. Comme ils se dirigeaient déjà vers la porte, elle les accompagna dans le jardin. Le ciel était encore empli de la lumière jaune persistante et pleine d'espoir du coucher de soleil estival. Elle avait une autre question pour le prêtre, ignorant toutefois si sa voix parviendrait à la formuler, si son corps permettrait aux mots de sortir.

Voyant qu'elle lui faisait signe de s'arrêter, il attendit patiemment. Elle cligna des yeux avec circonspection. Raymond se tortilla sur son épaule, et elle eut l'impression que ses entrailles allaient s'ouvrir en deux, comme si les paroles avaient le pouvoir d'infliger une blessure fatale qui lui transpercerait le ventre. Elle expulsa les mots avec difficulté.

« Pensez-vous que… pouvons-nous l'enterrer à côté de Tommy ? »

Le père Brennan opina, lui pressa la main. « Bien sûr que c'est possible », confirma-t-il avant de poser une paume chaude sur le front de Ginny, et l'autre derrière la tête du petit Raymond, en chuchotant une prière fervente au-dessus d'eux, tels un baume et un bouclier.

La veillée de Michael fut désolante, misérable. Le matin, Seán apporta à Ginny un linge en lin de Belfast, cadeau d'Alice Spring pour l'enterrement. Maire aida sa maman à étaler le tissu près du feu dans la pièce principale, et ils y allongèrent Michael, afin que la lumière des flammes réchauffe les agréables contours de son visage. Néanmoins, ils n'avaient pas d'argent pour proposer à manger ou à boire, quasiment rien à offrir aux visiteurs qui viendraient se recueillir. D'ailleurs, il n'y en avait pas. Le peu de voisins qui restaient craignait d'entrer dans la maison des Doyle, à cause de la fièvre.

Madame Fallon se présenta cependant, que Dieu la bénisse, apparemment aussi accablée qu'un corps encore debout peut l'être. Ses cheveux étaient devenus blancs et sa peau, également délavée, ne laissait pour seule couleur sur son visage que le brun morne de ses yeux écarquillés. Entre ses épaules et le sol, tout son corps avait rétréci, à tel point qu'on hésitait à la toucher de peur qu'elle ne se brise en mille morceaux devant vous. Elle pleura avec Ginny, elle veilla Michael. Dieu, que Ginny lui en fut reconnaissante, à elle et à ce sentiment qui les unissait. Quelle chose terrible elles avaient désormais en commun : la compagnie des fantômes de leurs enfants.

Si Maire demeura avec les mères endeuillées pendant leurs lamentations, Maggie et Poppy passèrent le plus clair de la journée dehors, loin de ces rituels douloureux qu'elles ne comprenaient pas. Le rythme exigeant de bébé Raymond obligeait Ginny à tenir le choc. Il avait besoin d'être nourri, changé et materné ; cela ne s'arrêtait pas simplement parce que Ginny avait perdu son second fils. Il fallait qu'elle continue. Comme eux tous.

Le lendemain, le 26 juin 1847, Ginny Doyle enterra son fils au cimetière de l'église de Knockbooley, dans la même tombe qui avait accueilli Tommy huit ans plus tôt. Son père n'était pas là pour l'occasion. Ses voisins et amis ne se rassemblèrent pas pour lui dire adieu avec des chansons, de l'alcool et le souvenir des rires passés. Il n'y avait que ses sœurs et son nouveau petit frère ; sa mère, Ginny, demeura, solitaire et vide, près du trou humide fraîchement creusé de sa tombe béante.

Le père Brennan parla solennellement, mais Ginny n'entendait pas les mots qui sortaient de sa bouche, ne parvenait pas à les comprendre. Maire se montra courageuse et solide. Le nez rouge, les joues bouffies, elle gardait Raymond dans ses bras. Elle ne laissa pas échapper une seule larme. Agrippée à la main de sa mère, Maggie gémit et pleura quand ils jetèrent de la terre sur le cercueil, tout comme Ginny, que Dieu lui vienne en aide. Poppy resta debout d'un air sombre et en silence, accrochée à l'autre main de Ginny. En toute innocence, elle voulait savoir pourquoi Michael était dans cette boîte, et comment il ferait pour en sortir à son réveil.

De son côté, Ginny n'arrivait pas à croire qu'il n'y ait personne aux obsèques, que personne ne soit venu. Leur paroisse s'était vidée de ses fidèles. Ils étaient tous morts de faim, ou ils avaient pris la fuite. Ses enfants et elle étaient seuls.

« Estimez-vous heureuse d'avoir pu l'enterrer », tempéra le père Brennan. Et ces paroles semblaient les plus creuses et les plus abominables qu'il puisse offrir à une mère dévastée de chagrin.

« Est-ce censé me réconforter, mon père ? lâcha Ginny, incrédule, en s'efforçant de contenir la colère dans sa voix.

— Je voulais seulement dire que, dans une période atroce comme celle-ci, un enterrement chrétien dans les règles est une bénédiction. Pas plus tard que le mois dernier, James Madigan a marché jusqu'ici, si affaibli par la faim qu'il tenait à peine sur ses jambes, portant ses deux plus jeunes enfants morts dans ses bras. Il a lutté pour parcourir ce chemin et s'assurer qu'ils aient une sépulture. Il est décédé en arrivant devant cette grille, Ginny. J'ai dû les enterrer tous les trois ensemble, et il n'y avait pas âme qui vive pour pleurer leur trépas. »

Ginny jeta un coup d'œil à Maire à ses côtés. Il y avait encore quelques mois, elle aurait férocement protégé sa fille d'une telle histoire. Elle l'aurait distraite avec un prétexte quelconque et se serait éloignée à la hâte. Aujourd'hui, Maire ne cillait même pas. Ginny se signa.

« Qu'ils reposent en paix, lança-t-elle. Je dirai une prière pour eux, père Brennan.

— C'est bien. »

Et Ginny se souvint alors dans un sursaut d'avoir marché vers Westport des mois auparavant, avec Ray et les enfants, la première fois que le mildiou avait frappé, quand les circonstances paraissaient déjà difficiles et effrayantes. Ils étaient loin de se douter combien elles allaient s'aggraver. Ils avaient vu James Madigan ce jour-là, l'avaient rencontré sur la route devant sa ferme, assis sur l'échalier à côté de son champ décimé, se tordant les mains de terreur. Pleurant déjà les petits qu'il savait qu'il allait perdre. Ce jour-là, Ginny avait *bel et bien* essayé de protéger Maire des craintes ardentes de ce malheureux.

Dans le cimetière de l'église, elle se signa à son tour.

« Je ne m'attends pas à vous procurer du réconfort avec cette histoire, concéda gentiment le père Brennan.

Bien sûr que non, Ginny. Seul Dieu peut le faire pour vous, et Il le fera. En temps utile. »

Ginny n'en croyait pas un mot. Le seul réconfort possible pour elle, dorénavant, serait sa propre mort, qui signifierait malgré tout qu'elle abandonnerait de nouveau ses enfants. Il n'y aurait donc aucune possibilité de réconfort, plus jamais. Elle tenta d'inspirer un peu d'air dans sa poitrine, mais ne réussit qu'à frissonner.

« Je suppose que nous devrions écrire une autre lettre à Kevin », chuchota-t-elle. Elle s'empêcha d'imaginer Raymond, attablé dans un lointain immeuble de New York avec son frère. Un voisin ou un prêtre leur lisait la lettre. Elle s'efforça de ne pas se représenter son visage.

« Attendons quelques jours, suggéra le père Brennan. Avec tout ce qui se passe en Irlande ces temps-ci, ce n'est guère étonnant que nous n'ayons pas encore reçu de nouvelles. Je parierais que les lettres de Raymond se sont égarées, mais gardez espoir, l'une d'elles finira bientôt par arriver jusqu'à nous. À ce moment-là, nous lui répondrons. Nous lui annoncerons la nouvelle bien assez tôt. »

Ensuite, ils repartirent chez eux à pied, Ginny, ses filles et le bébé.

Toute la journée, elle s'évertua à ne pas penser à Ray. L'espoir était quelque chose de traître, et elle savait qu'elle se porterait mieux sans. Ginny avait entendu des histoires de maris qui s'embarquaient pour l'Amérique afin de nourrir leurs familles affamées, mais qui, arrivés à New York, les oubliaient complètement. Certains dilapidaient leurs gages en buvant pour noyer leur chagrin. D'autres les dépensaient pour subvenir aux besoins d'une nouvelle femme et de nouveaux enfants, repartir de zéro. Ginny savait son Raymond incapable de ce genre de monstruosité. Elle savait que c'était un homme bon et honorable, imperméable aux tentations et aux attraits du changement. Il aimait sa famille. En revanche, elle se rappela alors la puissante amnésie qui l'avait saisie à Springhill House, la plongeant dans l'oubli le plus complet au beau milieu de la famine, et craignit que tout soit possible. Peut-être New York serait-elle *suffisamment* séduisante pour que Raymond oublie. Ou peut-être même que cette possibilité révoltante était plus facile à imaginer pour elle que l'alternative.

Le samedi fut le premier jour où ils se réveillèrent dans le cottage sans Michael, et son absence sembla à Ginny plus pesante et plus choquante qu'elle n'aurait jamais pu le concevoir. Toutes ces semaines, après le départ de Ray, pendant lesquelles Michael était resté silencieux, gardant jalousement sa voix en lui, ce temps volé à sa mère – elle voulait qu'on lui en rende chaque journée, chaque minute. Le tenir, le soigner et le guérir. Le réparer pour qu'il redevienne le garçonnet d'autrefois, avant l'arrivée dans leurs vies de ce mildiou malfaisant qui avait éradiqué le bonheur de son petit monde.

Seán apparut au cottage cet après-midi-là, porteur d'un panier de nourriture préparée par Roisin : du pain frais avec une noix de beurre, des carottes bouillies froides et une tourte à la viande posée sur l'une des assiettes en porcelaine Wedgwood de madame Spring. Il y avait aussi une cruche de babeurre. Un festin, comparé à ce que Ginny avait pu subtiliser pour envoyer aux enfants ces derniers mois. Une légère culpabilité l'envahit à l'idée de sa cruauté envers Roisin à Springhill House, de la façon dont elle l'avait blâmée pour tout ce qui s'était passé. Que Dieu la bénisse. Ce n'était pas sa faute ; après tout, Ginny avait pris sa décision seule. Roisin n'avait fait que tenter de l'aider.

Également glissé dans le panier, enveloppé d'un épais papier parfumé à la lavande et noué d'un ruban gris, se trouvait un cadeau pour Raymond : un petit livre de poèmes pour enfants.

« Madame Spring savait que vous veniez ? » demanda Ginny.

Seán confirma d'un signe. « C'est elle qui m'envoie. Elle ignore toujours que je viens ici depuis le début apporter à manger. Ou du moins, elle n'a pas posé la question.

— Elle ne s'inquiète pas pour la fièvre de la famine ? »

Seán fit signe que non. « Elle n'a pas l'air d'avoir saisi la situation.

— Je suppose que tout ça a été choquant pour elle. Apparemment, elle n'a pas une constitution robuste.

— Non », convint-il.

Ginny contempla le joli livre couleur crème qu'elle tenait entre ses mains. La couverture était ornée d'un enchevêtrement de plantes grimpantes fleuries et d'un petit lapin vêtu d'un gilet. Sautillant sur la pointe des pieds en applaudissant, Poppy toucha le lapin.

« Tu nous le liras, Maman ? » dit-elle en escaladant le genou de sa mère pour se blottir contre elle.

Ginny en feuilleta les pages. La famille n'avait encore jamais possédé de livre.

« Je ne sais pas lire, *mo chuisle*. Nous pourrons peut-être demander au père Brennan quand il reviendra. Mais on peut regarder les images et inventer nos propres comptines, pas vrai ? »

Poppy essaya de masquer sa déception. « D'accord.

— Je peux le faire, moi », intervint Seán.

Maire, qui balayait les cendres dans l'âtre, suspendit sa tâche, les sourcils arqués.

« Très chic », dit-elle. Seán se mit à rire.

« Pas vraiment. J'ai juste eu de la chance.

— En effet », commenta Ginny. Seán s'assit à côté d'eux sur le tabouret. Elle lui tendit le livre. Pendant sa lecture, sans grimper sur ses genoux, Poppy resta tout près de lui, captivée, l'interrompant de temps à autre.

« Celle-là, c'est Hector ? demanda-t-elle en désignant l'une des grenouilles.

— Celle-là, avec le chapeau bleu, répondit Seán. Et je crois que celle-ci, avec le nœud rouge, c'est Millicent. » Il lui lit le livre en entier, et lorsque Maire eut fini de nettoyer, elle les rejoignit. Assise près du feu, Maggie feignait de ne pas écouter. Ginny sortit Raymond de son berceau, puis l'emmena dans la chambre à coucher pour le nourrir. Dans le calme et l'intimité, elle se laissa aller à verser de simples larmes tandis que le bébé tétait. Après quoi, elle les essuya, mais ses paupières étaient encore gonflées lorsqu'elle émergea de la pièce. Seán se préparait à partir.

Ginny le raccompagna dans le jardin. « Merci d'avoir apporté à manger. Avec un peu de chance, nous n'aurons bientôt plus besoin de votre aide. La récolte paraît prometteuse.

— Que le ciel soit loué ! J'ai entendu d'autres bruits à Westport ce matin, selon lesquels le mildiou se répand rapidement. Les gens commencent à paniquer. »

Ils s'approchèrent des robustes plants en fleur. On était fin juin. Les navets et les pommes de terre primeurs seraient prêts à être ramassés dans les semaines à venir, et les champs ne montraient pas le moindre signe de pourriture.

« Pour l'instant, elles ont l'air très bien, déclara Ginny.

— Touchons du bois », répliqua Seán. Il ajusta le mors dans la bouche de son cheval, mais avant de se mettre en selle, il se retourna vers elle. « Il y a autre chose. »

Ginny entendait Poppy chanter une chanson à son petit frère à l'intérieur du cottage. Elle frissonna, croisa ses bras sur sa poitrine.

« Madame Spring s'en va. »

Le cerveau de Ginny s'emballa. « Elle s'en va, mais comment ? Elle retourne à Londres ? »

Il la détrompa d'un signe de tête. « New York. »

Ginny était sans doute bouche bée ; en tout cas, elle ignorait totalement comment réagir.

« Il semblerait que son mari ait pris un poste temporaire là-bas et qu'il se soit organisé pour la faire venir. »

Son estomac se tordit. « New York, murmura-t-elle. Je pensais… enfin, Roisin pensait que leur mariage était terminé, qu'il ne le lui demanderait jamais. »

Seán haussa les épaules. « Je suppose que même un salaud comme Stuart Spring possède toujours un certain sens du devoir, tout affaibli qu'il est. Je crois que Murdoch a dû l'inciter à partir d'ici en lui expliquant à quel point les choses se sont dégradées, et qu'elles pourraient s'aggraver encore, maintenant que le mildiou semble revenir. Murdoch ne veut plus la surveiller, mais Spring ne veut pas non plus qu'elle rentre à Londres. Comme il a probablement une autre femme sur place, il souhaite garder sa bourgeoise à l'écart. Alors, quand il a obtenu ce poste à New York, je crois qu'il y a vu une occasion de l'éloigner de l'Irlande sans devoir compromettre sa liberté, sa nouvelle vie à Londres sans elle.

— Vous pensez donc qu'il va l'installer à New York, puis l'abandonner là-bas aussi dès que ses affaires y seront terminées ?

— Bien sûr. Elle ne représente plus pour lui qu'une responsabilité non désirée, rien d'autre… »

Ginny songea à Ray, et les paroles de Seán résonnèrent dans sa tête : *une responsabilité non désirée*. Toutefois, cette formule ne pouvait pas s'appliquer à elle, à ses enfants. Non.

« C'est si horrible, s'exclama-t-elle en détournant son esprit de Ray pour le ramener à madame Spring. Je sais qu'elle est un peu piquée, mais elle est gentille ; c'est une femme bienveillante à sa manière. Et belle, en plus.

— Je n'avais pas remarqué. » Seán sourit. Il enfonça une botte dans l'étrier, se hissa sur la selle. Sous lui, le cheval ne bougea pas.

« Que va-t-il arriver à Springhill House ? Son départ est-il très proche ?

— Murdoch est en train d'organiser sa traversée. Il veut s'arranger pour qu'elle s'en aille aussi vite que possible, dans les deux prochaines semaines. À mon avis, il va la faire passer par Cork. Je vais sûrement être obligé de l'y conduire moi-même. Tous les bons navires partent de là-bas. Aucun gros bateau n'appareille de Westport.

— Bien sûr », approuva Ginny, alors même que les mots de Seán se bousculaient dans sa tête sans qu'elle puisse s'y accrocher assez longtemps pour les comprendre.

« Ils ont donc déjà renvoyé Katie. Roisin a supplié

qu'on l'autorise à rester, mais madame Spring a refusé. Elle ne sert plus à rien. »

Ginny eut le souffle coupé. « Mais où va-t-elle aller ? Ses parents sont morts, n'est-ce pas ? Elle est trop jeune pour se retrouver seule. »

Seán secoua la tête d'un air sévère.

« Je ne sais pas. Roisin est bouche cousue sur le sujet. Elle est dans un état affreux. Ces jours-ci, elle parle à peine. Elle va continuer à cuisiner pour Murdoch et à tenir la maison, bien qu'ils ne soient plus que deux. Par ailleurs, la plupart des journaliers du domaine vont rester aussi. La terre doit toujours être travaillée.

— Et vous ?

— Ils n'ont plus besoin de moi. Je partirai en même temps que madame Spring. » À ces mots, Ginny sentit les terribles effluves d'un souvenir cauchemardesque envahir les airs. La puanteur du fétide et du pourri.

« Partir où ?

— Je ne sais pas encore. J'ai assez d'économies pour payer ma propre traversée de l'Atlantique. Je vais peut-être… Je ne sais pas. Je n'ai pas de point de chute là-bas. Pas de perspectives. Vous connaissez des gens riches qui cherchent un cocher ? » Il rit, mais Ginny était incapable de l'imiter.

New York. Là où était Ray. Ils y allaient tous, à présent. Cette petite troupe sur laquelle elle en était venue à compter, ces gens qui, au fil des dernières semaines et des derniers mois, alors que le monde entier s'était écroulé et décomposé, étaient contre toute attente devenus ses amis. Et voilà qu'ils partaient traverser l'Atlantique vers New York, vers Ray.

Seán manquerait à Ginny. Néanmoins, elle n'aurait jamais dû s'autoriser à apprécier autant un homme qui n'était pas son mari. À se reposer autant sur lui. Lorsqu'elle tenta de respirer, elle crut que de l'eau s'infiltrait dans ses poumons. Ils marchèrent jusqu'en haut de la crête, Seán juché sur sa selle, Ginny avançant à côté du cheval, jusqu'à ce qu'ils atteignent ensemble le point culminant de ses terres. Ensuite, elle fit demi-tour vers le cottage et scruta les plis et les replis des champs ondulant dans la brise au milieu desquels était confortablement blottie sa petite maison.

« S'il vous plaît, mon Dieu, faites que la récolte soit bonne. Faites qu'il y ait au moins une bonne chose dans notre vie. Nous en avons besoin. »

Et c'était la vérité. Si la récolte de pommes de terre était un nouveau désastre, cette fois-ci, il n'y aurait pas de salut. Sur la crête, en regardant vers le cairn de Raymond, Seán s'immobilisa, la tête inclinée de côté comme s'il écoutait quelque chose au loin. Une forte brise fouettait ses cheveux noirs, et il flatta le cou de son cheval sous lui. Il se redressa et inspira profondément par le nez.

« Vous sentez ça, Ginny ? »

17

NEW YORK, AUJOURD'HUI

« Bon, tu l'aimes comment, ton café ?

— Noir, répond Jade, à moins que tu n'aies du lait de soja ?

— Ce sera noir, du coup. Par contre, j'ai préparé des biscuits végans. Des snickerdoodles. »

Jade est assise en tailleur à côté du matelas de yoga trop petit pour les jumeaux, qui n'arrêtent pas de rouler sur le sol inachevé. Emma les observe de son transat.

« Peut-être qu'on devrait aller à l'arrière. Il fait très beau, dehors. » J'émets cette suggestion en apportant une assiette de biscuits végans sur la table basse. « Désolée pour le sol. Je ne suis pas habituée aux bébés déjà mobiles, et on n'est pas pressés de poser le parquet, parce que Emma ne se déplace pas beaucoup.

— Ouais, apparemment », commente Jade, impassible.

Mon esprit pétillant ne l'impressionne pas.

« Je vais faire de la limonade d'abord, ensuite, on pourra aller dehors.

— Cool. »

Je presse les citrons en silence. Emma oscille dans son petit transat à vibrations apaisantes, et Jade reste simplement assise là à repousser ses jumeaux sur le matelas en les faisant rouler dès qu'ils s'approchent du bord. Elle ne leur parle pas, ne leur chatouille pas les pieds, ne leur embrasse pas les aisselles comme je le fais avec Emma si elle est allongée avec moi, sans défense. Elle se contente de les surveiller en silence et de les éloigner des bords.

Jamais je n'ai pressé de citrons aussi vite de ma vie. J'ajoute du sucre, de l'eau, de la glace et quelques feuilles de menthe écrasées. Puis je transporte le pichet, des verres et l'assiette d'abominables snickerdoodles jusqu'à la véranda avant de revenir attraper le transat d'Emma.

« Prête ?

— Bien sûr », approuve Jade en se remettant sur pied.

Elle soulève Madeline et prend sa tasse de café noir, mais abandonne Max par terre. Je fronce les sourcils.

« Hum, je crois que nous ne pouvons pas tout porter à la fois, dis-je en pensant que c'est plutôt son café qu'elle devrait laisser en plan.

— Ça va bien se passer, il ne peut pas aller très loin, m'assure-t-elle. Je reviens le chercher tout de suite. »

Je suppose qu'on finit par savoir prendre certains risques quand on a des jumeaux.

« D'accord. » Je l'entraîne vers la porte de derrière, au bas des cinq marches.

Aussitôt dehors, je me rends compte de la faille cruciale de mon plan : il n'y a pas d'herbe ici, aucune surface souple sur laquelle poser les bébés. Pas encore, en tout cas. Leo et moi avons prévu de tailler la jungle derrière la véranda, mais comme l'essentiel de notre rénovation, nous n'avons pas atteint ce stade. Jade regarde désespérément autour d'elle, et je grimace.

« Je suis désolée. Mince ! Avec Emma, on n'est pas

arrivés au point où il faut sécuriser l'environnement. Je suppose que je n'avais pas pensé… »

Je pose le transat de ma fille par terre à côté de mon siège, devant la table en fer forgé.

« Pas de problème, on ne peut pas s'attendre à ce que le monde entier se conforme aux besoins de vos bébés, professe Jade avec une grâce et une sagesse dignes de Yoda. Je n'y aurais pas pensé non plus avant qu'ils atteignent cet âge-là. Je commence à peine à sécuriser mon appartement. Mais maintenant, ils s'asseyent tout le temps. Et puis ils tombent. Il leur faut vraiment un endroit mou pour atterrir, parce que ce moment-là est inévitable.

— Bon, allez, laisse-moi m'occuper de Madeline, au moins », dis-je, incapable de songer à autre chose qu'à Max, toujours seul à l'intérieur. On est là depuis presque une minute. Ce gosse pourrait déjà avoir descendu les marches du perron et se trouver à mi-chemin de Myrtle Avenue à l'heure qu'il est. Jade me tend son bébé, disparaît dans la maison et revient une minute plus tard avec Max.

« Je pourrais filer chez moi chercher mon parc pliable », propose-t-elle.

Elle ne va pas me laisser seule une fois de plus avec ces trois bébés. Pas question, pas moyen.

« Oh, on en a un ! Tu peux t'en servir. Il est toujours dans sa boîte. Il était sur notre liste de cadeaux, mais on ne l'a pas encore utilisé.

— Cool », accepte-t-elle, et je m'aperçois alors que je vais être obligée de rentrer pour monter à l'étage le récupérer dans le placard du couloir. Obligée de laisser Emma seule avec elle. Je sirote une gorgée de limonade pour gagner du temps. Jade s'assied à la table, Max en équilibre sur un de ses genoux.

J'installe Madeline sur l'autre avant de m'accroupir devant Emma pour lui annoncer : « Maman revient tout de suite ! Ne te sauve pas ! »

L'idée me vient de la pincer pendant que je suis accroupie pour la faire pleurer et entendre sa petite voix tant que je serai à l'intérieur. Mais je m'aperçois que c'est sans doute un nouveau symptôme de ma dinguerie, alors j'abandonne. De toute façon, Jade ne va certainement pas la kidnapper. Pourquoi voudrait-elle d'un bébé *de plus* ? Sans compter qu'en trente secondes elle n'irait pas bien loin avec ces trois-là, si ?

Dès que j'ai franchi la porte de la cuisine et que je suis sortie de son champ de vision, je me lance dans une course folle, ignorant la douleur de ma cicatrice de césarienne tandis que je monte les marches quatre à quatre. J'ouvre à la volée la porte du placard du couloir avec un grand *bang* pour en retirer le parc, que je pose par terre. Je tente d'éventrer le carton avec mes doigts, mais il refuse de céder. Merde. Pourquoi les emballages de produits pour bébés résistent-ils à l'ouverture avec un tel entêtement ? Cette opération pourrait prendre des plombes. Je me penche pour traîner le carton dans la chambre d'Emma, d'où j'aperçois le jardin derrière la vitre. Jade maintient ses deux petits sur ses genoux d'une main et sirote son café chaud de l'autre. Emma a les yeux rivés sur la fenêtre. Me voit-elle ? Je lui fais coucou.

Au bout de plusieurs minutes passées à jurer et à suer tant et plus, je finis par desserrer les épaisses agrafes du rabat sur un côté, et l'emballage cède. Je le renverse, le parc pliable glisse par terre. Il est assez léger, empaqueté avec soin. Je le soulève par sa poignée, puis le transporte rapidement en bas. Après m'avoir tendu l'un de ses jumeaux, Jade installe le parc en dix secondes chrono. Moi qui ne parvenais même pas à sortir ce foutu machin de son carton. Elle est l'être humain le plus accompli que j'aie jamais rencontré, y compris mon cousin qui faisait partie d'un groupe pop de garçons, super célèbre en Pologne, dans les années quatre-vingt-dix.

« Waouh.

— Ouais, c'est facile une fois qu'on a pris le coup. Ces trucs sont super. Tu vas t'en servir tout le temps quand Emma sera plus grande. »

Je ne la crois pas. On dirait une prison miniature. Elle laisse tomber Max à l'intérieur. Il roule joyeusement sur le dos avant de se mettre à sucer un de ses pieds. Ensuite, Madeline le rejoint et commence à lui sucer l'autre.

« Punaise, ils sont tellement sages. Ils ne pleurent jamais. »

Jade ricane.

« Enfin, comparés à Emma. Elle pleure beaucoup, je trouve. Parfois, elle entame une crise de larmes qui peut durer des heures, et *rien* ne la calme. Ça me rend folle. »

Dans son transat vibreur, Emma soupire théâtralement.

« Oui, bon, ça arrive à tout le monde de pleurer pendant des heures, non ? » répond Jade. Elle se cale dans son siège, triture une ou deux mèches blondes hérissées sur son crâne.

« Mais c'est dur, hein ? De devenir mère ? Enfin, c'est aussi génial, mais si épuisant ! Même avec mon mari et un seul bébé, c'est épuisant. J'ai du mal à imaginer comment tu te débrouilles sans aide extérieure avec eux deux. »

En réalité, je sais très bien comment elle fait.

Elle les laisse dans leur berceau des heures durant, et ils pleurent tous les trois à longueur de journée. Voilà comment. J'observe les jumeaux, ravis dans leur cellule capitonnée, puis Emma, décomposée, la lèvre qui tremble dangereusement. Bientôt, elle va pousser ses cris les plus terribles et les plus éprouvants. Ceux de la faim.

« Faut que j'aille chercher mon coussin d'allaitement. » Je cours à l'intérieur le récupérer sur le canapé.

Ensuite, je réussis à extraire Emma du transat et à la mettre au sein avant que les pleurs ne montrent leur vilain nez, exploit pour lequel je me sens presque aussi habile que Jade avec son aptitude à monter les parcs comme par magie. Elle fixe ses bébés d'un air absent. Je n'ai pas la moindre idée de ce que je pourrais lui raconter. Je me décide.

« Tu sais, tu es vachement impressionnante. J'espère que je pourrai donner le même sentiment de maîtriser sans effort quand Emma aura leur âge. »

Cette fois, elle ne ricane pas. Elle ne réagit pas du tout.

« Je vais m'y habituer, hein ? » Du bout du doigt, je caresse la frimousse d'Emma, son oreille.

Cette conversation ne décolle vraiment pas des starting-blocks comme je l'avais escompté. Je ne peux pas poser de questions sur le père : il ne fait pas partie du tableau. Jade n'a pas de famille ici. Elle déteste son boulot. Et puis interroger une jeune maman sur ses centres d'intérêt semble presque cruel, un rappel de sa vie perdue. Je suis à court de sujets. Jade renifle, et je m'aperçois avec horreur qu'elle est au bord des larmes. Elle a détourné la tête pour n'exposer que son profil et les cacher autant que possible, mais c'est indéniable. Elle se lève à la hâte pour me tourner le dos. Penchée sur le parc, elle feint de jouer avec les jumeaux pendant une minute, mais elle est incapable de se reprendre. Elle s'effondre.

« Hé ! »

Ouaip, c'est tout ce que j'ai trouvé. L'éternel *hé !* bien pratique. Jade émet un reniflement sonore qui évoque plutôt un grognement avant d'entreprendre de sécher ses larmes. Elle sait qu'elle est démasquée. « Je suis désolée », s'excuse-t-elle, et quand elle se retourne, son visage est humide et rouge, ses joues, marbrées de taches.

Je secoue la tête. « Non, non. Pas du tout, pas de quoi être désolée. »

Elle se rassied au bord de sa chaise, enfonce la main dans son sac, d'où elle sort un mouchoir en papier. J'enchaîne : « Ben, je pleure comme ça à peu près dix fois par jour. Genre, sans aucune raison. »

Jade aspire une grande bouffée d'air frémissante, et s'affaisse sur son siège, se mouche bruyamment, puis lève ses yeux bleus vers le ciel pour les sécher. « Moi, c'est dix fois par *heure*, murmure-t-elle en tentant un rire qui sonne faux. Le seul moment où je ne pleure pas, c'est quand je suis au travail. Je ne peux même plus porter de mascara, bon Dieu, parce que j'ai la figure zébrée toutes les dix minutes. La honte !

— Mais non, pas du tout, dis-je, même si nous savons toutes les deux que c'est la pure vérité.

— On devrait peut-être y aller, fait-elle en se levant. On pourra réessayer un autre jour, quand je me sentirai mieux. C'est juste que je suis si fatiguée. Ils n'ont pas bien dormi la semaine dernière. Je crois qu'ils font leurs dents. » Et là-dessus, elle se décompose pour de bon et sanglote. Elle se laisse retomber sur son siège, qui oscille sous elle au rythme de ses pleurs. Madeline et Max ont cessé de sucer les pieds de ce dernier. Ils sont désormais tournés l'un et l'autre vers le bruit des larmes de leur mère. Leurs petites bouilles s'éclairent, levées vers elle.

« Non, s'il te plaît, dis-je en soulevant Emma de mon nichon pour la poser sur mon épaule et lui faire faire son rot. S'il te plaît, reste. »

Jade se mouche encore une fois, agite une main en l'air, puis répète : « Je suis désolée. »

Je proteste d'un mouvement de tête. « Arrête de t'excuser, s'il te plaît. Tiens, attends ici. Je vais te montrer quelque chose. Je reviens tout de suite. »

Je remonte du jardin avec Emma, traverse la cuisine jusqu'au salon. Ouvrant d'un coup la porte à double battant du bureau, je descends les deux marches qui y conduisent. Je sors du tiroir le flacon de Lorazépam avec mon nom imprimé dessus. Je l'emporte dehors et le pose sur la table à côté de Jade, qui semble avoir temporairement récupéré. Ses yeux sont rouges, mais sa respiration est calme. Elle le prend. « Qu'est-ce que c'est ?

— Des pilules anti-dinguerie. Moi aussi, j'ai des problèmes depuis quelque temps. Je pleure beaucoup. Mais, genre, beaucoup. Rien que d'essayer à m'habituer à être une jeune maman, tu vois ? Ce n'est pas vraiment ce que j'attendais. Alors je consulte une thérapeute, et tu sais quoi ? Elle m'a envoyée chez un psychiatre, qui m'a prescrit ces pilules pour m'aider.

— Et ça marche ? » Jade examine le flacon. « Ça t'aide ? »

Je hausse les épaules tandis qu'Emma me rote bien fort dans l'oreille, et je me réadosse à ma chaise pour dégrafer mon soutien-gorge de l'autre côté. Elle saisit le second sein.

« Je ne sais pas encore. Je n'ai pas décidé si j'allais les prendre ou non. »

Jade brise le sceau du flacon, qu'elle ouvre sans crier gare. Elle le renverse, le secoue pour recueillir au creux de sa paume une petite pilule blanche, qu'elle fourre dans sa bouche. Elle l'avale sous mon nez avec un peu de café. Je devrais peut-être me sentir choquée par son geste, ou au moins surprise. Mais non.

« Je te dirai.

— Cool. »

Après, tout se calme pendant quelques minutes, le silence est moins gênant qu'avant. Jade se passe les mains dans les cheveux. Se frotte la figure. Et puis elle me raconte une histoire :

« Je me suis mise à aller à l'église le dimanche, tout près d'ici, à Saint-Pancras. Je n'ai été élevée dans aucune religion. Ma mère était catholique, mais elle ne m'y a jamais emmenée. Je ne crois même pas avoir été baptisée. Et donc, j'ai commencé à m'y rendre après le départ de Paul parce que les dimanches étaient si longs et vides. La messe occupait une heure et les gens étaient gentils avec nous en me voyant seule, avec deux petits. Et puis, il y a environ un mois, j'étais là-bas, et ils demandaient qu'on prie pour un jeune couple dont le bébé de cinq mois venait de mourir. Il souffrait d'une maladie affreuse, il en est mort, et sa mère était inconsolable. Ce bébé avait le même âge que mes jumeaux. Et je ne pouvais penser à rien d'autre, à part qu'il fallait que je retrouve ce couple et que je leur donne un de mes deux enfants. Ou peut-être les deux, s'ils en voulaient. »

Comme Jade guette ma réaction, je prends soin de garder une expression neutre et ouverte.

« Ce n'est pas que j'y aie songé sur un plan théorique

et plus ou moins abstrait, explique-t-elle. Mais plutôt que je l'ai bel et bien *envisagé*. J'ai réfléchi auquel des deux je donnerais, si je n'en donnais qu'un, et j'ai choisi Max, parce que Madeline est plus gérable. » Elle jette un coup d'œil aux jumeaux. « Bouche-toi les oreilles, Max, lui enjoint-elle avant de se moucher de plus belle. Je ne sais même pas ce qui m'a arrêtée. Je ne sais pas. Je pourrais encore le faire. Ce serait si facile de ne plus avoir à me soucier que de moi-même. »

Je ne dis rien, je ne la presse pas. J'attends seulement qu'elle vide son sac.

« Tu penses que je suis quelqu'un d'horrible ? » finit-elle par demander.

Ma réponse est honnête. « Pas le moins du monde. Moi, j'ai raconté à quelqu'un que mon bébé était mort. »

Elle se met à rire, et bizarrement ce rire ne me blesse pas. Il est plutôt salutaire. Je l'imite.

« Tu quoi ?

— Ouaip, j'ai dit à un mec qu'Emma était morte. » Ça paraît si absurde à cet instant précis, alors que je garde le goût de la limonade à la menthe dans ma bouche. « Ce n'était pas intentionnel. Je lui racontais un de mes rêves, il a mal compris, et je ne l'ai pas corrigé. »

Jade pousse le flacon orange de pilules vers moi sur la table. « Je crois que tu vas en avoir besoin », lance-t-elle. Nous nous remettons alors toutes les deux à rire, et je l'aime plus que je n'ai jamais aimé aucun autre être humain.

Lorsque Emma a fini de téter, j'envisage de la poser dans le parc avec les jumeaux, mais ils sont tous deux si grands et forts, et ça a l'air un peu exigu là-dedans.

À la place, je la niche au creux de mon coude, où elle reste éveillée en nous observant. Jade se cale dans son siège, ses jambes repliées sous elle. Elle termine son café et me sourit. C'est le premier vrai sourire que je vois sur ses lèvres. Elle est magnifique.

« Ça te dérange si j'en prends un autre ?

— Bien sûr que non, sers-toi. »

Jade et ses bébés restent tout l'après-midi, nous discutons de tout et de rien. Elle me parle de ce loser de Paul, qui travaille aujourd'hui comme assistant de production dans une émission de téléréalité merdique à L.A.

« Ce qui signifie juste qu'il va chercher du café et des tampons pour les greluches qui viennent à l'émission trouver l'amour, pendant que lui attend d'être découvert. Pathétique.

— Découvert pour quoi ? Il veut être acteur ?

— Ouais. C'est la véritable raison pour laquelle on a déménagé à New York. Ou au moins à moitié.

— Et l'autre moitié ? »

Jade hausse les épaules. Je perçois sa réserve, malgré tout bien plus discrète qu'avant, et elle la balaie d'un revers de main. « Je voulais être écrivain », admet-elle.

Écrivain ! Je n'avais donc pas tort en détectant une curiosité habilement dissimulée pour ma carrière hier. Je m'applique à ne pas trahir mon excitation.

« Oh ? dis-je d'un ton évasif. Quel genre d'écriture t'intéresse ? »

Elle secoue la tête. « C'est stupide.

— Ce n'est pas stupide du tout, qu'est-ce que tu racontes ? Pourquoi ce serait stupide ? Des tas de gens sont écrivains.

— Ouais, mais moi, je veux être romancière », continue-t-elle timidement. Ses joues rosissent et soudain, elle paraît dix ans de moins. « Je suis une grande fan de science-fiction et de fantasy.

— C'est super. Tu as écrit beaucoup de choses ?

— J'ai terminé une trilogie, et je travaille sur le tome I de la série suivante. Mais je ne sais pas… Quand je suis arrivée à New York, j'étais intérimaire dans des maisons d'édition, seulement elles paient si mal. Alors j'ai commencé à faire la même chose pour un cabinet d'avocats, qui m'a proposé un plein temps ; et comme j'étais enceinte, je me suis crue obligée d'accepter. J'ai toujours eu envie d'écrire, et le plus gros avantage de ce cabinet, c'est que je peux rester assise à mon bureau de réceptionniste et écrire toute la journée. Tant que je réponds au téléphone et que j'accueille les visiteurs, on se fiche de ce que je fabrique. D'ailleurs, l'un des associés a dit qu'il adore ça parce que j'ai l'air super occupée quand les clients arrivent.

— L'arrangement parfait, en somme.

— Ouais, je suppose. Sauf que maintenant, ça ressemble trop à une chimère. Comme si le moment était peut-être venu de grandir et de commencer à vivre dans le monde réel.

— Ben, si être réceptionniste dans un cabinet d'avocats, ce n'est pas le *monde réel*, je ne sais pas quoi d'autre peut l'être. »

Jade sourit de nouveau. Nous passons l'heure suivante à nous échanger les bébés et à comparer les mérites de Tolkien et de C. S. Lewis. Je lui propose d'envoyer sa trilogie à un agent de ma connaissance, et elle a l'air excitée, quoique avec réserve. Avant que je m'en aperçoive, le soleil a commencé à descendre derrière ma maison, la lumière de fin d'après-midi quitte rapidement le jardin.

« Hé, tu veux rester dîner avec les petits ? Mon

mari travaille tard. On pourrait peut-être commander quelque chose ?

— Ouais, pourquoi pas ? Cool. »

Le temps que nous ayons terminé nos pitas aux falafels, il fait nuit. Les bébés sont repus et somnolents. J'ai l'impression d'avoir connu Jade toute ma vie. J'aimerais qu'on puisse se mettre en pyjama et préparer du pop-corn, veiller jusqu'à pas d'heure à regarder des émissions vulgaires à la télévision et parler garçons, mais il faut qu'elle rentre coucher ses jumeaux. Je laisse le transat d'Emma près de ma porte d'entrée, puis je suis Jade jusqu'à la sienne, où je tiens l'un des deux pendant qu'elle ouvre.

« C'était super sympa, déclare-t-elle.

— Ouais, je n'arrive pas à croire que tu vivais juste à côté pendant tout ce temps. » J'embrasse Madeline au sommet du crâne, puis j'enlace Jade de manière-presque-pas-gênante avant qu'ils disparaissent tous les trois à l'intérieur.

C'est le meilleur second rendez-vous que j'aie jamais eu. Pour le nôtre, Leo m'avait emmenée à une exposition automobile au Javits Center, où un tas de pétasses en robe rouge ajustée faisaient le pied de grue en frottant leurs fesses contre des voitures brillantes qui tournaient sur elles-mêmes. C'était si affreux que j'ai failli refuser le rendez-vous numéro trois, en l'occurrence une journée à Coney Island, puis un dîner romantique suivi de la séance de roulage de patins la plus fantastique au monde sous un auvent, durant une averse diluvienne d'été. Je ne m'attends pas à ce genre d'alchimie la prochaine fois que je verrai Jade, mais je suis si excitée à propos de notre amitié naissante que je ne peux rien exclure.

Je remonte en sautillant les marches de mon perron pour réveiller Emma, qui a besoin d'un bain avant de dormir.

« Papa ne doit pas s'apercevoir que j'ai laissé couler du tzatziki sur ta tête », lui dis-je.

Après avoir couché ma fille, j'enfile un pyjama et je m'affale devant la télévision. Je zappe de chaîne en chaîne en cherchant à deviner pour quelle émission atroce travaille Paul, quelles femmes désespérées il satisfait pour gagner sa vie. A-t-il même rencontré ses magnifiques rejetons ? Quel est le salaire d'un producteur assistant, et à quelle fréquence envoie-t-il de l'argent à Jade ? Emma pousse un cri bref qui dessine un pic rouge sur l'écran du babyphone, mais elle parle juste dans son sommeil. Quand Leo rentre vers 2 heures du matin, je dors dans le canapé.

« Coucou, Jelly », lance-t-il en s'asseyant sur la table basse. Il se penche pour m'embrasser. « Qu'est-ce que tu fais debout ? »

Je me redresse. Je bâille. « Je n'étais pas vraiment debout. J'ai dû m'assoupir ici. C'était comment, le boulot ? »

Il marche jusqu'à la cuisine, où il enlève sa veste.

« Bien. Soirée chargée. Et toi ?

— Extra ! J'ai une super nouvelle ! » Il accroche sa veste à un cintre, puis revient sur le pas de la porte. « Mon incision est désormais une simple cicatrice. Plus une incision. »

Avec un petit rire, il s'éclipse pour suspendre la veste dans le placard. « Comment tu le sais ?

— Je le sais, point barre. Aujourd'hui, je suis montée à l'étage en courant et tout. Je suis presque revenue à la normale. Enfin, à part que je suis énorme. »

Il revient s'asseoir à côté de moi dans le canapé. « Tu n'es pas énorme. Tu es splendide. »

Si je décide de ne pas le contredire, c'est uniquement pour la paix des ménages. J'appuie ma tête contre son épaule en lui tendant la télécommande. Il zappe sur ESPN.

« Hé, cette fille est venue aujourd'hui ?

— Ouais, Jade. Elle s'appelle Jade.

— Comment ça s'est passé ?

— C'était génial. » Je m'efforce aussitôt de tempérer ma réaction, sans être sûre de savoir pourquoi. Peut-être ai-je peur que Leo m'incite plus ou moins à la prudence. Qu'il gâche mon euphorie. Du coup, je décide de ne pas trop me mouiller. « Elle a l'air très sympa. Je pense que nous avons plus en commun que je le croyais au début.

— C'est bien.

— Ouais. »

Nous regardons deux présentateurs émettre des prédictions contradictoires sur les matchs de football du lendemain, et pendant les pubs, Leo me demande : « Tu as un peu plus réfléchi aux pilules ? »

J'enlève les peluches inexistantes du plaid que j'ai drapé sur mes genoux. « Ouais. Je ne vais pas les prendre, pas encore, en tout cas, pas maintenant. » Après quoi, je m'écarte de lui par réflexe. Prête pour la bagarre.

« Bien », dit-il. Réponse qui me désarçonne complètement.

« Bien ?

— Ouais, peut-être que tu n'en as pas besoin. Enfin, je trouve que c'est super que tu les aies, et il n'y a aucun mal à les prendre si elles t'aident. Mais c'est juste que… j'y ai pensé toute la journée. J'ai pensé à *toi* toute la journée, à quel point tu es formidable. »

Je réponds en riant : « Ben, c'est vrai que je suis formidable.

— C'est vrai. Et peut-être que, si je te soutenais un peu plus quand tu en as besoin…

— Comme quand je pique une crise en me mettant à pleurer et tout ?

— Exactement, espèce de piqueuse de crises bizarroïde », plaisante Leo, mais son expression redevient sérieuse et il ajoute : « Je ne sais pas. Tu as peut-être juste besoin que je t'écoute davantage sans te juger sur ce que tu traverses.

— Quel sage tu fais, Leo ! » Mon ton est soupçonneux. « On croirait presque que tu as regardé "Dr Phil[1]".

— Le Dr Phil aimerait bien être aussi sage que moi. Le Dr Phil peut s'agenouiller devant le temple de ma sagesse maritale supérieure.

— Le Dr Phil est un idiot, Leo.

— Exact. Mais j'ai aussi réfléchi à autre chose. Cette conversation avec mon frère la semaine dernière, où je lui ai raconté que notre vie n'avait pas changé tant que ça depuis la naissance du bébé ?

— Oui. » Je soupire. J'avais vraiment essayé d'oublier ce truc-là.

« Je comprends à quel point c'est injuste, continue-t-il. C'est un peu ridicule. Si je prends le temps d'y penser, je vois combien tout a changé pour toi. Il faut que je m'en souvienne. Sous prétexte que ma vie est toujours la même : je me lève, je vais travailler, je

1. Célèbre talk-show américain présenté par Phil McGraw, qui propose des « stratégies de vie ».

rentre à la maison et je joue avec Emma… je ne sais pas… c'est difficile pour moi d'évaluer combien tout a changé pour toi. »

Je l'examine avec attention. Le comprend-il pour de bon ? Je n'ai pas envie de me faire avoir. Il se tapote la tempe.

« J'ai souvent l'occasion de réfléchir maintenant, pendant mon long trajet, explique-t-il. Je sais que ce n'est pas exclusivement le déménagement dans le Queens, les hormones et le manque de sommeil. C'est tout à la fois… ta routine, ton travail, tes amis ; ta vie tout entière a été bouleversée. »

Dieu merci. Il comprend peut-être. Je chuchote : « Parfois, j'ai la sensation que ce n'est même plus ma vie, parce que ces jours-ci, chaque minute de la journée tourne autour d'Emma.

— Je sais.

— Mais cet aspect-là ne me dérange vraiment pas tant que ça. C'est plus profond. On dirait que mon sentiment d'identité a bel et bien disparu. Comme si je n'étais même plus chroniqueuse. Comme si mon palais était fichu. » L'espace d'un horrible instant, je songe à lui raconter l'épisode des Fritos, mais je me ravise. « Autrefois, j'étais ultra-performante, sauf que la maternité a plus ou moins oblitéré cette partie de moi. Je ne suis pas super bonne dans ce domaine. Même pas vaguement. Sans compter que mon corps et mon esprit sont tous les deux incontrôlables. Comme si je ne savais plus qui je suis. J'ai un peu l'impression d'avoir disparu. »

Je vois Leo se débattre avec ce que je viens de dire. Lutter contre sa propre irritation. Il ne tolère que la pensée positive.

« Je sais que tu n'aimes pas m'entendre parler

comme ça, que ça t'ennuie quand tu estimes que je suis trop dure avec moi-même. Mais au lieu de me contredire ou d'essayer de me convaincre que je suis formidable et que tout va bien, peut-être que j'ai simplement besoin que tu m'écoutes. Et que tu fasses preuve d'empathie. »

Il acquiesce. « Peut-être que ça t'aidera aussi de reprendre le travail. Au lieu que ce soit moi qui te rappelle sans cesse à quel point tu es formidable, peut-être que tu as besoin de te le rappeler à toi-même. Tu te sens prête à recommencer à écrire ? »

Je fais signe que non. « Pas sans garde d'enfant. C'est impossible. Je n'ai pas la disponibilité mentale. »

Avant la naissance d'Emma, nous avions cette idée folle que nos vies professionnelles étaient assez flexibles pour que nous puissions travailler en nous occupant d'elle à tour de rôle, peut-être sans même avoir besoin de garde d'enfant. Nous nous bercions d'illusions sur le fait que je pourrais caser mes périodes de recherche et d'écriture dans les plages horaires où Leo ne bosserait pas, ou pendant les siestes d'Emma. Nous avions omis de prendre en compte un bébé humain vivant en chair et en os. Avec elle, rien n'est à temps partiel.

« Ben oui, on va avoir besoin d'une garde d'enfant, au moins une partie du temps, hein ? » répond-il.

Pour moi, c'est comme si c'était Noël – non, mieux que Noël. Entre mon coup de foudre pour Jade et le début d'illumination que vient d'avoir Leo, il se pourrait que ce soit le meilleur jour de toute mon existence.

« Si on veut que je gagne de l'argent, oui. »

Et là, on s'embrasse dans le canapé jusqu'à ce que Leo se débarrasse en se tortillant de son pantalon de chef à damiers. Je suppose que je lui ai dit que mon incision s'était transformée en cicatrice. Il a dû croire que ça signifiait autre chose en langage codé. Il tire sur mon bas de pyjama, mais je suis nerveuse. S'il s'imagine que je vais faire ça sans contraception, il est dingue. Il m'embrasse le cou, et je dois admettre que c'est agréable même si ses cheveux sentent la viande grillée avec un léger relent de légumes vapeur. J'enfonce mes doigts dans ses omoplates en me souvenant du paquet de capotes neuves dans le tiroir de ma table de nuit.

« Et si on montait ? »

18

IRLANDE, JUILLET 1848

Le mildiou prit son temps pour envahir les champs. Ils commencèrent par le sentir, et Ginny reconnut cette odeur calamiteuse comme un pécheur reconnaît le diable. Mais la récolte paraissait si verdoyante et prometteuse sous le ciel de plein été qu'elle remit son désespoir à plus tard. Elle procrastina.

Ils déterrèrent les pommes de terre primeurs, qui étaient saines, quoique petites. Puis les navets aussi, et durant les premières semaines de juillet, ils mangèrent comme des rois sans avoir recours à la moindre charité venue de l'extérieur. Seán leur rendait visite régulièrement, bien que Ginny tentât de le convaincre que c'était inutile maintenant qu'elle était chez elle avec ses enfants. Elle ne l'aurait jamais admis devant personne, mais elle était heureuse qu'il ignore ses protestations. L'angoisse s'insinuait au fond de son esprit, sa présence grossissait, à l'instar de la puanteur familière qui s'imprimait de plus en plus fermement dans sa conscience avec chaque jour qui passait.

On était le 18 juillet lorsqu'ils remarquèrent la première bande brune visible, progressant à la manière d'un serpent à travers un coin du champ de pommes de terre. Maire fut la première à repérer les taches noires sur les feuilles et hurla pour appeler Ginny. Celle-ci se souvenait très bien de la date, parce qu'ils étaient à genoux en train d'étudier les lésions fétides et chancreuses quand le père Brennan était apparu sur la crête, en haut du champ. Ginny ne l'attendait pas. En se levant pour le saluer, elle nota qu'il tenait une enveloppe blanche. Le cœur battant à tout rompre, elle sentit une faiblesse tremblante gagner ses hanches et ses genoux. Elle saisit la main de Maire pour aider sa fille à se relever.

« Rentre à la maison et donne un peu d'eau à tes sœurs. Regarde si Raymond est réveillé de sa sieste. Je vous rejoins bientôt pour le nourrir. »

Elle alla à la rencontre du prêtre au milieu du jardin. Sa voix était aiguë et serrée. « Vous l'avez déjà ouverte, mon père ? »

Il fit signe que non. « Pour sûr, ce n'est pas mon rôle, dit-il en lui tendant la missive. Elle a été postée à New York. »

Elle la porta à ses narines, la huma pour voir si elle pouvait y déceler un peu de l'odeur de Raymond, le moindre reste de lui. Ou, à défaut, peut-être une bouffée exotique d'air new-yorkais ou du sel de l'Atlantique qui les séparait. Elle la rendit à son visiteur.

« Et si nous allions à l'intérieur ? » proposa celui-ci.

Ginny jeta un coup d'œil à la porte ouverte du cottage. Maggie se tenait sur le seuil, mais quand elle surprit le regard de sa mère, elle repartit en courant dans la pièce principale.

« Il vaut mieux pas, mon père. Jusqu'à ce que je sache ce qu'elle dit.

— Très bien. Je l'ouvre, alors ? »

Ensemble, ils contournèrent le plus gros des cairns de Maggie afin de se mettre hors de vue. Ginny respira aussi calmement qu'elle le put, joignit les mains. Elle hocha la tête, et toutes les articulations de son corps se relâchèrent en frémissant.

« Allez-y, mon père. » Devant sa paroissienne tremblante, il sortit une délicate feuille de papier ligné bleu de l'enveloppe. Quelques dollars américains y étaient glissés et voletèrent jusqu'au sol, mais Ginny les laissa tomber. Elle les ramasserait plus tard. Elle plaça ses mains sous son menton, les doigts entrelacés. C'est à peine si elle pouvait respirer. Après s'être éclairci la gorge, le père Brennan commença à lire.

7 avril 1847
Chère Ginny,
J'espère que cette lettre te trouvera en bonne santé et dans de bonnes dispositions, car je crains que ce que j'ai à t'annoncer te fasse un choc.

Le père Brennan s'arrêta de lire assez longtemps pour lever les yeux vers elle, qui sentait déjà son visage devenir livide, la vie s'échapper d'elle. Ses enfants étaient tout près, à l'intérieur du cottage. Le mildiou commençait à dévorer leur champ. Elle la décelait, cette odeur de pourriture. Le prêtre continua.

Je suis désolé de ne pas avoir répondu plus tôt à tes lettres, mais j'ai attendu dans l'espoir d'avoir de meilleures nouvelles. Il y a un moment que j'essaie de retrouver la trace du navire de Raymond pour avoir des informations sur sa traversée, mais je n'ai obtenu aucun résultat jusqu'à ce qu'un jeune homme vienne me voir au travail sur les docks la semaine dernière et me demande si j'étais le frère de Raymond Doyle, originaire de Knockbooley dans le comté de Mayo. Il a dit qu'il était sur le bateau avec Raymond pendant la traversée et que les conditions à bord étaient terribles, que la fièvre s'était propagée alors qu'ils étaient à peine partis depuis deux semaines. Beaucoup de passagers sont morts durant le voyage, Ginny, et ce jeune gars, il a dit que Raymond a été très courageux, qu'il s'est accroché de toutes ses forces. D'après lui, il parlait constamment de sa famille, et de sa femme si belle, chez lui, à Mayo. Ce jeune gars connaissait tous vos noms, même celui du bébé, que vous autres appelez Poppy, alors même que je ne l'ai jamais connue que sous le nom de Pauline.

Il s'est raccroché à vous autres jusqu'à son dernier souffle, et j'espère que ce sera un petit réconfort pour toi malgré le chagrin qui t'attend, Ginny. Mon frère, ton dévoué époux, Raymond, est mort trois semaines avant l'arrivée du bateau à New York. Il a été inhumé en mer. Meagan et moi, nous enverrons ce que nous pourrons pour vous aider jusqu'à ce que vous retombiez sur vos pieds. Par les temps qui courent, ce ne sera pas facile pour toi, seule avec les enfants. Nous joignons quelques dollars à cette lettre. S'il plaît à Dieu, nous serons tous un jour de nouveau réunis. Ce serait formidable de te revoir et d'embrasser mes petites nièces et mon petit neveu. En attendant, fais-le pour moi. Tu seras toi-même bientôt tatie. Meagan est enceinte de notre premier loupiot pour cet été.

Que Dieu t'apporte la paix dans cette période douloureuse, Ginny. Que Dieu te bénisse,

Ton frère toujours dévoué,

Kevin Doyle.

Le père Brennan replia avec soin le papier bleu, le remit dans son enveloppe. Il se pencha pour ramasser les dollars qui voletaient, éparpillés à leurs pieds. Levant la tête vers Ginny, il lui fourra l'argent dans les mains. Elle l'accepta. Rangea les billets dans sa poche. Reprit sa respiration.

Elle ignorait ce qu'il attendait d'elle. Elle ignorait ce qu'elle attendait d'elle-même. Bien sûr, il y eut des larmes, chaudes et promptes, qui glissèrent sur le champ en friche de son visage. Néanmoins, elle se surprit autant que le prêtre.

« Relisez-la, mon père, s'il vous plaît », dit-elle doucement.

Il est difficile de décrire la forme que peut prendre le chagrin quand il ne reste plus rien d'autre au monde. Difficile d'imaginer que la dévastation puisse être libératrice. Peut-être qu'au fond d'elle-même Ginny savait depuis un certain temps que Ray était mort. Elle pensait que, oui, elle avait ressenti son absence d'émigrant plus durement que s'il s'était agi d'une simple traversée de l'océan. Son âme avait peut-être perçu le départ de celle de son mari. En tout cas, l'espoir de le revoir avait ressemblé à un joug imbécile, et elle n'avait pas compris le poids coupable qui pesait sur elle jusqu'à ce qu'on le lui enlève.

Le père Brennan, debout à côté d'elle dans le jardin, l'appelait par son nom, mais sa voix sonnait comme du gravier. Elle se retourna alors pour considérer ses champs. Leur port d'attache. Elle regarda dans le vide au milieu du vent, et toutes les couleurs se séparèrent les unes des autres, si bien qu'elle put soudain voir le monde tel qu'il était réellement constitué, comme de minuscules grains de sable tourbillonnants. Et elle songea à quel point il serait facile de pénétrer dans ce coin du lopin de patates pourrissant et d'en enlever simplement tous les morceaux de feuilles brunies. De ne laisser que le vert. À quel point il aurait peut-être été facile d'éradiquer cette méchante fièvre du jeune corps de Michael pour qu'il redevienne entier et bien portant. À quel point il serait facile, encore aujourd'hui, de s'enfoncer plus loin dans la portion encore intacte du champ, de se tenir immobile dans la lente pénombre estivale, de lever les bras au ciel et de se dissoudre. D'aller rejoindre son mari. Ses deux fils. D'aller là où ils étaient partis.

« Ginny. » La main du père Brennan était sur sa manche et, lorsqu'elle baissa le regard dessus, elle devint plus nette, ses articulations aussi solides que les racines du prunellier.

Ginny cilla très lentement. Le vent dans les champs lui donna un coup de fouet, chassant son chagrin d'un coup. La puanteur du mildiou augmentait. Elle sentit sa poitrine s'enfoncer d'une manière qu'elle devinait promise à devenir permanente.

« Est-ce que ça va, Ginny ? » lui demandait le prêtre.

Elle se mit à rire.

Ginny était incapable de dire combien de temps s'était écoulé entre ce jour-là et celui où Alice Spring vint leur rendre visite. Elle savait que le mildiou progressait plus vite et plus résolument. Leur champ avait pourri sur pied. Dans les fosses, les primeurs commençaient aussi à se ratatiner et à empester. Maire et Ginny faisaient leur possible pour les sécher et les sauver, mais leurs efforts se révélaient en grande partie inutiles. C'était exactement la même chose que l'année précédente, à part que Ray était mort et enterré. Que Michael était mort et enterré. Qu'il n'y avait plus de vache ni de cochon ou de poules à vendre. Ils avaient épuisé toutes leurs ressources.

On était en milieu de matinée. Poppy chantait une chanson à bébé Raymond. Ses berceuses sonnaient désormais très étrangement, portées par sa voix pure et pleine de douceur au milieu de la pourriture. Maire se tenait sur le pas de la porte à regarder dehors quand Ginny crut entendre les roues d'une calèche à l'approche. Bousculant sa sœur, Maggie alla se poster dans le jardin. Elle courut jusqu'à la crête pour voir, prête à suivre les arrivants en quémandant de l'argent. C'est qu'elle était culottée, Maggie. Elle n'avait pas encore appris à baisser les bras. Les roues du véhicule ralentirent à proximité de la barrière. Ginny et Maire rattrapèrent Maggie au sommet de la crête.

Au bout d'un moment, derrière le mur de pierre longeant la route, elles aperçurent l'extravagante plume d'un chapeau qui caracolait gaiement. La plume marqua une pause tandis que la tête qu'elle surmontait approchait de la barrière, et le visage d'Alice Spring apparut. Seán passa devant elle pour soulever le loquet. Ginny se tourna vers Maire.

« Rentre t'occuper du bébé. Assure-toi qu'il soit tout beau pour sa visiteuse. »

La barrière s'ouvrit vers l'intérieur et Seán s'effaça derrière madame Spring, qui rassembla ses jupes à deux mains avant de fouler le petit sentier comme si elle était la reine en personne. Le violet brillant de sa robe était visible sous une élégante cape de voyage, qu'elle portait boutonnée en dépit de la chaleur moite de la journée. Sa chevelure blonde était nattée, relevée en un chaos orchestré avec soin. Lorsqu'elle relâcha les plis de sa jupe, le tissu violet tourbillonna autour de ses jambes. La petite frimousse de Maggie s'éclaira, émerveillée par ce spectacle. Même à cette distance, le sourire d'Alice Spring était éblouissant, ses dents aussi blanches que les perles du collier qui enserrait son cou droit et mince.

« Par ici, Maggie », dit Ginny en tendant la main à sa fille, qui se retourna vers elle et se réfugia timidement derrière son jupon pendant qu'Alice Spring gravissait le sentier pentu vers la crête. Seán referma la barrière pour disparaître sur la route de l'autre côté du mur. La visiteuse entreprit de grimper la côte, et, alors qu'elle atteignait presque le sommet, elle tendit ses mains gantées vers Ginny. Ses iris étaient de la même couleur que les bleuets, égayés par la lumière du dehors, par le ciel d'été, frais et clair. C'était étrange pour Ginny de la voir maintenant, après tout ce qui s'était passé, tout ce chagrin stupéfiant qu'elle avait enduré depuis son départ de Springhill House. On aurait dit une apparition issue d'une autre vie. Elle la reconnaissait à peine.

« Ginny ! » s'exclama madame Spring en lui saisissant les mains pendant que Maggie se cachait derrière sa mère. Elle embrassa avec excentricité Ginny sur les deux joues, comme si elles étaient de vieilles amies ou des sœurs. « Vous semblez en pleine forme. Quelle belle maison vous avez-là ! Un petit cottage si pittoresque. Et ces terres. » Elle se tourna vers les champs pour les contempler. Le taffetas violet bruissa théâtralement autour d'elle. « Quelle vue magnifique ! » Elle était hors d'haleine.

« Merci, répondit platement Ginny.

— Tout est pourri, intervint Maggie, qui sortit enfin la tête en s'éloignant avec audace de sa mère pour toiser madame Spring.

— Chut, Maggie !

— Ben, c'est vrai, Maman, elle ne s'en rend pas compte ? Ça empeste.

— Maggie, rentre vérifier si ton frère va bien. »

Maggie leva les yeux au ciel, tapa des pieds, mais finit par descendre la colline au pas de course et pénétrer dans le cottage. Alice Spring se retourna vers Ginny.

« Je suppose que vous avez appris la grande nouvelle !

— Seán a mentionné… que vous partez pour New York ? »

Le sourire d'Alice Spring s'élargit. Elle avait une petite fossette sur la joue droite que Ginny n'avait encore jamais remarquée. L'euphorie lui allait bien. Elle paraissait plus jeune, telle une donzelle rougissante à ses premières amours.

« N'est-ce pas excitant ! » s'exclama-t-elle en se rapprochant de Ginny pour prendre une de ses mains dans les siennes. Ses gants étaient d'une douceur impossible.

« Je suis enchantée pour vous, parvint à balbutier Ginny.

— New York ! »

Ginny avala sa salive.

« N'est-ce pas là que se trouve votre mari ? » déclara alors sans transition madame Spring. Elle vint si près de Ginny que celle-ci sentit son odeur, plus puissante que la puanteur âpre du mildiou dans les champs. Du chèvrefeuille poudré mêlé de lavande. D'une douceur aussi poisseuse que les berceuses de Poppy. « Je me suis dit que je pourrais peut-être aller le voir de votre part, si vous avez une adresse ? Peut-être n'a-t-il simplement pas eu les moyens d'entrer en contact avec vous. Je sais que vous étiez impatiente d'avoir de ses nouvelles. »

Elle fixait Ginny avec intensité, mais celle-ci était incapable de croiser son regard. À la place, elle contempla derrière sa visiteuse la silhouette du cairn de Maggie.

« Je l'étais.

— Vous l'étiez ? releva son interlocutrice.

— Je l'étais. Impatiente.

— Oh ! » La visiteuse applaudit de ses mains gantées. « Alors, vous avez reçu des nouvelles, n'est-ce pas ? Une lettre ? »

Ginny acquiesça.

« Oh. » Madame Spring s'assombrit. « Oh, seigneur. » Elle posa assez délicatement sur sa poitrine une main gantée d'écarlate.

Ginny se racla la gorge. « Il y a quelques jours, j'ai reçu une lettre de son frère Kevin, de New York. »

Alice Spring braqua ses iris bleus perçants sur elle.

« Il n'a pas réussi à traverser.

— Je ne comprends pas. Qu'entendez-vous par *il n'a pas réussi à traverser* ? »

Ginny se racla de nouveau la gorge pour tenter de répondre, mais s'aperçut que sa voix lui faisait défaut. « Il est mort. » Elle n'avait pas eu l'intention de le murmurer.

Le gant rouge était devant la bouche de madame Spring à présent, et les coins de ses paupières, inclinés vers le bas. Ses joues étaient très roses et, avec le violet de sa robe, les perles, la riche cape en velours, elle offrait une éruption de couleurs qui se détachait sur la grisaille du cairn.

« Mais comment…

— Il y a eu la fièvre sur le navire. Beaucoup de

gens sont morts durant la traversée. Il n'était pas le seul. Beaucoup sont morts.

— Oh ! » La voix de madame Spring était claire et détachée. « Je suis sincèrement désolée. » Toutefois, sa compassion paraissait artificielle. Ginny fixa la plume qui se balançait toujours sur son chapeau.

« Allons, entrez tout de même, proposa-t-elle en lui tournant le dos. Nous n'avons pas grand-chose à vous offrir, mais Raymond sera content de vous voir. »

Ginny entendit le lourd taffetas bruisser tandis que madame Spring descendait la pente derrière elle pour pénétrer dans le cottage. Maire avait attisé le feu, Maggie et Poppy étaient assises dos à lui, ce qui leur permit de voir entrer la maîtresse de Springhill House. Les yeux de Poppy s'écarquillèrent à la vue de tous ces beaux atours. Ginny tâcha d'imaginer à quoi pouvait ressembler cette dame pour sa fille, oiseau exotique ou somptueux gâteau. Et puis, tout aussi vite, elle se demanda quelle impression pouvaient donner sa vie, ce cottage, à madame Spring. Elle examina son modeste logis, l'un des plus agréables de ceux des fermiers de toute la paroisse, certes, mais plus petit que la seule cuisine de Springhill House, plus petit que la chambre à coucher de sa propriétaire. Cependant, il était propre et chaud, et les enfants de Ginny, lumineux et beaux en dépit de la situation. Maire était assise sur le tabouret, Raymond sur les genoux, le livre de comptines ouvert devant lui. Elle lui montrait les diverses illustrations, et lui ne cessait de gigoter et de donner des coups de pied.

« Mais le voilà ! » lança madame Spring d'une voix chantante, qui résonna dans le cottage comme une trompette aux accents stridents. Toute pâle, Maggie grimaça. Ginny s'approcha d'elle à la hâte et posa une main sur son petit front. Elle était chaude.

« Maggie, écarte-toi du feu, ma belle. Va t'asseoir à côté de la porte pendant quelques minutes, histoire de prendre un peu l'air. » Maggie se leva, alla s'appuyer contre le chambranle.

Maire se leva à son tour, balançant Raymond sur sa hanche. « Vous pouvez vous installer là, m'dame », dit-elle en désignant le tabouret.

Après avoir lorgné le siège avec dégoût, madame Spring se reprit et se força à sourire. « Merci », dit-elle avant de faire tout un numéro pour s'asseoir en arrangeant ses jupes autour d'elle. Une fois confortablement installée, elle enleva son chapeau et ses gants, puis ouvrit ses bras au bébé en lançant : « Viens voir tatie Alice ! »

L'aînée coula un regard à Ginny, qui confirma d'un signe du menton. Maire traversa la pièce, déposa avec soin Raymond dans les bras impatients de leur visiteuse. À la vue du bébé, ses yeux s'illuminèrent. Elle le berça légèrement sur le tabouret.

« Cher petit Raymond, dit-elle moins fort, d'une voix enfin plus adaptée à l'atmosphère du cottage, tu m'as tant manqué. »

Raymond gazouilla. Sa menotte vola hors de ses langes pour s'accrocher au doigt de madame Spring, qu'il agrippa.

« Oh, s'esclaffa-t-elle. Voyez-vous ça, Ginny ! Ma foi, il est devenu si grand depuis la dernière fois que je l'ai vu. Si robuste. Tu es un vrai petit gentleman, maintenant, mais oui. »

Mal à l'aise, Maire jeta un coup d'œil à Ginny, qui se faufila simplement devant elle afin d'aller chercher une tasse d'eau pour leur invitée. Elle n'aurait pas dû se donner cette peine.

« Merci, mais je ne peux pas rester longtemps.

Le jarvie veut qu'on soit à Galway avant la tombée de la nuit. »

C'était si étrange, cette façon qu'elle avait d'appeler Seán *jarvie*. Ginny se demandait si elle connaissait même son prénom. Roisin racontait qu'elle l'avait appelée *cuisinière* durant ses trois premiers mois à Springhill House. Cependant, Alice Spring l'avait appelée *Ginny* dès le tout début, dès le premier instant dans le jardin, devant les portes-fenêtres. Combien les choses avaient changé depuis ce jour-là ! Un jour qui lui faisait l'effet d'appartenir à la vie d'une autre.

« Je suis seulement venue prendre congé. » Madame Spring parlait à présent d'un ton songeur, davantage à bébé Raymond qu'à Ginny. « Je ne pouvais pas partir pour New York sans dire au revoir. »

Elle se pencha, frotta son nez contre celui de Raymond, dans un geste si tendre et intime qu'il tira brutalement Ginny de sa rêverie. Quelque chose en elle se réveilla. Les poils se hérissèrent sur ses bras, et elle attendit que Raymond s'agite. Bientôt, il aurait faim. Pourtant, il se bornait à fixer la visiteuse en lui montrant ses gencives, ses yeux aimantés aux siens. Poppy les observait, hypnotisée. Maire alla se poster dans l'encadrement de la porte avec Maggie, qui s'affaissa contre sa grande sœur. Celle-ci lui caressa les cheveux. Le calme qui régnait dans le cottage était contraint. Ils regardaient tous madame Spring avec Raymond, et quand la visiteuse se releva d'une secousse en se détachant du bébé, Ginny s'aperçut à la lueur des flammes que son visage était mouillé de larmes.

« Oh comme tu vas me manquer, mon garçon chéri ! s'exclama Alice Spring d'un ton empreint d'une souffrance que Ginny reconnut.

— Ah, voyons. » Elle posa sur la table la tasse

d'eau intouchée avant de reprendre son fils. « Tout ira bien. Ce n'est pas la fin du monde, si ? Vous vous souviendrez à peine de nous quand vous serez arrivée à New York. »

Le corps d'Alice Spring se tendit au moment où son ex-domestique lui enleva Raymond des bras. Ginny la vit se rigidifier et pâlir. Sa colonne vertébrale et son cou s'étirèrent, mais ses doigts se firent crochus et raides. Elle s'éclaircit la gorge, parvint à sourire en montrant ses dents.

« De toute manière, une fois réunis, vous et monsieur Spring aurez votre propre bout de chou en un rien de temps. » Ginny lui tourna brièvement le dos, protégeant Raymond de son œil inquisiteur. « Un petit Américain, pas vrai ? » ajouta-t-elle en prenant soin de ne présenter que son profil à son interlocutrice.

Le sourire de madame Spring se tordit, ses lèvres s'incurvèrent vers le bas. Elle se leva d'un bond, renversant le tabouret, qu'elle ne se pencha pas pour ramasser. Poppy quitta sa place près du feu et le remit sur ses trois pieds.

« Merci, ma petite. » Madame Spring baissa le regard vers l'enfant en souriant. Poppy ne réagit pas. « Oh, j'allais oublier ! Comment ai-je pu oublier ? » s'exclama-t-elle alors en claquant des doigts. Soulevant le pan de sa cape, elle fouilla à l'intérieur pour en ressortir plusieurs sachets en papier de couleurs vives, chacun noué d'un ruban brillant. Elle tendit le premier à Poppy, qui le prit avant de le laisser tomber sur la table. Les mains de la fillette se crispèrent au bord du meuble, où elle posa le menton en inspectant suspicieusement le sachet.

« Qu'est-ce que c'est ? »

— Des bonbons », répondit madame Spring. Elle

brandit les deux autres sachets à l'intention de Maire et Maggie, toujours dans l'embrasure de la porte. Maggie traversa la pièce en trombe, lui arrachant presque le cadeau des mains pour l'ouvrir sans ménagement.

Maire prit le sien avec grâce. « Merci », dit-elle.

L'aristocrate lui fit un signe de tête, puis se pencha pour convaincre Poppy, qui leva les yeux vers elle en gardant le menton sur la table.

« On appelle ça des caramels. Et ils sont venus de très loin, en franchissant la mer par bateau, de Londres ! »

Poppy fronça les sourcils.

« Ils sont délicieux. Essaies-en un.

— S'ils sont si délicieux, pourquoi vous ne les mangez pas ? »

Madame Spring rit. « Eh bien, les dames doivent surveiller leur ligne. Tu sauras tout cela quand tu seras plus grande. »

La bouche de Maire s'entrouvrit, mais elle resta silencieuse. Retournant près de la cheminée, elle posa son sachet toujours fermé à côté du feu. Dans les bras de sa mère, Raymond surveillait la scène sans ciller.

« Les filles, remerciez madame Spring pour son gentil cadeau », ordonna Ginny.

Poppy et Maggie marmonnèrent toutes deux leur gratitude tandis que la dame leur adressait un signe condescendant du menton. Un silence gêné s'installa alors sur la petite assemblée. Alice Spring s'efforça de le dissiper.

« Je suppose qu'il est temps que je me mette en route », annonça-t-elle en frappant dans ses mains avant de rejoindre Ginny sur le seuil étroit. Elle se trouvait alors tout près de Raymond et lui caressa le front, tenant son chapeau et ses gants de l'autre main, et quand elle se pencha pour embrasser le bébé, ses cheveux effleurèrent la joue de Ginny. Celle-ci l'entraîna dehors, suivie de ses filles. Maggie suçait l'un des caramels.

Dans le jardin, madame Spring hésita. Elle n'avait pas dit un mot à Ginny à propos de son mari ni de Michael. Comme si la jeune femme lui était si inférieure qu'elle ne pouvait concevoir son chagrin – de la même façon que Ginny ne pouvait pas savoir comment une chienne souffrait lorsqu'elle perdait un petit. La mort était devenue si commune chez les Irlandais que madame Spring pensait peut-être qu'ils ne la *sentaient* plus. Peut-être pensait-elle qu'ils étaient immunisés contre la douleur ? Quoi qu'il en soit, ses condoléances étaient négligentes et de pure forme, et voilà qu'à présent elle se tenait dans le jardin de Ginny, des larmes impudentes plein les yeux. Faisant ses adieux à l'enfant de *Ginny*. Cette dernière songea un instant à extraire l'une des pierres du cairn de Maggie pour la lui jeter. Elle n'avait plus qu'une envie : que madame Spring s'en aille, vite, tant que cette impulsion restait dans sa tête sans qu'elle passe à l'acte.

Allez-vous-en, maintenant, pensa-t-elle. Mais la femme s'attardait. Elle décrivit deux cercles, puis se rapprocha de nouveau pour contempler Raymond. Les filles de Ginny la regardèrent accrocher son chapeau sur ses cheveux bien coiffés. Elle enfonça une épingle dans l'une de ses tresses, et laissa retomber ses mains sur ses côtés. Poppy tenait les gants écarlates. Les caressait. Elle les rendit à sa propriétaire, qui les enfila délicatement sur ses doigts pâles. Leurs poignets étaient ornés de minuscules boutons en perles. Quand elle fut à court de prétextes pour traîner, elle redressa enfin les épaules et soupira.

« Je suppose que je vais y aller, alors ! » Sa voix était fêlée.

Dans le jardin, la puanteur du mildiou semblait s'être renforcée en l'espace de quelques minutes. Ginny la sentait jusque dans son arrière-gorge. Le visage d'Alice Spring était plissé à cause de la lumière du soleil, son front fendu d'une ride du lion, ses narines palpitaient.

« Eh bien, au revoir ! » Elle embrassa de nouveau Raymond, et Ginny songea que l'odeur de son parfum allait s'attarder sur lui, qu'elle ne disparaîtrait jamais. « Prends soin de ta maman et de tes sœurs ! »

Ginny hissa le bébé sur son épaule tandis que madame Spring lui frottait le dos. « Bonne traversée », répondit-elle, sans réussir à adresser un sourire à la voyageuse. Elle voulait juste qu'elle soit partie. Partie.

Alice Spring opina, pivotant pour se retrouver face à la crête, mais avant qu'elle aille plus loin, Maggie intervint de sa petite voix en s'éloignant de ses sœurs et de sa mère.

« Les bonbons ne nous feront aucun bien. »

Alice Spring se retourna à peine : « Comment ? »

« Maggie ! » Ginny réprimanda la fillette, qui l'ignora et s'approcha de madame Spring.

« Notre récolte est en train de pourrir dans le champ, m'dame. Mon père est mort, et maintenant, ma maman n'a pas de travail parce que vous partez. »

Ginny sentait une rougeur sournoise envahir son cou, mais ce n'était pas de la honte, en tout cas pas à cause de Maggie. Peut-être une honte d'elle-même. Alice Spring cillait furieusement.

« Ce bébé ne nous servira pas à grand-chose s'il n'y a rien à manger, hein ? railla Maggie. Si vous aimez mon frère, si vous voulez qu'il survive, vous devriez lui donner de l'argent, de la nourriture. Pas des bonbons. Pas des livres stupides avec des images de cochons qui portent des chaussures. »

Maggie avait replié ses petits bras maigres sur sa poitrine. Derrière elle, le cairn était beaucoup plus grand qu'elle. Ginny se demanda comment elle avait réussi à monter les pierres aussi haut, si elle avait été obligée d'escalader sa propre montagne pour s'assurer que celles du sommet étaient en équilibre. D'habitude, la batte de hurling de Raymond était rangée dans le cabanon à outils, mais ce jour-là, elle était appuyée contre la base du cairn. Michael avait dû la sortir quand les températures avaient commencé à se réchauffer, avant la récolte. Avant la fièvre. Peut-être avait-il un peu joué au hurling avec les frères Fallon. Visait-il aussi bien que son père ? Ginny avait perdu tant de temps à Springhill House. Elle avait manqué tant de choses. Tout cela en vain.

Si madame Spring parut désarçonnée, ce fut bref ; elle reprit vite ses esprits. « Bien sûr. » Son regard alla de Ginny à Maggie. « Je suis désolée, je ne… c'est seulement que je… » Elle secouait la tête.

Maggie l'imita, puis pivota pour rentrer dans le cottage. Maire la suivit, mais Poppy resta à côté de sa mère.

« Bien sûr, je devrais vous donner de l'argent », balbutia Alice Spring.

À une autre époque, Ginny aurait protesté. Pour l'heure, elle se borna à relever le menton.

« Je pourrais être la bienfaitrice de Raymond. » On aurait dit que leur visiteuse s'expliquait la situation à elle-même, qu'elle s'habituait à l'idée de sa propre générosité. Elle sourit. Voilà qu'elle enlevait de nouveau ses gants. « Et un jour, quand il sera plus grand, il viendra peut-être rendre visite à sa vieille tatie Alice. »

Ginny approuva. « Peut-être. » Son cœur battait à peine. « Ou bien il se peut que vous reveniez. »

Sottises.

Personne ne revenait jamais.

« Ou bien… » Madame Spring se retourna complètement pour lui faire face. Ses joues commençaient à rougir. L'excitation avait envahi ses traits. « Oh, Ginny ! » dit-elle, agrippant ses bras qui tenaient Raymond. Ginny sentit ses doigts s'enfoncer profondément dans sa chair. « Je pourrais l'emmener, Ginny. Oui ! Laissez-moi l'emmener à New York. »

Et maintenant, les battements du cœur de Ginny se transformaient en un bruit sourd et profond, un bruit de tonnerre, un bruit d'enfer. « Quoi ?

— Réfléchissez-y, Ginny.

— Poppy, va à l'intérieur. » Ginny chassa sa fille de ses jupes, lui ébouriffa les cheveux. « Allez, file.

— Pensez à la vie qu'il aurait avec moi, à New York. Il serait si privilégié. Je m'en occuperais comme de mon propre fils, vous le savez. Vous savez combien je l'aime. Il pourrait recevoir de l'instruction, et tout le reste. Il aurait tout. »

Ginny faisait des signes de dénégation. Elle tremblait. Le visage de madame Spring était si avide, si affreux et suppliant, tout déformé d'une sorte d'espoir vorace. Ginny voyait ses dents du bas. Sa langue qui pointait, ses yeux fous. Elle sentit le poids de la petite tête de Raymond sur son épaule.

« Je ne peux pas. » Elle tremblait toujours. « Je ne peux pas. »

Alice Spring resserra sa pression sur le bras de Ginny. Sa voix s'infléchit jusqu'à devenir affreusement basse.

« Je vous paierai pour l'avoir. »

19

NEW YORK, AUJOURD'HUI

Jade et moi sommes assises face à face dans le *diner*, occupées à étudier nos énormes menus de dix-sept pages. Emma est endormie, sanglée dans son siège auto, bien calée entre la banquette du box et la table. Max et Madeline sont au bout, dans des chaises hautes assorties et collantes. J'essaie de ne pas faire ma mijaurée obsédée par les microbes, mais Max mâchouille le coin du menu de Jade, et je suis au comble du dégoût. Combien de clients ont éternué sur ce menu ? Je frissonne.

« Ah, voilà, s'exclame Jade en tournant la page. Délices végétariennes. »

Max agite un bras tandis que sa mère tourne cette page avant de guider patiemment le coin décollé de la suivante dans sa bouche dégoulinante de salive. J'ai dû avoir un mouvement de recul, parce que, après avoir levé les yeux vers moi, elle regarde son bébé et le réprimande : « Beurk, Max, ne mâchouille pas ça. »

Sur ce, Max devient cramoisi de rage et se met à hurler.

« Waouh, impressionnant ! dis-je. Tu as vu comme il a changé de couleur ? »

Mais Jade n'écoute pas. « D'accord, d'accord, très

bien, capitule-t-elle en lui rendant le menu. Mais ne viens pas pleurnicher quand tu auras des aphtes. »

Madeline fourre son doigt dans l'oreille de son frère.

« Qu'est-ce que tu vas prendre ? » me demande-t-elle.

Il y a une si grande variété d'options frites et noyées de fromage, toutes plus épouvantables les unes que les autres. Comment une ex-chroniqueuse gastronomique peut-elle choisir ?

« Juste un burger, je crois. » Je parle d'un ton détaché, bien que je sois pratiquement paralysée par la quantité et la diversité des choix proposés. Burger pizza ? Burger tex-mex ? Qu'est-ce que peut *bien* être un Jumbo BBQ Crunchburger Deluxe ? Je prendrai les trois, s'il vous plaît.

« Ouais, décide Jade. Je vais peut-être tenter le burger veggie. »

La pauvre. Elle referme son menu pour l'abandonner à Max.

J'enchaîne : « Alors, quoi de neuf, comment ça va, au boulot ?

— Ah, toujours pareil, c'est tranquille. Mais j'ai presque écrit un chapitre entier de mon nouveau livre aujourd'hui, après le déjeuner.

— Waouh, c'est super ! » Ma réponse contient une authentique dose d'envie. Non que je veuille travailler sous les ordres d'une bande de crétins d'avocats imbus d'eux-mêmes ou prendre un bus et deux métros tous les jours pour me rendre en ville avec deux jumeaux en bas âge, mais, voyez-vous – à cause de la partie écriture.

« Oui, c'est cool. »

Comme on ne trouve plus rien à se dire, une gêne s'installe, et je crains que notre amitié naissante ne soit une illusion complète. Peut-être ai-je tout imaginé sous prétexte que je suis si seule et pathétique.

« Et toi ? »

Je hausse les épaules. « Ben, tu sais. On a eu une journée plutôt excitante. Emma a fait deux fois la grosse commission. »

Au sifflement qu'émet Jade, les jumeaux lèvent tous les deux la tête pour voir ce qui se passe. « *Ça*, c'est de l'excitation.

— Ouaip. La deuxième fois, il y en avait tellement que j'ai dû lui mettre une autre tenue et jeter le body. Il était irrécupérable.

— J'adore ces cacas-là, remarque Jade d'un air entendu. Ce sont les meilleurs. »

Mais la serveuse approche, alors il est probablement temps de changer de sujet.

« Vous avez fait votre choix ? » Son stylo est déjà positionné au-dessus de son minuscule bloc-notes.

« Ouais, je vais prendre le burger veggie », annonce Jade tout en essayant de détacher les petits doigts de Max du menu humide. Il se met à beugler. « Ça ne vous dérange pas s'il le garde ?

— Nan, pas de souci.

— Très bien.

— Et vous, ma belle ? me demande-t-elle en se tournant vers moi.

— C'est quoi, au juste, un Jumbo BBQ Crunchburger Deluxe ? » Je suis à la fois mortifiée et émoustillée par cette question qui franchit mes lèvres.

« Oh, c'est un steak haché de deux cent vingt grammes avec du cheddar, du bacon, de la sauce barbecue et des beignets d'oignons croustillants par-dessus. Il est servi avec des frites gaufrées au fromage et du guacamole en accompagnement. »

Oh mon Dieu.

« Celui-là, dis-je sans honte. Je choisis celui-là. »

Je referme brusquement mon menu pour le rendre à la serveuse. L'expression de Jade rappelle la mienne quand j'ai remarqué que Max mâchouillait une des pages, mais je m'en fiche. Ce burger a des beignets d'oignons croustillants par-dessus, pour l'amour du ciel !

« Alors, raconte-m'en un peu plus sur ta famille, reprends-je, en grande partie pour nous distraire toutes les deux de l'abomination culinaire que je viens de commander. Des frères et sœurs ?

— J'ai une demi-sœur, mais beaucoup plus jeune que moi. Elle a huit ans et vit encore à la maison avec ma dingo de mère. La malheureuse.

— Oh, tu as une mère dingo, toi aussi ?

— Absolument.

— Quel genre de dinguerie ?

— Genre, elle ne sait pas qui est mon père.

— Oh. » Pas vraiment la catégorie de dinguerie que j'attendais.

« Ouais, c'était une sacrée fêtarde et elle est tombée enceinte de moi super jeune, mais elle ne s'est pas laissée ralentir pour autant. On a juste fait la fête ensemble, s'amuse-t-elle. Elle était plus ou moins fan de quelques groupes rock à la fin des années quatre-vingt. Mon père est peut-être un célèbre has-been. »

La fin des années *quatre-vingt* ? Bonté divine, il est possible que je sois plus proche de l'âge de sa mère.

« Je crois que je n'ai pas dormi une nuit complète jusqu'à ce qu'on déménage à New York, Paul et moi. Maman a les cheveux rose fluo. Elle se prend pour Cindy Lauper. »

La réponse qui me vient à l'esprit est d'une grande profondeur. « C'est… Waouh.

— Ouaip. Et la tienne, c'est quel genre de dinguerie ? »

Bon, après ses révélations, la mienne paraît plutôt barbante. « Tu sais, peut-être qu'elle n'est pas complètement dingue, qu'on a juste… sans doute une relation mère-fille normale. Elle me fait grimper aux rideaux.

— Oui, poursuit Jade, qui n'a pas l'intention de me laisser m'en tirer aussi facilement. Comment ça ? »

Je baisse les yeux vers Emma, comme si je n'étais pas censée en discuter devant elle. « Ben, d'une part, elle est hyper sociable. Tout le monde l'adore. Elle serait capable de parler à un mur, tu vois le topo ?

— Bien sûr. Paul était un peu comme ça. Dès qu'on allait quelque part, il nous obtenait un surclassement gratuit.

— Oui, exactement comme elle. Tout le monde se prend pour son meilleur ami sous prétexte qu'elle dégoise sans discontinuer. Et c'est une conteuse hors pair. Tout le monde raffole de ses histoires. Elle est drôle. Par contre, impossible d'en placer une. Et le truc, c'est que, bien qu'elle parle à tort et à travers, en fait, elle ne dit rien du tout.

— Ah », lâche Jade, mais quelque chose dans sa façon de prononcer cette syllabe m'indique qu'elle *sait* de quoi il retourne. Qu'elle comprend. Elle a pris un sachet de sucre dans le bol, qu'elle fait aller et venir entre ses doigts.

« Elle va te parler des trucs les plus anodins et les plus triviaux, mais elle omettra de mentionner que mon père a eu des douleurs à la poitrine la semaine dernière et qu'il a dû subir un électrocardiogramme. C'est dément. » En lui racontant cette anecdote, je sens mon corps entier se tendre, même si je sais que ça semble insignifiant, comparé à la mère rockeuse et dévergondée de Jade.

« Alors, elle fait partie de ces gens qui passent sous silence les trucs importants ?

— Précisément.

— Et qui remplit toutes les conversations d'âneries pour t'empêcher de parler de quoi que ce soit de réel ?

— Oui.

— Parce que parler de choses réelles comme les peurs ou les sentiments la mettrait mal à l'aise ?

— Je suppose.

— Tu n'as jamais essayé ?

— Essayé quoi, de parler à ma mère de peurs et de sentiments ?

— Bien sûr, pourquoi pas ? » assène-t-elle en ouvrant d'un coup le sachet de sucre pour en verser le contenu dans son Ice Tea.

« Essayer de parler à ma mère de peurs et de sentiments. » Je répète cette phrase parce que c'est la chose la plus absurde que quelqu'un ait jamais osé me suggérer.

« Tu pourrais tenter de l'interroger là-dessus. On ne sait jamais. » Je la regarde siroter son thé. Elle claque des lèvres. « Je dis juste que, d'habitude, quand les gens sont comme ça, il y a une raison. »

Je soulève mon verre pour y mélanger des glaçons avec ma paille.

« En général, il y a un réservoir de blessures super-profond qu'ils s'appliquent à cacher. Et ils passent toute leur vie à faire des pirouettes pour que personne ne remarque la plaie béante de douleur dissimulée derrière le rideau. »

Dégustant ma boisson à travers ma paille, je

m'efforce de garder l'esprit ouvert. J'espère que Jade n'utilise pas des tournures comme *plaie béante de douleur* dans sa trilogie. Pourrons-nous rester amies s'il se révèle qu'elle écrit comme un pied ? Elle est si intelligente. Je m'applique à considérer son point de vue, mais finis par secouer la tête.

« Je ne pense pas que ma mère ait une plaie béante de douleur. »

Elle hausse les épaules. « Peut-être pas. »

La porte à tambour de la cuisine s'ouvre, et la serveuse en sort à reculons avec nos plats. Mon Jumbo BBQ Crunchburger Deluxe approche. Je sens le bœuf, le fromage et le bacon grillés. Je suis aux anges.

Après le dîner, je suis presque incapable de bouger. Je dois descendre l'escalier du restaurant en canard jusqu'à l'endroit où nous avons garé nos poussettes. J'ai tellement mangé que ma cicatrice me paraît distendue, étirée à l'extrême.

« Je crois que j'ai besoin de marcher un peu, dis-je à Jade une fois que nous sommes arrivées dans notre rue. Je vais sans doute avoir besoin de marcher pendant au moins sept semaines pour éliminer ce repas.

— C'était un sacré burger, admet-elle.

— Tu as envie de faire une promenade ?

— Non, il faut que je rentre.

— D'accord, à plus tard.

— Cool. » Elle pivote brusquement sa poussette double vers la gauche et traverse la rue jusque chez elle.

Il fait plutôt sombre, mais Leo ne sera pas là avant des heures, et Emma est réveillée, satisfaite de son sort. Elle observe la canopée qui défile au-dessus de sa tête. Parfois, quand elle est dans sa poussette, je m'accroupis pour me retourner et lever le nez, rien que pour voir à quoi ressemble le monde de son point de vue. Je la pousse le long de la clôture du cimetière qui suit Myrtle Avenue. J'envisage d'y entrer, mais le panneau sur la grille indique qu'il ferme à la tombée de la nuit. La nuit est tombée, et pourtant, la grille est encore ouverte.

« Manquerait plus qu'on soit enfermées dans un cimetière toute la nuit, Emma. »

Ensuite, je me souviens que dans mon enfance, à peut-être dix ou douze ans, on avait escaladé la grille avec des copains pour jouer à chat à la lueur de nos lampes électriques au milieu des pierres tombales. Ce ne serait peut-être pas si mal. Emma ouvre la bouche, mais la referme aussitôt sans me répondre. Mon téléphone sonne dans le sac de couches ; je m'arrête pour le repêcher. C'est Maman.

« Hé, dis-je.

— Majella !

— Salut, Maman.

— Écoute, j'ai trouvé quelque chose et je me suis dit que tu aimerais le savoir. En passant au peigne fin mes dossiers généalogiques, j'ai découvert des trucs très intéressants. » Je me remets à marcher, plus lentement, en poussant Emma d'une main. « Cette femme dont tu as retrouvé le journal intime, Virginia Doyle ?

— Ouais.

— Elle a eu plusieurs enfants, et en fait, l'un de ses fils, Raymond Doyle, a vécu jusqu'à cent un ans.

— La vache !

— Oui, il n'est pas mort avant 1947.

— Tu es née en quelle année, déjà ?

— En 1949. En tout cas, le truc vraiment intéressant, c'est qu'apparemment il a participé à un projet sur le folklore américano-irlandais à la bibliothèque publique de New York dans les années trente. »

Je m'arrête de marcher.

« Quoi, une sorte d'histoire orale ?

— Tout à fait. Il y avait un professeur célèbre qui voulait enregistrer les souvenirs populaires de la famine avant que ces gens n'aient tous disparu.

— C'est incroyable. On peut lire ce qu'il avait à dire sur Internet ?

— Non, mais on peut faire encore mieux. On peut aller là-bas, à la bibliothèque, et l'écouter. Je crois que c'est un enregistrement en bonne et due forme. Je suis en train de consulter leur site en ce moment même. Il précise qu'il s'agit d'un CD parlé, réservé à l'usage interne. Je suppose que ça signifie qu'on ne peut pas l'emprunter.

— Ouais.

— N'empêche que ça a l'air formidable, tu ne trouves pas ? De pouvoir entendre l'histoire de Raymond Doyle avec ses propres mots ?

— Tout à fait. Je me demande s'il savait ce qui est arrivé à sa mère.

— Je l'ignore. Ça paraît peu probable. Il devait n'être qu'un bébé quand ils ont quitté l'Irlande. Pourquoi lui aurait-elle raconté une chose pareille, qu'elle avait tué quelqu'un ?

— Tu as trouvé des traces de leur traversée ?

— Pas encore, mais je continue à chercher. »

J'écarte le téléphone de mon oreille pour vérifier l'heure. Presque 19 h 30. Je me demande à quelle heure ferme la bibliothèque ce soir, mais peu importe. Je ne peux pas y aller maintenant, pas avec Emma. Elle a besoin de rentrer dormir. Je recolle le combiné contre mon oreille : « Je pourrai peut-être y faire un saut demain.

— Oh, j'aimerais être là pour pouvoir venir avec toi, se désole Maman. J'adorerais écouter ce CD. »

Une fois de plus, je m'arrête de marcher pour aspirer une grande bouffée d'air. Elle regrette de ne pas être ici. Pas de manquer du temps avec sa fille et sa nouvelle petite-fille. Mais de rater des histoires racontées par un grand-oncle mort sur un CD à la bibliothèque. Je me souviens de la tirade de Jade sur le réservoir de douleur, le rideau et les pirouettes, et je décide que c'est définitivement du pipeau.

Mais bon, qu'est-ce que j'ai à perdre ?

« Hé, Maman », reprends-je parce que je suis déterminée à changer les choses. À la forcer à avoir une véritable conversation avec moi. Je vais me débrouiller pour que ça se produise. « Maman, il faut que je te fasse un aveu. »

Je l'entends inspirer quasi silencieusement, et l'avoir réduite au silence, même brièvement, me procure un tel sentiment de puissance. L'échange que nous avons eu samedi – au sujet du journal intime, du meurtre, de Ginny Doyle – c'est vrai, cet échange s'est terminé comme tous les autres : avec elle qui prend la tangente et moi qui me sens seule et exaspérée. Mais avant, il y a eu quelque chose, un début d'ouverture. Je crois que c'est la peur qui a fait taire ma mère et nous a rapprochées. Peut-être pourrai-je retrouver cette croûte et la gratter. Si Jade a raison, si je parviens à mettre le doigt sur les blessures de Maman, alors peut-être pourrai-je la faire saigner, la faire *ressentir* quelque chose.

« Qu'est-ce qu'il y a, chérie ?

— Je ne sais pas. » C'est vrai, je n'en sais rien. J'ai envie de lui raconter. Les larmes, la thérapie, les pilules. Envie qu'elle sache tout. Mais si elle n'écoute pas ? Et si l'autre ligne se met à sonner ?

« Tu me manques.

— Ohhhh, Majella. Toi aussi, tu nous manques, chérie ! Mais tu adorerais tout bonnement cet endroit, vous l'adoreriez, Leo et toi…

— Non, Maman, ce n'est pas ce que je veux dire. *Écoute…* »

Ma mère se tait.

« Comment c'était pour toi, au début, quand tu m'as eue ? Quel âge avais-tu ?

— Oh, j'étais vieille selon les critères de l'époque. J'avais trente ans. Sur la pente descendante ! s'esclaffe-t-elle.

— Et comment était-ce ? C'était dur d'avoir un bébé ? Ou est-ce que tu as trouvé ça naturel ?

— Eh bien, c'est toujours dur, Majella. Être mère est le travail le plus difficile au monde. »

On croirait un slogan sur une foutue carte de vœux.

« Mais est-ce que c'était dur pour *toi* ? Ce qui m'intéresse, ce n'est pas ta génération, ni tes amies, ni la société à ce moment-là. Ce qui m'intéresse, c'est *toi*. En tant que personne. Comment tu as géré ça. Comment tu te *sentais*. »

Je marque une pause. Va-t-elle répondre ? Esquiver ? C'est comme attendre de voir combien de quilles votre boule de bowling lancée avec soin va atteindre. Ce point où elle vacille avant de les heurter. Elle s'éclaircit la gorge.

« Je ne sais pas, finit-elle par lâcher. C'était une autre ère. On ne parlait pas de nos émotions. Ni de tout ce baratin de post-partum. On allait de l'avant, un point, c'est tout. »

Ma boule de bowling semble avoir dévié. Peut-être

ai-je eu deux ou trois quilles, seul résultat qu'on peut vraiment espérer au premier essai, non ? Mais je peux sans doute retenter ma chance. Après tout, elle a prononcé le mot *post-partum*, ce qui semble prouver quelque chose.

« Ben, de nos jours, on parle de nos émotions, Maman. Il n'est pas trop tard, tu sais. Les gens le font.

— Quels gens ?

— Les autres gens. Des tas de gens. Moi !

— Oh, ne sois pas bête, dit-elle, mais je l'interromps pour pousser ma bêtise un peu plus loin.

— Je consulte une thérapeute. »

Ma mère pousse un petit cri. Un petit cri, un vrai. Je crois qu'elle aurait été moins choquée si je lui avais avoué une addiction à l'héroïne ou une aventure lesbienne.

« C'est ridicule. Pourquoi as-tu besoin d'une thérapie ?

— Tu plaisantes ?

— Tu vas bien, Majella, tu n'as pas besoin de thérapie. Quelle absurdité. Donne-moi une seule bonne raison pour laquelle tu en aurais besoin.

— Parce que je ne peux pas supporter ma mère, par exemple ! » J'ai aboyé ma réponse. Debout au bord de Myrtle Avenue, les poings serrés dans le noir. Le bus Q55 illuminé me dépasse en crachant un pet de fumée d'échappement. Seigneur Jésus, qu'est-ce que je viens de dire à ma mère ? À l'autre bout de la ligne, elle se tait. « Je ne le pensais pas, Maman. Maman ? »

Elle garde le silence, mais en éloignant le téléphone de mon oreille, je vois toujours les secondes s'écouler sur l'écran avec l'émission « Jeopardy ! » en fond sonore. Elle n'a pas raccroché.

« Je suis désolée, Maman. Tu sais que je ne le pensais pas. Je ne te déteste pas. »

Elle se tait toujours, et je l'entends prendre une petite bouffée d'air frémissante. Dans sa poussette, Emma l'imite.

« Je t'aime, Maman. C'est juste que parfois je déteste nos rapports, notre manière de communiquer. Je veux être honnête, qu'on se rapproche. J'ai l'impression qu'on ne parle jamais de rien de *réel*. J'ai tellement de préoccupations en ce moment… J'ai tellement peur de devenir une mauvaise mère, il y a tellement de choses que je ne sais pas. Et on dirait que je ne peux pas t'en parler. Que tu ne m'écoutes pas vraiment. » Sauf que maintenant, elle écoute, non ?

« Maman ? » Toujours rien. « La vérité, c'est que j'ai commencé à consulter parce que je pleure beaucoup, genre, tout le temps. Et que je me sens dépassée pour de bon avec Emma. Ce n'est pas comme je l'imaginais. C'est tellement effrayant. »

En arrière-plan, j'entends le présentateur de l'émission, Alex Trebek, faire son numéro de charme prétentieux. Le rire de Papa. Puis un bruit qui évoque celui d'une baie vitrée qu'on ouvre, après quoi les sons se modifient peu à peu. La baie vitrée se referme, et « Jeopardy ! » s'est tu.

« Moi aussi, je pleurais beaucoup », déclare-t-elle. Je retiens mon souffle. « Ton père et moi, on a toujours voulu une grande famille. » Comme elle s'interrompt, je me demande si c'est tout ce qu'elle va dire, mais elle renifle, et je me rends compte qu'elle pleure. Ma mère.

« Qu'est-ce qui s'est passé ? dis-je d'une voix douce. Comment se fait-il que je sois votre seul enfant ?

— Il y en a eu d'autres. » Sa voix est aiguë, tendue.

Elle laisse échapper un filet d'air sifflant. « J'ai fait cinq fausses couches avant toi. »

Je m'accroche à la barre de la poussette d'Emma. Cinq fausses couches.

« Mon Dieu, Maman.

— La dernière, c'était un garçon. Cette fois-là, on a cru que ça allait marcher. On est arrivés jusqu'à presque trente-cinq semaines, et puis le travail a commencé en avance… »

Elle s'arrête. C'est pour moi qu'elle expulse ces mots. Elle accouche de cette terreur parce que je l'y ai contrainte. Parce que je lui ai dit que c'était ce dont j'avais besoin.

« C'est pas grave, Maman. Tu n'es pas obligée d'en parler.

— Non, non, ça va. Tu dois savoir. Tu as eu un frère. Mais il était mort-né. Il était déjà parti. Ils m'ont autorisée à le tenir. »

Mon visage dégouline de larmes. La morve s'accumule sous mon nez.

« Oh, Seigneur, je suis sincèrement désolée, Maman. » Je ne peux rien imaginer de pire que d'accoucher d'un bébé mort. C'est bel et bien la pire des choses que je puisse imaginer.

Je l'entends pleurer doucement, tendrement.

« On l'a appelé Jimmy, à cause de ton grand-père. »

Je ne sais pas quoi dire. Je voudrais être en Floride avec ma mère, sur le stupide balcon de cet appartement qui donne sur le golf. J'entends les cigales.

« Après, ça a été dur. Enfin, je n'aurais pas pu t'aimer davantage, Majella. Tu le sais, hein ? Je t'aime tant.

— Bien sûr, Maman.

— Mais c'était dur. Je faisais encore mon deuil.

Je me sentais coupable de t'aimer autant. Comme si je trompais ce premier bébé, tous ces premiers bébés. Comme si je ne devais pas être heureuse alors qu'ils étaient partis, que Jimmy était parti. » Elle inspire un grand coup. « Je me rappelais sans cesse son petit corps dans mes bras. Si immobile. » Sa voix est éraillée.

« Je suis sincèrement désolée, Maman.

— Je n'en parle pas, murmure-t-elle. Pas même avec ton père. Jamais. »

Je baisse le regard vers Emma, qui donne de minuscules coups de pied vers moi comme si j'étais un cheval qu'elle souhaite faire avancer. De ma main libre, j'éponge ma morve et mes larmes avant de recommencer à la pousser le long de la rue.

« Maman ?

— Oui ?

— Je t'aime vraiment. Je t'aime. Je suis désolée.

— Je sais, Majella. Je t'aime aussi. »

Une fois que nous avons raccroché, je me sens incroyablement grosse et paumée. Dans mon estomac, le Jumbo BBQ Crunchburger Deluxe pèse une tonne. Avec les frites gaufrées au fromage et le guacamole. Emma et moi, nous arpentons les rues assombries de Glendale dans un vain effort destiné à annuler les dommages que je viens d'infliger à mon propre corps. Et à Maman. Quand mon bébé commence à geindre, nous prenons la direction de la maison.

À notre arrivée, je consulte l'horloge du micro-ondes. L'heure du coucher d'Emma est légèrement dépassée, mais elle s'en remettra. Tant que je la nourris, que je lui donne son bain et que je l'emmaillote bien serré avant d'aller au lit, elle est contente. J'ai laissé le babyphone sur le comptoir de la cuisine. Je pensais qu'ils dormiraient maintenant, mais sur le canal C, Jade et ses bébés pleurent tous les trois.

Le lendemain, Leo ne doit pas aller travailler avant le début d'après-midi, si bien que j'attends seule sur les marches de la bibliothèque son ouverture, à 10 heures. Enfin, pas tout à fait seule – un tas d'étudiants de premier cycle boostés à la caféine et quelques touristes en baskets attendent avec moi. Je m'aperçois qu'après avoir vécu toute ma vie à New York, je suis capable de distinguer les touristes des locaux sans même essayer, et que je classe involontairement les gens dans ces catégories d'un simple coup d'œil. Sur les marches, à côté de moi, une jeune touriste ambitieuse s'efforce de tromper son monde. Elle veut être une New-Yorkaise. Toute de noir vêtue, elle prend soin d'avoir les cheveux un peu ébouriffés, ses lunettes de soleil géantes perchées au bout de son nez juste comme il faut. Elle incarne à merveille le dédain, mais ce n'est qu'un masque ; il n'est pas réel. Et d'ailleurs, est-elle bien seule ? Ce ne seraient pas ses parents qui prennent une pose scandaleusement gênante près des lions ? On dirait qu'elle veut se recroqueviller dans son sac à main Armani tout propre. Dès qu'elle aura l'âge requis, elle emménagera ici. Elle s'enfuira.

Au moment de l'ouverture des portes, à 10 heures, je monte trois volées de marches derrière les étudiants jusqu'à la salle de lecture principale, la Rose Reading Room. Je saisis un bordereau et un mini-crayon pour y inscrire les informations que j'ai cherchées hier soir sur Internet. J'ai même noté la cote sur un morceau de papier chiffonné dans ma poche, parce que je suis une professionnelle. Lorsque le bibliothécaire sérieux, à lunettes, me tend le CD quelques minutes plus tard, il me rappelle de bien mettre mon casque pour l'écouter.

« Oui, monsieur. »

Il acquiesce solennellement.

Dans la salle sud, je déniche une table vide et j'ouvre mon ordinateur portable. Après y avoir enfoncé le CD, je branche mes écouteurs, puis je m'assieds. Il s'agit d'une compilation : les fichiers sont répertoriés, d'abord par pays, puis par nom. Il y a des centaines de voix irlandaises là-dedans. Tant d'histoires. Je parcours la liste jusqu'à trouver Mayo. R. Doyle est le quatrième fichier. Je prends une grande goulée d'air avant de cliquer sur son nom.

On entend de la friture, comme sur les vieux disques, suivie de la voix déformée par les années d'un jeune Américain, le célèbre professeur.

« Commencez par votre nom. Ne vous inquiétez pas pour le micro, inutile de vous pencher.

— Comme ça ? » La voix de Raymond Doyle résonne dans mon cerveau.

« Parfait. Bien. Votre nom ? »

Il se racle la gorge. « Je m'appelle Raymond Doyle, monsieur.

— Et d'où êtes-vous originaire, monsieur Doyle ?

— Initialement, d'un endroit nommé Knockbooley dans le comté de Mayo, monsieur. En Irlande. »

Sa voix à lui est usée par le temps, gutturale, pleine de vie. Avec un magnifique fort accent cent pour cent new-yorkais. Aucune trace d'inflexion chantante ou de *t* chuintants. Rien d'irlandais chez lui. Je ne sais pas à quoi je m'attendais, mais pas à ça. C'est mieux. On croirait entendre un gangster sur le retour. Mes bras sont hérissés de chair de poule. Je sors le journal de sa mère de mon sac à dos, mais sans l'ouvrir. Je le pose sur la table en plaçant doucement ma main dessus. Il rappelle un cœur qui bat.

« Très bien, monsieur Doyle, cela vous ennuierait-il de me donner votre âge ?

— Je crois que j'ai à peu près quatre-vingt-treize ans. Je suis né à Springhill House, dans le comté de Mayo, en Irlande, en l'an de grâce 1847.

— Springhill House ? s'enquiert le célèbre professeur américano-irlandais. Une maison de maître ?

— C'est exact, monsieur.

— Vous êtes né dans l'aristocratie terrienne ?

— Non, monsieur », s'amuse Raymond Doyle, et je devine la fumée accumulée depuis des années dans ses poumons. Quel métier pouvait-il exercer ? « Ma mère travaillait pour eux, à Springhill. Elle était femme de chambre de la patronne, madame Alice Spring.

— Ah. Et votre père ? » Je distingue le grattement du crayon de l'universitaire qui prend des notes, et je ferme les yeux pour tout entendre mieux, plus nettement.

« Il est mort avant ma naissance. Durant la traversée pour l'Amérique, dans un des navires-cercueils.

— Comme tant d'autres », commente le professeur, d'une voix qui semble légèrement en colère, plus que celle de son sujet d'étude. « Et quand avez-vous vous-même effectué la traversée, monsieur Doyle ?

— Je n'étais qu'un nourrisson. Pour être honnête, je ne me souviens pas du tout de l'Irlande, je n'ai que les histoires de ma mère.

— Et c'est pour cette raison que nous sommes là, monsieur Doyle, pour recueillir vos histoires. »

Raymond corrige son célèbre interlocuteur : « Pas mes histoires. Celles de ma mère. Les histoires de la famine.

— C’est exact, concède l’autre.

— C’était une sainte, ma mère. Elle s’appelait Ginny Doyle. »

Rouvrant les yeux, je passe le bout de mes doigts sur le journal en pensant : *une sainte*, et je secoue la tête.

« Elle m’a sauvé la vie un nombre incalculable de fois. Paix à son âme. » La salle de lecture se remplit de plus en plus. J’augmente le volume sur mon ordinateur, puis je referme les yeux. J’aimerais pouvoir le *voir*. « Ça a commencé bien avant qu’on quitte l’Irlande. Avant ma naissance, même.

— Elle vous a sauvé la vie avant votre naissance ? interrompt l’universitaire.

— En effet.

— Comment ça ?

— Vous avez déjà entendu parler de bébés nés en pleine famine ? »

Le professeur grogne sans fournir de véritable réponse.

« J’ai bien failli ne pas y arriver. Ne pas naître. Nous mourions de faim, tous autant que nous étions, nous mourions de faim depuis que mon père était parti mourir sur un navire-cercueil. Je mourais de faim dans l’utérus de ma propre mère. Ma sœur Maire le raconterait mieux, que Dieu la garde. Elle s’en souvenait. C’était l’aînée, elle avait vu naître tous les bébés. Elle connaissait l’aspect que doit avoir une femme qui a un bébé dans le ventre, mais d’après elle je ne grandissais pas du tout là-dedans jusqu’à ce que ma mère parte trouver du travail à Springhill.

— Elle y est allée alors qu’elle était enceinte ?

— Oui.

— Et on l’a engagée ?

— Oui.

— Hautement inhabituel. »

Je clique sur pause pour essayer d'absorber tout ça. J'ai besoin de l'imaginer. Être enceinte, avoir déjà – combien ? – d'autres enfants à la maison, savoir Leo mort et enterré, et n'avoir absolument rien pour les nourrir. Mon Dieu. Je respire un grand coup avant de réappuyer sur *lecture*.

« C'est inhabituel, mais c'est comme ça que ça s'est passé, explique Raymond. J'étais si petit qu'on ne remarquait même pas qu'elle attendait un bébé, alors elle a laissé ses autres enfants chez elle avec ma sœur Maire. Elle n'avait pas le choix, voyez-vous, parce que Papa était déjà parti et qu'il n'y avait personne d'autre pour s'en occuper. Sûr que Maire n'était elle-même qu'une gamine à ce moment-là.

— Quel âge avait-elle ?

— Je ne sais pas. Onze ans ? Douze ? Elle était jeune.

— Et combien d'enfants y avait-il à part vous deux ? Combien de frères et sœurs ?

— Quand je suis né, il y en avait quatre. Plus un qui était mort tout bébé, avant ma naissance : Thomas. Et puis j'avais un frère aîné, Michael, qui est décédé plus ou moins quand je suis né, ou peu après.

— Est-il mort de faim ?

— Du typhus. » Raymond se racle de nouveau la gorge, émet une toux caverneuse de fumeur. « Il y avait aussi deux autres petites filles en plus de Maire. L'une d'elles n'a pas survécu à la traversée – elle s'appelait Maggie. Je ne me souviens pas d'elle. Le temps qu'on arrive à New York, nous n'étions plus que trois : moi-même, Maire et Poppy. Ma pauvre mère, elle a perdu trois d'entre nous sur six. Sans compter notre père. »

Le professeur émet un bruit compatissant, et je l'imagine secouant la tête. Ensuite, un claquement retentit. Peut-être Raymond frappe-t-il la table. Il se redresse, se rapproche du micro. Il pleure sa mère brisée.

« Vous voulez bien m'en dire davantage sur elle ? Votre mère ? Vous avez mentionné qu'elle vous avait sauvé la vie un nombre incalculable de fois.

— C'est vrai.

— Racontez-moi quelques-unes de ces histoires. »

Raymond marque une nouvelle pause. Il y a un cliquetis. J'entends presque mes propres battements de cœur dans les écouteurs.

« Et si je vous racontais juste la plus importante ? Comment elle s'est débrouillée pour nous tirer tous de cette foutue famine. »

20

IRLANDE, JUILLET 1847

« Je vous paierai pour l'avoir », répéta madame Spring d'une voix furieuse et tendue. À cet instant précis, elle était habitée par quelque chose de féroce.

Relâchant son étreinte sur le bras de Ginny, elle saisit la couverture de Raymond. Comme Ginny s'écartait d'elle, elle la lâcha, tapant du pied sous sa robe violette, tel un étalon effarouché. Sur son chapeau, la plume s'agitait follement.

Derrière Ginny, Maire revint dans le jardin, portant l'assiette en Wedgwood bleu qui avait contenu la tourte.

« Vous avez oublié ceci, madame Spring », annonça-t-elle en avançant vers sa mère et la visiteuse.

Elles ne lui répondirent ni l'une ni l'autre, et continuèrent à se fixer. Le regard de Maire fit des allers et retours entre leurs deux visages. Sans rien demander, sans dire un mot, elle se rapprocha de Ginny pour lui prendre Raymond des bras. Les mains de Ginny tremblaient, et quand Poppy passa la tête pour inspecter le jardin, Maire lui ordonna de rentrer et de fermer la porte.

Sans se retourner, Ginny entendit la porte du cottage grincer, puis claquer. Comme Raymond commençait à s'agiter, Maire coinça l'assiette en porcelaine sous son aisselle afin de pouvoir le bercer. Elle le calma et lui tapota le dos, les yeux toujours rivés sur les deux femmes devant elle. Madame Spring finit par rompre le silence crispé.

« Pensez à vos filles, Ginny. Regardez votre jolie petite que voilà.

— J'ai un nom. C'est Maire », dit l'aînée d'une voix claire.

Alice Spring braqua son sourire fautif sur la fille de Ginny, mais l'expression de celle-ci était aussi sombre que le mildiou.

« Maire, lança madame Spring, peut-être devrais-tu laisser bavarder les adultes, mon petit. »

Ginny s'interposa. « Ma fille est plus mûre que vous ne le serez jamais. »

Les traits de l'aristocrate trahirent son choc, mais elle n'était pas prête à abandonner ses bonnes manières pour autant. Espérant encore que son projet fou allait aboutir, elle laissa passer l'insolence de Ginny.

« Je n'avais pas l'intention d'insinuer… poursuivit-elle. Je pensais juste qu'il serait peut-être préférable que nous discutions de ce sujet en privé. Pour parvenir à un arrangement.

— Il n'y a rien à discuter, coupa Ginny. Il n'y aura pas d'arrangement. »

Elle considéra Maire, qui la fixa avec intensité en secouant doucement son frère dans ses bras.

« Écoutez au moins ce que j'ai à dire ! supplia madame Spring, dont la voix recommençait à monter. Ne soyez pas si expéditive. Je ne vous demande pas de l'abandonner. Bien au contraire, ma chère ! Je vous offre une opportunité. Pensez-y. Regardez, regardez ! »

Elle écarta de nouveau sa cape, révélant l'épaisse

chaîne en argent passée autour de son épaule, qui allait s'accrocher à une ceinture cachée par l'étoffe du manteau. Tirant sur la chaîne, elle dévoila une énorme bourse en mailles métalliques, dissimulée derrière son dos. Volumineuse et lourde, elle contenait essentiellement des pièces d'or. Ouvrant le fermoir, madame Spring sortit tous les billets du dessus pour les tendre à Ginny.

« Prenez ! » Elle fit un pas en avant. « C'est de l'argent. Prenez-le, j'en enverrai davantage. »

Raymond s'était mis à pleurer bruyamment. Il avait besoin d'être nourri. L'atmosphère était emplie d'une puanteur affreuse. Alice Spring avança encore, saisit le bras de Ginny. Elle lui pressa les billets repliés dans la main et força ses doigts à se refermer sur eux.

« Ici, il y a la fièvre, insista-t-elle. Elle vous a déjà fait perdre un enfant. Risquerez-vous d'en perdre un autre alors que vous pouvez le sauver ? Vous avez la possibilité de le soustraire à cette misère. »

Les yeux écarquillés, Maire les observait. Soudain, elle parut plus jeune que Ginny ne l'avait jamais vue depuis le départ de son père. Alice Spring parlait toujours.

« Vous avez du mildiou ici, même votre benjamine le dit. Avec quoi allez-vous nourrir vos enfants quand votre récolte se sera encore une fois volatilisée ? Comment nourrirez-vous le petit Raymond si vous êtes incapable de vous nourrir vous-même ? »

Ginny sentait sa poitrine monter et descendre de façon erratique. Elle secouait la tête, encore et encore. S'appliquant à chasser tous ces arguments et cette logique scandaleuse de ses oreilles. À la place, elle se raccrochait uniquement aux cris de son bébé. À sa voix affamée.

« Et comment proposeriez-vous de le nourrir, *vous* ? » rétorqua-t-elle, mais ses paroles manquaient de l'amertume qu'elle ressentait. Elle discerna une lueur de triomphe dans le regard de son ex-patronne. « Il a faim en ce moment même, ajouta-t-elle d'un ton vaincu.

— Je prendrai une nourrice.

— Non, non, protesta Ginny, qui retrouvait des forces. Je suis sa mère ! » Elle se frappa la poitrine du poing avant de retomber dans le silence. Elle était si usée par la peur et la souffrance. Si totalement épuisée. « Si vous voulez mon fils, vous allez devoir nous emmener tous, dit-elle d'un ton résolu. C'est *moi* qui l'allaiterai.

— Ah ! souffla Alice Spring avec incrédulité. Ne soyez pas ridicule. Je ne peux pas arriver à New York avec une famille entière de mendiants irlandais pouilleux sur les talons. »

Les joues de Maire rosirent, mais elle tint sa langue. Ginny fit alors un pas en avant et écarta les doigts, jetant la liasse de billets en vrac à la figure de la visiteuse. Ils tombèrent autour d'elles comme des flocons de neige d'été. Sous le choc, les yeux et la bouche de madame Spring s'ouvrirent grand. Elle avait toujours sa bourse à la main. Elle avait verrouillé le fermoir pour contenir le poids des pièces d'or à l'intérieur, et le bout de ses doigts jaunissait sous leur pression furieuse.

« Pauvre idiote ! » hurla-t-elle en brandissant avec force la bourse, qui frappa durement Ginny à la tempe. Au contact de sa tête, le poids de tout cet or causa un bruit sourd écœurant, et elle se plia presque en deux avant de reprendre ses esprits. Elle n'entendait rien de la tirade de madame Spring qui continuait, elle ne percevait qu'un tintement sonore dans son oreille droite. Tenant le côté droit de son visage entre ses mains, elle se retourna vers Maire, qui reculait devant l'aristocrate et protégeait le bébé de ses bras. Ginny tenta de les rejoindre en titubant, mais, étourdie par le coup, elle s'effondra sur un genou. Madame Spring écumait de rage. Tout semblait lent et déformé. Ginny n'entendait rien d'autre que le tintement dans son oreille. Et puis un son retentit, pareil à celui d'un ballon qui se vide de son air, et Ginny entendit de nouveau son ancienne maîtresse qui hurlait comme une possédée.

« Allez au diable, je l'aurai ! s'égosillait-elle. Sa place est avec moi ! »

Ginny se remit sur pied en vacillant et plongea vers l'avant, mais ne parvint pas à les atteindre à temps. Maire s'accrochait fermement à Raymond. Elle gardait une main au-dessus de sa tête et inclinait bien bas la sienne pour le couvrir. Alice Spring tirait sur la couverture du bébé, tordant les bras de la petite. Au cours de la lutte, l'assiette en Wedgwood glissa de sous l'aisselle de Maire, et madame Spring la rattrapa au vol pour la serrer entre ses doigts. Ginny voyait les veines palpiter sur ses mains lorsqu'elle souleva l'assiette au-dessus de sa tête. Maire se recroquevilla devant cette folle, protégeant toujours Raymond. Et puis la voix de Ginny s'échappa d'elle telle une chose animale malheureuse – un courlis.

Elle vit le gourdin de porcelaine s'abattre lentement sur ses enfants, violente traînée bleue dans le ciel matinal. Sa voix jaillit autour d'eux et son corps se précipita en avant, mais elle arriva trop tard, bien trop tard. Il y eut un choc fracassant tandis que l'assiette se brisait en mille morceaux sur la tête de sa fille, qui tomba à genoux, sans pour autant lâcher Raymond.

« Mon Dieu ! » Ginny hurlait aussi à présent, bien que Dieu fût singulièrement absent de son cœur à cet instant. Toujours à genoux, sa fille s'effondra contre elle, qui la rattrapa. Alice Spring, elle, rattrapa Raymond. Elle le hissa dans ses bras, triomphante.

« Maire. » Ginny était désormais elle aussi à genoux, par terre à côté de son aînée. Maire avait les yeux ouverts, et les riva sur elle. Sa bouche était molle, ses joues pâles, et un ruban de sang rouge vif coulait d'une méchante blessure à la racine de ses cheveux. Elle bougeait les lèvres. Ginny prit sa figure entre ses mains et l'embrassa. Elle l'embrassa.

« Ça va, la rassura Maire, même si sa voix déformée frémissait d'un affolement terrible. Je vais très bien, Maman. Maman, Raymond. Occupe-toi de Raymond. »

Elle pointa du doigt Alice Spring, toujours debout, les yeux baissés sur elles, bébé Raymond dans les bras, un minuscule demi-sourire dément sur le visage. La douce confusion de Ginny se dissipa brusquement. Maire se remit en position assise tandis que sa mère se levait pour affronter l'autre femme, qui releva le menton.

« Nous n'étions pas obligées d'en arriver là », regretta madame Spring, un éclair de folie dans le regard.

Raymond pleurait, elle le serrait trop fort. Elle allait l'étouffer.

« Donnez-moi mon bébé, lui ordonna Ginny.

— Il va venir avec moi. Il faut qu'il vienne avec moi.

— Il n'ira avec vous nulle part. » Ginny se baissa très vite pour ramasser la batte de hurling de Ray, posée à côté du cairn de Maggie. Elle la maintint lâchement le long de son corps et se posta au-dessus de Maire. « Donnez-moi mon fils, répéta-t-elle.

— Écoutez, écoutez », s'écria madame Spring, dont les yeux se remplirent d'un seul coup d'authentiques larmes. La voix chevrotante, elle secouait la tête avec véhémence. « Ne m'obligez pas à lui faire du mal. Laissez-moi l'emmener, laissez-le partir. Mon Dieu, je l'aime de tout mon cœur, ne m'obligez pas à lui faire du mal. Je le ferai. » Elle tremblait, les doigts d'une main maladroitement posés sur le petit crâne du bébé. Comme elle le tenait dans un seul bras, la tête de l'enfant ballottait en arrière. Elle pouvait lui briser le cou. Le projeter par terre. Elle était capable de tout. Une véritable folle furieuse. Elle recula lentement devant Ginny. « Ne m'obligez pas à lui faire du mal », reprit-elle plus bas.

« Maman ! » Maire était en proie à la panique. « Maman ! » hurla-t-elle.

À ce moment-là, Ginny fut si rapide ! Elle n'hésita pas. Elle ne pensa pas. Elle souleva la batte de hurling derrière elle avec la prompte assurance d'une déesse et la brandit sans en avoir conscience. Rassemblant toutes les forces de son corps épuisé, elle fonça vers l'avant et abattit son gourdin. Le crâne offert d'Alice Spring se fendit avec un craquement à glacer le sang.

Et elle s'effondra.

Ce fut si lent, la manière dont Raymond échappa à l'étreinte de cette femme, d'une lenteur écœurante. Ginny tendit les bras vers son bébé quand Alice Spring tomba et qu'elle vit son fils dégringoler, dans sa couverture qui se déroulait, encore et encore. Il s'en détacha et partit en vol plané, ses dix petits doigts écartés de terreur. Ginny sauta, bondit. Ses doigts cherchèrent les siens dans l'air nu, le bras de Raymond se tordit.

Elle le rattrapa. Elle le rattrapa juste par ce bras qui pendait.

Ensuite, le vent, le sang et le mildiou s'engouffrèrent en elle, charriant à la fois dans ses veines les remords et le soulagement, alors qu'elle enlaçait le minuscule corps gigotant de Raymond et qu'elle avançait au milieu des fragments de porcelaine bleue éparpillés, qui crissaient comme des os sous ses pieds. Le chapeau violet, qui s'était détaché du crâne de madame Spring, voletait à travers le jardin tel un oiseau effrayé, son unique plume s'agitant follement. Les billets qu'elles avaient lâchés claquaient aussi contre le sol fouetté par la brise. Quelques-uns se coincèrent dans le cairn de Maggie, d'autres s'agglomérèrent autour des jupes tourbillonnantes d'Alice Spring. Ses iris bleus étaient tournés vers le ciel. L'horreur sanglante de sa blessure à la tête était dissimulée par les douces boucles dorées de ses cheveux. Mon Dieu. Qu'avait fait Ginny ? Elle couvrit de ses mains la frimousse de son bébé, ferma les yeux et chuchota : « Pardonnez-moi, mon Dieu. »

Raymond hurlait et sanglotait, à cause du choc, espérait Ginny, mais son petit bras pendait selon un angle bizarre. Derrière eux, Maire pleurait doucement, elle aussi. Sa voix était paniquée. Elle appela : « Maman. » Ginny se retourna pour jeter un coup d'œil à sa fille, au sang qui commençait à sécher et à se coaguler dans ses cheveux. Elle fit deux pas en avant vers l'endroit où Maire était assise, tremblante, le doigt toujours pointé sur Alice Spring.

« Maman, répéta-t-elle.

— Viens, on va t'emmener à l'intérieur », déclara Ginny, qui se courba pour la soulever.

Passant un bras autour du cou de sa mère, la petite se mit debout tant bien que mal. Devant la porte, elle se retourna pour regarder le corps, mais Ginny se plaça devant elle pour l'en empêcher.

« Maman, l'argent, dit-elle.

— Ne t'inquiète pas, Maire. Je vais m'en occuper. »

Dans le cottage, Maggie et Poppy, stupéfaites, ouvrirent tout rond les yeux et la bouche en silence.

« Qu'est-ce qui est arrivé à Maire, Maman ? murmura Poppy.

— Je vais très bien, Poppy, répondit l'aînée d'une voix encore tremblante. Je me suis juste cogné la tête en tombant.

— Oh. » Sa petite sœur acquiesça révérencieusement.

« Et je vais lui nettoyer sa blessure, ajouta Ginny.

— Tant mieux, parce que c'est dégoûtant », remarqua Poppy.

Ginny installa Maire sur le tabouret. « Comment te sens-tu ? Tu es étourdie ?

— Non.

— Maire.

— Un peu, admit-elle.

— Écoute, je vais te nettoyer, mais avant, il faut que je règle quelques détails dehors, d'accord ? »

Maire avala ses lèvres.

« Maggie, approche et prends ton petit frère.

— Pourquoi c'est Maggie qui a le droit de le tenir ? chouina Poppy.

— Parce que tu dois me tenir, moi, intervint Maire.

— Mais tu es trop grande pour que je te tienne.

— Il faut que tu me tiennes la main, expliqua l'aînée.

— Oh, accepta Poppy. D'accord. » Sur ce, elle se posta à côté du tabouret, souleva la main de Maire et la serra. « C'est bien comme ça ?

— Parfait.

— Ne te mets pas debout, conseilla Ginny à Maire. Si tu as la tête qui tourne, je ne veux pas que tu tombes encore.

— D'accord, Maman.

— Je suis sérieuse. Tu promets ?

— Je promets.

— Pourquoi pleure-t-il comme ça, Maman ? » s'étonna Maggie. Les petits cris de Raymond étaient désespérés, ses poumons exploitaient au maximum leurs capacités sonores.

« Il va bien, Maggie, la rassura sa mère. Parfois, les bébés pleurent juste ainsi. Pas de quoi s'inquiéter. »

Cependant, Maggie ne paraissait pas convaincue.

« Je crois qu'il s'est fait mal à son petit bras, continua Ginny en se penchant sur le bébé pour l'examiner. Garde-le serré contre toi bien douillettement. Je reviens dans quelques minutes pour le nourrir. »

Maggie opina, mais son visage demeurait plissé d'anxiété.

« Ce n'est pas grave s'il pleure, ma belle, reprit Ginny. C'est bon pour lui. Garde simplement cette porte fermée jusqu'à mon retour.

— Pourquoi ?

— Parce qu'il y a un monstre dehors », lança Maire. Les yeux de Poppy s'agrandirent. « Ne t'inquiète pas, il ne peut pas rentrer tant que la porte reste fermée.

— Mais, et Maman, alors ? s'affola Poppy, au bord des larmes.

— Oh, ce n'est pas un monstre adulte. C'est un bébé monstre. Il ne mange que les bébés et les enfants. Maman n'a rien à craindre. »

Après avoir refermé la porte derrière elle, Ginny se laissa aller contre le battant. Il y avait du sang dans le jardin. Le sang rouge vif de Maire, un peu partout sur les fragments de porcelaine. Et puis celui d'Alice Spring, en flaques sombres et mortelles sous la ruine tordue de son corps, aux jambes écartées sous sa splendide robe. Ginny se passa les mains sur la figure et pleura à la vue de cette femme, qui avait voué son âme à la damnation.

Dès que Ginny en fut capable, elle se mit à courir. Elle remonta le pont et redescendit de l'autre côté tout le long du sentier qui traversait le champ du bas jusqu'à la barrière dans le mur de pierre. Elle en tritura désespérément le pêne, qui céda. La barrière s'ouvrit en grand. La calèche de madame Spring stationnait un peu plus loin, sur la route. Les deux chevaux étaient immobiles et silencieux ; derrière eux, Seán, assis, avait les pieds surélevés sur le marchepied, les bras croisés. Le menton relâché sur la poitrine, il ronflait.

Ginny marcha droit sur lui et attrapa un de ses souliers. Elle le secoua.

« Réveillez-vous, Seán. »

Il se redressa avec un grognement. « Hein ? Oh, je ne dormais pas. Je me reposais juste un… » Il s'interrompit tout net, souleva son chapeau pour se gratter la tête. « Qu'est-ce que vous… Où est madame Spring ? »

Ginny s'éloigna pour scruter la route. Ensuite, elle leva de nouveau les yeux vers lui et tenta d'assembler ses mots en une phrase susceptible d'être énoncée à voix haute. Elle n'y arrivait pas. Sautant à bas de la calèche, Seán se pencha vers son visage.

« Seigneur, Ginny. Que s'est-il passé ? Vous saignez ? »

Elle baissa le regard sur la manche et l'épaule de

son chemisier, maculés de vives traînées du sang de Maire, là où celle-ci s'était appuyée contre elle.

« Non. Ce n'était pas moi. C'était Maire.

— Oh, mon Dieu.

— Non, elle va très bien, je crois qu'elle va s'en sortir. Je vais peut-être avoir besoin de la recoudre un peu.

— Que s'est-il passé ? » répéta-t-il.

Ginny secoua la tête. « Elle est devenue folle.

— Ça ne ressemble pas à Maire.

— Non, madame Spring. Elle a essayé de *m'acheter* Raymond.

— Elle a quoi ?

— Elle m'a donné tout cet argent, elle voulait l'emmener.

— En Amérique ? »

Ginny acquiesça.

« Où est-elle, maintenant ? »

Ginny fit volte-face et repartit vers la barrière. Seán la suivit, mais elle s'arrêta avant qu'ils n'y soient parvenus. Prête à prononcer les mots tout haut, elle lui saisit le bras. Sa voix n'était qu'un murmure hésitant.

« Seán, je crois que je l'ai tuée. »

Sa mâchoire tressaillit, ses yeux s'écarquillèrent, mais il ne dit rien.

« Je crois que je l'ai tuée. » Elle avait répété cette phrase en espérant que ce n'était pas vrai. Pourtant, elle savait que si.

Seán secouait la tête. « C'est impossible. C'est impossible, vous avez peut-être seulement… Que s'est-il passé ? »

Elle baissa les paupières. « Il y a eu une dispute. À propos du bébé. Maire tenait Raymond, et elle m'a donné de l'argent – madame Spring. Elle m'a donné tout cet argent en me disant qu'elle allait l'emmener et je lui ai répondu non. Je lui ai jeté les billets à la figure, et là, elle s'en est prise à Maire. Elle l'a frappée à la tête avec l'assiette de la tourte alors que Maire avait Raymond dans les bras. »

Seán prit Ginny par la main et l'obligea à reculer contre la paroi de pierre pour s'y appuyer.

« D'accord, dit-il. D'accord. Où sont les enfants ?

— À l'intérieur, ils sont tous à l'intérieur.

— Et madame Spring ? »

Ginny respira profondément, puis se détacha avec difficulté du mur. Ensemble, ils allèrent jusqu'à la barrière, restée entrouverte, car elle n'avait pas mis le pêne. « Là-bas », annonça-t-elle en désignant le haut de la colline.

Seán referma la barrière, puis s'engagea sur la côte devant Ginny. Arrivé au sommet de la crête, il vit un peu plus loin le petit amas de taffetas violet.

« Mon Dieu. »

Il redescendit la pente jusqu'à la barrière devant laquelle l'attendait Ginny, puis contempla le sommet de la colline.

« Elle avait pris Raymond. Elle a dit qu'elle allait lui faire du mal. Elle a dit *Ne m'obligez pas à lui faire du mal. Laissez-moi l'emmener.* Et elle tenait sa petite tête dans sa main, comme une noix. J'ai cru qu'elle allait le tuer. Seán ? »

Il se retourna vers elle.

« Je n'avais pas l'intention de la tuer. Je n'ai pas réfléchi. Je l'ai juste… Je l'ai frappée avec la batte de hurling de Ray. »

Il resta immobile, à la fixer durant ce qui lui parut être une bonne minute. Après quoi, il passa devant elle pour franchir la barrière en sens inverse. Le cœur de

Ginny s'emballa tandis qu'elle le suivait du regard. Où allait-il ? Elle pivota sur ses talons pour lui emboîter le pas.

« Où allez-vous ? »

Il marcha jusqu'à la calèche, fourra la main dessous, en ressortit une couverture de cheval, qu'il lui tendit. Ensuite, il déchargea l'une des malles de madame Spring. Ginny retourna avec lui à la barrière, où il entortilla la couverture sur les gonds et le pêne pour empêcher quiconque d'entrer. Il referma derrière eux.

« Les temps sont durs, Ginny. Que Dieu nous en préserve, mais qui va remarquer un corps de plus ? À qui va-t-elle manquer ? »

Ginny était abasourdie. Elle tenta d'absorber ce que Seán était en train de dire. « Eh bien, il faut que j'en parle… » Elle eut une moue dubitative. « Je ne sais pas. Je ne peux pas aller trouver le gendarme. Mais au moins le père Brennan ? »

Seán l'étudia, la tête penchée. De nouveau au bord des larmes, Ginny les chassa d'un clignement d'yeux.

« Que Dieu me pardonne, chuchota-t-elle.

— Ginny. » Seán lui saisit le bras. « Peu importe tout ça pour l'instant. Écoutez. » Il l'attrapa fermement par les épaules et la regarda bien en face. « Vous n'avez rien fait de mal. Vous avez protégé vos enfants. C'est un horrible accident. »

Elle approuva d'un signe. « Et donc, le père Brennan…

— Si vous avez besoin de vous confesser pour soulager votre conscience, vous pourrez y penser plus tard, mais pour l'heure, mieux vaut ne pas mêler le père Brennan à tout ça.

— Mais si vous croyez vraiment…

— Peu importe ce que je crois, Ginny. Ces maudits

Anglais ont déjà pendu une demi-douzaine d'Irlandais pour avoir tué leurs propriétaires cette année. Que va-t-il arriver à ces enfants si vous êtes la prochaine ? »

Ginny emprisonna sa respiration dans sa poitrine et ferma la bouche. Seán avait raison. Ils grimpèrent au sommet de la crête, redescendirent de l'autre côté ; Seán porta la lourde malle-cabine tout le long du chemin. Dans le jardin, il la posa à côté du cairn de Maggie. Un genou à terre, il ouvrit la malle, dont il sortit une robe en soie couleur citron ornée de surpiqûres et de broderies dorées. Il la tendit à Ginny, qui rassembla le tissu dans ses bras. Le vêtement pesait plus lourd que son bébé.

« Rentrez pour vous occuper de vos enfants. Recousez Maire s'il lui faut des points de suture. Ensuite, préparez ce dont vous aurez besoin pour le voyage, et enfilez ça. » Du menton, il désigna le flot de soie qu'elle tenait contre elle.

Fouillant encore dans la malle, il en extirpa une enveloppe bourrée de documents et d'argent supplémentaire. Il se releva.

« Vous êtes dorénavant Alice Spring. Et vous partez pour New York. »

21

NEW YORK, AUJOURD'HUI

Pourquoi n'ai-je pas apporté de mouchoirs en papier ? Je devrais savoir que je ne peux pas me déplacer sans eux ces temps-ci. Dans la Rose Reading Room, je clique sur la touche *pause* de mon ordinateur avant d'ouvrir toutes les poches vides de mon sac à dos. Rien. J'enlève ma veste d'une secousse, me tamponne les paupières avec la manche de ma chemise en tâchant de ne pas renifler trop bruyamment. Je ne lèverai les yeux sous aucun prétexte de peur de croiser le regard d'un autre être humain. Je finis par le faire. La jeune touriste vêtue de noir que j'avais repérée dehors est debout devant les rayonnages dédiés à l'histoire des civilisations et de la culture. Avec ses lunettes de soleil géantes, elle a l'air incroyablement fraîche, tout droit sortie du Midwest. Elle me fixe. Mon visage est rouge et gonflé ; mes joues et mes aisselles sont humides. Je suis une authentique New-Yorkaise. Elle fouille dans son sac Armani noir pour en extraire un paquet de mouchoirs neuf, en détache quelques-uns, avance pour me les tendre.

« Merci », dis-je sans enlever mes écouteurs.

Elle hausse les épaules en se contentant d'un demi-sourire. Sa mère est debout derrière elle, et quand sa fille se retourne, elle lui attrape la main pour la serrer. La jeune femme ne se dégage pas. N'a aucun mouvement de recul. Elles marchent ainsi, main dans la main, et passent devant la salle des catalogues pour pénétrer dans le hall nord.

Je m'arrange un peu avant de me remettre à mon ordinateur. Raymond Doyle vient à peine de terminer de raconter l'histoire de sa mère au professeur.

« Quel remarquable récit, note celui-ci d'une voix qui a abandonné son armure académique.

— Ma mère était une femme remarquable », se borne à déclarer Raymond Doyle.

Je renifle à grand bruit et l'homme qui est assis à l'autre bout de ma table change de position d'un air gêné, sans lever les yeux.

« En effet, en effet », approuve le professeur, qui cherche visiblement comment relancer l'entretien. Il y a encore tant de questions.

« Et donc, elle a pris l'identité de madame Spring ?

— Juste pour la traversée, répond Raymond. Dès notre débarquement, elle s'est débarrassée des papiers de voyage et nous avons disparu dans les rues du Nouveau Monde. Par la suite, elle a toujours été Ginny Doyle. »

Voilà pourquoi ma mère n'a pas réussi à trouver de preuves de leur passage dans ses dossiers généalogiques.

« Et quelqu'un a-t-il jamais découvert ce qui était arrivé à Alice Spring ? Son mari a-t-il entrepris des recherches ? »

Raymond pousse un soupir. « Je sais pas. Je n'ai jamais réellement tenu à le savoir. À mon avis, c'est peu probable.

— Et votre mère a emporté ce secret dans sa tombe ?

— Pas exactement. Enfin, elle l'a confié aux instances importantes pour elle. Elle a fait amende honorable auprès de Dieu. Mais je ne crois pas qu'elle se soit jamais pardonné à elle-même. Elle a vécu avec un horrible poids sur la conscience, la pauvre femme.

— Pardon de ce que je vais dire, mais ça paraît bizarre qu'elle ait si volontiers partagé cette histoire avec vous si elle en avait aussi honte que vous le prétendez. Êtes-vous certain qu'en un sens elle n'ait pas été fière d'elle ? De s'en être tirée à si bon compte ?

— Non, pas du tout. Elle n'en parlait jamais. Pas une seule fois. Ça la hantait. Elle détestait ce qu'elle avait fait.

— Alors comment connaissez-vous cette histoire ?

— Ma sœur Maire la racontait. Elle a toujours pensé que M'man était une immense héroïne après ça. Elles étaient très proches. Mais il n'y avait pas que Maire. Seán la racontait aussi. Il gardait un peu plus de réserve parce qu'il savait que ça mettait M'man mal à l'aise, mais il était au courant de tout.

— Oui… Seán, enchaîne le professeur. Qu'est-il devenu ? Vous a-t-il accompagnés pour la traversée, alors ? Est-il resté en contact avec votre mère ?

— On peut dire ça. Ils se sont mariés peu après notre arrivée à New York. C'était quelqu'un de bien. Il nous a enseigné à tous l'alphabet, et ce n'était pas rien, à l'époque. Il a même appris à M'man à lire et à écrire. »

Il lui avait appris à écrire ! Bien sûr… l'écriture. Sur la table, j'ouvre le journal et je laisse courir mes doigts sur son nom, Ginny Doyle, là où il est inscrit quatorze fois dans ce gribouillis puéril à l'intérieur de la couverture. Elle n'était pas folle : elle s'entraînait.

« Seán vénérait M'man, précise Raymond Doyle.

— Ont-ils eu d'autres enfants ?

— Trois de plus. Mes deux petits frères et une sœur.

— Certains d'entre eux sont-ils encore en vie ?

— Seulement la benjamine, Alice.

— Ils l'ont appelée Alice ?

— Hé oui.

— Fascinant, remarque le professeur. Vous avez des photos de famille ? De vos parents ?

— Nan, c'était réservé aux riches. Il n'y avait pas de photos.

— Mais ils ont dû être plutôt à l'aise, avec tout l'argent d'Alice Spring. »

Raymond ricane. « Ils étaient loin d'avoir toute sa fortune, professeur. L'essentiel était immobilisé dans les terres, en Irlande. Ou alors aux mains de son mari, à New York ou Londres, ou Dieu sait où il était parti baguenauder. C'est vrai que M'man avait un peu d'argent pour financer le voyage, sans compter celui de la vente de la calèche et des chevaux à Galway. Mais elle a presque tout utilisé pour nous acheter des vêtements en vue de la traversée, nous déguiser en enfants riches, puis payer le trajet en bateau. Il ne restait pas grand-chose à notre arrivée, juste de quoi retomber sur nos pieds. Elle a travaillé dur.

— Mmm », murmure le professeur. Une longue pause s'ensuit et la friture occupe le devant de la scène. « J'ai eu grand plaisir à parler avec vous. Souhaiteriez-vous ajouter autre chose, un détail à enregistrer pour la postérité avant que nous terminions ?

— Ouais, reprend Raymond en se raclant la gorge. Vous savez, pendant mon enfance dans le Queens, je me souviens d'avoir été mêlé à des bagarres avec d'autres gamins du quartier. Je me souviens d'une fois où l'un d'entre eux me narguait en disant combien les Irlandais aimaient leurs petites mamans. Comme si c'était quelque chose de honteux. *Vous, les garçons irlandais, vous aimez vos petites mamans.* » La voix de Raymond devient plus claire et plus forte pendant une minute. Je l'imagine en train de se pencher en avant sur sa chaise. Il semble plus jeune. « Ils n'avaient aucune idée de ce que c'était. De ce qu'on avait subi, de ce que nos mères avaient subi. En ces temps de famine. »

Il se racle de nouveau la gorge, ou du moins il essaie. Désormais, il semble tendu et fatigué.

« Il y a quelque chose qui m'est toujours resté, poursuit-il tout bas. Ma mère s'est repentie jusqu'à la fin de son existence. Elle aurait pu devenir une âme blessée, elle aurait pu s'effondrer. Mais non. Elle ne s'est pas laissé abattre par toute cette culpabilité et toute cette douleur. Je n'ai jamais connu une force pareille, jamais vu quelque chose d'approchant chez un autre être humain, pas même chez ma propre épouse bien-aimée, paix à son âme. Malgré tout ce que M'man avait perdu, tout ce qu'elle avait enduré… elle a continué pour nous. Elle a vécu sa vie. Pour nous. Tout ce qu'elle a fait, c'était pour nous. »

Je m'applique à ne pas renifler afin de ne pas irriter mon compagnon de table. Je respire profondément, éponge les larmes qui me sont montées aux yeux avec le mouchoir avant qu'elles coulent.

« Merci, Raymond Doyle, conclut le professeur. C'était un honneur et un privilège de parler avec vous. Merci d'avoir partagé vos histoires. »

Raymond Doyle répond : « Ouais, pas de problème », et la friture s'arrête. Le silence se fait dans mes écouteurs. Penchée en avant, j'appuie mon front sur le journal de Ginny Doyle posé au bord de la table. Mes larmes gouttent doucement sur le carrelage rouge à mes pieds. J'enlève les écouteurs sans lever la tête. Je me sèche les yeux en me redressant avant d'ouvrir le carnet au passage qui me hante depuis tout ce temps. Le passage qui m'a convaincue que l'ADN malfaisant de Ginny Doyle ferait de moi une mauvaise mère. Je lis.

25 avril 1848

Mon Dieu, je l'ai tuée. Il est tard maintenant, les enfants sont endormis, et j'ai été réveillée par ces horribles crissements, et ce bruit était si frappant qu'il m'a aussitôt renvoyée là-bas…

Le cottage. Ce dernier jour dans le jardin, sous le prunellier. Je me vois, presque comme si je planais au-dessus de la scène. Comme si j'étais une pie perchée sur l'arbre, qui regarde en bas. Et il y a cet autre moi, dans le jardin, le moi féroce. Le bébé est là. Maire nous observe. Oh, les horreurs dont ma pauvre fille a été témoin durant sa brève existence.

Brandissant la crosse de hurling à deux mains, je la fais tournoyer au-dessus de ma tête. À quoi ressemble mon visage à ce moment précis ? Est-il peiné, déformé, dément ? Démoniaque à cause de la puissance qui m'envahit ? Je suis sur le point d'ôter la vie à une femme – une femme qui ne m'a témoigné rien d'autre que de la bonté jusqu'à ce dernier jour, ce dernier instant.

Elle est morte, à présent.

Si seulement à force de volonté, je pouvais revenir en arrière jusqu'à ce moment et l'arrêter net. Lâcher la crosse à mes pieds, l'entendre heurter doucement le sol dans la poussière. Mais à la place, il y a un crac digne d'un coup de tonnerre tandis que je l'abats sur son crâne, et elle s'effondre, aussi lourde qu'un sac de patates propres et sèches. Le bébé manque de tomber avec elle, mais je le rattrape, je le rattrape de justesse par un bras. Ses yeux et sa bouche à elle restent ouverts, et ceux de Maire aussi, écarquillés dans mon dos. La voix de ma fille est paniquée. Elle m'appelle Maman.

Par terre, il y a des éclats de porcelaine Wedgwood bleue, qui crissent sous mes pieds, un bruit d'os qui se brisent. Les joues de Maire ont pris une teinte blanche et maladive. Les cheveux de la morte sont parsemés de morceaux de porcelaine bleu pâle.

Pourquoi je me souviens de ces crissements, avant toute chose, c'est une question folle. Peut-être est-ce plus facile que le reste, que la voix intrépide de Maire et celle du bébé qui pleure ensuite. Il demeure dans mes oreilles comme une maladie, ce crissement. Il me vole mon sommeil.

Pardonnez-moi, mon Dieu, pardonnez-moi, mon Dieu. Je vois encore son effroyable visage mort.

Je referme avec précaution la couverture du carnet, que je serre sur ma poitrine. Je me suis trompée sur toute la ligne. Calée dans mon siège, je remets mes écouteurs pour me repasser l'histoire de Raymond Doyle.

« Vous semblez différente, commente le Dr Zimmer en s'appuyant au dossier de son fauteuil rouge.

— Je me sens différente.

— Alors, le Lorazépam aide ? »

Je hoche la tête. « Peut-être que oui. »

Elle ne réagit pas.

« OK, sans doute que non, parce que je ne le prends pas. Mais peut-être que c'est comme vous avez dit.

Peut-être que ça m'aide de savoir simplement qu'il est là ? À la manière d'un filet de sécurité ?

— C'est possible. Tout comme il est possible que vos niveaux d'hormones commencent à revenir d'eux-mêmes à la normale. Ou que vous commenciez à maîtriser votre nouvelle vie, à vous adapter. »

Je hausse les épaules.

« Vous ne croyez pas ? Vous savez, vous êtes très dure avec vous-même. Vous vous jugez beaucoup plus sévèrement que vous ne jugez les autres.

— Juste quand c'est à voix haute. Dans ma tête, je suis hypercritique vis-à-vis de tout le monde. Une vraie garce. »

Le Dr Zimmer sourit. « Vous venez de vous traiter de garce ?

— Bon sang. » Je déteste lui donner raison.

« Accordez-vous donc un peu de mérite, suggère-t-elle. Ça pourrait être très utile. Si vous avez la sensation d'aller mieux, ça pourrait constituer une partie de votre nouvelle vision de vous-même, sur laquelle vous pourrez vous appuyer. Vous êtes en train de guérir. Toute seule.

— Peut-être.

— Vous pensez que c'est dû à autre chose ?

— Vous vous souvenez du journal ?

— Oui, confirme-t-elle.

— Eh bien, j'ai découvert toute l'histoire de mon ancêtre. L'un de ses fils a participé à un projet sur le folklore irlandais à la bibliothèque publique de New York et je suis allée l'écouter. Il a tout raconté. Et elle n'avait rien d'abominable, cette Ginny Doyle. On aurait plutôt dit une stupéfiante héroïne qui a sauvé ses enfants, puis s'est sentie coupable de ce qui s'était passé durant le reste de sa vie. »

Ma thérapeute plisse le front. « Mais il y a bien eu un meurtre, oui ?

— Non, non. Ce n'était pas vraiment un meurtre. C'était à coup sûr de l'autodéfense. Elle n'a fait que protéger ses enfants. Ça ressemblait juste à un meurtre à cause de la façon dont elle l'a écrit dans son journal, parce qu'elle se sentait si coupable.

— Mmm. » Elle a beau ne pas paraître très convaincue, je m'en fiche un peu.

« En tout cas, j'ai l'impression de connaître la vérité, maintenant. L'impression qu'en fin de compte je ne suis peut-être pas si destinée à échouer. Que cette sorte de dysfonctionnement maternel n'est peut-être pas encodé dans mes gènes. »

Le Dr Zimmer acquiesce. « Parfois, nous devons faire ce genre de découvertes nous-mêmes pour les croire. Et comment *diable* l'avez-vous faite ? Comment avez-vous appris l'existence de ce… cet enregistrement, c'est bien ça ?

— Oui, un enregistrement. Ma mère m'a appelée à son sujet.

— Oh ?

— Ouais, je ne sais pas comment elle l'a déniché. Elle est très branchée généalogie, elle a appris l'existence de l'enregistrement et m'a téléphoné pour m'en avertir.

— Vous avez donc parlé de tout ça avec votre mère ?

— Ouais, un peu. » Nouveau haussement d'épaules.

« Et comment ça se passe ? Elle vous écoute ?

— Oui, elle m'écoute.

— C'est bien. Très bien.

— Ben, ce sujet l'intéresse, dis-je prudemment. Ce n'est pas comme si ça signalait un changement radical de notre relation. Mais quelque chose d'autre pourrait changer. »

La psy arque les sourcils et attend la suite.

« J'ai cette amie, Jade, cette nouvelle amie. L'autre jour, elle m'exposait sa théorie selon laquelle quand les gens parlent sans cesse comme ma mère, mais qu'ils n'écoutent que d'une oreille, ça signifie en général qu'ils cachent un tas de souffrances et qu'ils essaient de vous distraire pour vous empêcher de les flairer.

— Jade a des formules de psychiatre.

— Elle ressemble à un *maharishi*[1], à part qu'elle pleure tout le temps.

— Et donc, vous pensez que c'est ce que fait votre mère, tenter de dissimuler une douleur profonde ?

— Oui.

— Comment le savez-vous ?

— Je lui ai posé la question.

— Waouh.

— Ouais, j'ai été plutôt surprise, moi aussi. Ce n'était pas vraiment prémédité. Je l'ai plus ou moins poussée dans ses retranchements dans un accès de frustration, mais elle m'a tout avoué. Elle a traversé une période horrible. Des trucs dont elle n'avait jamais parlé. Dont je n'avais aucune idée.

— Et du coup, vous vous sentez plus proche d'elle ?

— Je crois. Enfin, j'ai définitivement le sentiment de mieux la comprendre, c'est un bon début. Je ne pense pas que notre relation va changer tant que ça. Maman sera toujours la même femme. Je ne m'attends pas à ce qu'elle s'épanche à tout bout de champ et qu'elle se mette à me parler d'un tas de sujets profonds.

1. Titre honorifique sanskrit, généralement apposé au nom d'un enseignant spirituel éclairé.

— Mais c'est possible, maintenant que vous avez ouvert la porte. Vous sauriez le gérer, si c'était le cas ?

— Ouais, bien sûr. Mais je n'en ai pas besoin. Je pense que ce serait peut-être trop dur pour elle. Elle n'est pas comme ça, c'est tout.

— Bon, et qu'allez-vous faire de cette compréhension nouvelle de votre mère ?

— Je crois que je pourrai juste être plus patiente avec elle. Ne pas me sentir si frustrée en permanence. Savoir que son comportement ne signifie pas qu'elle ne m'aime pas.

— Ça fait beaucoup de doubles négatifs. Dites-le plus simplement.

— Elle m'aime. Ma mère m'aime. »

J'ignore pourquoi cette déclaration me fait pleurer, mais au moins, ici, il y a des mouchoirs en papier et, de toute façon, ce ne sont pas les larmes gênantes et étranglées auxquelles je me suis habituée. En un sens, elles sont plus libres, bienvenues. Comme si elles me lavaient de quelque chose d'impur.

À la maison, Leo et moi posons toutes les lattes du plancher dans le séjour vidé au préalable. Il y a quelque chose d'immensément satisfaisant dans la manière dont elles s'emboîtent les unes dans les autres, dont leur surface augmente, transformant du tout au tout la lumière et les couleurs de la pièce.

« Tiens, comme il commence à faire froid dehors, peut-être qu'on peut tailler les broussailles aussi pendant que tout est mort pour l'hiver.

— Quelle ambition ! remarque Leo.

— Tu adores ça. »

Il se penche vers ses genoux pour étirer son dos.

« Je crois que je suis quasiment prêt à te confier des cisailles de jardinage. »

Emma nous surveille de son transat dans l'embrasure de la porte, telle une inspectrice des travaux finis. Elle donne des coups de pied et essaie maladroitement d'attraper le singe en peluche suspendu au-dessus de sa tête. Si pleine d'énergie et de mouvement à présent. Comme moi, elle devient plus forte chaque jour.

« Alors, comment s'est passé ton check-up ? » s'enquiert Leo en s'asseyant sur la partie terminée de nos nouveaux sols, son dos transpirant appuyé au mur. Il remonte ses genoux et décapsule son Coca avant d'en prendre une lampée.

« Bien, le toubib a dit que l'incision a l'air bien.

— Je croyais que c'était une cicatrice, maintenant. »

Je lui lance un regard noir tandis qu'il sirote son soda. « N'exagère pas. Oh, hé, tu ne devineras jamais ce qui est arrivé d'autre !

— Quoi donc ? »

C'est incroyable que j'aie oublié de lui en parler. « Les crissements ! »

Il ne répond pas. Il fait la moue comme si son Coca n'avait peut-être plus de bulles.

« Tu sais que j'entendais sans cesse ces crissements ? Tu pensais que c'était un écureuil ? Et Papa, une souris.

— Ouais, et toi, tu croyais que c'était un genre de fantôme.

— Mais non. Enfin, peut-être. En tout cas, le médecin… Bon, c'est carrément dégoûtant, mais fascinant… »

Leo se redresse dans son T-shirt mouillé. Le mot *dégoûtant* a éveillé son intérêt. « Continue.

— Ben, le toubib a vérifié mes oreilles aujourd'hui,

dans le cadre de mon check-up, et il m'a demandé si j'avais des problèmes d'audition. Je lui ai répondu que non et, là, il m'a demandé si j'entendais des bruits inhabituels, comme des cliquetis, par exemple, ou si les sons me parvenaient étouffés ces derniers temps. Alors je lui ai parlé des crissements. »

Leo tâche de ne pas sourire.

« Quoi ? »

Il feint l'innocence. « Non, rien !

— Ben, je ne suis pas folle.

— Mmm… mmm.

— Il a dit que nos corps à nous les femmes font un tas de trucs bizarres quand on est pré et post-partum…

— Il a dit *trucs bizarres* ?

— Je crois que c'est le terme médical scientifique, oui. Tu vas arrêter de m'interrompre ?

— Désolé.

— Il a eu une autre patiente qui a entendu un couinement aigu dans une de ses oreilles pendant toute sa grossesse. Le jour où elle a accouché, ça a cessé.

— Alors il y a une échelle de la dinguerie, des cliquetis aux couinements ? demande-t-il. Et les crissements, où se placent-ils sur cette échelle ?

— Bon sang, tu es *en forme* aujourd'hui, avec tes commentaires hilarants. Tu devrais partir en tournée.

— Arrête, tu es trop gentille.

— Alors, prêt pour la partie dégueu ?

— Vas-y.

— Il m'a nettoyé les oreilles avec une seringue, et il y avait un si gros bouchon de cérumen là-dedans qu'on aurait pu fabriquer un hôtel avec.

— Mmm, répond Leo. Sexy.

— Je sais, je suis l'équivalent d'une star du porno, hein ? »

Leo se tourne vers Emma dans l'encadrement de la porte. « Maman la chaudasse est une star du porno », déclare-t-il.

Je grimace. « Bon, on va devoir mettre le langage bébé sexy en veilleuse. »

Lui aussi fronce les sourcils. « Ouais, je l'ai senti.

— Contente qu'on soit sur la même longueur d'onde. »

Ce soir-là, quand le parquet est terminé, il ne nous faut que quelques minutes pour dérouler notre épais tapis neuf et replacer les meubles. La transformation est extraordinaire. On dirait une nouvelle maison. C'est l'incroyable effet que peut avoir un sol rénové. Je suis impatiente de pouvoir poser Emma sur cette carpette pelucheuse. Je la sors de son transat pendant que Leo commande le dîner, et on se met toutes les deux à plat ventre. Ses petits doigts dodus s'étalent sur le tapis, sa tête oscille.

Avec ma main, je mime une araignée, que je fais marcher jusqu'à sa frimousse. La main-araignée lui embrasse le nez, et elle sourit.

Elle sourit. Emma *sourit* !

Je hurle : « Leo ! Viens ici. Emma a souri. Elle a souri. »

Leo se penche sur le seuil de son bureau en désignant le téléphone collé à son oreille. Il lève un doigt.

« Ouais, le curry massaman », dit-il.

La main-araignée embrasse de plus belle le nez d'Emma, qui sourit avec tout son visage, ses yeux, sa formidable paire de gencives. Elle a des fossettes. Ma fille a des fossettes ! Oh, mon Dieu, elle est tellement mignonne que je pourrais la dévorer toute crue.

Après les currys, le bain et la tétée, Emma s'endort,

tandis que Leo et moi restons tous les deux debout dans la cuisine durant un long, long moment. Il m'enlace. Ses bras m'enveloppent tout entière, mon front est coincé sous son menton, contre son cou. Nous écoutons le canal C. Ce canal C déchirant, peuplé de pleurs et de lamentations.

« Je ne comprends pas, dis-je dans un murmure. Elle est si étonnante. Si meilleure mère que moi. Enfin, elle n'a pas l'air connectée à cent pour cent avec ses enfants, mais elle maîtrise à fond. Et elle semble si forte. Si intelligente. À tout point de vue. »

Nous regardons Max et Madeline se tortiller dans leurs berceaux. Ils appellent tous deux Jade à grands cris, mais elle reste en dehors de l'écran. Ses sanglots fendent le cœur. Rien qu'à les entendre, on en aurait le souffle coupé. Leo secoue la tête.

« Ouais, ce n'est pas… » Il est à court de mots. « Pas bon.

— Rien à voir avec ce qui m'est arrivé, pas vrai ? Même dans mes pires moments ? » Je pose la question, juste pour m'en assurer. Parce que cette scène me paraît à la fois extrême et familière. Je ne suis pas vraiment capable de faire la différence.

« Non, renchérit Leo. Rien à voir avec tes pleurs à toi. Elle… On dirait qu'elle a besoin d'aide, Majella. »

Je m'écarte de lui, soulève le babyphone du comptoir.

« Je vais y aller.

— Quoi, tout de suite ?

— Ouais, je crois que je devrais.

— Tu vas lui avouer que tu l'écoutais en douce ? »

Je hausse les épaules. Je réfléchis. « Peut-être. »

Il acquiesce. « D'accord. Prends ton temps. Je serai là quand tu rentreras. »

J'éteins le babyphone, que j'emporte, parce que ce sera peut-être plus facile de le montrer à Jade au lieu d'essayer de m'expliquer. Peut-être pensera-t-elle que j'ai écouté aux portes accidentellement, ou au moins incidemment.

Debout devant l'entrée de l'immeuble aux six familles, j'étudie les diverses sonnettes. N'ayant aucun moyen d'identifier la sienne, je me jette à l'eau. La première ne répond pas. Quand j'appuie sur la seconde, une dame polonaise grognon se penche de sa fenêtre au premier pour agiter son poing dans ma direction. Je recule pour lui adresser un signe d'excuse.

« Désolée, je me suis trompée de sonnette ! »

Je tente la numéro trois. Un gamin répond.

« Bonsoir, qui est là ?

— Bonsoir, je suis désolée, je me suis peut-être trompée de sonnette. Je cherche Jade.

— C'est pas Jade, c'est Franklin.

— Franklin, salut ! Je te connais. C'est Majella. Je t'ai vu à la fenêtre il y a quelques semaines… J'habite à côté. Tu te souviens, tu m'as entendue dire un gros mot ?

— Tu avais dit *le mot qui commence par un P* ! murmure-t-il.

— C'est vrai, Franklin, c'est moi. La dame qui dit le mot qui commence par un P ! »

Il glousse.

« Franklin, tu sais dans quel appartement vit Jade ? Celle qui a des jumeaux ?

— Oh, ouais, elle habite au rez-de-chaussée, derrière. »

Je plisse le front. « Tu connais le numéro de la sonnette ?

— Nan. »

Saloperie.

« Franklin, tu penses que tu pourrais m'ouvrir ? » dis-je, consciente que je ne devrais pas lui poser cette question. Consciente que je demande à ce gosse d'enfreindre toutes les règles qu'il est censé suivre pour survivre sans être molesté à New York.

« Sûr », lâche-t-il en appuyant sur le bouton.

Je gravis les trois marches menant au hall d'entrée avant de traverser un couloir qui résonne jusqu'à l'arrière du bâtiment. Il y a deux portes, et comme l'une est ornée d'une citrouille peinte portant l'inscription *Franny's Fun Factory*, je frappe à l'autre. Rien. Pendant longtemps. Je frappe de nouveau, commençant à envisager d'appeler les pompiers pour défoncer la porte à coups de hache. Ou au moins de rallumer le babyphone pour voir ce qui se passe là-dedans. Pourquoi n'ouvre-t-elle pas ? Je suis sur le point de frapper une troisième fois lorsque j'entends un bruit de pas à l'intérieur, puis un tchic tandis qu'elle soulève l'opercule sur l'œilleton.

Je perçois son hésitation, mais je sais qu'elle est là. Je sais à quel point elle est seule. Et peut-être que j'ai au moins une vague idée de ce qu'elle traverse : cette façon que les hormones ont de peser sur vous à la manière d'un mur chimique de larmes. Cette façon que vous avez de sentir le torrent arriver sans pouvoir vous enfuir assez vite. Cette façon que vous avez de rester assise, impuissante, en attendant que ce mur s'abatte sur vous. Cette façon de prier pour que ça finisse. Cette façon dont, certains jours, vous avez envie de crier à votre bébé *Qu'est-ce que tu veux de moi, bon sang ?* Juste pour qu'il arrête de pleurer. Ce n'est pas sans raison qu'ils vous obligent à visionner ces vidéos anti-secouage-de-nourrissons avant que vous ne quittiez l'hôpital. Parce que si on ne savait pas combien c'était dangereux, tout le monde le ferait au moins une fois. Ce job de jeune maman, c'est pas de la tarte. Personne ne devrait avoir à le subir seul.

« Hé, Jade, ouvre », dis-je à l'œilleton.

Silence.

« Jade. »

Un autre blanc.

Et puis, finalement : le clic de la serrure à chaîne, le clac du verrou, le bruit de la poignée qui tourne. La porte s'ouvre en grand.

« Coucou. »

Elle me laisse entrer.

Je suis debout dans le hall des arrivées à l'aéroport de La Guardia, et il fait chaud. Une femme attend ; sa bambine de deux ans a joyeusement piqué un sprint au-delà du panneau qui indique RESTEZ DERRIÈRE CETTE LIGNE. Impuissante, la mère la contemple, contrainte de respecter davantage que la petite les règles de la société. Elle tient un sachet d'oursons en gélatine, qu'elle secoue doucement en direction de sa fille aux cheveux en bataille pour essayer de la ramener de l'autre côté de la ligne. La Sécurité approche, et la mère commence à s'affoler.

« Olivia, reviens ici tout de suite ! » siffle-t-elle, soudain livide.

« Vous devez garder votre enfant derrière cette ligne, m'dame, ronchonne le vigile aux pouces stupidement glissés dans sa ceinture.

— Oui, je sais, répond la mère, qui le fusille du regard. Olivia, reviens par ici ! »

Olivia plonge vers les friandises et, dès qu'elle est

suffisamment près, la femme la saisit par le bras. Je me demande quel membre de leur famille elles attendent, quelles heureuses retrouvailles Olivia est déterminée à gâcher en faisant arrêter sa génitrice. La gamine gobe gaiement les oursons, et la mère lui agrippe si fort la main que ses jointures blanchissent. Olivia ne remarque rien. Elle est déguisée en fraise, parce que aujourd'hui c'est Halloween.

Dans sa poussette, Emma est vêtue d'un costume de grenouille si adorable qu'il en fait mal aux yeux. Comme elle remue les jambes, ses pieds géants de batracien tressautent. La mère d'Olivia me sourit, mais pas à cause des pieds de grenouille. C'est un sourire d'excuse. Olivia danse le twist dans son habit de fraise, tenant toujours sa maman par la main tandis qu'elle mâche ses oursons à la gélatine, bouche ouverte.

« C'est pas grave », dis-je.

Je prends mon téléphone dans le porte-gobelet de la poussette pour consulter l'heure. Il y a huit semaines, à quelques minutes près, Leo et moi étions dans le taxi qui filait sur la soixante-huitième rue Ouest avant de s'arrêter devant le Weill Cornell Medical Center. Le chauffeur paniquait. Il criait sans cesse : « N'accouchez pas de ce bébé dans ma voiture ! Pas dans ma voiture ! » J'aurais pu le rassurer : il n'y avait aucune chance qu'Emma s'échappe de moi sur le plancher de son véhicule. Il me faudrait vingt-huit heures pour accoucher. Ils seraient obligés de me cisailler le ventre pour la faire sortir.

Je relève la capote de sa poussette, et Emma lève les yeux vers moi. Ses pieds de grenouille tressautent. Elle m'adresse son fugitif sourire éclair miraculeux. Cette gamine a mis mon cœur dans sa poche.

Et maintenant, les gens commencent à apparaître de

l'autre côté de la ligne, derrière une cloison – des gens bronzés et ridés qui traînent leurs bagages à roulettes. Olivia la fraise tente de se remettre à courir, mais sa mère la tire violemment par le bras et tient bon. Moi aussi, je tiens bon.

Je retiens ma respiration.

Ma mère est là. Elle est là. Elle est allée à l'aéroport de Tampa, où elle a affronté sa plus grande peur. Elle est montée à bord d'un véritable engin volant. Pour venir jusqu'à nous. Mon bébé et moi. Et maintenant, elle est là, elle marche vers nous dans le hall des arrivées de La Guardia. Quand elle aperçoit Emma, son visage exprime un tel bonheur qu'elle ne sourit même pas. Elle est au bord des larmes. Mais elle ne commence pas par s'approcher de la poussette afin de saluer pour la première fois son unique petite-fille. Au lieu de ça, elle vient vers moi. Elle lâche la poignée de sa valise, se penche par-dessus la corde et m'entoure de ses bras. Je me laisse tomber contre elle, contre le son de sa voix dans mon oreille.

« Ma puce. »

REMERCIEMENTS

J'aimerais remercier : Claire Zion, Doug Stewart et Carolyn Turgeon de m'avoir permis de m'améliorer en tant qu'auteur. Ainsi que tout le monde chez Penguin, en particulier la phénoménale équipe de vente de Norman Lidofsky. Le Dr Mary Daly de University College à Dublin, pour ses compétences historiques et sa générosité. Mes inestimables amies-mamans : Brenna Tinkel Sniderman, Nikki Stapleton, Evelyne Faye-Horak et Charlotte Jack, qui ont vécu quelques scènes effrayantes de ce livre avec moi. E. C. – j'en suis venue à me reposer sur ta formidable légèreté en tant qu'antidote majeur à n'importe quelle frustration en puissance.

J'ai rédigé environ la moitié de ce roman au Theatre Café sur Metropolitan Avenue dans le Queens. Ils servent d'excellents wraps à la dinde et ne m'ont pas obligée à consommer davantage quand j'y restais écrire pendant des heures.

Je remercie mes parents, Gene et Kay, mon frère Tom, ma sœur Kathy, tous les Kennedy, les Matthews et les Cummins pour leur soutien sans faille. Et surtout Aoife et Clodagh, mes filles à la beauté indicible : elles m'apprennent chaque jour patiemment à être leur maman. Enfin, mon incomparable mari, Joe, qui, en dépit de ses tendances pragmatiques et raisonnables, a choisi d'épouser un écrivain. C'est une telle chance pour moi qu'il ait sauté le pas.

Qu'avez-vous pensé de ce livre ?

Partagez votre avis sur vos réseaux sociaux
avec les # suivants :

#passionlecture
#1andelecture1018
#éditions1018

et tentez de remporter **1 an de lecture***.

Retrouvez-nous sur les réseaux sociaux
et découvrez tous nos conseils de lecture :

editions1018 Editions 10-18 Editions 10/18

***voir modalités sur la page https://un-an-de-lecture-10-18.lisez.com/**

Pour plus d'information :

#lisez engagé !
www.lisez.com
Imprimé sur du papier issu de forêts gérées durablement.

10/18 – 92 avenue de France, 75013 PARIS

Imprimé en France par
CPI Brodard & Taupin

N° d'impression : 3060387
X08608/01